梅雨

PFLAUMENREGEN

施益堅
Stephan Thome

林敏雅——譯

雨夜花

雨夜花　雨夜花　受風雨吹落地
無人看見每日怨慼　花謝落塗不再回

雨無情　雨無情　無想阮的前程
並無看顧軟弱心性　予阮前途失光明

一九三四年　臺灣歌謠
作詞：周添旺
作曲：鄧雨賢

推薦序

愛上那個，自詡優越的人種

林運鴻（文字工作者）

凡是對歷史一無所知的人，的確能把從前的生活只當作遙遠的異鄉。

——徐林克（Bernhard Schlink），《我願意為你朗讀》

一九三二年，日治時代的臺灣舉辦「全島洋樂競演大賽」，殖民者與被殖民者同臺較量，冠亞軍卻都由臺灣演奏家取得。應該說是輸不起吧，日本音樂家鎩羽而歸的消息傳開後，居住在臺灣的日本居民，紛紛在當時數量很有限的報紙上投書，表達他們對於臺灣音樂界的「憂心」。其中有一篇文章特別不客氣，題為〈正告米粉音樂諸先生〉，大意是，臺灣人的古典音樂，就像路邊攤的米粉湯那樣，廉價又粗糙——不妨這樣翻譯：想跟我們大和民族一爭長短？再練一百年吧！

其實，百年前的報紙投書，反映了帝國主義時代的某種「歷史任務」。正因為落後民族的素質堪慮，因而殖民者得積極肩負教化啟蒙的偉大任務。我們或許好奇，高等文明每每自詡投之桃李，然而，比如臺灣人這樣的「落後種族」，又是否虔心報以瓊瑤？

德國小說家施益堅（Stephan Thome）在德國出版了長篇小說《梅雨》，寫基隆李家整整一世紀的繁衍生息。本書以家族史寫國族史，頗有幾分臺灣式大河小說的況味。不過，時代巨輪下的李氏家族，除了因太平洋戰爭或白色恐怖而顛簸搖晃，還有一條隱蔽支線：作為臺灣人，愛情也是國族身分之「昇華」路徑。

日治晚期，阿祖李桑在金瓜石礦場擔任管理職，他一輩子惦記日本留學時代所交往的房東小姐——那是「成為日本人」的渴望；二二八事件後，明明三伯父因此下落不明，但阿嬤靜梅還是半推半就接受黨國二代的追求——此乃「回歸祖國懷抱」之權宜；至於第三代華立、第四代茱麗，雖然成長在更富裕的當代臺灣，然而家族內未曾癒合的族群記憶卻隱隱作痛，這讓兩人告別故鄉、和美國淑女或英倫紳士結婚。我們這些依次被荷蘭、清國、日本與國民黨政權殖民的島民，即使陷入痴狂的戀愛，也總是謹記「脫亞入歐」之潛意識律令。

☆　☆　☆

愛情若是最浪漫的神話，那麼對於亞當後裔來說，窮盡一生追尋，也要找到丟失的那根肋骨。

《梅雨》以德文書寫臺灣土地，算不算是「臺灣文學」遠親呢？至少，本書的潛在主題，已經悄悄點出臺灣文學史中，因為多重殖民背景而發生的「婚戀的族群政治」——日治名家翁鬧、龍瑛宗，都曾深深戀慕端莊的日本小姐；閩客族群出身的才女季季與劉慕沙，則排除萬難委身於流亡臺灣的外省人朱西甯、楊蔚；至於多情的三毛更讓人難以忘懷，她與西班牙夫婿荷西在非洲大沙漠邊緣，譜出一段生死交織的戀情。

也許，不可自拔愛上「先進文明」，發自內心蛻變為日本人、中國人，或者乾脆徹底歸化西方，這便是我們這個歷史短暫的新興島國，至今都無法繞過的詛咒或賜福。

☆　☆　☆

其實，在德國迭獲文學大獎、還取得哲學博士學位的施益堅，他自己就是一位道地的臺灣女婿。數年前，他在島上登記結婚，而且當時深深驚訝於，臺灣公務機關的友善與高效。

你我生長於斯，關於「什麼是臺灣」這一提問，大概是丈八燈臺、當局者迷。然而來訪十年的歐洲國民，如果自願選擇臺灣成為第二故鄉，或許對於這塊土地，會有一些獨到的觀察。

在一次臺灣 YouTuber 的訪談中，施益堅一邊細細品酒，一邊俏皮的說，政治上我們會反對「刻板印象」，但回到日常生活，刻板印象卻足以傳達關於民族文化的局部「真理」。施益堅在不苟言笑的德國誕生長大，但生活在臺灣超過十年，讓他早已內化南國的爽朗率性。每一次，小說家從德國機場入境回鄉，目睹「同胞」那一張張聞名國際的德意志撲克臉，他都得自覺收起「臺灣人熱情」，再次變回當了大半輩子的嚴謹日耳曼民族。

在新冠疫情肆虐期間，專事純文學寫作的施益堅，曾受出版社邀請，寫下一本另類旅遊書《台灣使用指南》。該書向普通德國遊客列舉我們早就見怪不怪的「臺灣奇蹟」——直率熱切的政治參與、寬容幽默的本土宗教、多元又充滿創意的平民美食、還有舉國風靡的野球運動。

但小說家並非毫無保留，施益堅注意到，臺北街道的雜亂老舊、以及那些拼貼中國意象的詭異地名。《台灣使用指南》這樣提問：「臺灣人不過是講中文的日本人？」「將死去的賽德克族重新詮釋為為中國捐軀的愛國者？」從自傲於歷史悠久的歐洲人看來，這個年輕又充滿活力的島嶼，似乎還不足夠清楚知道自己是誰，畢竟島上充斥太多的神明、太多的祖國。

☆　☆　☆

《梅雨》當然不能免於某種「現代」德國視角，所以小說的開場，堪比為「臺灣民族」萌芽時刻——這個故事選擇以苦悶、緊縮的太平洋戰爭展開序幕。儘管人們大多煩惱於通貨膨脹與柴米油鹽，但李桑在工作空檔還是惦記著日本政權播放的宣傳電影。他「沒辦法想像比李香蘭更美的女人」（李香蘭本名山口淑子，是當時有名的日本女星）。而李桑的女兒靜梅，同樣被「先進文明」的美麗所深深打動，小學校裡那位溫柔優雅、穿上和服的本田老師，就是土氣臺灣女孩無上偶像。

沒有什麼事物，會比戀慕他人的誠心更為真切。李家父女的經歷其實相當典型，在日本統治時期，臺灣人初識了現代文明，也由此形塑對於美好社會的嚮往。

但現實與歷史中的「愛情」，往往還伴隨其中一方的強勢、與另外一方之屈從——隨著歷史瞬息萬變，在國民黨接收臺灣之後，靜梅改用漢名，在女子高中學習標準的國語。青春初綻的少女有萬種風情，也因此招來了轉進來臺的港務局官員么子所發動的猛烈追求。這位外省少年殷勤慷慨，靜梅倒也不是不喜歡，可是總有東西隱約隔膜著彼此。少女清楚感覺到，「大陸人認為有權得到自己喜歡的東西」，少年的示好裡混雜著某些無從抵禦的進逼。

無獨有偶，許多年後，孫女茱麗也在全球化的世界中遇見了一個與外省祖父同樣強勢的男子。在跨國公司上班的英國男友，富裕而自信，他對這個年輕臺灣女孩的政治信念嗤之以鼻，卻又無比驚訝於，女孩對於遠嫁英國、共築愛巢一事，居然還帶著相當遲疑。

臺灣的歷史，是不是巧合般映射著臺灣人的感情？要嘛，如同日本的政治殖民，要嘛，如同第一世界的文化入侵——面對來自發達國家的「善意」，島上住民太過容易動情，每每發自內心認同、感激涕零接受。

☆　☆　☆

《梅雨》寫的是李家祖孫四代，但這個家族，其實是臺灣社會急遽現代化過程中，蒙受額外幸運的一群。他們居住在昂貴的大安區精華地段，茱麗父親每年更換名車，還在中國經營工廠，其滯留頻率讓女兒懷疑可能偷偷包養情婦。不過，作為本省外省混血，體面的中年男子幾乎不說臺語，而且厭煩於女兒對於太陽花運動的高度狂熱。

表面上，家族過著肥皂劇裡典型的美滿生活，但在阿嬤壽宴前後，本省阿嬤和外省爺爺的貌合神離，揭示了族群衝突造成之歷史隱痛。曾經他們是建中北一的佳人才子，但兩小無猜的戀情很早就出現裂痕。透過阿嬤的回憶，婚前有一次去看望因讀書會而坐牢的兄長，回來後情侶大吵一架——因為爺爺怎樣都不肯承認，蔣委員長比起日本總督，對待臺灣人的手段是更加殘酷。

年輕的靜梅忍不下這口氣。她回嘴說：「他們摸我。」在那個時代，警衛濫用職權，性騷擾來探監的政治犯家屬，簡直天經地義。年輕的爺爺自然同仇敵愾起來，但對女友的愛情是一回事，在政治觀點上他堅持，中華民國的高壓手腕就是戒嚴時代的必要之惡——或許從那時起，就算愛情再怎麼純粹，也沒有能耐去彌合接受日本教育的本省女孩與受惠於流亡黨國的外省男孩。

在白色恐怖的肅殺氣氛中，婚姻兩方的父親，一邊是本省殷實望族、一邊是外省移民官員，曾經試著聯手阻止這段跨族群戀情。然而年輕人還是克服了長輩的反對，最終結為連理。但不幸的是，婚後感情果然每下愈況，么子華立誕生後，夫妻分房而居，靜梅在外省家庭中作為媳婦也日漸安靜。儘管如此，靜梅仍定期去探望身為政治犯的兄長，那是升斗小民在白色恐怖中必須堅守的人性防線了。

諷刺的是，唯有愛情，才能在那樣的時代讓一對本省女孩與外省男孩廝守結合。但即便是近乎璀璨的真誠愛情，仍不可能在那樣的時代，抵禦政治高壓導致的兄妹冷漠、夫婦失和。

☆　☆　☆

最後，用德語書寫的《梅雨》，到底能不能算來自異鄉的「臺灣文學」？也許我們不必太過執著作者國籍，但必須承認，德國雖經歷納粹暴行，又因冷戰體制而國家分裂，然而戰後八十年以來，德國人仍堅定地反思戰爭罪惡、也持續挖掘探究真相——相比於德國對「民族惡行」永誌不忘，島嶼的居民太過習慣輕輕放下。

真要說起來，那些承受威權壓迫的平凡人，除了旁觀或冷漠並無滔天大罪。但在我們臺灣的情況，整個社會也默許一種結構性的溝通失能。《梅雨》顯然非常同情大時代裡的小人物，但也暗示讀者，此情此景並不存在無辜者。

還有一事不能忘記：臺灣人一向以熱情對待外國朋友著稱，但臺灣女婿所寫下的《梅雨》，卻圍繞著一種無法修復的冷漠。因為曾有過納粹極權與屠殺猶太人的歷史，德國當代文學因此特別關注「贖罪」。面對歷史，沒有人可以宣稱置身事外。

從轉型正義角度，在日本殖民體制結束後，臺灣迎來了非常相似的黨國威權統治。但誰應該為了連續的國家暴力負責？無論省籍、族群，多數臺灣住民，均屬歷史的犧牲者，但我們也不能輕易卸責，正因為長久以來惰於挖掘真相，如今，曾經的族群矛盾，轉化成激發藍綠惡鬥的相互怨恨。

無論如何，《梅雨》意味著德國老哥寄達臺灣兄弟的過來者言。在故事結尾，最年輕的孫女茱麗，拒絕傲慢白人男友求婚，並決定留下陪伴寡言的阿嬤。這份對於故鄉的醒悟，其實沒有捷徑可走。整整四代的漫長歲月，這個家族方才稍微知道自己是誰、發生過什麼——「認同」不可能在真空中突然發生。

小說之所以題名《梅雨》，是來自書的一段對話：「最近有一個大陸人對我說，我們就在這裡躲雨，直到雨停。」那是中國流亡者，渡海來臺灣時如同燕子般的心情。但所謂的家鄉，並不是回不去的遠方。游子在異鄉當然可以一時避雨，但日子久了，終究要隨遇而安、落土成家——臺灣這個島嶼雖然不大，但足夠承載所有懂得愛與付出的旅人。無論東洋西方、日本中國、本省外省、客佬原民，你若自詡為島嶼過客，靈魂深處那場無所依傍陰雨，只怕永遠也無法真正止歇。

梅雨

PFLAUMENREGEN

1

她跑得飛快，以致眼前的世界模糊掠過。下坡，沿著宿舍間狹窄的小巷，把那些叫她要小心的人拋在身後。「梅子妳這樣跑，會摔倒的！」她的辮子從肩膀滑落，在她身後擺動。木屐踩在堅硬的地面上喀啦喀啦響。她的鞋子和衣服都不適合奔跑，但是到了山下學校附近她已經聽到觀眾興奮地竊竊私語，他們期待比賽趕快開始。她為什麼沒有早點出發？在最後一刻她決定到山上的神社祈求勝利。她走礦坑前平整的小路，然後左轉。在山下所長的住所旁邊有一道階梯通到村子裡。

她暫時放慢了腳步，高高的竹子遮擋了房子，那是整個金瓜石最大最漂亮的房子——如果太子賓館不算的話，那裡沒有人住，所以不算。有一次她父親在下班後必須送一件重要的公文給所長，帶她同行。所長家裡面散發檜木的味道，靠山谷的一側是一個精心打理的院子，裡面有一條白色礫石鋪成的小路和一個養滿金魚的池塘。像往常一樣，正門口停了一輛汽車，山下先生和他的妻子週末外出時，司機會載著山下夫婦到瑞芳火車站，或者山下太太要到九份逛街，司機也會載她去。沉默的司機總是穿著制服戴著白手套。

「梅子！」

以免在匆忙中絆倒或踩到蝸牛，她小心翼翼踩上最先的幾級階梯。地上因為之前的雨到處濕漉漉的。現在她停下來，抬起頭看到籬笆後面山下夫人優雅的身影。她左手撐著一把淺色紙傘，右手輕輕揮手。

「山下夫人……日安！」梅子鞠躬的時候，感到自己快喘不過氣來了，一時間她感到一陣暈眩。

「妳跑這麼快會跌倒的。」所長夫人面帶微笑地說。她身上穿著一件梅色的和服，繫著繡有茶花的腰帶，看起來一如既往的優雅高貴。就像古京都的宮廷貴族，梅子心裡想。

「因為……球賽。」她好不容易說出口。「我們對抗基隆的中學隊伍，如果我們贏了……」她越是想平靜地說話，越是覺得喘不過氣來，而且她突然想到像在家裡一樣隨口喋喋不休是不禮貌的。「哥哥是先發投手。」她又補充說明，好解釋她的興奮。

又一陣掌聲從學校操場傳上斜坡來。如果不是介紹了陣容，就是比賽已經開始了。

就算不高興，所長夫人也從來不會讓人察覺。柔和的春光透過竹葉，襯托出她白皙的肌膚和細緻的臉龐。聽說她的家族實際來自京都，而且族譜可以上溯幾個世紀。「我聽說幾乎沒有人能擊中他的快速球。」她的回答讓梅子非常驚訝。她沒想到山下夫人會對棒球感興趣。所長家裡也會談論校隊和投球技術嗎？

梅子脫口而出：「如果他今天表現得好，說不定明年可以進臺北的高等商業學校，有一天還可能參加甲子園錦標賽。」

「真的嗎？妳一定為他感到非常驕傲。」山下夫人對待小孩子就像對待同類人，然而在金瓜石當然沒有她的同類人。當地的金礦屬於日本礦業公司，而且是全亞洲最大的金礦。她的父親說，如果沒有日本人，這裡會有一些冒險赤手空拳挖金子的人，就像從前一樣，然而這地方現在有自己的醫院、電影院還有兩所學校。順帶一提，最近報紙上有一篇關於敬治的報導，因為他完投整場比賽沒有失分，這也許就是為什麼山下夫人知道的原因。報導中寫到他的快速球快如閃電，如春雷般擊中捕手的手套。片刻之間梅子感受到停留在自己身上的慈祥目光，忘記了著急。院子裡紫藤和蘭花已經盛開，黑色的鳳蝶四處飛舞。所長夫人再次抬起手說：「那就讓我們期待今天的勝利吧？但是妳還是得小心，地面還很滑。妳身上穿著這麼漂亮的衣服，小心別弄髒了。」

「謝謝您，山下夫人！」梅子鞠躬彎腰大聲回答。她試著配合身上的服裝像個淑女走路，那是母親親手縫製的。一直到階梯中間，她才握起拳頭再次奔跑。在電影院後面，有一小片大海映入眼簾，如玻璃般平滑延伸到地平線。遠處有陣雨傾盆而下，但是山丘上飄著雪白的雲朵，而且異乎尋常地靜止在天空中，彷彿也想觀看金福宮旁運動場上正在進行的緊張賽事。這次是北部學區棒球錦標賽的決賽。

金瓜石初中這次晉級到前所未有的高度。

通常都是基隆和臺北的日本隊自己在北部一決勝負。都是學區很大的學校，那些高官富商的子弟習慣在最好的條件下受訓。最近幾年大部分是臺北商業學校贏，但是敬治說在本賽季之前有兩名關鍵選手搬回日本了，而且補充說道：這是我們的機會。金瓜石連個像樣的棒球場也沒有，礦業公司的棒球隊在瑞芳打球。今天的比賽原本應該在中學的操場舉行，但是春雨過後操場淹水，梅子此時到達的場地是金福宮旁邊的運動場，屬於她就讀的小學。這裡也有很深的水坑，從遠處看彷彿地上到處放了鏡子。

她的心怦怦跳，擠過人群。所有的老師和學生都到了，還有一些家長，甚至和學校沒有關係的居民也來觀戰了。大家都親眼目睹她哥哥投的球讓對手陷入絕望。「不好意思。」她一邊喊，一邊拚命往前擠。要不是中途有人攔住她，她早就在開球前趕到和玲子約好的位置了。她聽到啪一聲，球落進捕手手套的響亮聲音，當下很想踢所有擋住她視線的人的屁股。掌聲響起，有人大喊敬治的名字。還有幾公尺，她必須小心，不能弄髒衣服，同時留意她的好朋友在哪裡。如果碰到老師不能忘記行禮打招呼。在眾人頭頂上方隆起的綠色山丘三面包圍，猶如體育場的看臺。半山腰光禿岩石突起的地方聳立著紅色的神社鳥居——幾分鐘之前她才從那裡跑下來，難怪喘氣喘得像離水的魚。

「梅子！」這次是玲子從人群中大喊她的名字。她鬆了一口氣，舉起手揮了揮，不久之後她站在玲子旁邊終於可以看到球場了。她從來沒有看過操場上有這麼多人。因為比賽場地四周沒有圍欄，校長讓人拉起繩子圍住觀眾。

「我有沒有錯過什麼？」她喘著氣問。

「妳跑到哪裡去了？」

梅子沒有回答，而是伸長脖子。敬治筆直像個士兵站在投手位子，臉上流露全神貫注的神情。每次投球之前他會在胸前握住手套，那手套是因為他成績好爸爸送給他的獎賞，美津濃的真皮手套！下一刻他探頭好看清捕手給他的暗號。「這是第一個，對吧？」梅子沙啞地問。「第一個打擊者，我看不到牌子。」

「第一個已經被他三振出局了。」玲子回答道。「快、狠、準。」

「啊，我懂，他又等不及了。」

「說，妳到底跑哪裡去了？」

「我拿一枚錢幣到神社去許願了。」她們對看了一眼，玲子輕輕撞了一下她的側邊。玲子也很想要有一個讓全校仰慕的哥哥，然而她只有弟弟妹妹，而且還不少。他們一家九口住在一棟很小的屋子裡，屋子位在鐵軌和大海之間。所以她們早上沒有一起上學，而是在校園碰面，然後放學後在操場對面的校門口道別。儘管如此她們還是最要好的朋友。

敬治的下一球投的是壞球。雖然下一球又過高，但這次他是故意的，策略成功：對方的打擊者上鉤，漂亮揮棒落空。「太好了。」梅子自言自語說。她哥哥站在由大量鋸屑堆積成的投手丘上，就像她在專業人士的照片上看到的一樣。他再次把手套放在胸前，對著捕手點點頭。梅子常常看他投球，現在從他出手之前已經能夠看出他的快速球。打擊者踮著腳尖，似乎專注到發抖，但是那球彷彿有一根繩子拉引，從他身邊呼嘯而過，直接落入捕手的手套中。人群中一陣竊竊私語。「二出局。」玲子滿意地說。梅子再也忍不住。

「お兄さん、頑張って ください！（哥哥，請加油！）」她拚命地用日語大喊。幾個年紀較大的學生笑著轉頭看她，她頓時臉紅，儘管如此，她感覺很好。在敬治床邊的木製寶箱裡有一張破舊的照片，上面是大阪附近的甲子園球場，那是全國高等學校棒球錦標賽舉行的場地，可容納超過五萬名觀眾，甚至在那裡的所有比賽都能在廣播直播收聽到。為了實現夢想，她哥哥必須到首府升中學，然後和學校球隊贏得全臺冠軍——因為每年只允許一支來自殖民地球隊參賽。

下一位打者走上球場時顯得焦急，上半局很快就結束了。當她哥哥以穩健的步伐離開球場時，掌聲伴隨著他。這就是所謂的三上三下。梅子那天下午第一次感覺自己好像可以深呼吸了。

在三壘附近，有一個用木桿和白布為教師搭建的遮陽棚，她認出正在和同事說話的本田老師，她很想跑過去和自己的班導師打招呼。她觀察導師學到，在笑的時候，用四根手指遮嘴巴，而且和嘴唇稍稍保持距離。這樣看起來很有淑女氣質，只是她往往在突然笑出來的時候會忘記要做這個動作。

兩支隊伍再度回到賽場上。

不出所料兩隊勢均力敵，對方投手也投出威力十足的快速球。到了第三局金瓜石隊才打出第一球，球沿線飛，打擊者攻上二壘。觀眾激動歡呼猶如得分。但是下一球對手馬上讓希望落空，一次解決了兩名跑者——雙殺。來自基隆的球員穿著藍色球衣，球衣上甚至繡著名字，他們看起來相當自信。第四局，敬治的球終於被擊中，加上防守失誤，對手甚至上到三壘。梅子和玲子緊緊握著對方的手，握到手都痛了。她哥哥站在原地不動的時間比平時更久，然後他從腰帶拿出一條手帕，擦拭額頭，然後又塞回去。手帕上她媽媽繡了他的名字還有「勝」一字。當他對著捕手點頭的時候，大家已經猜到接下來會發生的事，並且屏息以待。在三壘上的跑者，像拉扯繩子的獵犬，但是沒有機會衝。閃電、霹靂、歡呼聲。連續三個快速球，敬治化解了危險。

看著玲子趁著中場休息急著跑去上廁所，梅子搖搖頭。她看到教師的遮陽棚下還坐了幾個陌生人，她認定那是臺北來的教練，是來觀察她哥哥的。她爸媽不願意讓哥哥到臺北唸書，但是如果有這個機會他們也不會阻止。敬治認為，雖然名義上是國立學校，但是差異無疑還是存在的。日本的學校牆壁都是粉刷成白色的，那裡不會像這裡一樣，有四十個學生擠進教室。梅子最近對本田老師吐露她最大的願望是幾年之後進入瑞芳的日本女子學校。

頑張ってね（加油），她的老師鼓勵她。雖然面帶微笑，但是眼中閃著淚光，彷彿剛聽到什麼傷心的消息。每次梅子和她說話，都會有想要撫摸她那雙白皙、纖細的手的衝動。本田老師沒有像所長夫人那樣穿著優雅的和服，她穿洋裝。她是福岡人，說話的口音可能會讓人家認為她是本地人。但是電影院裡的女人也不比她漂亮。媽媽說，她上街購物的時候，在她背後總是有人激動得竊竊私語。沒有人能理解像她這麼年輕的女人怎麼會跑到金瓜石的小學來教書。有人說她的丈夫戰死在中國，儘管老師還太年輕不像是寡婦。

響亮的掌聲把她從思緒拉了回來。梅子覺得賽場地面上的影子突然變長。第五局，已經到了倒數第二局，依然是零比零。有一個跑者上了二壘，歡聲雷動，下一個打者擊出一壘安打，歡呼聲升為颶風。對方投手的球衣上繡著「藤田」，他一臉擔憂地看了看教練。他是不是越來越力不從心了？梅子興奮地加入人群有節奏的歡呼中。兩塊黑板上記錄比賽的狀況，在出局那一欄中，標明是零。還沒有打擊者出局，而且一三壘有人，顯然得分在望。千萬不可以錯失這麼好的機會，她心裡想。

場邊的選手也已經坐不住。敬治用厚毛巾裹著肩膀和投球的手臂，站在隊友旁邊。玲子驚訝地問，他是不是受傷了。玲子雖然十分熱烈地關切比賽的進展，但是對棒球不是很熟悉。「他只是必須讓手臂保暖。」梅子要她放心。「說得更清楚就是要讓肌肉保持溫暖。」

金瓜石的下一個打擊者是一個礦工的兒子，他赤腳打球。他沒有等待適當的時機，他每次都全力揮棒，連裁判會判壞球的球他都沒放過。梅子不以為然地咂了咂舌。當她看到敬治拿下毛巾，這天下午第三次拿起球棒，她的心猛跳。到目前為止，他還未擊中任何一球，但是觀眾仍舊充滿期待地竊竊私語。有人用臺語大聲喊：「緊！給囂俳的日本鬼子好看！」四處傳來笑聲，但是梅子注意到老師都沒有反應，他們無動於衷地喝著他們的茶。總是會有人不守規矩。下一球從投手手中滑落，他很快恢復鎮靜並且以精準的兩投把敬治的隊友三振出局。

「哎呦，拜託。」玲子哀求說。「我真的尿急了。」

梅子從頭到腳所有肌肉緊繃，已經沒有任何感覺了。「妳去吧，我絕對不會離開這裡。」她說。也許晚上她會發燒或流鼻血，但是她不在乎。

當她哥哥上場的時候，沒有露出任何緊張的神情。他對裁判簡短的一鞠躬，把一塊石頭踢到旁邊，然後就打擊位置。膝蓋微微彎曲，前後彈跳。他和藤田一動不動挑釁地互看了幾秒，只有敬治球棒的末端在空中畫著小圈。梅子察覺自己在磨牙。當球離開投手的手時，她屏住呼吸。她哥哥抽了一下，但是沒有揮棒，球砰一聲落入捕手手套中。她等了幾秒鐘，看看裁判是不是會判好球，幸好不是，她鬆了一口氣。

觀眾鼓掌。「好眼力，」有人說。比賽時間越長，對投手來說就越困難。他不得不面對西沉的夕陽。學校上方山坡上的房子沒入陰影中。在這個時間要是她坐在上面神社前面，望著大海，她心裡會想世界上沒有比金瓜石更美麗的地方了。第二球來了，這次敬治揮棒，球棒上緣擦到球，球彈跳出去，成了界外球。梅子差點咬手。她的腦海裡出現她之前在神社投的那枚錢幣。「拜託，拜託，拜託。」她低聲說。接下來敬治揮棒落空讓她驚慌。投手握緊拳頭，她哥哥急拉回自己揮棒的力道，張嘴露牙，搖了搖頭。梅子看向遮陽棚，她看到本田老師雙手放在嘴巴前面，像在祈禱。

「如果他再出錯一次，就出局了。」玲子烏鴉嘴，不顧會帶來惡運。玲子的爸爸在茶壺山銅礦場當警衛。從她的日語可以聽得出來，除了在學校她很少說日語。

「只要妳不觸霉頭，他才不會出局。」梅子嚴厲地回答。

兩個對手再一次就位，對方臉上流露出穩操勝算的笑容，敬治面無表情。他的球棒末端再次在空中畫小圈。投手最後深深吸了一口氣，然後揮臂準備好投球。梅子很驚訝她這次比之前更能辨識球的軌跡。喀一聲皮革碰撞木頭的沉悶聲響。沒有完全命中，球棒底部碰撞球，球飛出猛烈衝擊地面，彈高飛過投手匆忙伸出的手套。敬治把球棒扔一邊，拔腿就跑。所有球員和觀眾瘋狂叫喊，頓時地面像地震一樣震動起來。另外兩名跑者已經往前衝，梅子不知道該往哪裡看。在她前面的人失控地上下跳動。因為兩名守備球員互相阻礙，導致致命性的延遲。第一個跑者已經回到本壘，第二個是阿豪，他是全校跑最快的。場邊的觀眾揮著手臂指示他繼續跑。梅子拍著玲子的背，大聲尖叫。從捕手接球的動作，梅子看出來守備球員傳來的球不夠準確，為了接球捕手不得不向右一個弓步，因此左腳也離開壘包，就在這時候阿豪往前撲，在地上往前滑手碰觸本壘。

裁判向兩邊張開雙臂：Safe！

球員席的球員紛紛把帽子拋向天空。金瓜石以二比零領先！梅子像顆球一樣上上下下蹦跳。人群像洶湧的大海起伏擺盪。直到停下來喘口氣，梅子才看到敬治舉著拳頭站在二壘上。

「那個投手為什麼投得那麼蹩腳？」玲子驚訝地問。

「蹩腳？」梅子笑著喊道。操場在夕陽下閃爍如琥珀的光彩。「那球原本應該是一個變化球，我的小姐。」遮陽棚下的老師也全都跳起來鼓掌。「對、對、對，變化球，」她瘋狂地大喊。「只是他太顛顢。」她不久前才學會這個說法，覺得十分俏皮。織田教練瘋狂比手勢試圖明確告訴他的球員這場比賽他們還沒有獲勝。敬治已經恢復鎮定，一臉得意地看著因為他的打擊所引起的騷動。

一直到這一局結束，分數始終保持二比零。「妳到底要不要跟我去？」換場的時候，玲子急切地問。「我尿急快忍不住了！」

這次她讓步了。她們擠過人群，穿過馬路，來到學校後面的廁所。梅子的耳朵發熱，她的手指因為拍手已經發麻，當她蹲下來的時候，不禁打了個寒顫。希望不要在比賽中發燒才好。為了分散自己的注意力，她摳了摳膝蓋上的結痂。之前跑步時摔了一跤。幾分鐘之後，她們剛回到原來的位子，球員也回到球場了。她們擔心教練可能會在最後一局換投手，顯然是多餘的。在觀眾的歡呼聲中，敬治回到他的位置。

接下來的十五分鐘簡直就是地獄般的折磨。她哥哥露出彷彿痛苦的表情，失誤的次數非比尋常。他今天已經投超過六十球，明天他可能手痠得連筆都拿不起來。明天的事明天再說。在兩名基隆的打擊者擊中球之後，織田教練喊暫停。梅子一邊顫抖一邊祈禱，不停左右換腳站。她看到她哥哥示意想繼續投。接下來的兩名打擊者出局，但是一壘和二壘上有人，只要一支全壘打就會完全扭轉局面。梅子有時手捂住臉，有時盯著賽場，直到眼睛流淚，第一個好球。歡聲雷動。

她喉嚨乾到彷彿好幾天沒喝水。

第一球太高，然後第二球是好球。敬治的隊友全部雙臂交叉在胸前站在場邊，再也沒有人坐在板凳上。有那麼一瞬間，梅子認為自己的目光和他的交會。她微笑朝他點點頭，下一球他自己笑了。他曾經說過，如果一球投得完美，投出的那一刻他就感覺得到了。當然是快速球。數百雙眼睛追隨那球畫出的直線。當球落入捕手的手套裡時，全場鴉雀無聲。所有人都看向雙手放在膝蓋上站在位置上的裁判。他慢慢站直，似乎在考慮，然後雙手握拳比出三振的手勢。

比賽結束了。

梅子沒有雀躍歡呼，而是發出沙啞的嗚咽聲。四面八方觀眾如浪潮般同時湧進球場，將她一起捲入。她差點絆倒。她興奮地高舉手臂，仰著頭看著天空：贏了！當她看到哥哥的時候，他如巨人般從人群中升起，因為隊友把他扛在肩膀上。他淚流滿面。她已經不記得上次看到哥哥哭是什麼時候了，瞬間她感覺到她的喜悅像是胸口一緊。她看不到玲子，在她周圍到處是歡欣鼓舞雀躍不已的人，在遮陽棚下織田教練謙虛地鞠躬接受同事的道賀，就像一般日本人會做的那樣。本田老師雙手摀著臉，她簡直不敢相信發生的事。梅子真的很想衝過去抱住她。梅子覺得老師第一次看起來不那麼悲傷。

校門口的旗桿上飄揚著上面有紅色太陽的白旗。

☆　☆　☆

獲勝的消息如野火般傳遍地方。平常礦工下班之後抽根菸的榕樹下的小空地，在比賽結束後不久，大家就知道結果了。有個人放肆地問，四跤仔也不是真的無敵吧，有人朝辦公樓看去，那裡職員雙手乾乾淨淨坐在裡頭辦公，他們的宿舍裡有電燈有自來水。傍晚時分，蟬的鳴叫聲讓空氣振動。幾分鐘之前，警衛在木製的門廊搜查了工人，以確保他們不會偷帶金碎片出去。一個既熟悉又令人厭惡的手續，只有那些新來乍到的會唐突地說：這是可以在日本人面前伸舌頭或放屁的唯一機會。

這裡的中學生終於給基隆來的那群不知天高地厚的小子一點顏色瞧瞧了。勝利的消息讓初夏的陽光更加柔和，也讓回家的路似乎短了一些。為了壓抑飢餓感，工人抽菸抽到餘燼逼近指尖，他們互相點點頭，然後上路回家。可以眺望小空地的辦公室窗戶後面的燈亮起來。這裡大家也在討論比賽結果，儘管沒有特別關切。李先生是唯一一個兒子就讀當地中學的人。他同事的小孩要不是到瑞芳上課，就是已經上大學。祕書主任山田先生的大兒子是東京早稻田大學棒球隊的一員，如果一切順利明年將轉為職業球員。金瓜石初中在北區決賽中得勝，大部分的職員聽到消息只是隨意點點頭，他們一邊收拾東西，期待著晚上回家好好洗個澡。當中有一個人說：「做得好，李桑。」彷彿是他自己擊中關鍵的那一球。

他面帶微笑，示意鞠躬。

所長辦公室的門已經關上。下午他在裡面站在紫檀木辦公桌前面，拋光的桌面上映著他自己的輪廓。所長向他說明公司上級的決定，目前不利的境況迫使開採必須繼續減量。在這樣的時期，生產不是為了自由市場，而是根據國家需要。如往常一樣，所長不明說，還是讓他自己得出結論。

「這次多少人？」李先生問。

「我認為十個應該夠了，非常遺憾，但是政府的規定，我們沒有選擇的餘地。」

「還是到月底？」

必須熟知所長的人才能理解他微微點頭表示的是尷尬而非冷漠。海平面上的陰陽海在午後的陽光下閃耀。在海岸附近，淺色流層和藍色的海水混合，因此得名。那是來自銅礦的汙水，礦區在村落的另一邊穿過整個山丘。政府的規定確保開採持續擴大，據說不久甚至外國戰俘也會被送來，承擔地下開採的艱苦工作。已經為他們蓋好一個營區，顯然不利的情況是觀點的問題：現在用金子買不到太多東西，但是沒有銅就沒有炸彈。就這麼簡單。無論如何，大部分被解僱的人很快就會找到新的工作。自從軍隊統管，那裡的工作條件比這裡更艱難，但是家裡有妻小在等的人也不得不去上工。

在寂靜中，他聽到有節奏的鼓掌聲從峽谷傳來。數百人湧入國小的操場為地主隊加油。「有名單嗎？」他問。「或者我應該再一次……？」

所長一言不發，左手做了手勢，意思似乎是：你自己決定吧。他不時用兩隻手指摸摸他上唇修剪過的鬍子，彷彿那是貼上去的，隨時有可能脫落。真是個奇怪的男人，已婚但是沒有孩子。他家裡有一臺德國留聲機，晚上他聽舒伯特的歌曲，曲調悲傷陌生，尤其是在黑暗中。夏天如果窗戶開著，整個村落都聽得見，近乎令人害怕。

山谷中再次爆出掌聲。他的孩子期待了好幾個星期的球賽已經進行了兩個小時，興奮之情妹妹不亞於哥哥。所長靠在椅背上，摘下眼鏡，似乎才想到他的心思。「您的兒子也有參加球賽，不是嗎？」他的笑容看起來很勉強，彷彿他其實寧可獨處，延長談話只是出於禮貌。

「是的，沒錯，他是先發投手。」

「連報紙都稱讚他令人害怕的快速球。」

他想不出怎麼回答，於是鞠躬致謝。不知道為何，當他的上司多留時間給他，他便會感到緊張。山下先生雖然不專橫，但是他的冷漠以及經常去九份茶館的雅興眾所皆知，停在茶館前面的車子洩露他在哪裡訂了雅座。現在他掏出銀懷錶看了一眼，然後又放回口袋裡。年輕的時候他曾經就讀過德國的工業學校，而且熱愛從那裡進口的所有東西，商品也好思想也好。甚至修鬍的樣式都是以柏林的獨裁者為範本。「您有沒有想過把兒子送到別的學校？」

「別的學校？」

「譬如說臺北。」

這問題讓他吃驚。「這……並不容易，不是嗎？」

「他在學校功課不好嗎？」

瞬間他感覺額頭出汗。敬治是班上最優秀的學生，但是他的上司自己沒有小孩，所以也許不清楚。李先生當初在大阪唸書，因為本地人在母國比在這裡容易上好學校，這裡卑微的殖民地菁英害怕競爭對手。「老師對他都十分滿意。」他終於開口說。

「所以說是好學生而且是優秀的投手——我看，應該是不會有什麼問題。」

「所長先生這麼說真是太好了。」

「您考慮一下，總有辦法的。」

「真抱歉，太勞煩所長了。」他太遲才意識到這句話聽起來像是在求山下先生為他兒子想辦法。他還沒來得及糾正自己，他的上司已經微微點頭，示意他可以離開了。三小時之後，李先生正在瀏覽他在談話後立即擬定的名單。他相信，萬一有天這辦公室要裁員，他一定也在第一批的名單上。

他的同事們心情愉快地離開辦公樓。

據說公司上級的目標是逐步將產量減少一半。這不是他第一次懷疑所長可能誤判事態的嚴重性。山下太太仍舊和戰前一樣穿著華麗的和服，似乎沒有察覺到在她背後的閒言閒語。到目前為止殖民地的限制沒有母國那麼嚴格，但是報紙上誇大的新聞標題讓李先生懷疑。自從偷襲夏威夷的珍珠港成功之後，帝國總部的公報就如同名副其實的勝利狂潮。勝利，勝利，勝利！現在屬於大日本的地區名稱越來越有異國情調，沒有人可以有說服力的解釋除了擴張之外，擴張的目的為何。究竟那些太平洋島嶼上有多少原料？還有，難道只有他害怕現在日本的敵人也包括了世界上那些最強大的國家？每天夜裡這些問題困擾著他，這時妻子躺在他旁邊，孩子就睡在薄薄的隔板後面。偶爾他聽到孩子在說夢話，敬治說的和棒球有關，梅子則是說些只有在她腦袋裡存在的東西。他兒子遠大的夢想是上日本學校，但在這時候更加不現實，甚至更危險。帝國需要的不是運動員，而是士兵，源源不斷的士兵。

當剩下他一個人的時候，他收拾好辦公桌，把名單放進西裝的內口袋。平常在通知工人之前，他會先詢問銅礦區的空缺情況，但是那裡穿制服的人，不喜歡有當地人來干擾。他站了一會兒，靜靜享受懸浮在空辦公桌上 Minori 菸草的辛辣氣味。然後他走到外面。

春雨不久前結束了。像今天這樣溫暖的夜晚很難讓人聯想這地方一年裡有八個月籠罩在濃霧中。他的家庭來自基隆——在家從來沒有人以日語發音說「KIRUN」——所以他習慣了壞天氣，但是住了九年之後他渴望離開這個潮濕的地方。遺憾的是作為么兒，他只拿到很少的立業資金，再說也缺少哥哥們的生意頭腦，他們靠煤炭和茶葉賺了不少錢。而他不過是在一家快關門的公司裡位階最高的本地人，誰會想到有一天銅比黃金值錢呢？

黃昏時分，大海呈現岩石般的灰色。依當地的標準來說，他一個月薪資一百二十日圓算是豐厚了，但是為了享受住日本宿舍的特權，他還是得拿出三分之一的薪水付房租，而剩下的錢要養活四個人就需要精打細算了。每次敬治訓練完回家，就餓得一個人可以吃兩人份。要是真有機會送他去臺北上學，他三哥會收留他，但是李先生要怎麼說服妻子呢？已經有很長一段時間，下班之後他不直接回家，而是在半路拐彎去看看戲院放映什麼片子。《支那之夜》他已經看過三遍，那片子以上海為背景，描述所謂的中日友誼，但是被蔣介石身邊的叛亂分子阻止。那當然是宣傳，而且相當明顯，但還是滿好看的。他幾乎無法想像有比李香蘭更漂亮的女人。頂多一位，但是他禁止自己去想。此外，在他這位置的日本人月薪至少拿一百六十日圓。

他漫無目的地走著，陷入了沉思。當時在大阪他真的被日本女性的優雅深深吸引。由於他的口音，剛開始人家常誤以為他是福岡人，但是即使他說自己是臺灣人，也幾乎不曾遭受拒絕。相反地因為身形高䠷他常獲得讚美，而且是由始終優美柔和的當地口音發出的讚美，不久那口音他也掌握得夠好，讓人聽不出是外地人。商店裡女服務員都穿著剪裁優雅的制服，畫著得體的妝容。有一次在船場的一家居酒屋有個不認識的女人撫摸他的臉頰，低聲在他耳邊稱他很帥，很有男人味。他永遠不會忘記那個笑容，雖然她的門牙是歪的。

夜幕降臨，他站在醫院前的空地，遠眺峽谷的另一邊。在黑暗中看不見營區的建築工地。當初如果不是父親要他回來，現在的他會在大阪工作，而不是屈就在這個只有骯髒小路和陡峭階梯的礦村。山坡上的房子裡家家戶戶正在煮飯，有那麼一刻，炊煙的味道讓他感到安慰。敬治會自豪到幾近腳軟，梅子會在餐桌上繪聲繪影描述比賽的過程，直到發燒。他父親認為在家不應該用日本名字叫孩子。在舊帝國時代出生的人，認為祖國在西邊，而不是在東邊。驕傲的父親為日本偷襲珍珠港像報紙上一樣大聲歡呼，只是出於不同的理由：從此美國、英國和中國站在同一戰線。在他的家人中，只有李先生認識那個年輕世代夢想著民主與自由而非英雄戰死的日本。如今男人爭相為國捐軀，女人則穿上難看的灰色褲子來隱藏優雅，那是一種從前沒有人敢穿上街的民族制服。除此之外他雖然不滿現況，但是說實話，什麼都做不了甚至更符合他的本性。此處在醫院附近，或許他可以寄望偶然相遇，那雙驚人的大眼睛以及眼神中幾乎令人愉快的一絲絕望，令他招架不住。他曾經失戀過一次，從此之後他是浪漫主義者同時也是現實主義者：感謝她的存在卻同時感到遙不可及。

無論如何，本地人除了夢想著幸福之外，不可能有更多奢求。

☆　☆　☆

「本田靜子，妳在太陽底下晒了太久。」那天晚上稍晚的時候洋子說。她們兩人坐在靜子的宿舍房間裡，靜子坐床上，她的朋友坐在窗邊唯一一張椅子上。清涼的夜風從窗戶吹進來。北部的夏天通常來得晚。她們談話停頓的時候，靜子覺得自己聽到遠處的海浪聲，但不可能，那只是風聲。

「如果我臉紅，那是清酒的關係。」她回答道。雖然她一下午都在戶外，但是大部分的時間待在遮陽棚底下，既避免晒黑同時也儘量不讓同事看到她的激動。

「我的意思不是因為妳臉紅，而是……」

「我知道。球隊裡有一半的球員小學時是我教的。我的疑問是，妳為什麼這麼無感？至少為妳的教練高興吧。」

「當然，敬我的教練。」洋子嘲笑的揚起眉毛，喝了一口杯子裡的酒。「明天早上他必須提早一個小時起床，因為校長想在上課之前接見球隊。他自作自受。」

「所以妳這麼早就回來了？」

「總之帶了半瓶的酒回來，『至少妳們兩個可以慶祝一下』，他這麼說。」

靜子伸出手時，她感覺到裸露手臂上的一陣涼意。「還有剩嗎？」或許之前她描述球場上發生的事情太生動：最後一幕的高潮、一群蹦蹦跳跳的球員、張開雙臂跑到球場上的李小梅。她哥哥有一次堅持要幫老師把手提包提回家，說對女士來說太重了。「妳說，我為什麼不該為他們贏了高興？」

「剛才妳才說我們贏了。」她太了解洋子半嘲諷半縱容的笑。廚房傳來護士歡笑聲，她們每天傍晚都坐在那裡聊天。靜子是宿舍裡唯一一個不是在隔壁醫院工作的人。當時她和奧畑先生說好，她只是暫時搬到這裡。但是因為金瓜石沒有適合單身女子的住所，所以她現在一個人住一間房。除了洋子以外，其他人以一種「妳不真正屬於這裡」的禮貌對待她。但她幾乎習慣了，就像在學校裡和其他所有地方一樣。

「妳只是在取笑我。因為妳對棒球不感興趣。」靜子說。

「妳就感興趣？」她的朋友仔細把剩下的清酒平分。「妳高興是因為他們是妳的學生，還是因為妳最喜歡的學生打得好？」

都有，靜子心裡想，她起身關上窗戶。夏天的時候，她可以坐在書桌前靜靜地聽晚風吹來的既悲傷又安慰人心的音樂聲，但今天一切都靜悄悄的。古怪的礦場所長對音樂的品味讓她懷疑他的壞名聲沒有事實根據，而且也許同樣因為當地所有日本人認為彼此非常了解而感到困擾。「首先，我從小就喜歡棒球，」她挑釁地說，「再來，我對所有學生一視同仁。」

「靜子醬，我就是逗妳的！」

「據我所知，他們全家人都很友善。甚至連小女兒說的日語也幾乎沒有口音。學校的同事說：『還不錯……就本地人來說。』」

洋子彎身，討好地撫摸著她的手臂。「事實是，大多數都還差得遠。」靜子注意到每次她的朋友和織田教練一起度過一兩個小時之後（當然是偷偷摸摸），她的舉止變得開心慵懶，彷彿她覺得特別自在。「好了，我們換個話題吧。買到票了嗎？」

「最後一張。」
「在日本待四個禮拜，真羨慕妳啊！」
「不算旅途差不多三個禮拜。我會暈船，這就不用說了。」
「不管怎麼說，」洋子做了個表情，彷彿在聞一束鮮花。出身東京的她，有一天被派到了中國的野戰醫院，為了避免被軍隊徵調，才自願到殖民地服務。像許多來自首都的人一樣，她有時行徑過於直接沒有顧忌。「祝妳一路順風！」她舉起杯子說。「可要回來啊，聽到了嗎！不要把我一個人留在這個偏僻的小地方。」
「放心。」
「妳在哪裡上岸？」
「大竹。頭幾天我待在廣島姨媽家。」她沒有說，她故意不訂直航福岡的高砂丸。她父親一直強烈反對她一個人搬到臺灣——大家，尤其是她的公婆會怎麼想？——而且不放過任何機會重申他的觀點。突然間靜子感覺到了不習慣的酒精，以及全身襲來的疲倦。每次都是這樣，短暫的欣喜之後是更深的墜落。她對決定性安打的歡呼，當然站在一旁的人立刻注意到了，包括近藤校長。在別人面前，她每句話都要三思才說出口，除了洋子，但就連她的朋友有時也會看著她，好像她剛才說錯了話似的。誰是我們？
然後，不知為何，她突然沉默了。
「對不起，洋子醬，累了一整天。」

「如果妳想聽實話，我不想再聽到棒球這個字眼了——他開口閉口就是棒球！如果他們今天輸了，本賽季就算結束了，就不會有這個話題了。」

這一次是靜子傾身向前，撫摸了一下她的朋友表示安慰。廚房裡的聚會散了，宿舍的人一個個回到自己的房間，一時間靜子真希望能自己一個人沉思。「妳聽說過計畫中的營地嗎？」她問道，儘管近藤校長已經下令嚴格保密。

「沒有，什麼營地？」

「在峽谷另一邊的建築工地。白天妳從窗戶可以看得到。昨天我們開了一個會議，校長宣布那裡將安置外國戰俘。好幾百人，必須在銅礦坑工作。」

「好幾百人？他認為這是個好主意？」

「我也問過他。他們現在正在建造的牆甚至從學校操場都能看見。但他只說我們不得不妥協。」他當時的語氣聽起來不像她現在表達的那麼無奈，而是更像譴責，畢竟那是軍隊的一項計畫。靜子繼續說道。「他很擔心一直有穿軍服的人來找我們，向孩子們解釋各個戰役——或者考查我們是不是正確傳達了。他最擔心的是，我們可能會被懷疑對戰爭不夠熱衷。」

洋子的嘴巴扭曲著，像在壓抑哈欠。

「我知道政治比棒球更讓妳厭煩，我也是。但是越來越多政治參雜到我的工作。」

「既然妳為學生沒口音、流利的日語感到高興，那麼一點愛國教育又會對他們有什麼害處？」

「當然沒有問題。」她反射性地回答，彷彿是近藤校長問她似的。他的確問過。他說如果軍隊開始懷疑金瓜石小學是否對……盡了自己的一份力量，一切可能會產生無法預料的後果。他說的是「神聖的國家使命」或類似的話，她已經不記得了。三年來，她一直住在山裡，做她的工作，空閒時間要麼在房間裡看書，要麼和其他女人一起。她們的年齡都差不多，沒有人直呼她的名字，這讓她覺得幾乎是一種迷信，彷彿特別是護士認為她的不幸會傳染。現在，她們當中最後一個離開了廚房，樓下有人鎖門，沉默了半分鐘後，洋子也起身。「對不起。我不應該提這個的。」靜子說。

「沒事。我知道這對妳來說很難，但大家都說不會太久了。美國人現在知道把我們逼急了是個錯誤。他們會談判，他們不得不！」

「如果不談呢？」

「那後果就不同了。聽我的，不要再去想那些妳無論如何也改變不了的事情！」

她也察覺自己的笑容是多麼地無力，如果她像洋子一樣不要太在意別人對她的看法，其實事情會輕鬆很多。而且就算面對與教練的關係可能會被公開的危險，洋子無論如何也要讓窮鄉僻壤的生活變得甜蜜，難道不是嗎？她們都不希望抱怨而引人關注，即便兩人必須遵守的規則不同。

她們輕聲互道晚安。

靜子一個人在房間裡，她關掉燈，然後再次打開窗戶。她覺得自己可以看到在遙遠的大海上的一絲月光，她一邊慢慢地脫下衣服，把衣服放在椅子上。沒有人能理解她突如其來的感覺，彷彿有什麼躲在暗中準備伏擊。就連洋子也不理解。戰爭或許很快就結束了，但對她來說，未來就像一扇鎖著的門，她偷偷側耳傾聽。在一些同胞眼裡，她獨自在國外生活，而不是在國內履行義務，近乎一種不忠。事實上，她幾乎一生都在臺灣度過，但很少有人知道，而且可能也不會改變什麼。逃避就是逃避。

夜風涼如水拂過她的肌膚。我們贏了，她心裡想，同時摀住嘴好壓抑想大叫的念頭。小時候，她和本地的孩子一起跑過田野，她的父親曾警告她：別忘了妳是日本人。如何忘記？在金瓜石這裡她嘗試過一段時間，但事實無法逃避。有時她聽到孩子們在門後笑，而她可能永遠不會有小孩。正吉的照片像紀念碑一樣立在床頭櫃上。他臉上帶著年輕的嚴肅，這唯一一個見過她裸體的男人正監看她的生活——或者說，一個二十五歲寡婦所謂的生活。

2

第二天，她迫不及待地去上學了。前一天晚上她果不其然發燒了，醒來感覺自己好像也上場打了球，但待在家裡是不可能的。她一邊喝著熱豆漿，一邊期待著同學們問起昨天的勝利。她的父親已經到辦公室，敬治到他的學校，整個球隊在上課前要接受校長表揚。媽媽在幫她梳頭時把手放在她額頭上，梅子搖搖頭說：「我涼得跟黃瓜一樣。」隔壁的田中先生因為找不到領帶在罵人。她心裡想，領帶一定在床上。她穿上鞋子，走到小小前院。櫻花已經凋謝了，花朵如雪花般鋪滿地面。今天大家的話題一定是初中的英雄，她故意提早出門，以防路上有人問她球賽的經過。譬如，山下太太。

這是一個陽光明媚但涼爽的早晨。一艘拖網漁船在海上漂浮，山上的薄霧像被風撕破的三角旗。她雀躍沿著宿舍間的坡道往下走，心裡告訴自己要在階梯底部走得更慢些。初夏的時候，山下太太花了很多時間看花園裡的花。如果她沒有注意到，自己可以停下來整理一下襪子，或者可以主動打個招呼。在這種情況下，不必擔心會打擾任何人。恰恰相反，所長太太一定很樂意聽到第一手的比賽報導。

在她下面鋪平的小路上，工人們慢吞吞地走到礦坑口。下一刻，梅子就聽到瘋子沙啞的聲音，她臉色一變。偏偏今天碰上那瘋子！

鎮上的人都叫他瘋子。雖然他住在去九份路上的一間搖搖欲墜的小屋裡，但他白天經常在金礦外閒逛，向工人乞討，或者躺在樹下打呼。她還沒有看到他，但一陣笑聲告訴她，他找到理會他的人。有些男人喜歡用話來激怒他，當梅子走到鋪平的小路上時，認出了那個駝背、灰白頭髮的身影。聽說他曾經有過妻子和孩子，過著完全正常的生活。她的爸媽說他是可憐人。

她猶豫不決地停了下來。討厭的是這個瘋子認得她，每次看到她都用怪異的聲音叫她：婧查某囡仔。紅臉頰的小美女。就像這類的事情。大家都看著她笑，讓她很尷尬。「阿美利卡海軍たくさん（大量）傷亡。」她聽到他沙啞的聲音。他的臺語聽起來很奇怪，因為他參雜發音錯誤的日語單詞。和往常一樣，他拿著一張舊報紙，假裝在朗讀重要新聞。「日本的船控制パシフィック（太平洋）。」如果礦工沒空理他，就會把他趕走，但他通常很快就會再出現。梅子嘴裡罵了一聲，趕快逃走，轉身走到下一排房子的後面，而不是前面。她迅速穿過工人們抽菸的空地，在進入礦區前在郵局左轉，沿著小路往下走到醫院。她告訴自己，山下夫人也許這時候也不在花園裡。

醫院前的空地上非常熱鬧。金瓜石開採黃金之前本地家庭居住的地區從這裡開始。陡峭的樓梯往下通向老城中心。當梅子在峽谷邊緣停下來喘口氣時，她聽到了腳下的河流，在春雨過後湍急地流動。另一邊是一塊岩石高地，士兵們正忙著砍伐灌木和堆積建築材料。從那裡她的目光順著斜坡向上看，那座石峰形狀像無柄的茶壺，所以叫茶壺山。在更後面，面對大海的一邊，是玲子父親工作的銅礦的入口。玲子聲稱在戰爭中銅與石油或鋼鐵一樣重要，但其實她的意思是：甚至比黃金更重要。聽說礦坑的隧道深達海平面以下。

鳥鳴襯托峽谷上空的早晨寂靜。占領新加坡之後，有一名軍官來到學校向他們解釋戰鬥過程。士兵們在東南亞季風中穿越了馬來西亞叢林，而且是騎著鐵馬！這讓英國人大吃一驚。負責的將軍叫山下。所長也叫山下，但他們沒有血緣關係。再過幾年，你們也可以為日皇和神聖祖國而戰，軍官大喊道，然後驚訝地停下來，放聲大笑——他熱情過頭忘記了自己是在給女生班講課！新加坡現在改名為昭南島，大家都稱這位將軍為「馬來之虎」。

當梅子聽到第一聲鐘聲時，她嚇一大跳。她必須在五分鐘內到達學校，而她還在這裡做白日夢。還不是因為那個瘋子，她心裡嘀咕著，隨即將裝著便當盒的袋子攥在胸前，開始奔跑。

早上剩下的時間完全如預期的那樣：點名後，她的同學立刻團團圍著她，問她敬治現在怎麼樣。他早上很累嗎？他投球的手臂還能動嗎？他明年會轉到臺北唸書還是直接去東京的早稻田高中為帝國最好的棒球隊效力？大家都知道有一位自臺北來的教練和敬治學校的校長談過話，不過梅子並沒有加入猜測，只是承諾有新的消息會馬上告訴大家。不久之後，本田老師出現帶著大家進教室。她沒有宣讀日本軍隊最近的勝利，而是首先強調球賽贏了是件令人興奮的事。當她強調敬治的成就時，她的目光在梅子身上停留了片刻，儘管她面帶微笑，但那雙眼睛再次顯得悲傷。

昨天消息很快就傳遍了整個地方。儘管她在比賽結束後立刻跑回家，但她媽媽早已經知道並為慶祝準備了紅豆豆花加糖漿，這是敬治最喜歡的甜點。幾個鄰居也都跑來祝賀，就連脾氣暴躁的田中先生也稱這次勝利非同尋常。當她哥哥六點半回到家時，身上仍然穿著汗濕的球衣，而且說他像狼一樣餓。爸爸直到天黑了才從辦公室回來，因為敬治在浴室裡消磨時間，梅子首先從她的角度描述了比賽的關鍵場景。「多虧了你的發言人，我已經什麼都知道了。」等四人終於圍坐在矮桌旁，爸爸眨了眨眼說道。和往常一樣，下班後他穿著媽媽一直覺得太破舊想扔掉的浴衣。先是一個蟹腳蛋捲，裡面還加了紅薯和蔬菜。為了讓甜點保持冰涼，媽媽還自己去買了冰塊。

「這還不是全部，」梅子抗議道。「和校長談話的那個臺北教練想做什麼？他是哪所學校來的？」

「我猜，他是在詢問我的成績。」敬治滿意地說。

隔著桌子，他們的爸媽交換了一個眼神。

「快告訴我是哪個學校！商業學校對吧？我知道，臺北商業學校。」比賽結束後，她跑到本田老師那裡，無意中聽到敬治的校長說他是這學年成績最好的學生。這家人雖然還沒有改姓名，但除此之外……在吵鬧聲中她聽不清楚。「我們必須改名。」她喊道。「然後敬治可以去商業學校，過幾年我可以去瑞芳……」

「桌上最小的孩子現在閉嘴兩分鐘。」爸爸嚴厲地說。

她愧疚地低下頭，感覺脖子後面一緊。爸爸聽到註冊改名的事情每次都會生氣。據說祖先不喜歡後代取日本名字。她的眼角餘光瞄了一眼像大人一樣盤腿而坐而不是跪坐的敬治，一瞬間她覺得冷。多麼美好的一天！放學後，她爬上神社祈求勝利，又閃電般跑回鎮上；她看了比賽，聲音叫到嘶啞，把結果告訴了十幾個人，也許她熱番薯吃得有點太快了。現在她靠在媽媽身上，決定讓其他人說話。

榻榻米上散發出一股新鮮大麥茶的味道。敬治說，在臺灣神社的比賽中，他們會遇到更強硬的對手，尤其是來自南部的對手。一個以前嘉義農林學校的打擊者，現在在日本打職業球賽，因為他的力氣強大被暱稱為「人間機關車」。儘管如此，梅子想，今天的勝利也讓很多人感到意外。她閉上眼睛，腦海中看見球被擊中，然後劃出一道彩虹般的弧線，飛過對方投手越過內野。有一天，她會坐在收音機旁，聽到甲子園裡觀眾為她的哥哥鼓掌歡呼。報紙上寫道，他的團隊迎接一場又一場的勝利，就像日軍一樣。記者稱他為金瓜石之虎。

「梅子醬？該去睡覺了，妳聽見了嗎？」她感覺媽媽放在額頭上的手很涼。

「沒有甜點？」她喃喃道。「那我絕對不去。」

桌子旁邊有了動靜。「又來了。」她爸爸嘆了口氣，然後把她抱起來，她摟著他的脖子。換衣服的時候，她開始打寒顫，但是在被子下很快又好多了。房間中央的簾子後面，敬治的檯燈發出微弱的光芒。他肯定會一個人把所有東西吃光。最近他很容易餓，因為運動量很大，而中學的男孩們每天都要練武術。不時會有一名軍官來指導他們。然後整個鎮上迴盪他們呼喊萬歲的聲音。

他站在門口片刻，看著自己的女兒。她的嘴唇動了動，但什麼也沒說。當他要熄燈的時候，她不知不覺地搖了搖頭——她要不是想開著燈睡，就是已經在做夢了。他又等了幾秒，才把拉門拉上，然後回到桌子旁。隔壁田中先生正在尋找他的電臺；每天晚上那會計都聽同一個節目，內容包括進行曲和演講，幸好他很快就會上床睡覺了。另一邊的鄰居比較安靜，但透過薄薄的木牆，你仍然可以聽到齋藤先生啜食他的麵條，或者他太太一邊洗碗一邊輕聲唱歌的聲音。

敬治疑惑地看著他。「她為什麼老是發燒？」

「因為過度興奮。」他說。「她聽了太多她還不懂的東西。」兒子盤腿坐在桌子旁邊，最近他不再斥責兒子的坐姿。男孩猛地長高，肩膀變得寬闊，而且眼神不再是孩子氣的欽佩，而是知道大人也不是什麼都知道。山下所長今天提到轉學到日本學校是巧合嗎？他的上司在船場長大，出身商人世家，也許這就是為什麼比起其他員工他更常把他叫到面前的原因。然後他問道，李桑您不也會想念嗎？然而他沒有透露確切的意思。很多人認為是他的妻子晚上聽悲傷的德國歌曲，但事實並非如此。李先生喝了一小口茶，強忍住嘆息。雖然還不到八點，他已經覺得筋疲力盡，但他越早上床，越睡不著，他會問自己一些無解的問題。沒有人可以預見戰爭將持續多久，以及未來的徵兵年齡限制是多少。

「歐多桑？」

他一抬頭注意到妻子在廚房裡突然停下來。只要家裡說日語，她便會覺得自己被冷落，除此之外她堅決反對讓獨子去首府。「再看看，」他說。「只要賽季持續，你盡力而為。臺灣神社的比賽肯定還會舉行。之後會如何——」

「如果商業學校真的要收我怎麼辦？」

隔壁田中先生大喊要再喝清酒。他的兩個兒子已經在戰場上，一個在中國，一個在太平洋上。李先生沒有表示自己不喜歡話被打斷，反而是問道：「你一個人敢搬到臺北嗎？」

「我可以去三伯那裡住，他的房子夠大。」

「你寧可去那裡也不願和我們住在一起？」敬治咬著下唇，李先生寬容地把手搭在兒子肩上，但他暫時保密他和校長的談話。「你今天打得很好，又帶領你的球隊獲勝。整個地方都以你為榮。」

「這對我來說是個好機會。」

「但你知道下個賽季可能會取消。下下個賽季很可能也一樣。你以為我不想給你最好的未來嗎？可惜的是，這一切比你想像的要更複雜。現在該睡覺了，我們下次再談。」

「歐多桑是怕我們……輸掉戰爭嗎？」

從來沒有，他心想，同時默默地看著兒子。一位智者曾經說過：贏得戰爭的唯一方法就是阻止戰爭發生。不久前，報紙還允許印刷這樣的東西。「我們再看看。現在去睡吧。」

兒子上床睡覺後，他走到前院。那是他在溫暖季節的夜間習慣。在他四周是蟲鳴聲，田中先生也喝光了第二壺清酒，正跟著收音機裡哼著進行曲。李先生緩慢地深呼吸。在大阪當學生的時候，他很常抽菸，有些晚上隨著記憶他重新燃起了菸癮。那個時候如果對美英宣戰，大家一定覺得是瘋了。現在日本同時和這兩個國家開戰，報紙都稱是英勇。事實上，政府作為戰略賣的就是希望西方列強寧可咬牙簽署停火協議，而不是把他們的資源浪費在世界的另一邊。所長最近表示這是毫無疑問的。進攻夏威夷是真正的天才之舉。

他把兩根手指放在嘴邊吸了口氣，他覺得自己嚐到菸草的辛辣香氣。那天晚上，他在醫院門口徘徊了一個小時，希望她會突然出現在他身邊。每當辦公室裡提到她的名字時——這種情況經常發生，他不是唯一一個——他每次唯恐說錯話而暴露自己。剛開始他以為她讓他想起了花子，可是事實不是這樣。他透過櫻花樹的枝椏望著星光燦爛的天空，心裡明白她只是喚醒他年輕時相信的事物。

如今呢？

隨著夏天的臨近，夜晚的寂靜由千種不同的聲音組成。如今呢？他沒有去尋找答案，而是吸了最後一口，熄滅那根看不見的香菸，退回到安全的自我牢房中。

☆　☆　☆

端午節過後，進入夏天。厚厚的冬天被子被收入櫃子裡，幾個星期來梅子只蓋薄薄的床單，後來連這也不需要了。白天，白雲堆積在天際。而有時藍天如此空蕩，讓她從神社望著遠方時感到頭暈目眩。海岸景觀在燥熱中閃閃發光。夜裡蟋蟀的叫聲聽起來彷彿是大地通了電。

在長長的假期中，她整天光著腳。早上她在家裡幫媽媽做家事，或者在敬治背後看著他讀書，直到他把她趕走。下午她和玲子一起在周圍的山上漫步，她們的祕密會面地點在最後一個礦坑的上面。她們躺在陡峭的岩石陰影下，風在高高的蘆葦叢中低語，梅子把敬治告訴她的鬼故事說給玲子聽。最近的一個是關於一千年前起義反抗天皇，名叫平將門的武士，他聲稱自己是太陽女神的兒子。「他當然因此被處決。」她解釋說。「可是大家不相信他真的已經死了，但他們又怕他會回來。因為平將門的女兒住在他的舊城堡裡，養起了青蛙軍，妳懂嗎？」

玲子搖搖頭，側身翻了個身，用手指捏碎了一隻螞蟻。在假期中她寧可說臺語，為了討好她，梅子用臺語講述了這個故事，雖然這樣一來有點難聽懂。「她到底想要蟾蜍做什麼？」

「青蛙的日語是kaeru，對吧？回來——也是kaeru，只是寫法不一樣。這是給他的追隨者的祕密信號。」

「隨便。他後來回來了嗎？」

「為防萬一，天皇的士兵砍下他的腦袋，把他的頭帶到京都。」

「我以為他已經死了。」

「為了確保。」她有些不耐煩地回答。首先，她不喜歡被打斷，其次，玲子從不講故事，而是更喜歡找她的破綻。「他們把他的頭掛在城中心的一棵樹上，但他號哭了一夜，想知道他的身體在哪裡。直到有一天頭不見了。然後大家嚇壞了。突然到處傳說有人遇上頭顱然後慘死的故事。最後他們在一個叫柴崎的村子裡，找到那顆頭，而且得到妥善的安葬，然後——」

「只有那顆頭？」

「對。石碑上有護身符和咒語鎮壓，好讓他無法逃脫。但不久之後，猛烈的暴風雨開始了，每天早晨，地平線上都會出現兩條交叉的彩虹——」

「這在日本大概常見。」她的朋友插話說。

「不，想想看，這從未發生過。」她很清楚這一點，因為這一部分的故事是她自己編造的。敬治認為，講鬼故事要自己加油添醋一些細節，才會真正令人毛骨悚然。交叉的彩虹聽起來很嚇人，不是嗎？問題是玲子從不承認自己錯了。她只是強辯。「在南方有可能。」

「好吧。也許。但故事並不是發生在南方，他們知道平將門想要報復。正因為這樣，當幕府將軍將墳墓移到東京的一座佛寺之後，他們才如釋重負。幾百年來一切平安無事，但後來……」這一次她自己停下來，提高緊張氣氛。夕陽開始西下，她們周圍的蘆葦發出聲響，彷彿有人在裡面走動。「然後明治天皇遷都到東京，宣布平將門是國家公敵。就在他的墳墓所在的地方成立了一個新的國家部門。他當然不高興，於是他製造大地震，整棟建築都燒毀了。他真的非常惡劣。那部門搬遷到新地方之後，事故接連發生。有人從窗戶或電梯井道墜落。十二個人死於非命，平將門把他們都……」她用手橫抹過喉嚨，玲子第一次看起來很激動。她也覺得自己胳膊上起了雞皮疙瘩。其實媽媽已經禁止敬治給她講鬼故事了，但是他的床邊有一本小泉八雲的書，如果她替他倒垃圾，他就會偷偷唸給她聽。「故事說完了。」她最後說。「我們必須回去了。平將門隨後得到了一個新的墳墓，但在東京的人仍然很懼怕他。」

「那些青蛙呢？」

「牠們怎麼了？」

「嗯，牠們在故事中有什麼作用？」

「我不是告訴過妳那是一個象徵。」要不是玲子經常打斷她的話，她還是會告訴她，自己最近也遇到鬼了，就在金山上面這裡。因為她的朋友必須在家幫忙，所以她一個人來這，很容易無聊到睡著。當她醒來時，斜坡上泛著淡藍色的光，太陽已經落山了，她感覺空氣出奇的冰涼。她匆匆離開。夏天的時候，小路兩邊的蘆葦長得跟房子一樣高，沒多久，腳步聲在她身後響起。只要她停下來，腳步聲就跟著停下來，但是她一走，腳步聲就跟著她。頓時，她的心開始狂跳。要到那條礦工走到頂部礦坑的路還有一大段路。鬼魂沒有靠近，也沒有放過她。去年有一位年輕女子，她是醫生的女兒，在山裡失蹤了。過了一會兒，梅子聽到了一聲很大聲的喘息聲，然而聽起來並不是很吃力。那條路變得非常陡峭，以至於她不得不彎曲膝蓋並伸出雙手來保持平衡。她往旁邊一瞧，一個踉蹌，一頭栽倒。

起初她不知道是聽到自己的心跳聲還是腳步聲。爬起來快跑也沒有意義，喘息聲很快逼近，她閉上眼睛。她甚至害怕到不知道該怎麼祈禱。鬼經過的時候，一股冷風拂過她的手臂。下一刻他的呼吸夾雜著風聲，當她再次睜開眼睛時，他已經不見了。她回到家的時候，膝蓋還在流血，衣服髒兮兮。當然，不久之後，她發燒了。在床上她聽到爸媽說自己是過度激動的孩子。敬治說那一定是死去礦工的鬼魂。下次她應該停下來看著他的眼睛，因為鬼其實更怕人，也許真是這樣，但她肯定不會嘗試。

在特別熱的日子，她會和玲子到下面鎮上阿昌的水果店買一塊西瓜。溪岸邊有陰涼的地方，她們可以把腳浸在水裡，看著蜻蜓貼在水面上來回穿梭。盛夏時分，溪水很淺，他們可以輕鬆涉水過溪，但士兵們在她們上方的平臺上做工。連敬治也避他們遠遠的。當她們在回家路爬上通往醫院的階梯時，玲子停下來看看峽谷對面。「看，他們已經在建造外牆了。」她說。

她們一起瞇著眼睛看著夕陽。梅子數了數幾間大小不一的小屋。玲子所說的灰色磚牆大概圍住一個棒球場大小的區域。她還沒來得及問為什麼礦工的小屋要築牆圍起來，玲子已經回答說；「這樣英國鬼子才不會逃跑。」

她驚訝地看著她的朋友。「什麼英國鬼子？」

「就戰俘啊。很多，我阿爸說的。」

「他們在金瓜石做什麼？」

「當然是在礦坑裡做工。當奴隸。」

梅子堅定地搖頭。「我阿爸說他們不得不解僱工人，因為在戰爭期間開採的黃金越來越少。」

「不是金礦。」玲子自信地指著茶壺山的山口。「軍隊需要銅來製造炸彈。礦坑裡有上千噸，但他們沒有足夠的人手把銅全部挖出來。底下熱得要命。」

一時之間她不知道該說什麼。她很想立刻跑回家去問，金瓜石真的會有英國鬼子嗎？有多少？會持續多久？「每次進出都必須檢查。」玲子說，「如果我阿爸發現他們從礦坑出來時偷帶什麼東西，他們就會挨揍，我沒騙妳。」

「那妳認為他們什麼時候會到？」

「他們可能已經在路上了。」玲子的口氣像是迫不及待。士兵在一片空曠的草地上排成一列，顯然他們今天的工作已經結束。「我也得走了。」玲子說。口令聲在峽谷中迴盪，然後士兵開始行進，隨著他們爬上斜坡，影子拉得越長。幾分鐘後，梅子到達醫院前的空地時，他們越過山口，消失在她的視線外。到家時她爸爸一臉驚訝，因為她上氣不接下氣，在門口問聽到的事是不是真的。他小心翼翼地摺疊報紙。他已經把辦公室穿的西服換成了舊浴衣。「是誰說的？」

「玲子。她……從她阿爸那裡聽來的。他們……已經在路上嗎？」

「先冷靜下來，」他說，同時很快摸了一下她的臉頰。「妳先去洗臉，再跟我坐下。妳身上都是西瓜的味道，而且黏答答的。」

她好不容易壓下自己的好奇心。冰涼的水在太陽晒熱的皮膚上感覺很舒服。敬治還沒有回來，假期裡他的球隊一直訓練到天黑，練完球他會很餓，最近他一口氣吃了八個番薯。破紀錄。當她回到前面的房間時，爸爸若有所思地看著她。「妳一整天都到哪裡去了？」

「和玲子一起去玩了。她說她阿爸說英國鬼子……」

「好了，聽我說：首先，妳不一定非要說英國鬼子。他們是英國人。」

「也就是說，是我們的敵人。」她說。「本田老師說……」

「我叫妳聽我說，不是要妳說話。其次，戰爭可能比我們目前希望的還要久。妳一定聽說過占領新加坡的消息……」

「現在叫昭南島。」

「妳一定要插嘴嗎？那裡有許多英國人被俘，還有澳大利亞人，那些人暫時回不了家的。顯然軍隊認為他們必須在銅礦坑做工一直到戰爭結束。」

「我想知道為什麼不是在你的金礦坑裡？」

「我都不知道我有一座金礦。」他試著想說笑，但是沒成功。「我的工作是在必要時僱工人或解僱他們。所以我必須和他們溝通，而且要用臺語。我不會說英語，所以囚犯最好還是在別的地方做工。」

「他們危險嗎？」

「他們被嚴密看守，和我們一點關係也沒有。他們來了，妳就遠離營地，就像妳現在遠離工地一樣。清楚了嗎？有士兵的地方，就不要去！」

「但有時我會遇到他們。」

「那妳就低頭走過去。」他一隻手托著她的下巴，直到她點點頭。然後他揉了揉指尖，聞了聞，驚呼道：「還有！妳是用西瓜汁泡澡嗎？」

「不是，但是我很想。」她笑著說。撲倒在爸爸的懷裡時，她感覺自己喉嚨一陣跳動，因為她一整天都在外面，而且這麼急地跑回家。假期很快就要結束了。如果玲子沒時間和她玩，梅子就一個人走到中學，蹲在籬笆後面的灌木叢裡看球隊練球。在扔了一整天的球之後吃那麼多，難怪敬治的肩膀越來越寬。她暗地下定決心一有機會要問他關於營地的事。那些建造營地的士兵住在下面海邊平整的軍營裡，其中一些看起來年紀比她哥哥大不了多少。家裡沒有人談論這件事，但有時媽媽看著他的時候嘴唇會繃緊，彷彿突然看到了鬼：她自己穿著制服的兒子。

☆ ☆ ☆

臺灣話叫 Tok-ph īnn-á「尖鼻子的人」。金瓜石的人突然都在談論計畫中的營地。除了在電影院裡，很少有人見過 Tok-ph īnn-á，不知道會有多少個來。在新加坡和香港戰俘數目以萬計的事實，更增加添了大家的焦慮。金礦坑工人當中氣氛特別糟糕；先是裁員，現在又是一群洋鬼子要來填補銅礦坑的每一個空缺？礦工下班後站在門口抽菸的時候，外面巡邏的警察比平時多。李先生從辦公室的窗戶望出去，他覺得自己可以看到汗流浹背工人臉上的不悅，想像著他們對穿制服的人發出的低聲咒罵。當地的義警被稱為 San-kha-á，半人半畜生。有時他想知道當他不在場的時候，那些工人會如何嘲諷他。

「您怎麼看，李桑？」山下先生問。那是下午晚些時候，他經常無緣無故地召見他。最近這些關起門來的談話也引起了同事間的不安。強迫減產是否也迫使行政部門裁員？有的突然對他特別友好，有的投來鄙夷的目光，彷彿在說：你敢，奴才！

「我想，」他強迫自己開口，「軍隊遲早還是發表正式聲明會好些。地方上閒言閒語很多。」

「是的，沒錯。」

「如果營地真的在秋天啟用……」他話沒說完，而是作勢鞠了一個躬。辦公室的空氣中瀰漫著成團的藍色煙霧。所長用指尖撫摸自己那薄薄的小鬍子，在這張豐滿紅潤的臉龐上，那鬍子顯得柔弱多過陽剛。據說山下太太前幾天暈倒了，但是除非老闆自己提起這話題，他沒有機會詢問。無論如何，很少再看到她在院子裡。

「另一方面，軍隊是否應該開始向平民透露他們的計畫？而且是在戰爭中？」

「當然，這是個問題。」他很快說。透過私下的接觸，也許在九份的茶館裡，所長大概聽說有數百名戰俘將組成第一支隊伍。他們每天必須步行穿過隱蔽的地區到達位於茶壺山另一邊的銅礦入口處，所以下一個問題是：需要多少額外的士兵來看守這些人，會有什麼後果？鎮上的每個人都暗地裡把曾醫生女兒的失蹤歸咎給軍隊。沒有人相信那是山上發生的事故。

「我們的敵人很快就會發現他們的處境毫無希望，然後開始談判。我估計戰俘只會暫時在我們這裡作客。」山下所長說。

他再次趕緊表示贊同。大門口男人們踩熄了菸頭，準備回家。最近四點就下班了，辦公室裡的同事也都在等著上司離開，他們就可以跟著下班了。據說他越來越常讓司機直接開車送他去九份，而不是回家裡聽悲傷的歌曲。李先生感覺到他打量自己的目光，察覺到這次談話一定有原因，很快就得到了證實：「您考慮過改名的事情了嗎？」

他的不安逼出了額頭上的汗珠。他很想抽根香菸，以致他幾乎不自主地抽出一根。「改名是嗎。」

「北村，」所長說。「我前幾天想到的，您覺得怎麼樣？北村桑。」

「北……？」

「北方的村莊。」山下先生翻譯了這兩個字，李先生當然知道這兩個字的意思。他只是嚇了一跳，無法回答。短暫片刻他感覺房間裡的寂靜似乎變得如此凝重，彷彿所有的同事都在門外偷聽。「您的家庭來自基隆，不是嗎？」

「沒錯，是的。」

「現在您住在金瓜石，很合適。考慮一下，李桑。前幾天我恰好有機會和商業學校的校長談話，這是他的第一個問題。北村敬治，我覺得很好聽。」

一個小時後，他仍然無法清楚思考。他從大門沿著小路往下走到醫院附近，他眺望著峽谷，施工已接近尾聲。那個區域可說不小，但要包括看守住所、衛生設施、儲藏室、醫務室等，容納數百名犯人的空間似乎不太夠。哪是作客，他想，他們會像動物一樣被關起來。

平常的氣味從老鎮中心飄來，家家戶戶一家人一起吃晚飯。他的妻子說，已經有一段時間很難買到肉了，而且所有其他民生必需品變得越來越貴，甚至米也是。美國和英國真的會很快同意談判嗎？他在報紙上讀到的異國名字讓他感到不安：中途島、圖拉吉島、瓜達爾卡納爾島。令人頭暈目眩的距離！在南方戰區幾乎包括整個太平洋、緬甸西部和越來越大的中國部分地區。他的父親年輕時在那裡生活過，而且至今從未在神社參拜過。他已經向四個兒子明確表示，如果他們取日本名字，他會把他們趕出去。他說，基隆的李氏知道他們的根源，這並非確認，而是一條誡令。

茶壺山山頂沐浴在夕陽溫暖的光線中。他很想散步到上面，從那裡俯視這地方。他的不安，不僅是因為山下所長的要求，還與學校假期即將結束的事實有關：老師幾天前從日本回來了；辦公室裡的同事閒聊說，她完美無瑕的白皙皮膚並沒有因這次旅行而有損。最初，同事們用他們的想像力想像她一定是因為難堪的醜聞被趕出家門。不然一個單身的年輕女人為什麼會在這樣的地方度過她的花樣年華？現在大家都知道她是個戰爭遺孀，更以恭敬的字眼稱讚她的魅力。妻子也在小學任教的一位工程師知道她在孩子們中比在教職員工中更受歡迎。可能是她缺乏堅定不移的思想觀念。李先生想，很可能別人也是這樣說他。如果上司為了消除疑慮非要他改名，他別無選擇。只是說服不了他的父親……

就在他轉身的時候，她正從老城區走上階梯。她左手拿著一本書，邊走邊看，右手提起背在肩上的真皮皮包的帶子。他們見過一兩次面，只是打招呼而已。他趕緊用手帕擦了擦臉。

「こんばんは（晚安）。」當她走到他身邊時，他說，並且自我介紹是梅子的父親。儘管夏天的氣溫很高，她還是在襯衫外面穿了一件由深藍色羊毛製成的針織衫。她笑著回應了問候。

「李桑，我記得。」

「老師放假回來了？」醫院門前，攤販們正在收拾貨物。兩個護士手挽著手，朝宿舍走去。

「是的。才回來三天。」她沒有戴首飾，也沒有化妝。他估計她的年齡大約二十五、六歲。

「我擔心在路上會暈船暈得厲害。」

「很辛苦的一段旅程，不是嗎。」

「李桑也有經驗嗎？」

這是一個意想不到的起始話題，他欣然接受，雖然他的心在怦怦直跳。他故意用一種自嘲的語氣，談起了自己的學生時代。每當老師忍住笑，她的目光就會短暫地移到一邊。她的頭髮又直又密，陽光反射猶如黑漆的反光。遺憾的是她既不認識大阪也不認識京都，她說，日本她根本不熟悉。「順便說一下，我剛剛在河邊看到了李桑的女兒，和她最好的朋友在一起。」

「希望是在這一邊。」

她立刻察覺到他驚恐的語氣，點了點頭。「是的，當然，是在這一邊。」

他們尷尬地沉默了片刻。口令在峽谷的另一邊響起，士兵們完成了工作，他突然想到小學生從操場上可能看得到營地。當他想向老師點頭表示不要耽誤她時間時，她突然說：「有時候梅子讓我想起在她這個年紀的自己。是的。我父親曾經是嘉義的一名工程師。您一定知道。」

「真的嗎？」他驚呼道。他對她說的話以及突然採用的熟悉語氣感到一樣驚訝。「本田老師小的時候住在臺灣？」

「我出生在東海岸。媽媽想讓我成為一名日本淑女，但我更喜歡在田野裡玩耍。每個人都認為我是本地人，甚至是山地人。」她開心地搖了搖頭。

「山上這裡的生活對您來說是不是太單調了？」辦公室裡沒有人提到她是灣生，所以沒有人知道。難不成她會說幾句臺灣話？

「我喜歡海景。」她修長的手指指著宿舍的上排窗戶。「夏天讓我想起了九州的海岸，雖然我只在那裡住了幾年。培訓的期間。」

「在福岡是嗎？」他問。她沒有驚訝他怎麼會知道，而是點點頭。她父親在嘉義一定是從事過運河的修築，但他無法想像她野ㄚ頭的模樣，以及童年在戶外晒成的古銅色膚色。「冬天根本看不到海，是嗎？」他鼓起勇氣問。

「冬天，沒錯。」她笑著拉出最後一個音節，表示自己聽懂他的話。「那就不一樣了，沒錯。那麼灰暗而且多雨。」

「多霧而且寒冷。」同意她的話彷彿是一種祕密的撫摸。

「李桑不在意嗎？」

他說他在北部長大，習慣了雨天。他差點就問她覺得北村這個名字怎麼樣。峽谷的另一邊，士兵們一字排開，步調一致地離開了工地。對他來說也是時候該回家了。「對不起，我耽誤了老師的時間。」他鞠躬說。

「不，一點也不會。我才必須道歉。」她急忙將書抱在胸前，鞠躬回敬。上衣領口閃過一片白皙的肌膚，他連忙移開視線。

他們忽然拘謹地向彼此道別。回到家裡他花了比平時更長的時間洗臉，把西裝換成了破舊的浴衣，剛打開報紙，梅子就衝進來詢問營地的情況。即使是小孩子現在也從朋友和敵人的角度來思考。當他盡可能地向她解釋情況時，他感覺到隔壁那個脾氣暴躁的會計正把耳朵貼在牆上。他到處懷疑有人愛國態度的不堅定。

直到梅子抱住了他，他的思緒才回到了醫院門前的偶遇。他太親近本田老師了嗎？在日本戰爭遺孀的門前會掛著軍旗，也許這就是她為何寧可遠離家鄉在臺灣山區生活。那天晚上，他醒著躺在床上，把他們談話的每一個字都重溫一遍，希望她也同樣會這樣做。他說他是因為家庭因素回到臺灣，並且也認為從她的眼中看出她明白自己的意思。就她而言，是鄉愁。她有些遲疑地說出這詞，彷彿在向他透露一個祕密。在母國，她應該將餘生奉獻給死去的男人，但在這裡反之……北村桑，他想，但這是不可能的。他或許比她更清楚，有些羈絆是永遠無法擺脫的。有些事情是不可能的。

3

收銀臺的店員正把杯子遞給她的時候，她父親的ＢＭＷ沿著師大路開過來。透過 7-11 的窗戶，茱麗看到他停在小小的戶外遊戲場前，這個時間遊戲場在房屋陰影下空無一人。她才醒來半個小時，本來希望可以安靜喝杯咖啡的，現在她收好零錢走出店門。上一場雨的熱仍然沉重，而且夾雜著一絲從下水道散發出的腐爛甜味；她的男朋友說，臺北到處瀰漫都市五臟六腑的氣味。她穿過馬路時，腦子裡想著寧願和他留在床上，不要去機場。然後她打開車門，有一種坐入煙霧繚繞的冰櫃的感覺。

「爸，拜託！」儀表板上顯示是十五度。她的父親一向喜歡買超大的車——每年一輛新的，總是德國車——他不能到門口接她，因為師大校園後面的巷弄太窄了。由於他的高血壓，他偏好北極的溫度。

「早！」他有點不高興地回她。「妳要我調熱一點是嗎？」

「如果可以的話。」

他轉了空調。裹在腹部的藍色 Polo 衫上殘留最後一支菸的菸灰——如果這是一天的正常開始，那是第七支或第八支。不想繼續下一個抱怨，茱麗忽略了從菸灰缸升起的細細煙霧。「其他一切都好嗎？」他問，看起來很隨意。

「是的，」她說並繫好安全帶。「他們的飛機到底什麼時候降落？」

「六點半。」

「那我們走吧，還是？」

「還要等他們通過海關。哈利現在拿的是美國護照。」

他最小的弟弟叫作華立，但他父親偏愛叫英文名字，除了對他的妻子、女兒和自己。他說有這麼多員工，比較容易記住。他公司員工有二十幾個在臺北總部工作，其餘的則在對岸生產線上，茱麗從未去過那裡，也沒有去旅行的打算。他們轉幾個彎，沿著坡道上建國南路上方的高架路橋。由於隔音牆，幾乎看不到市區，淡藍色的天空帶著分散的雲朵拱在櫛比鱗次的房屋上方。六月中旬，端午節已經過去，氣溫正在上升，儘管還沒有真正的雨季。預計第一批颱風很快到來。

「今天好安靜。」爸過了一會兒說。

「嗯。六點多。」她小心地啜著拿鐵，而且感覺太陽穴微微拉扯，和平常喝了超過兩杯紅酒之後沒兩樣。因為她的男朋友不喜歡本地的美食——在香港他寧願抱怨西餐廳的價格和品質不成比例，也不願花三分之一的錢吃港式點心——他們前一天晚上在國父紀念館附近一家新開的義大利餐館用餐。再過不到二十四小時，他將搭乘第一班飛機，然後從機場直接進中環的辦公室。

爸斜眼打量她。「說吧，什麼事情讓妳悶悶不樂？」

「我通常九點左右起床，然後我就說個不停。」

「我意思是妳昨天的訊息。妳之前不是說……」

「為什麼我不該和你一起去？我頂多一年見他們一次。」

「也有可能，妳太忙了。」

「這時候？有什麼好忙的？」她知道他想聽更多，但是又不想逼問她。到目前為止，他只直接問過一次，她不會覺得十歲的年齡差距太大了嗎。他和媽差七歲，茱麗懷疑如果戴夫不是外國人，他也會覺得十五歲是可以接受。把成見視為是生活經驗表達的人，沒有理由為此感到羞恥。奇怪的是，在這件事上，她甚至可以理解他，儘管勉強。每次在香港和戴夫的同事以及他們常更換的女伴外出時，她開始懷疑別人在她身上看到她不想在自己身上看到的東西。當然他認為這種擔心很幼稚無聊。他長得帥這一事實有助於消除他們可能給人的印象。她回想起昨晚酒後激情的性愛，然後她擺脫腦中的影像，決定自己打破車內的寂靜。「為什麼只有他們兩個回來？」

「五天不值得全家都飛來。反正海倫大概也沒興趣。」前方是錯雜的幾座橋，河對岸是有深紅色柱子和飛檐的中國風圓山大飯店。

「他們只是因為阿嬤，還是哈利要開會之類的？」

「據我所知，只是因為生日。」

「你不覺得意外嗎？」

她父親緩緩搖頭。「不會啊，為什麼？」

「你剛才不是說那麼大筆開銷，然後他們星期二就得回去了。」

「她是我們的媽媽。」他回答，好像這就解釋了一切。他的弟弟在麻薩諸塞州一所規模雖小但很有名的文理學院教授中國文學。以前對茱麗而言，他更像是堂哥，而不是叔叔。他是家裡比其他哥哥年紀小很多的晚生子，偶爾會帶她去信義路書店，在那裡他整個下午都沉浸在長篇武俠小說中。他的妻子很少來臺灣，他們的兒子保羅今年秋天就十三歲了。

「小的沒來真是太可惜了。」她說，然後談話再次斷斷續續。多條車流流向環繞臺北的青山。茱麗把咖啡杯放進支架中，滑了一下手機。「I always knew you're hiding things from me.（我一直都知道你對我有所隱瞞。）」戴夫傳簡訊。「In this case the coffee.（這次是咖啡。）」她只短暫對他已經醒來感到驚訝。他在滙豐銀行的法律部門薪水很高，而付出的是不近人情的工作時間和隨時待命。

「In the fridge, remember?（在冰箱裡，記得嗎？）」她想像他穿著短褲和T恤坐在她狹窄、昏暗的廚房裡。他們每四到六週見面一次，通常是在他家，他在九龍的公寓也很小，但是明亮而且現代，由於天際線景觀貴得離譜（或者因為許多中國百萬富翁定居此地因而炒高了房價）。「Something came up.（突發事件。）」他的下一則訊息寫道——她馬上察覺到他先拿找咖啡當藉口，不願意馬上說出實情。「Have to take the last flight tonight, not the first one tomorrow. Sorry.（今晚必須乘坐最後一班航班，而不是明天的第一班。抱歉。）」

差別不過幾個小時，反正他們可能睡過頭。沒關係，她想，在腦海中搜尋聽起來不那麼冷漠的字眼。

「壞消息？」

「不算是。戴夫必須比計畫早一點飛。」

「工作還是……」爸無法掩飾對女兒和她的外國男友即將分手的期待。

「沒什麼。」她說，「我懷孕了，他不想要。」她父親立刻將腳從油門上移開，露出非常吃驚的表情。她向他揮揮手表示歉意。「開個玩笑，好嗎？爸，只是個很蠢的哏。請注意交通，有車。」

他肥胖的頭比平時更紅了。「茱麗，妳知道我的想法。」

「對不起。可能是他不能錯過的深夜電話會議。你對什麼的想法？」

「妳都三十歲了，應該開始……」

「哦，那個。我老是忘記自己的年齡，希望不是衰老的跡象。」

「Are you Mad?（妳生氣了？）」戴夫問，因為她沒有立即回覆。

「Why would I be?（有什麼好生氣的？）」

「妳知道我什麼意思。」她父親說。

「I'll explain later. Can you order a car for me/us?（我稍後會解釋。你能替我／我們叫一輛車嗎？）」

「You do it.（你叫車。）」她在簡訊上貼上車行的號碼。然後收起手機。高速公路右側可以看見桃園的高樓建築，已經看到機場路標。事實上，她才二十八歲零幾個月，但是當爸談論她的年齡時，他總是以農曆計算。也許這只是表現他另一面的慷慨。他資助了她在愛丁堡和倫敦的兩年學業，大學附近的公寓本來就是他的，如果她在讀完博士後找不到工作——出於各種原因這也是可以預期的——每月他還是會繼續匯錢給她。今天她心情不好，因為她從昨晚開始就知道男朋友要搬回英國了。是否是他自己希望的，他沒說，可能是。他心情愉快地稱另一家銀行開出的條件「好得令人難以置信」，他又給她倒了些酒，看著她，似乎在尋找最優雅的方式來表達下一句話。有那麼瘋狂的一瞬間，她以為他要求婚了——那家義大利餐廳是他挑的，他們什麼時候在臺北吃飯時桌上放著蠟燭？感興趣嗎？他問道。事後回想，她也說不出他順便一提的語氣是為了隱藏什麼。希望她回答「有」？

「對了，今天晚上我們都要去你爺爺奶奶家吃飯。」爸打斷了她的思緒。「你媽下午過去幫忙做菜。」

「下次，今天不行。」

「隨便妳。保羅會很失望，他不會說中文。」

「明天開始，我就有時間陪他了。另外，現在的人不會像你當年那麼早結婚。」

「如果真要結婚的話。」他接著回答，像是同一句話。要讓她父親措手不及是非常困難的。

「沒錯。你可以決定不要結婚，以不同的方式幸福。」

「或者不幸。」

「你的意思是婚姻是幸福的保證？」他只是嘆了口氣，茱麗感到一陣無助湧上心頭……愛，她想，除此之外還能是什麼？當然，他想要給她最好的東西，而且他很清楚是什麼，根本不需要問她想要什麼——反正她也無法說得太具體。成為教授？在大學，少子化正在導致學生人數和預算減少，而且由於沒有人願意用對岸的年輕人來填補空缺（她也不想），所以前景暫時黯淡。進入她父親的公司是不可能的。由於工作原因，爸每年有三到四個月待在上海。她寧可不去想像他在那裡下班後做些什麼，因為雖然他對家庭非常慷慨，但他不是一個安分守己的人。同時她母親把大量的精力和金錢投入到慈濟的慈善活動中，他們都盡可能地照顧祖父母，可能沒有時間去想他們在一起是否幸福。爸時不時不耐煩地瞥一眼他的手機，茱麗希望他不要以粗魯的方式欺負員工。他說，對待中國人你就必須這樣，否則他們不會尊重你。如果他是她的老闆，她會恨他。

在他們頭頂，一架飛機從早晨的天空中降落。晚上她與戴夫會再次走相同的路線。當她再次看手機螢幕時，他告訴她叫了晚上九點的車。他還發送了飄動的紅心和一張他的咖啡杯放在廚房桌子上的照片。證據A，只是，證明什麼？不是第一次她認為自己在他的魅力中感覺到算計的元素。

有興趣嗎？

不管他語氣中隱藏了什麼，他投在她身上的目光是詢問而不是懇求。他自己也知道，現在一起規劃未來其實還過早，他們第一次邂逅是三年前，在灣仔演藝學院的大廳。她的兩個同學在香港工作，她藉參加一年一度的藝術節的機會來找她們。她對表演內容只有模糊的記憶，一個比利時的劇團和四種語言的對話。中場時間，她給自己買了一瓶水，還在整理手中的零錢時，旁邊的人說：「Let me get this for you.（讓我來幫妳付。）」他至今聲稱，這樣做完全是出於樂於助人，毫無不良意圖。他們閒聊了或多或少無關緊要的幾句。她想知道是否有許多銀行家上劇院，他的回答讓她大笑：每場十二個。再說他其實是一名律師。他現在承認，他們在演出後再次見面並非巧合，並將其歸因是她迷人的蘇格蘭口音。在半山區的一個酒吧，她對他頗有好感，認為可以把他加到自己的LINE好友中，但是上床是三個月後她再次造訪的時候。從那以後，至少對她來說，還沒弄清楚這段關係在其他方面是基於什麼，也不清楚「男朋友」這詞是否合適。昨天晚上，她這樣表達了她的疑慮：問題不在於我是否感興趣，而在於我們是否都準備好了。

他說，我們應該慢慢地找出答案。為何不在倫敦？

她不是總是說她想念那都市，這不也是她與以前的教授保持聯繫的原因嗎？對他來說，她可以追求自己的計畫而不僅僅是追隨他，似乎很重要。戴夫的父親是一名郵差，母親是一名清潔工，這一事實讓他沒有典型的西方傲慢，那是她目前為止所遇到他的同事個個所散發出的。她不會說他沒有高人一等的架子，但細心體貼也是真的。她第三次到他家時，在他公寓裡已經放了一個捲起的瑜伽墊要給她。他更多時候是問起她的工作而不是談論自己的工作，並且已經不再稱她為中國人，即使他不明白為什麼這對她那麼重要——這是戴夫與她爸的共同點。她爸的手在方向盤上逐漸變得焦躁不安，因為她堅持保持沉默，而爸開始想抽菸了。性很美好，她和戴夫有很多話可以聊而且常笑得很開心。儘管如此，他仍然不知道她是誰，當然可能是一個毫無根據的假設。也許他永遠不會知道。總之她的家鄉對他而言並不是一個真正的國家，而只是一塊土地，在那裡天真、無趣的人們除了工作和吃飯之外幾乎什麼都不做。當他強調她與眾不同時，他認為自己是在恭維她。在香港待了四年後，他自然地以權威的口氣談論整個地區，最近他們有一整個晚上都在討論，當偏見被證實時，是否變成洞察力。

不然呢，他認為。

好問題，但是這是答案。

她爸跟著路標指示直接到第一航廈的出口停車。昨天她是在餐廳的女廁通知他，她想陪他到機場，希望路上他們能好好談一談。有時候從他嘴裡聽他說出她原本早知道的事，會有幫助，但現在太遲了。車子排成兩排打開車門和行李廂的門等人，到處有人不耐煩地按喇叭。空曠的天際讓人不難猜到機場後面不遠就是大海。

「我不確定這裡可以停多久。」她說。

爸嘟噥著拿起手機，看了幾封簡訊。「他們還在排隊等檢查護照。大概再半個小時。」

「我們開到停車場吧，這裡到處都是……」

「如果警察來了，妳就轉一圈。」他讓引擎和空調開著。茱麗從後照鏡看著他邊走邊把Polo衫塞進褲子，他走向入口的前廊，那裡已經站了幾個抽菸的人。他手機貼在耳邊，看來心情不好，有人要倒楣了，因為她的關係。

手錶顯示是六點四十。星期日晚上的生日聚餐原本計畫只是比較親近的親友聚餐，她很驚訝她叔叔竟然會回來，另一方面，他當然知道母親最近的狀況。她馬上就八十二歲了，春天時手臂骨折，她挺過了，大部分時候腦筋清楚，但是有時候，她突然不知不覺說起日語。這是讓茱麗莫名難過，難以解釋甚至不忍的小毛病。在她還是個孩子的時候，她就認為阿嬤希望有一個女兒，所以有第一個孫女讓她更是高興。昨天戴夫說起倫敦的事，她第一個想到的是她必須和阿嬤說再見，而且她知道這可能是永別。這個想法立刻讓她熱淚盈眶，甚至現在在車裡，儘管她很期待接下來的幾天。事關她的祖母時，總是這樣：就像她按下了一個按鈕，同時觸到了比她所知道的更深的東西。

☆　☆　☆

剛開始這是一種奇怪的感覺：預感會有什麼特別的事，但還是什麼也沒發生。沒有目標的提高注意力。只要聽到身邊有人說中文，他就會仔細聽，當他的目光飄到一張臺灣風景的海報上時，腦海裡浮現出「故鄉」這個詞，彷彿就寫在那裡。保羅和他一起經過一個站，身穿制服的人盯著顯示乘客體溫的螢幕。自二〇〇三年 SARS 以來，已經實行了嚴格的規定；只要發燒的人都會被攔下來。他本能地將一隻手放在兒子的肩膀上，心中想到的是「一隻保護的手」，儘管沒有意義。經過漫長的夜航後，他感覺世界突兀而且太亮。雖然是一大早抵達的時間，在外國旅客的護照檢查站前，排起了長隊，戴著頭巾的婦女緊張地翻看手中的文件。那是來自印尼的看護，照顧像他父母這樣的人。

在他寫了簡訊給華榮說可能還要半個小時之後，他無聊地研究著護照上的資料。照片上沒戴眼鏡他看起來就像通緝犯。「要給媽媽發簡訊說我們已經安全到達了嗎？」

保羅懶洋洋地搖搖頭。他過去幾個月中偶爾出現的不太理人的情況，海倫稱青春期前的閉塞。但是他現在可能只是累了。從他自己的經驗，哈利對不久即將面對的親子衝突知之甚少，他對那些年的記憶主要也局限於學校。軍訓集合代替派對，愛國歌曲代替音樂，沒有叛逆而且當然也沒有毒品；他的初吻必須等到大學，除此之外一成不變：每次他回故鄉時，所有一切總是會以某種方式返回，出現在零散的影像中，令人產生隱約熟悉的不安感。那把老師用來打他們手指的木尺他們稱之為「將軍」。

為了分散自己的注意力，他給海倫發了簡訊，海倫立即回覆：「Have a wonderful time! Kiss Paul for me and hug your mother!（玩得開心！替我吻保羅，給你媽媽一個擁抱！）」雖然海倫的祖先來自廣東，但她的父母出生在奧克蘭，因此她用這種陽光熱情洋溢的加州人方式。「Mom says hi!（媽媽打招呼！）」他說，然後把手機放進口袋，把保羅往前推。一名手持小旗的導遊帶領韓國遊客排隊。從航站有色玻璃看不出外面是不是陽光普照，有幾秒鐘他感到遺憾，自己當然不會擁抱母親，不管是不是生日。在他的記憶中，他就從來沒有擁抱過母親。

半小時後，他們進入抵達的入境大廳。他的大哥站在圍欄後面，手機貼在耳邊，說話的聲音之大，哈利先聽到他的聲音然後才看到他。華榮沒有中止談話，只是向他點了點頭，拍了拍保羅的肩膀，帶他們出去。拉著帶輪行李箱的匆忙旅客和他們交錯而過。當他的哥哥指著停在第二排的一輛閃亮的黑色SUV，哈利心裡想，又是一輛新車。空氣比預想的還要悶熱，這時車門打開，茱麗「嗨」了一聲，笑著跑向他們。首先，她擁抱了她的小堂弟，對她來說更像是一個侄子。

華榮講完手機，搖頭說：「昨晚十點，她給我發簡訊說要跟我一起來。瘋孩子。」

「我很高興。」哈利說，他們面對面猶豫了片刻才打招呼。茱麗剛洗完澡，讓他後悔應該在降落前至少刷個牙的，但廁所前擠了太多人。作為家中的晚生子，他與侄女的歲數距離僅比與她爸相差的多了幾年。而對華榮而言，擁抱他不能接受。「你們上車吧。」他喊道，「我不能在這裡停車。」在他們開車之前，他轉身滔滔不絕對保羅說了一堆中文，用意熱情誠摯，哈利想起了他在軍隊的兩年。一輩子最糟糕的時期。

車子裡菸味瀰漫像在酒吧。真皮的座椅柔軟涼爽。「路上一切還順利吧？」華榮問道，同時踩了油門，他們很快上了高速公路。看著工業廠房和沿路瞬間流過的蔥鬱綠色田野，哈利簡單報告了旅程。在漆黑的太平洋上空，他被亂流驚醒，之後再也無法入睡。他仍然能感覺到飛機的晃動，彷彿不會消失的迴聲。「除此之外，沒有什麼特別的。」他總結道。「爸媽怎麼樣？媽的骨折完全好了嗎？」

「手臂看起來不錯。她不會向我抱怨。」

「她曾經抱怨過嗎？我的意思是對任何人。」

「主治醫師也很滿意。你自己問她。我兩個星期前剛回來。」華榮是一位忙碌的企業家，他的公司在對岸生產食品工業所需的機器，華榮經常在上海。除了他之外，哈利還有一個哥哥，他在新竹擔任IT工程師，工作上是專門處理溝通問題，但私人基本上是放棄溝通。他們每年發兩次簡訊。「不管怎樣，」華榮補充道，「她早上又去公園做她的運動了。」

他們的母親在樓梯間摔倒時摔斷了左前臂，運氣好，否則可能更糟。「他們兩個人自己還能撐多久？」他小心翼翼問道，避免聽起來帶有指責的意味。

「秋天可以給他們僱到一個印尼人。媽雖然不願意，但我堅持。她需要有人幫忙。」

「現在這麼快拿到許可？」

「她的情況走個形式而已。醫生強烈建議。」

「那她為什麼不願意？」

他哥哥連眼都沒眨就變換了車道，然後聳聳肩。在他們身旁，巨大的柱子上是即將開通的機場快捷的軌道。老實說，哈利並不是唯一一個擔心母親身體狀況的人。他們每個星期天都會通電話，自從王建民與皇家隊簽約以來，他們談論的更多是棒球，但幾乎每次她都稱他的球隊為洋基隊並假裝他仍然是先發投手。是出於舊習慣還是搞不清楚狀況，從美國他很難判斷。「爸爸呢？」他問。

「他讓我去找墓地。」

「找墓地？那家族墓園呢？」

「前幾天他決定不想被火化。而是土葬。這在新店沒有地方。」

「他想法改變有什麼原因嗎？」

「除了他八十五歲以外？」

「你知道我的意思。為什麼突然想到葬禮？」他壓抑喉嚨裡想嘆出的一口氣，放棄追問這個要求有多認真。他們的父親也曾想葬在北京。外面暫時只有鬱鬱蔥蔥的山丘，現在他們正在接近市區，景觀展開。圓山大飯店就像一座古老的皇宮，坐落在河流上方的高地上。有些建築物一看就知道是為了取悅獨裁者而建造的。規模都過大了。據說從大廳曾經有一條隧道直接通往蔣委員長的府邸。

「問題是風水好的墓地價錢就和一輛小汽車一樣貴。如果還買得到地，臺灣已經沒有地了。」華榮說。

「你不能改變他的想法嗎？」

「改變他想怎麼下葬？」

「好了，也許過不了多久他自己又會改變主意了。」接著華榮的手機響了，他大罵一名又拿錯誤表格的員工。作為長子，他在家裡一直是父親的副手，而哈利至今仍被認為是母親的寵兒；因為他是年紀最小的，也是唯一一個她曾經不畏困難帶著去拜訪敬治舅舅的。每個家庭都有自己的傳說。在錯雜紛亂的橋梁後面市區延伸，這是滿到邊緣的臺北盆地，遠處有一〇一大樓若隱若現。酷灰色的臺北，海倫喜歡這樣說。明年他將通過那個時間點：在第二故鄉待的時間比在第一故鄉長，他有時想知道排行次序是否顛倒。離開高速公路後，他看到上班族匆忙走向捷運站，捷運在他年輕時是不存在的。不經意間，他想起了露在告別時流下的淚水，因為他和保羅開始了沒有她的旅程。一想到他的母親曾經為她的哥哥感到驕傲，就像露對保羅一樣，而且抱著同樣的欽佩之情，每次都讓他心刺痛。他才回來一個小時了，一切都已經湧上心頭。車子在火車站附近左轉時，幾乎萬里無雲的天空下起了濛濛細雨，華榮開著車穿過仁愛路以北的小巷，他們的爸媽住在那裡，華榮的妻子就住在隔兩條街。茱麗在師大校區附近有自己的公寓。哈利週六和她的一位前教授有約，這是他接下來幾天唯一跟工作有關的會面，至少他會對其他人這樣說。真正的事由，暫時不必讓人知道。

「奇怪的天氣，」華榮說，好像在自言自語。

「媽說今年沒有真正的春雨？」

「一團亂，」華榮回答道。「對岸也一樣。」

然後他們到達目的地。一個沒有陽臺的四層灰色盒子。哈利抬頭看著飽經風霜的外牆，希望能透過三樓的窗戶看到他母親的臉，但那裡沒有人。最近，附近新建了幾棟住宅，母親公寓旁邊的空地暫時用作公共停車場。「Ready to meet the family?（準備好跟家人見面了？）」他問道同時把背包遞給保羅。

「Ni hao，」是他的回答。幾個月來，這個孩子長得很快，你幾乎可以看著他長；當茱麗站在他身邊時，她只比他高幾公分。「你把你那可愛的兒子留在哪裡了？」她問。「這個對我來說太大了，我不要。」她用一隻手揉了揉他的頭髮。她的裙子比以前短了，很適合她，也適合闊腿褲和緊身T恤的搭配。華榮站在一旁抽菸。雨已經又停了。

「妳還好嗎？」他問。「博士論文還有其他林林總總的？」

她的點頭似乎若有所思，好像她不想肯定地回答這個問題，而是想表示理所當然。「如果你能說服阿嬤請人幫忙家務，你會很受歡迎。他們兩個都需要一天二十四小時有人照顧。」

「我恐怕做不到，」他說。「妳知道墓地的事嗎？」

「爸前幾天提到過。」

「她呢？」

「沒有。」

「她知道嗎？我的意思是，事關一個人的墓地還是……」

「不知道。大家都知道，她既不談論死也不談論死人。」

沒錯，他現在才想到。他母親真正最疼的和她最親密的——如果有這樣一個人——一直以來是大孫女。曾經有那麼幾次他嫉妒茱麗，但已經過去了。「如果我理解正確，」他說，「她不喜歡家裡有陌生人。」

「誰會喜歡那樣？但沒辦法。」

「妳覺得她目前的狀況怎麼樣？妳知道我的意思。」

彷彿在壓抑內心的抗拒，她臉上擠出微笑。「時好時壞。」她無視手機的鈴聲，朝入口點了點頭。「我想他們現在在等你們。」

巷子裡所有的房子都在一堵人高的牆後面，包括他爸媽的房子。在前院，三隻貓用懷疑的眼光看著他們。大多數住家是遠方親戚，當天晚些時候會過來打招呼。在樓梯間裡，哈利內心裡做好了第一眼的震驚準備。一把捲起來的傘斜靠在公寓門邊，他可以聽到門後面熟悉的電視播放股市新聞的聲音。每天早上，如果天氣好的話，媽都會去公園做早操，爸關注著螢幕上閃爍的行情，雖然他已經很多年不再買股票了。下一刻哈利看到他坐在沙發上。很長一段時間他不顯老態，如今明顯衰老。門打開時他短暫轉過頭，但當他們脫掉鞋子開始搬行李時，他似乎就不在意他們了。華榮率先開口：「媽還沒回來？」

「什麼？」

「她到公園去了嗎？」

「去公園，對。去做她的運動，」爸作勢起身，但是最後還是沒動。

儘管開著空調，空氣裡還是有股陳腐的味道，夾雜著殘羹剩飯的味道，一種哈利想不出名字的味道：一如既往的味道，只是又陌生了些。天花板上懸掛著與公共建築中相同的霓虹燈管，刺眼的光線投射到地磚上。「Does he not know who we are?（他不知道我們是誰嗎？）」保羅不安地低聲問。

他沒有回答，而是抓住兒子的肩膀，把他推往沙發。「爸，」他大聲喊道，這更多是因為他緊張而不是他父親聽力不好。「你還認得你孫子嗎？他又長大了。」

爸將遙控器握在手裡，就像是一根斷了的權杖。帶著父權的無助，突然有了一種情緒，那就像男人必須忍住的感冒。一下子又過去了。他笨拙地起身，拍了拍保羅的臉頰。「哎呀，」他脫口而出，就好像有人在浴室裡赤身裸體，嚇了他一跳。
「哈囉，爺爺。好久不見。」
「你們回來了，」他點點頭。「好，好。」他的白襯衫沒有汙漬，只是領子有點發黃。哈利一眼就注意到，腳趾甲急需修剪。
「你還好嗎？」他問。「你們都還好嗎？」
爸一揮手，似乎在說：說這些話做什麼？「你媽還在公園裡，」他說。「早操。」
「應該很快就會回來了。」
華榮已經重新站在門口了。「晚上見，一起吃晚飯。」
「星期天還有什麼要安排的嗎？」
「六點鐘，位子都訂好了。」他說出了一家傳統中餐館的名字，離家裡幾分鐘步行路程。很方便，但可能不是媽的選擇。茱麗從手機上抬起頭，說她晚上沒空。「我明天下午過來。」
「好的。」哈利感謝她來接他，然後門砰地一聲關上，他爸爸坐回去。家裡神桌前點著紅燈，牆上鑲框的照片要不是新婚夫婦的照片就是按照順序排列的全家福照——爸媽坐著，孩子站著——沒有任何一張像他們在威廉斯敦的家裡掛的照片，孩子們臉上塗著布丁之類的照片。「我們先把行李拿到後面吧。」他淡淡地說道。
他以前房間的牆壁上布滿被打死的蚊子。書架、兩張窄床和舊衣櫥。如果只有他們兩人，爸鼾聲太大，媽就睡在這裡，但是她不留下痕跡。「你想洗個澡還是我們先去吃早餐？」他問道，試圖消除房間給他兒子帶來的壓抑感。

「We speak Chinese now, you and I?（我們現在說中文，你和我？）」

「試試看，好嗎。只有幾天。」

「我想洗個澡，」保羅說。好像在唸教科書上的句子。

「好。我去買早餐。豆漿加糖還是不加糖？燒餅加蛋？」

「Get me those pancakes with egg and ham（給我那些加雞蛋和火腿的煎餅），還有甜豆漿。」

「那種 pancake 叫蛋餅。」

「Yes, Sir.（是的，先生。）蛋餅，拜託。你要去那個，你怎麼說……老地方？」

他點點頭，鼓勵性地拍了拍他。他的兒子無疑把剛剛最後幾分鐘和他們去奧克蘭探望海倫爸媽時的擁抱和歡笑做了比較。「Text your sister, before she goes to bed. She'll love to hear from you.（在你妹妹睡覺前給她發個簡訊。她會很高興收到你的消息。）」

不久之後，他又下樓站在房子前面，已經感覺空氣不那麼壓抑了，疲倦感被一絲冒險的欲望取代。他沒去阜杭買早餐，他想先去中正紀念堂，他的母親多年來都到那裡去和一群同伴一起練氣功或打羽毛球。她的家族來自基隆，她的童年是在一個沿海小鎮度過的，她的父親在那裡為一家日本金礦工作。以前他陪母親去舅舅家的時候，他們兩人一聊起不想讓他聽懂的事，就會改用日語。或者也許他們這麼做只是出於習慣。

走了幾步後，他突然停下來環顧四周。八點半，這附近幾乎沒有人，兩棵巨大的榕樹高聳超過隔壁空地的牆，在小巷上形成了一個天篷。盡頭是一座殖民時代的老木屋，這種建築現在還偶爾可見，但他突然覺得自己聞到了檜木的味道，這一定是他的記憶在作弄他。舅舅出獄後在臺東附近的村子裡擔任當地棒球隊的教練，在空閒時間，他用一種現在已不允許砍伐的珍貴木材製作家具。在日語中被稱為檜（Hinoki）。媽媽不管在哪裡只要一聞典型的柑橘香味，就閉上了眼睛，陷入了沉默。

沒有眼淚，沒有關於逝者的一言一語。

下一刻，他看見她了。一百公尺外，她經過她家旁邊的停車場。雖然夏天已經開始，但她穿著格紋絲綢外套，臂彎裡掛著一個布袋，裡面裝著手機、保溫瓶和一條小毛巾。哈利還沒來得及叫她，她就不見了，他克制住像小男孩一樣追她的衝動。據說她小時候是個無休止滔滔不絕的小孩，但在他小時候，去臺東的火車要坐一整天，她只是默默坐在他對面，他要和她說話幾次才能引起注意。時至今日，他仍然難以想像她曾經是個驕傲的日本女人，儘管敬治舅舅在他去世前給了他一些舊信件，其中最早的一封可以追溯到戰時。如果有人可以處理這些信件，那就是你，他說——他現在自己相信了，但仍舊不知道如何處理。也許他需要茱麗的幫助。小梅子當時還太小，無法理解即將摧毀她熟悉世界的力量。首先來的是英國戰俘，接著是美國轟炸機，最後是手持步槍準備好攻擊的大陸人。她一定從很小的時候就意識到——被迫意識到——在錯誤的時刻張嘴的危險。她仍然不想談論。事情就這樣發生了，她喜歡在他追問的時候這麼回答。

可以肯定的是，她已經吸取了教訓。而他想知道究竟是什麼樣的教訓。

4

當戰俘最終抵達時，金瓜石周圍的山峰消失在濃霧中。十一月，雨水打在屋頂上，把村裡的傾斜小路變成了滑梯。英國鬼子到來的傳言，已經持續了好幾個星期。據說，他們的運輸船不得不在前往臺灣的途中改變路線，轉而前往橫濱。大家都知道太平洋上的激烈戰鬥，這讓梅子在課堂上學到了第一個英語單詞：Wasp、Hornet 等等，那些被帝國海軍擊沉的敵艦的名字。日本軍艦有好聽得多的名字，如翔鶴、蒼龍或赤城。她最喜歡的是一艘曾協助偷襲珍珠港的航空母艦，名字叫加賀。

戰俘們正好就是搭英格蘭丸號（England Maru）抵達基隆港口。本田老師宣布，下週六下午四點，所有孩子必須聚集在校園裡，營長將在那裡發表重要講話。當梅子踏進校門的時候，那裡已經圍滿了人，顯然不只是兩所學校的學生，還有礦工、警察和家庭主婦都想看一眼這些尖鼻子的外國人。她伸長了脖子，但看不到敬治的蹤影。士兵們在大樓前排成一長排的隊伍，這樣一來他們和入口之間就留了一個空地，但是在操場上其他地方已經無法通過。本田老師費了好大的勁才給全班找到可以站的地方。

很長一段時間沒有任何動靜。梅子和玲子共用一把傘，輪流撐著，以免手指凍僵。士兵們身後是一個漆成白色的講臺。她感覺到雨水濕透了她的鞋子，想起了兩週前軍官來到小學拜訪的事。為了讓女孩們留下良好印象，本田老師詳細解說了最近的戰鬥，讓她們記住了一切，萬一那位軍官問些什麼也好應對。最終，因為天氣不好，他沒法在外面和全校同學講話，只能一個班一個班地走訪，本田老師顯得有些緊張。由於缺少可用的地圖，她在黑板上畫了簡單的地圖，但現在已經屬於日本的許多太平洋島嶼幾乎找不到位置。於是所羅門群島變成了六個小圈圈，在一個小圈圈旁邊寫著瓜達爾卡納爾島的名字。新幾內亞原本是一條咆哮巨龍的形狀，在黑板上變成一隻打哈欠的烏龜。那不是一幅漂亮的圖，當軍官在校長的陪同下進來時，他看著它，表情彷彿有人端給他一盤腐壞的水果。所有人都從座位上跳了起來。

「早！」那軍官大聲說。梅子的目光落在他的黑色皮靴和腰帶上的劍上。大家嚇壞了，沒有人回答；直到本田老師用懇求的手勢讓她們這樣做時，學生們才輕聲說了聲：「早，軍官先生。」

「妳！」他用馬鞭指著前排的一個學生。「擦黑板！」就在女孩猶豫的時候，鞭子碰一聲像槍聲一樣打在講桌上。「馬上擦！其他人都坐下。」

梅子用眼角的餘光看著站在窗邊的老師，她抿著嘴唇站在那裡。過了很久黑板才擦乾淨。軍官不耐煩地拿起一支粉筆，寫下了「大日本帝國」五個漢字，並命令全班同學大聲朗讀。

「大日本帝國。」

「再大聲一點！」

「大日本帝國！」

他寫了國體兩個字，又一次要大家大聲唸出來。女孩們的聲音對他來說不夠響亮。他讓她們一遍又一遍地重複這個詞，然後他的臉上第一次露出了笑容。「看嘛，這樣就對了。有誰知道大東亞共榮圈怎麼寫嗎？」本田老師閉上了眼睛幾秒。軍官用他的馬鞭輕敲自己的靴子，彷彿要打破已經開始的寂靜。咚、咚。近藤校長擺弄著領帶。

梅子在敬治的筆記本上看過那幾個字。那六個漢字經常出現在她父親的報紙上，其中五個是她們在課堂上學過的。最後一個字是最複雜的；在她的腦海裡，她試圖數出筆劃，結果得出十二筆劃。她的手掌變得潮濕。還是只有十一？她聽到身後有聲音，聽起來像是壓抑的哭泣聲。咚咚。軍官示威性地，幾乎是得意洋洋地把目光停留在本田老師身上。梅子用手指在自己的腿上寫下那個字。十二，她決定了。

「沒有人嗎？」他問。「這麼重要的詞，沒人教妳們嗎？」

當她從椅子上站起來時，梅子感到肚子裡在翻攪。她差點又當場坐下。

「啊，」軍官喊了一聲，把那支粉筆遞給她。

專注最重要，敬治總是這樣說。每次投球前，他都會閉上眼睛，看著球在他面前的軌跡，就好像有人為他在空中畫了那條軌跡。現在她嘗試做同樣的事情，想像漢字已經在黑板上了，她只需要照著描就可以了。幸運的是，第一個字是最簡單的。第二個表示東方，也出現在東京。五個字後，她停了下來，瞥了一眼窗邊。本田老師雙手合在一起，彷彿在默默祈禱，一如她在決賽時所做的那樣。梅子迅速寫下最後一個字，然後轉身對軍官鞠躬。「坐下」，他說，但不再像之前那麼嚴厲了。

她只聽懂了他演講開頭的片段。她的耳朵發燙，就像她從寒冷中走進過熱的房間一樣。日本肩負著將東亞各國人民從西方帝國主義的枷鎖下解放出來的神聖使命……軍官叉開雙腿站在講臺上，用了很多難的字。「我們的敵人，」他喊道，「發動戰爭只有一個原因：繼續不受干擾地剝削他們的殖民地。因此他們會失敗。最終贏得未來之戰的，是那些從追求更高目標的知識中獲得決心的人。」在昭南島和香港，在蘇門答臘島和菲律賓，從印度支那到新幾內亞，日本軍隊到處推進。麥克阿瑟將軍躲在澳大利亞，美國損失一艘接一艘的艦隊，英國戰俘數以萬計。他們低估了日本，因為他們認為亞洲人種低人一等。現在他們為自己的驕傲付出了代價。

「一些戰俘，」他停頓了一下，繼續說道，「將來到金瓜石的銅礦場做工。日皇的士兵絕對不會活著落入敵人手中，但這些人就像他們的國家：只對自己的利益感興趣。」有一瞬間，他似乎要嫌棄地吐口水在地上，然後臉上又恢復了之前的冷笑。「至於妳們，妳們都是小姑娘，與戰爭無關。繼續努力學習。戰俘看守嚴密，不會傷害到妳們，但本地人中可能會有一些想幫助敵人的人。有病的、瘋子、共產黨人，他們寧願被白鬼子壓迫，也不願在我們的領導下獲得自由。為了追查到這樣的人，需要大家的合作幫助。戰俘們只要有機會，就會想方設法蒐集情報，偷送出境。這絕不能發生！在戰爭中，任何粗心都會造成毀滅性的後果，妳們明白了嗎？」

大家本來都張大了嘴巴聽著，這才急切地點點頭，叫道：「是，先生！」梅子覺得玲子喊得特別大聲。

「如果有人看到任何讓妳覺得可疑的事情，立即報告給妳的……不，報告給近藤校長。他會立即將消息傳給我們。如果有人發現了什麼而且隱瞞不報，後果會很可怕。今天到此為止。」沒有告別，他衝校長點了點頭，校長趕緊為他開門。兩人離開後，教室裡留下沉悶的寂靜。本田老師笑了笑，嘴唇卻在顫抖，一時間不得不背對著班級擦拭眼睛。

☆　☆　☆

他們在寒冷中站了將近一個小時，然後遠處傳來模糊的騷動。戰俘們一大早乘火車抵達瑞芳，從那裡行軍到九份。現在在傾盆大雨中，可以聽得出來他們已經接近。本田靜子看到幾個士兵跑步離開操場。「早く，早く（快點）！」她聽到了。「スピード，スピード（Speedo）！」她的學生擠在大傘下，很難一眼就看到所有的人。據說有五百多名戰俘要來，但她數了一下身邊只有三十多個穿制服的人。高層寧可在校舍裡等候，她時不時認出在校舍的窗戶後面的腦袋，包括伊吹軍官的。

她的手指感到麻木。一週前，氣溫幾乎在一夜之間下降了十五度，從那以後她就再也沒有見過太陽或大海。濃霧籠罩著大地如煙，在宿舍裡望著窗外，她有些頭暈目眩，什麼都抓不住了。在她身邊站著近藤校長，身子挺直，身體僵硬，就好像他自己穿著制服一樣。兩週前，他已經向她明確表示，她不應該自以為因為她的私人情況，會受到不同的標準衡量。這次是一個女學生為她解圍，下次再不小心就沒人幫她了。從那以後，她比以前更頻繁地聽到走廊裡有腳步聲停在教室前面。當她朝他的方向稍微移動一下雨傘時，他不以為然地哼了一聲。

緊接著，幾處地方同時有了動靜。營地的指揮官脇山中尉走出校舍，滿臉期待地環顧四周。門口傳來一陣哄笑聲和尖銳的口哨聲，人群後退了幾步，頓時所有人都狂叫起來。當戰俘們像一群羊一樣被趕進院子時，靜子感到胃部在顫抖。眼前的中學生們熱情地揮舞著手臂，起初她只能隱隱約約看到卡其色的影子。相反地，校長對她的反對感到憤怒而且不理會，能看到這樣的事情，女孩們應該高興才對。幾個男人筋疲力盡倒地，遭到監獄守衛的拳打腳踢。全是一些臉頰凹陷、鬍鬚蓬亂、眼神冷漠的戰俘。為了不去看，靜子環顧四周看著學生們，學生們都張大了眼睛看著這一切。近藤校長曾斥責過她，為什麼她老是主張當地的孩子應該趕上拼寫和發音，再培養成為天皇的臣民？在戰時與和平時期用一樣的思考方式是一種失敗主義，她是不能還是不願明白這一點？

她低著頭聽著訓誡，不時低聲道歉。現在一陣噓聲傳遍了隊伍。營地指揮官已經走上了白色的講臺，威嚴地舉起了手。另一個人站在他旁邊負責翻譯演講。下一刻，全場鴉雀無聲。

「過去幾個月，」脇山大聲說道，「我們的士兵令人印象深刻，證明了他們比敵人優秀。」他們有輸掉哪場戰役？昭南島、香港、緬甸、婆羅洲、蘇門答臘、呂宋——一場都沒有！很快太平洋上就會沒有敵艦，就像天空沒有敵機一樣。大英帝國在亞洲的時代終於結束了，日本在瓜達爾卡納爾島的勝利和對澳大利亞的征服就在眼前。他這麼說並不是要打擊戰俘的士氣，相反，是為了鼓勵他們。「一旦澳大利亞屬於我們，」他宣稱，「你們就會有充足的牛肉！我們將盡我們所能讓你們健康強壯。」他停頓了一下，好像在等待掌聲。大多數戰俘下巴顫抖眼光空洞，靜子心想校長問得對：她是不能或不願意明白？是她讓自己四處碰壁？現在是冬天，大多數夜晚她都是獨自一人度過的，看著桌上的照片，試圖讓正吉活在她的記憶中（很困難，因為記憶不多）。他們結婚前在福岡的三、四次會面中，有一次他向她保證，自己會是個好丈夫。他害羞臉紅，充滿了迎接生活中所有挑戰的渴望。他的父親在高宮火車站附近經營著一家婦產科醫院，有一天他會接手。婚禮過後，經歷羞澀的交談，他們笨拙地嘗試實踐婚姻關係。起初，她不得不咬住自己的手，以免痛得尖叫。本來他們需要更多時間，但當徵召令來的時候，她和他的家人一樣驕傲，並且為他做了鯧魚和紅豆米飯餞行，符合帶來好運該有的習俗。她的廚藝很差，這是他從七週婚姻中想到的唯一笑話，也是她記得的笑話：看來軍隊的食物可能還好些——不是惡意地說，而是帶著調皮的笑容。這就是全部。他們打算繼續以書面形式相互了解的計畫失敗了，因為他努力保護她，不願她受他每天所見的影響。剛畢業沒有專業經驗的他突然不得不親自進行截肢手術。他隸屬的那個團，隨著戰役越來越深入中國腹地，離她越來越遠（她內心保留的自私想法）。你不必擔心顧慮我，她寫道，在他的回信中她讀到關於自己的純潔，她不能失去，因為這是讓他活下去的動力。

靜子再次聆聽時，聽到中尉說：「從現在開始，我們希望你們做兩件事。」他的左手放在劍柄上，右手像指揮家一樣揮動。「首先，對日本的尊重。從現在開始禁止使用諸如『日本佬』之類輕蔑的詞。你們稱日本人為大日本國的子民的同時，大笑或做鬼臉將受到嚴厲懲罰。第二，我們期望你們工作勤奮。凡是在營地裡守規矩的人，都會受到我們的善待。另一方面，任何假裝生病並試圖逃避勞動的人都沒有飯吃。所以理智一點，想一想你們有朝一日想再見到的家人。是你們政府的傲慢和你們自己的怯懦讓你們走到了現在的地步。我們給你機會，過有尊嚴的生活，這樣戰後你們就可以在家鄉宣揚我們國家的慷慨。今天就這樣。」脇山以一個戲劇性的手勢結束他的演說。直到近藤校長瞟了她一眼，靜子才加入雷鳴般的掌聲。雨小了一點。嫁給一個陌生男人已經夠困難了，和他父母一起生活終於讓她招架不住。身為已婚女性的她想繼續教師培訓，本田醫師認為那是她性格缺陷的另一個證明，她的父親不只一次不得不親自為在臺灣荒野中長大、被寵壞的女兒道歉。

「本田老師！」

她抬頭一看，操場上人已經散去一些。戰俘們遭受咒罵、槍托敲打和腳踢，被強迫排好整齊的隊伍。「抱歉，」她一邊數著凍僵等著被帶出去的學生隊伍，一邊急忙說道。小梅子看起來像強忍住淚水。告別時，靜子叮囑她們要牢記指揮官的話，十分鐘後她來到了醫院前的空地，因為走得太快，她喘著氣。她的襯衫領子感覺太緊。峽谷的另一邊傳來了她以後每天都會聽到的聲音。「快點，快點！」

她停了下來，喘著氣，想知道是不是只有她這樣。大家都在談論艱難時期和必要的犧牲，就好像這是暫時的痛苦，只需要一點善意。妳會習慣的，連洋子都這麼說，但是如果不習慣呢？她想起在長假結束後遇到梅子的父親，當她提到坐在溪邊的兩個女孩時，他臉上的恐懼。有那麼一瞬間，她覺得有人理解並分享她的不安。這在她的同胞中越來越少見。夏天時，本田醫生斷然拒絕接待她這個不體面的兒媳婦，從那以後，母親在每封信的結尾都表達了父親不再吩咐的問候。錯完全在她，不能怪別人。只要她一時忘記自身暴露的恐懼，就會不小心犯錯。李桑只是打個招呼，她就立即停下來在公共場合跟他聊天。夜幕降臨，黑暗中，對面傳來的聲音更加清晰。小梅子在家裡有沒有說，本田老師在學校裡警告過她們要注意敵人的間諜和叛徒？聲音大到校長在走廊裡都聽得見。

她凍得牙齒打顫。

她拉上房間裡的窗簾，把衣服放在椅子上，爬上床。直到這時，校長責備的目光一直跟隨著她。最後他說，下學期她不用上倫理課，並給了她一句話，要她牢牢記住：皇民化是教育當地人成為日本人，而不是我們去適應他們！

她在被子下躺了一個小時，一點兒也沒有變暖和。走廊傳來腳步聲和說話聲，護士們一起進廚房做飯，但是她不餓。知道她實際上並沒有感受到近藤校長在她身上的目光，讓事情變得更加複雜。正吉每天都用同樣堅定不移的表情看著她。驕傲並準備好接受任何事情（除了她失去純潔）。制服乾淨得一塵不染，帽簷投下一道幾乎看不見的影子落在他蒼白的額頭上。戰後我們一起去臺灣吧，她在最後一封信中寫道。要真正愛上他，時間太短，但至少足夠使她有預感會愛上他。現在他不為所動看著她向他伸出手。當她撫摸相框，小心翼翼地將照片翻面時，沒有笑容鼓勵她，也沒有責備變暗的表情。她和在回家路上一樣喘氣，全身起雞皮疙瘩。他永遠不會離開她，但他也永遠不會和她在一起。他已經完成了人們對他的所有期望，除了他的犧牲，提及她的犧牲似乎是不恰當。究竟是什麼樣的犧牲？對於一個日本女人來說，沒有比為一個死去的男人奉獻自己的生命更大的榮譽了。

☆　☆　☆

戰俘的到來又被議論了幾天，然後大家又開始議論米價，到哪裡弄到便宜的柴火。冬天來了，山上又濕又冷。早上去辦公室的路上，李先生看到英國人排著長隊走上斜坡。傍晚時分，他們收工回來，消失在營地的高牆後面。因為經常有濃霧，濃到根本看不見他們。村子裡人人都期待看到真正的洋鬼子——強壯而有點粗魯的——而不是一些瘦骨嶙峋、眼神呆滯的身影。沒有人想知道營地裡發生了什麼。當他的女兒從噩夢中驚醒時，他會告訴她，她聽到的是橫梁嘎嘎作響或山上一隻受傷的動物。最簡單的是雨水淹沒所有的聲音。

在金礦坑已經沒太多可做的事，無論是在礦坑還是在辦公室裡。偶爾，一位名叫伊吹的軍官會打電話給他，並代表軍隊要求管理層釋放其他礦山更急需的工人，尤其是爆破工和木匠。骯髒的活似乎都是戰俘在幹，但要想找到銅礦，就必須挖越來越深的地道，而這需要專家。有幾個晚上，他躺下，覺得自己能感覺到直接從地面傳來的震動。軍隊用不著黃金，這座山也沒什麼金礦了。工程師說頂多可以挖一條新坑道，但是資金不足。

一月份的時候，霧很濃，從裡面看出去，彷彿辦公室的窗子都貼了紙。同事們閱讀報紙或三五成群地站在熱水鍋爐旁討論戰爭的進程。由於寒冷，他們一直穿著夾克，而李先生走進所長溫暖的辦公室，沒幾分鐘就大汗淋漓了。紫檀木桌上菸灰缸總是滿的，今天早上山下先生還遞給他一支菸。「祝賀下個學期，」他滿意地宣布。「來吧，李桑。恭喜！」

「所長太客氣了。這麼慷慨的提議……」他深深鞠躬，只從眼角餘光看到上司舉起手。

「暫時只是學校就讀。宿舍目前沒有空床位。」

「了解。是的。當然。」

「也許到夏天情況就會有所不同。李桑提過在臺北有親戚？」

「我三哥住在那裡，」他說。「他經商，我會和他談談的。」第一口菸他忍住了咳嗽，然後Minori菸草的味道一如記憶中那樣。窗邊的火盆劈啪作響，一瞬間，他感受到了久違的幸福感。上司最近宣稱，他一直認為殖民政府應該提拔更多本地人擔任要職。候選人並不缺。不可能指望年長者毫無保留地跟上時代的腳步，但對於年輕人必須要求他們為適應時代付出代價。簡而言之，他將利用他的人脈關係讓敬治不用更改他的名字也能進入商業學校。自從消息傳開後，他的同事們問候他都帶著切齒的敬意，這是對狡猾的陰謀家的敬意。事實上他什麼也沒做，除了鞠躬，表示謝意，在家裡迴避妻子的指責。現在事情已經確定：敬治將在春天搬到首府。

「想請問，另外兩位哥哥在從事什麼樣的工作？」所長問道。

「他們共同經營曾屬於我父親的瑞芳煤礦。」

山下先生用兩根手指將菸灰缸推向他。李先生沒有提及他父親曾經營過的書院，而是又抽了一口菸。確保兒子的未來，有什麼錯？他在家裡很少大聲說話，但那天一聽到「巴結」二字，他就忍不住了。敬治想去臺北！他的球隊在臺灣神社錦標賽中獲得第四名，即使下個賽季不舉行，他也迫不及待想與島上的一支頂級球隊一起訓練。

再說，他無論如何都欠所長一個人情。

「我可以問三哥做什麼樣的生意嗎？」

「他主要生產和銷售本地的烏龍茶。」

「一個成功的企業家家庭。太優秀了。」上司仔細檢查了他的指甲。寒冷的季節，山下家的窗戶都關著，音樂不會傳到山坡上，但有時李先生路過時，聽到屋裡的女人唱歌——聽起來比留聲機裡的德國歌曲還要悲傷。「李桑從來沒想過經營自己的生意？」

他已經料到他會問這個問題。「現在是艱難時期，」他說，感到背上滲出第一滴汗水，「尤其是經濟方面。」

「是的，的確。」

但不僅是在這方面。當他的妻子澄清說她不是指責他巴結上司，而是懷疑上司在討好他時，他難以置信地搖了搖頭。保持鎮定變得越來越困難。天空像被自身的重量拉下來懸在山峰上，四點半李先生離開辦公樓時，天已經昏暗。他沒有回家，而是沿著通往九份的路走。他聽到了從營地的方向傳來像點名的命令聲。老實說，他自己也很想搬到臺北，加入三哥的生意。那地區是藝術家和記者的集聚地，那裡有茶館，最近甚至還有咖啡館，在那裡可以了解世界上正在發生的事情。而在報紙上，他突然發現了奇怪的前後矛盾之處。已經宣布被摧毀的敵人軍隊再次出現，並迫使帝國海軍「英勇抵抗」。日本之子如海嘯般席捲太平洋，現在前進似乎停滯了。爭奪瓜達爾卡納爾島的戰鬥仍在繼續。他的妻子又著急又害怕，不讓他安心看報，而是蹲坐在他身邊要求他翻譯文章。她懇求地看著他，彷彿他有能力不僅讓他們的兒子，而是讓整個島嶼都遠離戰爭。

「英勇」的意思就是「徒勞無功」，他向她解釋過。然而反過來的解釋不成立，所以他現在禁止自己晚上在醫院門口等老師。那條路蜿蜒曲折地通上山坡。村子邊有幾間破茅屋，冒出受潮木頭燃燒的刺鼻煙氣，到了廟附近，他想起父親常說的塞翁失馬的故事：有一天老翁最昂貴的種馬走失了。這是一個沉重的打擊，但當鄰居來安慰他時，他揮手說：誰知道以後會怎麼樣。不多時，那匹馬回來了，還帶回一匹壯麗的母馬，老翁對想祝賀他的鄰居說：誰知道以後會怎麼樣。他的兒子騎那匹母馬，被甩下摔斷了腿，鄰居們又來安慰可憐的老人，他只說：誰知道以後會怎麼樣。不久，戰亂爆發，所有青年都應徵入伍，只有老翁的兒子因傷倖免。

接下來發生了什麼，故事並沒有說。說不定是敵兵出現了，把全家都殺了。下一刻，李先生聽到了聲響，他認出眼前的一個人影。蹲在路邊，似乎在撿起地上的什麼東西，但在灰濛濛的暮色中，只見輪廓。「喂？」他叫道。他沒有聽到回答，聽到的是自言自語的低語，他走近一點，認出了聲音。「蔡先生。」鎮上沒有其他人這樣稱呼這個人，其他人要不稱他為瘋子，要不乾脆避開他。

「啊，是，是。」老人只簡單回答了。

「撿柴嗎？」

還是沒有反應。老蔡住在路邊的破茅屋好多年了，他會到金瓜石行乞。三十年之後，還記得他以前在瑞芳開過的餐廳名字的人已經寥寥無幾：金龍酒樓。那時一場大火吞噬了酒樓還有妻兒。

「我看恐怕太濕了，不是嗎？」李先生說。以前父親帶他去煤礦時，他們偶爾會去光顧蔡先生的餐廳。

老人每隻手都握著一根與他前臂一樣長的樹枝。「要做十字，」他沙啞地說。有人說是另一家餐廳的老闆想要擺脫競爭對手，但這只是謠言。事故發生時，蔡先生正像往常一樣下班後和朋友一起打牌。現在他把兩根樹枝擺成「十」字。

「我知道了，」李先生說，除此之外他想不到要說什麼。如果他還有吃的，他會給這個可憐的人，但他袋子裡的便當盒是空的。

「因為鬼魂。」老人解釋道。「你有報紙嗎？」

「有，但還沒看。」

「日日新報。」他把報紙的名字用日語唸得聽起來像一首詩或一個咒語的開頭。「日日新報。」

「下次我給你帶一份。」

老人的臉髒兮兮的，只有眼睛看起來還有生氣。就好像他戴著面具一樣。「已經是下次了。」他神祕地回答道。

「什麼鬼魂會被十字嚇倒？」

「那些在雨後夜裡來的鬼魂。」

「來找誰？」

老人不高興地搖搖頭，彷彿回答一個理解力如此差的人毫無意義。「來找我們所有人。」他說，同時彎下腰撿起更多他留在路邊的樹枝。他小心翼翼地把樹枝放在臂彎裡，然後穿過野地，爬上斜坡，再也沒有回頭看一眼。

誰知道以後會怎麼樣，李先生腦裡閃過這個念頭。他周圍什麼也沒有，除了寂靜和隨著夜幕降臨而變得越來越暗的濃霧。沒有人知道實情，每個人都在說些陳腔濫調和老蔡的糊塗話沒什麼區別。這個時候他在去九份的路上做什麼呢？他應該怎麼做？戰爭還在繼續，災難一天天逼近，他決定在回家的路上買一包菸。

☆　☆　☆

「你期待去臺北嗎？」她問道。八點剛過，她躺在厚厚的被子下，聽到母親在隔壁洗碗的聲音。敬治的檯燈還亮著。為了讓冰冷的雙腳暖和起來，梅子抖動腳趾。

「我想是吧，」他說。

「我幾乎記不起三伯了。只記得那棟房子，一點點。」上次拜訪已經是兩年前的事了。那棟房子位於大稻埕，共有三層，有兩個庭院，面向街道的入口看起來像一個巨大的拱門。離河邊的碼頭不遠，伯父從那裡把茶葉運到香港和泰國，還有……她遲疑了一下才察覺敬治很少說「我想是吧」。「你認為呢」更像他會說的。「不管怎麼說他們家比我們家大多了，」她補充道。「我想你會喜歡的。」她能看到窗簾後面他的身影，卻看不清他在讀什麼書。「你認為他們會讓你在第一個賽季當先發投手嗎？」

「不管怎樣，他們十月份那個投手表現不太好。我只需要學習如何投好變化球。」

「這對肩膀不好，」她提醒他，他自己也說過。

「對小孩子來說沒錯。梅子，下個賽季我參加的是高中棒球賽，只有快速好球已經不夠了。」

她側身躺著，把腿抬起來，用手指摩擦腳趾取暖。自從她哥哥確定幾星期後就要上商業學校，他晚上就比平時更愛說話，有時他會和她說話，彷彿她年紀沒有小很多。「也許你可以參加明年的甲子園盃。」她說。「你現在已經夠大了，而且訓練得也足夠多了。」

「但甲子園盃已經不舉行了。」

「這是什麼意思？」

他頭動了一下，彷彿想透過窗簾看著她。「去年夏天只有一場替補比賽，沒有來自殖民地的球隊。因為戰爭的關係。」

「不會吧，」她抗議道。「廢除甲子園盃……永遠嗎？」隔壁田中先生的收音機又在播放進行曲。希望接下來他不會向妻子逐字重複廣播，儘管她就坐在他旁邊。

「敬治，如果她不讓你讀書，」媽媽在隔壁說道，「帶著你的書到桌子這邊來。」

「不要緊，」他低聲說道。「我想，會一直到戰爭結束。爸爸說臺灣的賽季也要等到戰爭結束才會開始。」

「你覺得戰爭還會持續很久嗎？」

「幾週前，他們說很快就會結束。現在老師們不斷強調要有耐心和毅力。當然，還有願意犧牲的精神。」

她看到，他也側躺著。現在中學男生早上必須穿著短褲和襯衫在操場上做劍道練習。不管什麼樣的天氣。學校和礦坑都要演練空襲警報。據說，聚落的一些房屋有自己的防空洞，但他們聚落沒有。「你覺得會不會有一天你也必須打仗？」她問，特別是輕聲地問，因為媽媽對這個話題的反應不可預測。最近梅子問是否真的有未成年人入伍，她得到回答是什麼？一巴掌。

「我在學校的期間不會。現在他們主要帶走的是山胞。」他低聲回答道。「妳知道阿豪嗎？我們的二壘手。」

「當然。」她回答，想起敬治的隊友是如何往前撲拿下第二分。目前為止，球隊中最快的短跑球員。

「他有個哥哥是士兵。上週末，阿豪借了他的軍服去瑞芳，那裡沒有人認識他。妳猜猜發生了什麼事？」

「什麼事？」她捏了捏小腿，免得一不小心睡著了。

「所有的日本警察都向他鞠躬。他只是在街上走一走，他們一看到他……」敬治的笑聲帶著一點輕蔑。「只是因為軍服。下週末我們要一起借用他哥哥和同事的軍服。」

「然後呢？」她屏住呼吸問道。

「當然是去瑞芳。阿豪說在很多商店都不需要付錢。他們還會多給你一點。」

「那如果你們被抓了呢？」

「被誰抓？」

譬如那位軍官，她心想。那次拜訪結束後，本田老師把她叫到面前，稱讚她是一個勇敢的孩子，不過比起敬治……有一次，他和兩個朋友翻過太子賓館周圍的籬笆。他後來說，那裡沒什麼令人印象深刻的，只是一座普通的木屋。據說當今的天皇當時的太子也從未住過那裡。

接下來的週末，敬治告訴爸媽，特訓安排在瑞芳的草地上。當然，他們讓他去了。梅子一整天都很緊張，但當他傍晚回來時，臉上卻露出了燦爛的笑容。「不要告訴任何人，」他說，「真的太好玩了。」他向一名警察指出帽子上的一個汙點，警察結結巴巴地答應晚上會親手把它弄乾淨。「我們只不過是普通士兵，」他大笑說。「想像一下，穿軍官制服的話能做什麼。」

「答應我，你不會去做那種事。」她嚴肅地說。

冬天即將過去，空氣逐漸變得溫暖和乾燥。敬治離家的日子越來越近。在學校裡，本田老師向他們解釋了天皇允許他的士兵從瓜達爾卡納爾島撤退的寬大決定。有時爸爸下午四點就回家了，有一次梅子無意中聽到她的爸媽在討論萬一不得已要搬到基隆。第二天，她跑到神社祈禱這事不要發生。她很喜歡去基隆看中元普渡，但是為什麼他們突然要住在那裡呢？「萬一不得已」是什麼意思？

「小孩子有耳無嘴。」媽媽只說了這句。

三月份學年結束時，敬治收拾了他的東西。那些裝不進爸爸給他買的行李箱的東西，都裝進一個木箱裡，最後就只剩下一些書和床單。那本小泉八雲的故事集他就送給妹妹了。為了減輕大家離別的痛苦，爸爸宣布要一起去臺北。山下所長給了他一天的假，還主動提出讓司機送他們去瑞芳火車站。媽媽不願意，但爸爸說是所長堅持的，所以出發前一天下午他們一家四口去了所長家道謝。因為是這一年第一個有春天氣息的日子，他們在門口前停了下來，享受著透過竹葉灑下的柔和光線。媽媽送上一籃水果，她在上面鋪著紅紙，精心擺放每一個水果，彷彿每個水果都是珍貴的寶物。山下太太也加入迎接來賓。她的和服對於這個場合來說顯得太正式了，她的臉塗了白色的粉，她的笑容看起來像是畫上去的。有時她會說：「是的，不是嗎？」就算沒有人跟她說話。

所長對敬治讚不絕口。作為金瓜石第一個到首府上中學的當地人，他是成功皇民化的典範。島上的未來就靠像他這樣有能力的年輕人。敬治深深地鞠躬，向他致謝，在談話中斷的時候，梅子覺得聽到了屋內傳來音樂聲。梁柱散發濃烈的檜木氣味，讓她想起了剛切開來的檸檬。當所長說第二天早上九點車就會準備好時，漫長的告別就開始了。他們再次輪流表示感謝，大人們互相祝對方週末愉快。在入口的車道上，梅子轉身，看到山下太太獨自站在門前。她歪著頭，彷彿在聆聽誰說話。在她周圍，陽光照耀在白色的礫石上，就像清澈的水底一樣。

第二天他們出發了。八點半，他們已經提著行李箱站在鋪好的小路上。金礦坑輪班已經開始，入口附近已經沒什麼人，但他們還是被問了十幾次要去哪裡。每次爸爸都會脫帽回答：「去臺北，送兒子入學。」他穿著上班時穿的西服，表現得興高采烈大概是向媽媽表明這是件該高興的事。敬治臉上的表情讓人看不出他在想什麼。從他起床的那一刻起，他就像站在球場上，全神貫注於下一個投球。

為了想先看到汽車，梅子沿著小路走了幾步。媽媽在她身後喊著，不要弄髒衣服。山下所長房子上方的山坡上有個突出的平臺，從那裡她可以俯瞰整個房子。當她悄悄走過樹下時，她看到了遠處湛藍色的大海。有些地方地勢傾斜，地面潮濕而且有點滑。

她看到汽車仍然停在房子前面。司機戴著白手套，提著箱子放在車子後頭。樹下太涼，梅子起了雞皮疙瘩。她很期待週末的到來，但想到以後晚上必須自己一個人入睡，她不是很喜歡。玲子的媽媽又懷孕了，因此她的朋友必須比平時更常幫忙做家事。今年春天她們到金山上祕密聚會地點碰面的機會將變少。沒過多久，車子引擎發動的聲音響起，梅子不知道下一次什麼時候可以上廁所，於是決定就地解決。山下家的花園裡空無一人。她連忙拉起裙子蹲下，想著要從臺北給玲子帶什麼。最好是一張明信片，她的朋友從來沒有去過臺北。她爸爸當警衛賺的錢很少，她有時會暗示，雖然他可以對戰俘為所欲為，但如果他犯了錯，自己就會被上級毆打。

當梅子站起來時，她看到那個瘋子。

幾公尺外，他跪在山坡的一個窪地裡，就像是剛剛睡醒。他亂蓬蓬的頭髮豎立在頭上，破爛的衣服上沾滿了汙垢。他身邊放著一捆舊報紙，那是他隨身攜帶的東西。她連忙整理了一下衣服，心想警察應該逮捕他。竟然在這裡埋伏！當他抓起一張報紙來回揮舞時，他的臉扭曲成醜陋的表情。「大日本給他們好看，」他沙啞地說。他的嘴裡只剩下幾顆黑色的殘牙。梅子轉身拚命跑。樹枝打在她臉上。「是的，先生！」他喊道。「大日本給大家好看。」他沙啞的笑聲跟隨著她，彷彿在追趕她。

她回到了鋪好的小路上，心狂跳不已。這時候，汽車拐過轉角，爸爸不耐煩地向她的方向做了個手勢。突然間，好像這一天出現了裂縫。雖然陽光明媚，但她感覺到樹下吹來的冷風。「我剛剛說什麼了？」媽媽用力揪住她的耳朵責罵道。「看看，妳的衣服又成什麼樣子了！」幾天來，她一直期待著坐汽車，現在她強忍著淚水。他會付出代價的，她想。車子裡面有黑色真皮座椅的氣味。爸爸坐在前面，司機旁邊，司機關上車門，大喊「出發！」車子震動顛簸，當他們在金礦坑大門迴轉時，梅子感到一陣噁心。

「坐直！」媽媽厲聲說道。

座位很深，她要不就背向後靠，要不就把腳貼地板，但是沒有辦法同時做到。如果車子開過的地上有一個洞，她就會像被一匹跳躍的馬拋起來一樣。他們再次經過山坡上的突出平臺，梅子試圖看樹林間的東西時，媽媽拉住她的肩膀。總之，一切太快了。世界在她面前變得模糊，就像她在奔跑時一樣，她幾乎感到害怕。只有當她眺望遠方，看到山巒和波光粼粼的大海時，一切才又恢復平常。

5

三伯的房子比山下所長的房子還要大。她猜，有兩倍大。高高的窗戶正對著街道，腳踏車、人力車、公共汽車從早到晚來來往往，店裡也很忙碌，始終熙熙攘攘。牆上掛著鑲框的聖路易斯世界博覽會海報，展示著臺灣烏龍茶。現在三伯主要是把茶葉銷到日本，裝在華麗的罐子裡，上面不是穿著節慶和服的女人，就是富士山等風景名勝。他眨眨眼承認，雖然富士山不是在臺灣，但顧客喜歡，這才是最重要的。日本人其實不太喜歡聽到臺灣有更高的山。整個一樓都瀰漫著後院烘焙磨碎的茶葉香味。二樓，祕書們用最漂亮的書法寫信，上面印著店徽，一朵粉色的梅花，頂樓是住的地方。敬治未來的房間裡有一張很大的床，有鐵腳和嘎吱作響的彈簧。要躺下，必須先爬上去。「希望你不怕高，」她說。

「我不怕。」他回答道。

他們才一抵達，就出發去探索這個城市。菊元百貨和東京著名的百貨公司一樣有電梯。每次電梯門打開時，就會到達不同的樓層——有七層樓！這個地區因為許多咖啡館和商店，被稱為臺北的銀座。在家梅子可以分辨每個人是本地人還是日本人，但是在這裡她無法區分。有一次，她看到一位年輕女子，穿著一件側邊開衩至膝蓋的緊身連衣裙。媽媽稱之為中國時尚，並說這就是現在藝妓的樣子。真的很刺激。在光食堂，一個巨大的市場大廳，裡頭有無數的餐館，還有箱子，你往那些箱子裡投一枚硬幣，一個拳頭大小的球會跑出來，裡面藏著驚喜。她很幸運，抽中了一個東京巨人隊的棒球選手。她給玲子買了一張印有總督府的明信片和一個銀色髮夾。那天下午，她只有偶爾注意到自己沒有在想蔡瘋子的事時，才會想到這事。

晚上，三伯請她們去一家叫波麗路的西餐廳用餐，一個小時後菜才上來。她沒用木筷子，而是用金屬餐具，然後大人們喝了一種叫做咖啡的飲料，看起來像醬油，味道很苦。回家的路上，媽媽自己一個人咯咯地笑起來，因為她說心臟在狂跳。晚上，他們四個人躺在敬治的房間裡，爸爸和媽媽躺在床上，她和哥哥躺在地板上鋪的墊子上。半睡半醒中，當外面有一輛公車駛過時，梅子感覺到牆壁在震動，她夢想有一天能住在這裡：早上坐人力車去上班，下午去看電影或買新衣服。這叫「モガ」（Moga），是摩登女孩的縮寫，意思是現代年輕女性。

很遺憾，隔天已經是最後一天了。早餐後，他們前往臺灣神宮，那裡供奉六十八位不同的神靈。梅子在繪馬上寫下願敬治在臺北不會感到孤獨，並且把它掛在主殿前。媽媽輕輕擦掉眼淚，說她真是有心。她和爸爸寫下願和平早日到來。那是一個陽光明媚的日子，所有女人都撐起了陽傘，許多人雖然身處戰亂，仍穿著色彩繽紛的和服。敬治帶她去看他的球隊去年獲得第四名的棒球場：一個真正的體育場，兩邊都有座位，還有一塊很大的計分板。然而從高高的草叢看得出來已經很久沒有比賽了。他嘆著氣，轉身走開，而她也發現比前一天更難欣賞這些景點了。剩下來參觀圓山動物園的時間不多，等他們搭上公車回三伯家，這次的旅程也算結束了。

下午他們必須回金瓜石。剩三個人。

梅子收拾東西的時候，努力壓抑自己的情緒，但當媽媽在告別時淚流滿面時，她再也忍不住了。如果下個賽季無論如何都取消的話，為什麼敬治要待在臺北呢？以後睡覺前她要和誰說話呢？在去火車站的人力車上，她回頭，看到哥哥站在屋前，似乎要追他們。媽媽用手帕摀住嘴，爸爸偶爾擔憂地看她一眼，除此之外他只是和車伕談論金價的走勢。

他們在瑞芳下火車時，天已經黑了。這次沒有汽車在等他們，他們等了一小時的公車。九份和金瓜石之間的道路坑坑窪窪似乎比前一天更多，公車每開過一個坑洞，她的尾骨就感到疼。他們經過的一間簡陋小屋，那是那個她恨之入骨該死的蔡瘋子的家！直到回到家，她才感覺好些，屋裡的味道一如既往，爸爸對她道晚安時，說她會習慣一切的。房間裡不再有分隔的窗簾。敬治的檯燈現在放在她的床邊。「我會習慣的，」她說。「可是他呢？」

「不用擔心。一旦開學，訓練開始，他就會沒事的。妳看到他的房間了，和我們家一樣大。」

「三伯說憑我寫的字，我可以隨時在他那裡工作。」

「他是這麼說的嗎？也許妳先讀完小學再說，怎麼樣？」

「好，可是如果我們必須離開這裡，那我們應該去臺北而不是基隆。我會習慣那裡的生活，我要成為一個モガ（摩登女孩）。」

他擠出一個微笑，但他的臉看起來很疲憊。「相信我小妹妹，妳會有很多機會去適應新事物。」

「我們必須搬離這裡嗎？」
「這要看事情怎麼發展。看礦場，還有其他地方。」
「你是負責僱用和解僱員工的人，所以你不能被解僱。誰可以解僱你？」
他用手撫摸著她的臉頰。「今天是漫長的一天。去睡吧。」
「再說山下所長也很友善地把車借給我們。如果他想解僱你，他就不會這麼做。」
他點了點頭。「這妳不用擔心，聽到了嗎？」
「媽媽只是為敬治感到難過嗎？」有那麼一刻，她以為自己會因為話太多而受到責備，但爸爸的手只是摸索著胸前口袋裡的香菸。晚上當爸爸媽媽以為沒人聽到他們說話時，他們比以前更常爭吵。事實上，她透過薄薄的牆什麼都聽得到。當他試圖站起來時，她握住他的手，搖了搖頭。少了敬治在身邊，她會害怕夜裡有時響起的奇怪聲音。爸爸說那是野生動物，雖然山上只有青蛙和兔子。「她也會習慣的，」他最後說道。「就像我們所有人。」

另一面牆前面，敬治床墊的輪廓依然清晰可見。榻榻米上一個深色的長方形。他的妻子在廚房裡一邊洗碗，一邊抽泣，那天晚上，隔壁沒有傳來的進行曲也聽不到廣播。自從俾斯麥海戰役之後，田中家的長子被列為失蹤人員，所以田中先生默默地喝他的酒。李先生不耐煩地等著梅子閉上眼睛，這樣他才可以到前院抽根菸。

暫時不行，三哥說。大陸的情況和太平洋一樣混亂，他的生意也不景氣，昨晚在波麗路，他甚至說很高興自己在學生時代就學會了中文誰知道事情最後會變成什麼樣子。一旦通往日本的海路被封鎖……他們吃飯時喝的德國白葡萄酒味道酸，李先生馬上覺得頭昏腦脹。所以不行。他對在臺北生活的希望破滅了，留下的更多的是空虛而不是失望。兩個哥哥接管了父親的煤礦，三哥經營著自己的公司，作為基隆的李家人，他不只僅是一個普通的商人。茶行的一樓有一張樟木桌子，男人們在傍晚時分坐在那兒討論藝術和政治。有些為報紙撰稿或出版書籍，一位畫家因為戰爭才從歐洲回來。如果有人肚子餓了，三哥就派人去買點小吃。如果爭論太激烈了，他就開個玩笑結束。巡邏警察很少查看，也不會故意來找麻煩。一行人之後會移駕到天馬茶房，那是一家有歌舞表演的茶館，那裡有女演員和女歌手陪伴。然而，茶行主人卻從來沒有跟著一起去，而是在樓上和妻子一起度過晚上，他閱讀多份報紙好了解最新情況。無論他被問到什麼話題，他的回答總是簡短而果斷，擁有與父親一樣的天生權威，只是沒有他對昨日傳統的固執。

「你在礦場裡沒什麼可做的嗎？」他哥哥說臺語，又給他倒了酒，直到李先生搖手表示不要再倒了。他們等上菜等了很久，在城裡走了一整天之後，大家在餐桌上慢慢都累壞了。梅子幾乎睜不開眼睛。

「如果我沒有被解僱，就該慶幸了。」

「有那麼糟嗎？」

「銅礦正在搶走我們的一切，人力和物力。」

「但是你和上司還是相處得很好？」

「他幫敬治安排了入學，」他說。「我根本沒開口。」

三哥似乎放心了，他不必違背自己的商業本能來幫他。收留敬治並照顧他的生活已經很多了，不是嗎？「保持這樣，」他說，「情況不會很快改善。相反的，會越來越糟。」

「你聽到那些報紙上沒有的消息了嗎？」

「有，但沒什麼好消息。尤其是從對岸來的。」

如果李先生老實說，他對中國的戰爭幾乎沒什麼興趣。他瞥了一眼桌子對面的敬治，他一整天看起來若有所思，彷彿離未來的生活越近他越膽怯。他自己移居日本時已經是一名高中生，儘管如此他還是很長一段時間一直想家。他在關西學院唸了三年，當時那裡還允許一些可愛的怪人和自由精神的人教書，他們會引用阿納托爾・法朗斯（Anatole France）的原著，而且很少梳理自己的頭髮。然後在大阪一所二級的商學院待了三年。從那時候開始，他就知道鄉愁會在你不知不覺中離開你，就像家鄉的口音，或者對那麼多電車和燈光的驚訝。他在船場的一家傳統商店待了一年半，那是鎮上上流社會都會來購買和服的店，在那裡他了解了工作生活的實際面，大家都以為他是當地人，有禮貌而且親切。老闆非常信任他——和老闆相處他向來得心應手——甚至表示願意將自己唯一的女兒託付給他。她的名字叫花子。

「如果學校時間允許，你介意我順便教他中文嗎？」三哥打斷了他孤獨的回憶。

「你認為有一天這會對他有好處？」

「至少不會有壞處。」

「就照你的意思。」他點點頭，最後強迫自己又喝了一口。直到他違背自己的意願離開日本之後，鄉愁——或者說一種緊密相關的渴望——才再度湧現，現在酒精讓他陷入那樣的情緒中。他的腦海中立刻浮現出參觀寶塚大劇場的情景。在大一的時候，他只有在年長的同學陪同下才能進去。裡面舞臺上的表演——更準確地說是舞者的短裙——突然為他打開了一個新世界。聽起來很奇怪，但是在這之前他沒有特別注意過女人。她們在父親家當廚房女僕，在市場上賣菜，或者像他母親一樣整天坐在她的房間裡，她們的纏足就像被剪掉的鸚鵡翅膀一樣。在劇院的昏暗的燈光下，她們突然變成吸引他目光的神祕存在。從此她們無處不在，在商店裡問他想要什麼，在餐館裡接受點餐，嘴唇或薄或厚，睫毛或長或短，有時看起來順從，有時顯得羞怯，如果他盯著太明顯，她們就會把目光移開。

幾年後在居酒屋，當一個女人撫摸他的臉頰說他很有男子氣概時，他知道她們也注意到他了。當他說自己來自臺灣時，她們紛紛稱讚他的日語並提出問題。吸引他的不僅僅是身體，他希望與她們交談，就像《心》中的敘述者與老師的妻子交談一樣。有些事情她們似乎比男人更了解。他沒有跟隨那些膽大的同學進出茶館，而是寧可等待和夢想。她們有時捂嘴笑的樣子，滋養他的想像力好幾個月。早在花子之前，他就已經沉迷於能遇見像她這樣優雅聰明的女人的想法。

在船場的眾多老店中，木戶是最負盛名的店家之一。木戶先生被稱為 Chef 是因為他自己更喜歡英國斜紋服飾，儘管他只賣日本衣。如果顧客想要一件適合特殊場合的和服，他就會委託知名藝術家來設計。女兒的婚事已經有一些歷史悠久的商人家族在尋求聯姻，他的承諾是她可以選擇自己的丈夫，但有一個條件：由於母親在生花子時去世，他沒有兒子，候選人必須願意入贅，並以眾所周知的名字繼續經營業務。畢竟，很多顧客已經第三代、第四代在那裡購物了。

有何不可呢？一年後，無論如何，他已經成為這個家庭的一員了，他在總店吃飯的次數比在他的單身漢簡陋寄宿處的次數還要多。老闆對他信任到，甚至有時讓他們單獨相處，然後李先生會握著花子的手，解釋為什麼他想當面而不是書面地告知父親這件事。他並不著急，再說他太缺乏管理這樣一家店的經驗。她向他承諾她已經做出決定。他保證他的家人會感到多麼自豪。木戶先生帶著他去拜訪京都或神戶的客戶，而且介紹他是自己未來的女婿。

飯後，三哥點了咖啡。已經八點多了，梅子已經把雙臂放在桌上趴著睡著了。苦澀的味道讓他突然清醒。牆上的白光刺痛了他的眼睛，當他們終於離開波麗路時，他很高興。一個小時後，他躺在妻子身邊，躺在那張不太習慣的高床上，感覺自己的心跳比平時更加劇烈，木製房間隔板後面，孩子們的呼吸深沉而均勻。他應該要知道，他的父親與花子的父親不同，他父親堅守上個世紀的原則，如果他誠實的話，他只是缺乏勇氣當面告訴她這一點。回臺灣的旅程漫長而艱辛，與父親的談話比預想的還要短。對於一個來自基隆的李家人來說，改姓是不可能的。他的父親對於遠在大阪的家族企業的良好聲譽不感興趣，因為他的祖國在島的另一邊，他已經為最小的兒子找到了一個合適的妻子：來自瑞芳的商業夥伴的女兒，他信奉相同的神明，有相同的生活原則，因此也不贊成讓年輕人自己做決定。更不要說是女兒。帶著愛情和傲慢，李先生回到家，卻得知一位算命先生早已經知道他該結婚的對象。從此以後他不得不再次成為一個在殖民統治者面前低頭並希望得到他們恩典的本地人。晚上他睡在一個他不愛的女人旁邊，當山下先生問他是否也想念船場時，他心裡暗想：去九份，去玩你的妓女吧！日本人統治臺灣近五十年，卻未能引入現代思維。他們到底真想要，還是只是關心利益？當他的怨恨一時消退時，他便會羞愧地意識到自己太快默默順從了。當他的妻子在被子下摸索他時，他嚇了一跳縮了一下。「妳怎麼還不睡覺？」

「我的心還在狂跳。」她低聲說道，強忍著笑意。

「因為妳不習慣。妳為什麼喝咖啡前喝了酒？」

「有人給我倒了酒。」她的手抓住他的手，緊緊握住。老一輩人用「純樸」來形容像她這樣的女性。她只會說蹩腳的日語，根本不會讀和寫；當他偶爾感到憐憫時，她誤認為那是感情，並以感激的依戀來回應。「如果，」她低聲說道，「明天告別的時候，我控制不住自己怎麼辦？」

「盡力。他會常回來看我們的。」

「但如果有一天戰爭——」

「別擔心，」他打斷她說，「在緊急情況下，日本的學校是最先被疏散的。」三哥放棄了很大一部分遺產，為的就是做出自己的選擇，但是如果沒有親生父親的同意，入贅是不可能的。現在李先生已經適應了情況，或者至少很長一段時間以來他是這樣認為的。冬天大家都躲在家裡，日子比較容易過，但在臺北這裡，櫻花已經開了。與梅子的老師的簡短對話他仍然可以字字記在心裡，有時他確實重複回味了。下一刻，床架吱吱作響，因為他的妻子正靠近而不是放開他。

他記得她臉上的驚訝，以及隱約的……喜悅？開始對話多麼容易啊。她有一雙大眼睛，生動的表情，尤其是當她談到自己在南部的童年時。他多麼想和她一起漫步在翠綠的平原上。然後他感覺自己變硬了，當他的妻子也感覺到時，她驚訝地屏住氣息。他什麼話也沒說將手放在她的胸前。距離上次已經好幾個月了，想到完事之後的感受，讓他猶豫了。和那老師一切可能會不一樣。

他們各自聽著黑暗的房間裡的聲音。「他們睡得很沉，」他低聲說道，拉起她睡衣的下襬。當他壓在她身上，用嘴唇抵住她的脖子時，她僵硬得像一塊木板。她被教導，女人就是要忍受這樣的事情。當他們做的時候，有時他會迷失在回憶和夢境中，那時感覺是美好的，但不會持續太久。現在他看到的是另一個女人脖子上的那段白皙的皮膚，那是沉重的袋子讓衣領有些滑落的地方。想像著晚上她脫衣服的情景。當他進去時，他的妻子發出了一聲好像在喘氣的聲音，但除此之外她嘴裡不會發出聲音。她的臉上泛著藍色的光澤。那時他們都稱她為真正的美女，但她的皮膚當然比他想像中觸摸的乳房要黑得多。之後不久，他感到一陣抽搐，他的妻子臉上露出羞澀而充滿希望的表情。射出，最終只剩下背上的冰冷的空氣。

有時她事後會哭，但今天沒有。他小心翼翼地翻身滾到一旁。

當他的呼吸變得平穩時，他希望她能走進浴室，讓他一個人獨處一會兒。知道幸福卻又失去它，還是從來不知道幸福，哪個好？現在回想起來，他當時似乎就不相信自己的幸福，儘管每天都在他眼前。即使沒有受到那樣的對待，他也感覺自己像個二等公民——這種感覺在他心裡太根深柢固了。當一輛駛過的公車車頭燈照亮了天花板時，他考慮起身去陽臺上抽菸。春天又來了，戰爭無情地逼近，他不是會逃獄的人。他缺乏必要的決心。必須有人為他打破那堵牆。

☆　☆　☆

生活近況中最好的事情莫過於來自臺北的信。大多數時候，敬治信是寫給全家人，告訴他們學校生活的進展，但每隔三、四個星期，媽媽就會在梅子的床上放一個信封，那是只寫給她一個人的。他向她承認，上商業學校沒有達到他的期望。除了訓練之外，他幾乎沒有機會證明自己當投手的實力。球隊偶爾坐上巴士到市區外，為在前線受傷的士兵表演，否則根本沒有比賽。「不要告訴媽媽，」他有一次補充寫道，「但是越來越多的軍官來到學校，告訴我們為天皇犧牲是多麼光榮。」

梅子回信報告了金瓜石的最新消息。學年快結束時，戰俘再次抵達，但在沒有操場上的迎接儀式；她知道這件事，是因為玲子抱怨她爸爸和逃避做工的人之間惹起的麻煩。她媽媽的肚子越來越大，她幾乎無法起身，而是在床上吩咐玲子做家務。上學前，玲子必須給弟弟妹妹準備早餐，下午她就趕去市場，上課時累到打瞌睡。本田老師表示理解，但暑假結束後，和久井老師接手倫理課，她是一個胖胖圓圓的女老師，對不專心的學生向來嚴厲懲罰。玲子的成績越來越差。

如果天氣允許的話，她們只在星期日去山上的聚會地點。用一塊平頂的岩石充當桌子，梅子盡力幫助她的朋友做作業。有一次，是一個發生在臺灣主要居民還是蕃人時候的故事，他們住在山裡，到平地就只是為了砍下漢人的頭。和久井老師強調過，那是一個真實的故事。在日本人整治好之前，蕃人收集了砍下的頭顱作為戰利品。一位名叫吳鳳的官員試圖在他們和漢人之間進行調解，因為他會說蕃人的語言，而且是他們唯一尊重的漢人。儘管如此，他還是不得不送雞和豬給蕃人，好讓他們饒過平地住民，當這不再有用時，他想出了一個辦法：他騎著馬進山告訴蕃人，第二天會有一個穿著紅袍的人騎馬穿越他們的領地，這一次他允許他們伏擊他並砍下他的頭。蕃人立刻明白他的話。第二天，他們在提到的地點附近埋伏，不久，一個身穿紅袍的人獨自騎馬向他們走來，就連臉也被紅布遮住。蕃人大聲怒吼衝向他，一擊斃命，可當他們撕下紅布要砍下他的頭顱時，看到了什麼？他們殺死的不是別人，正是吳鳳本人！他們驚恐萬分，發誓停止這種瘋狂的活動，再也不會砍下人頭了。

就是這個故事。和久井老師說，從此之後臺灣就更加和平了。

「好吧。」梅子鼓勵地看著她的朋友。作文的題目是「為什麼吳鳳是我們的榜樣」。「妳能想到什麼？」

玲子無所謂地聳聳肩。「如果我是他，我會繼續賄賂蕃人。他是作官的人，有足夠的錢，而且還能從住民那裡拿回來。他的頭他拿不回來。」

「但他想改變他們。他們必須了解，砍下人的頭是不文明的行為。」

「漢人夠多，不是嗎？」

「我們從頭來好了，」梅子耐心地回答。「和久井老師為什麼要問我們這個問題？她想教我們什麼？」

「我怎麼知道？我不喜歡她。她看起來像個南瓜。」

「沒錯，可是就算她不給我們講故事，也看得出來。」

她們花了一點時間給和久井老師取綽號，她們笑到都忘了那篇作文。從山谷裡傳來音樂聲；軍隊在戰俘營安裝了大型擴音器，晚上士兵們從礦坑返回時，整個村子都能聽到進行曲。有些歌曲譬如〈雪的進軍〉，在學校裡也唱過。「妳可以這樣寫，」梅子說，「中國有忠誠的官員，但是還是不夠。大多數都是貪婪和腐敗的，結果沒有鐵路，很少有公路，根本沒有進步。後來有人為吳鳳建立了一座廟，因為他是第一個表現得像日本人的中國人。」

「那蕃人呢？」

「現在叫做山胞。」

「他們還收集人頭嗎？」

「為了防止這種事再發生，他們將被徵召入伍。他們在那裡學習紀律。」有一會兒，她考慮告訴玲子自己想寫什麼：日本人了解山胞收集頭顱並不是因為他們天生是邪惡的，而只是為了證明他們膽子大。這對他們來說就像一項運動，因此必須提供他們另一種表現的方法，還有什麼比棒球更好的方法呢！最成功的球隊在臺灣南部，因為大多數山胞都居住在那裡。為東京巨人隊擊出一個又一個全壘打的「人間機關車」只是一個例子。

為了避免出錯，媽媽允許她從郵局打電話到三伯那裡，把作文唸給敬治聽。他也認為棒球需要犧牲和團隊精神，她應該強調這一點，畢竟她的老師問的是關於榜樣。他還記得哪一年「人間機關車」與嘉農一起參加了甲子園盃，最後他要她不要在信中寫任何有關銅礦場的內容，以防萬一。

當梅子抬起頭時，看到她朋友目光正朝著山谷看。玲子似乎在思考一個與吳鳳無關的問題。她就是無法集中注意力。「要我給妳寫幾句嗎？這樣妳就可以開始了。」

「說不定過不久我就不用去上學了。爸爸說我必須賺錢。他當守衛的工資不夠開銷。」

「妳怎麼賺錢？妳還是個孩子。」

「我很快就十二歲了。」

她老是忘記了玲子比她大兩歲。其實也看不出來。「十二歲就應該上學。」

「礦場裡有一些男生，他們數洋鬼子拉出來的運煤車。不會太困難。」

「妳不是男生，妳——」

「我爸爸說我現在看起來還像個男生。他認識人，他們會睜一隻眼閉一隻眼。」

「妳沒聽到本田老師的話嗎？」梅子喊道。「從今年開始，實施義務教育。這表示禁止不去上學！」

「我有很多寧可去幹活的表姊妹，」玲子咬著拇指指甲回答道。「我爸說義務教育是給上流社會人的東西。」

「要我幫妳寫作文嗎？如果妳成績好的話，他就不會讓妳退學了。」

玲子不以為然地搖搖頭。「我就這麼寫，他很勇敢，不怕死。就像一個榜樣一樣。」

到了該回家的時候。她們默默收拾好東西，沿著山谷邊緣的小路往下走。當她們到達神社的時候，金瓜石已經在陰影中，海面波浪輕微起伏，戰俘們正翻過茶壺山的斜坡返回。當第一批人到達營地時，有些人還在山脊上拖著腳步，人數就是這麼多。

「妳知道他們死後被送到哪裡嗎？」玲子問。她用手指向了九份後面的山丘。「那裡，我們墓地的上面。」

「誰送他們去那裡？」

「嗯，當然是士兵。但戰俘必須自己挖墳墓。」

「妳怎麼知道？」

「我就是知道。」每次她幫助玲子做完作業之後，玲子總是表現得好像她自己什麼都知道。她不是特別擅長感恩的人。

「妳知道誰住那邊山上嗎？」梅子問。在傍晚的寧靜中，她以為自己聽到了守衛的命令聲，但這就像夜裡把她吵醒的尖叫聲：一旦仔細一聽，一切又無聲了。現在她第一次告訴玲子出發前往臺北的那天早上發生的事情。

從此以後，早上瘋子在礦場前徘徊的時候，她就繞更遠的路。

「這真是太噁心了！」玲子憤怒地說道。「不過，他會付出代價的。」

「當然，他是故意躺在那裡的。就在所長家的正上方。」

「老混蛋。」

在回家的路上，她們給蔡瘋子取了個綽號，而玲子和往常一樣總是想出最好的。

一星期之後，他們拿回了作文。梅子第一次不及格，因為偏離主題而且使用禁用的詞。不能再說 Giants，現在要用「巨人」，意思是一樣的，但要用更好的日文。和久井老師責罵道，作文的主題是描述官員吳鳳的榜樣作用，而且很明顯：「他願意為團體犧牲自己的生命。」她在黑板上寫下。然後她大聲朗讀梅子冗長有關昔日某些山胞在甲子園盃表現的作文。全班哄堂大笑。她必須在下課後，獨自重寫作文，但最糟糕的是，玲子跟著其他人笑。她的朋友寫了半頁，而且及格了。唯一的安慰是敬治在他的下一封信中附上的一張圖畫：畫中梅子用一根巨大的球棒擊球，那個球是和久井老師扭曲的臉。底下他用粗體片假名寫著：好球。她的爸爸也覺得很有趣，但不准她把那張紙條帶到學校。

秋天時玲子的媽媽生下一個男孩，他一天到晚咳嗽，她們兩個人見面的次數更少了。不久之後，第一次空襲警報響起。那是一個寒冷的早晨，雨下得很大，老師們允許她們在下課時間待在教室裡。突然警報響起。起初據說是演習，但當嘩嘩的雨聲後面響起低沉的轟鳴聲而且慢慢地從她們的上方席捲而來時，梅子看到老師們互相竊竊私語。儘管什麼也看不到，但是似乎有很多飛機。她們在地下室裡緊貼站了一個小時，不准說一句話，然後才讓她們又回到教室，近藤校長讚揚了她們的模範行為。那確實是一次未經事先通知的真機演習。為了提高民眾的警覺，軍隊今後將定期拉響警報，所有同學們一定要記住逃生路線，不能忘記：如果有一聲巨響，大拇指摀住耳朵，四根手指摀住眼睛！梅子的目光落在本田老師身上，她雙手抱在胸前，彷彿很冷，就像軍官來訪時一樣。她暫時離開課堂，看向窗外。雞籠山上籠罩著濃霧，像一堵巨大的城牆將這裡與大海隔絕，但對於飛機來說，它的高度當然太低了。

☆ ☆ ☆

「我只知道這些。」在告訴妻子一切後，他在黑暗中低聲說道。「他們難道應該嚇唬孩子，而且告訴他們真相嗎？另一方面：如果飛彈很快炸到這裡，他們就不能再胡扯什麼演習了。」

「你哥哥這麼說？」她用幾乎聽不見的聲音問道。

「臺北的天氣好多了，他說，可以清楚地看到。看起來非常真實，是真正的美國飛機。據說新竹機場已經完全被炸毀。」

他們並排躺在墊子上，盯著天花板。外面，雨淅淅瀝瀝地下個不停。下午李先生從辦公室給三哥打了電話，聽他講述他知道的情況。顯然是針對日本空軍的攻擊，約有三十架飛機。「你必須買厚重的布料，」他補充說，手在身旁摸索。「他們會規定夜間空襲防護措施。」上個月，天皇曾形容自己的國家處於確實令人擔憂的情況，這當然不是誇張。日本軍隊已處於防守的地位，除了中國以外，而飛機肯定是從那裡飛來的。從現在起一切都有可能發生。

「他們什麼時候會進攻臺北？」

他怎麼知道？隔壁，田中先生正在收聽與平常不同的頻道，可能是在尋找有關島上局勢的新聞。自從今年春天山本海軍上將去世後，日本人對勝利的信心已經被憂慮所取代。「首先，美國人試圖獲得太平洋上空的空中優勢，」他低聲說。「城市還不是戰略目的地，但這種情況可能很快就會改變。」他無法再讓妻子放心，但當他坦白說出這些話，她似乎覺得得到一些安慰——奇怪的是，他自己也是這麼覺得。「最近銅礦場的軍官打電話給我，想知道我們是否還有碳。他們的儲備已經用完了。大家都想知道，他們用什麼樣的燈讓那些男人進入礦坑。不只是男人，我們的一位木匠也看到了女人。本地人，不知道從哪裡來的。」

「在地底下做工？」

「顯然，目前他們什麼人都用。」大概想在海路最終封閉之前，想盡可能多運銅礦回母國。

「前幾天，梅子想知道是不是有孩子在礦場裡做工。」

「她怎麼會問這個？」

「她會捕風捉影，想像拼湊一些畫面。她從她的朋友那裡聽到了各種各樣恐怖的故事。」大部分都是真的，但他沒有這麼說。在被子下，他感受到了她身體的溫暖。違反他的習慣，他希望她能碰觸他。三哥也認為敬治應該暫時留在臺北。沒有人知道下一次襲擊會是哪裡。美國人似乎知道他們的目標，如果他們知道礦坑或營地的存在，他們就可以隨時展開攻擊這裡。

「真的有小孩子在那裡做工嗎？」

「有幾個男孩，」他回答。「他們不採礦，只是數貨車。」
「男孩是什麼意思？敬治的年紀？」
「我不在那裡。據說是半大不小的孩子，也許只是謠言。」
「你的人不會告訴你謠言——」
「現在連妳也這麼說了：我的人。」他的聯繫人說，新的隧道不是用刺槐木，而是用爛木頭暫時支撐。既沒有足夠的光線，也沒有足夠的通風。一排排戰俘掉進沒有保護措施的通道，摔斷骨頭。那名男子以前是金礦的工頭，據報告至少有九人死亡，但肯定還有更多。現在李先生知道他們把死者運到哪裡了。兩週前，他又遇到蔡瘋子，就在第一次看到他的地方。老頭又在撿柴，又在胡言亂語鬼魂和十字架。這一次，李先生跟蹤他走上了斜坡，橫越鬆軟潮濕的地面，土地上不時有突起的石塊。他一回想到那一幕，那種感覺再次湧上心頭：一種害怕而又誘人的期待，期待著下一刻他會看到一些自己從未見過，但希望能看見的東西。蔡瘋子不停地自言自語走在前面，他竭盡全力不在濃霧中丟失了他的身影。

他們爬了大約十分鐘的山坡。當李先生意識到他們正朝九份方向移動時，地形暫時變得平坦。他那雙好鞋子已經濕透了，發出啪嗒啪嗒的聲音。他猶豫地停了下來，什麼也沒聽到，他想像著老人站在他前面幾米遠的地方也在傾聽。如果他不小心的話，頭就會被樹枝擊中。

過了一會兒，咕噥聲又從下面傳來。李先生認出了面前一個廢棄礦坑的入口，山的這邊有很多這樣的礦坑：在殖民時代之前，瑞芳地區發現了第一批金礦，之後各路人馬都被吸引過來。他們沿基隆河逆流而上，大多數情況他們因勞累而死，然而並未擺脫貧困。後來在當地山區發現了金脈，引發了一場真正的狂熱。男人三五成群地在塵土中爬行、挖掘、篩選，當地面開始閃閃發光時，他們彼此打破頭。金瓜石的意思是「南瓜大小的金子」，但肯定從未有人發現過這樣的東西，而現在一切都屬於日本礦業有限公司。戰前，它是亞洲最大的金礦，擁有自己的選礦廠，並有直達基隆港口的火車。當他小心翼翼地一步一步往前，他想知道，如果日本人輸掉了這場戰爭，會怎麼樣？大家會自發地進礦坑尋找財富嗎？最重要的是：誰將成為黃金和這島嶼的新主人？

穿過齊膝的灌木叢，他們越往下走坡越陡，一直到達下一個高臺。老蔡在那裡來回踱著步，一邊低語，好像在數自己的步伐。這是最後一次回頭的機會，李先生想，但是他還是讓它溜走了，他躲在灌木叢後面，直到霧氣散去一些。然後他看到了一切。當然，來這裡是一個錯誤。

死者只是草率埋葬在石頭很多的地下。到處有布料從薄薄的土層中露出來。十幾座或更多的墳墓一字排開，除了老蔡豎起的十字架之外，沒有任何石頭或其他標記。兩根樹枝用鐵絲綁，就這麼簡單。到處散落的木頭碎片表明，士兵們在把新屍體運來時摧毀了十字架。老人說過雨後出現的鬼魂。如果日本人當場逮到他，那他肯定完蛋了。

「你有沒有想過戰爭結束後會是什麼樣子？」在他還沒決定是否告訴她這件事之前，他的妻子低聲問道。

「希望會更和平。」

「你知道我的意思。」

「但是妳不知道我的。所羅門群島的戰役仍在繼續。美國人打到這裡可能要很多年。也許他們會先簽署停戰協議，或者俄羅斯人或中國人會來，或者……戰後會怎樣取決於誰戰勝我們。還有什麼時候。」他閉著眼睛聞著榻榻米的氣味，知道自己還會醒著躺很久。村裡流傳著關於一條隧道的謠言：軍隊在茶壺山中間挖了一條隧道，好讓戰俘更容易上下坑道——這當然不是出於憐憫。事實上，那是一個防空洞，還是一個以備萬一的萬人塚？如果美國鬼子出現，我們都得死……他的女兒從學校學到並帶回家來。倫理老師顯然認為把孩子們嚇死是她的職責，天上的敵機還不夠。到處在成立所謂的國土防衛勞工團，他們在海邊挖戰壕，在山上修建戰鬥陣地。每次他遇到本田老師，雖然這種情況很少，她看起來總是沮喪而沉默寡言。還有什麼可談的呢？

算了，他想，然後繼續說話。「我有沒有告訴過妳，瑞芳以前那家餐館的事？每次爸爸帶我去礦場時，我們都會去那裡吃飯。金龍酒家。」

「你現在怎麼會想到這個？」

「老闆是我爸的熟人。小時候，我總覺得整個地方沒有一個人是他不認識的。這位來自基隆的李先生，大家都客客氣氣地跟他打招呼。在餐廳裡，我們總是坐靠窗的桌子，我可以看到老闆指揮整個餐廳，就像指揮管弦樂隊一樣。」有一瞬間，這個畫面在他腦海中閃現，就像他昨天才看過的。「他從不接受點菜，也不端菜，而是在餐廳中間留意著一切。沒有什麼能逃過他的注意。」

他的妻子靠近了一些，她沒看過他那麼健談。隔壁很安靜，雨夜裡小女兒睡得比較好。「那餐廳還在嗎？」

「早就不在了。老闆下班後每天和朋友打牌，可能是賭博。我爸一直無法理解這一點。他總是說，有一天這會毀了他。你知道他，他不喜歡這種人性弱點。」

「這毀了他？」

「總之那餐廳最後被燒毀了。也許是一場意外，但爸總表現得好像這是那個老闆的錯。彷彿上天要懲罰他，當然沒錯。他並不同情他。」當她把手放在他胸口時，冰涼如冰。誰知道以後會怎麼樣，這念頭閃過他的腦袋。他決定下班後暫時不去散步了，這附近的鬼魂實在太多，一旦遇上一切就為時已晚了。

「後來呢？」她好奇地問道。

「什麼意思？什麼後來？」

「嗯，餐廳的故事接下來呢？」

「什麼也沒了，」他說，同時感受到她的手輕柔地移動，覺得很舒服。

「當時沒有保險這種事情，那個人一夜之間就失去一切。然後我們就轉到別的地方吃飯了。」

6

一年後，山上燃起火焰。士兵們燃起火是為了誤導敵方轟炸機並偽裝是坑道入口。去年夏天，報紙報導讚揚塞班島的居民跳崖自殺或用手榴彈自爆。起初，梅子把戰爭想像成一條惡龍，用巨大的腳並且瘋狂地甩動尾巴毀滅一切。現在她已經上小學六年級了，她知道為什麼不能活著落入敵人手中：所有男人被閹割了，女人也被強姦。然後才會被美國人殺死。

聽說，菲律賓之後就輪到我們了。

最常發生的是，基隆港口遭到襲擊。飛機在金瓜石上空低空飛過，可以看到側面的白星，有時當飛行員試圖欺騙地面雷達，會下起銀色的紙雨。課堂上，和久井老師舉起酒瓶喊道：「就這麼大的東西，那些禽獸會衝撞妳兩腿之間，直到妳們流血而死。」父親告訴她不要相信她在學校聽到的一切。但她不得不想像，晚上她夢見了。

那年冬天格外冷。她們可以在教室裡穿厚外套，但在操場裡進行戰鬥訓練時必須穿裙子和短袖上衣。薙刀，是女孩們學習使用的武器名稱。劍柄高過梅子的頭頂，劍刃長達半米。練習結束後，她拿筆感覺有些吃力，就像以前敬治棒球比賽結束後那樣。他信中提到，在臺北房屋前堆滿了沙袋，隨著越來越多的人離開這座城市，許多商店都關門了。他們整個學校即將撤離，前往海岸偵察美國船隻。

玲子再也沒有來上學。她爸爸和上級發生了爭執，失去了警衛的工作，或者也許自從將戰俘從營地運送到礦坑的隧道完成之後，就不再需要他了。有人說戰俘的數量比以前少了，只有三四百個，但只要敵人擊沉一艘又一艘的船，銅礦無論如何也運不出去。戰爭期間，沒有人會關心一個成績不怎麼樣的女孩缺課。就連本田老師也搖搖頭表示很遺憾，現階段她也無能為力。

她和玲子最後一次見面是在金福宮前面的市場上。梅子陪著媽媽提東西。每個攤位前都有人在討價還價、抱怨，顧客抱怨貨物品質不好，商販則回答說：那就自己種菜啊，不買拉倒。幾乎沒什麼海鮮，因為礦場排進了太多毒物，陰陽海裡的魚翻肚漂浮。「要是有自己的菜圃就好。」她媽媽嘆了口氣說。兩名警察站在宮廟前，一臉無聊地抽著菸，看著發生的一切。梅子拎著一大袋紅薯，走路的時候一直撞到腿。一個背著嬰兒的小女孩在人群中被人撞到，氣呼呼地轉過身來，她才認出那是玲子。看到那樣子她嚇得喉嚨緊縮。玲子的頭被剃光了，身上穿著破爛外套就像稻草人一樣。「玲子！」梅子快步朝她跑來。放假後她們就沒有再見過面了，但玲子只是隨意點點頭，問道：「妳也來買東西喔？」

「跟我媽媽來的。妳一個人來這裡？我是說……」在玲子背後的弟弟盯著看，而且流著鼻涕，兩人的臉都很黑，好像幾個星期沒洗臉了。她們重逢的喜悅瞬間消失了。「要兩個紅薯嗎？反正這麼一大包對我來說太重了。」

「妳媽媽應該會不高興吧。好吧，給我！」

「妳買了什麼？」

「也沒有東西好買的。」玲子接過紅薯，把它們塞進外套口袋裡，想繼續走。

「等等！也許我們有可以給妳弟弟吃的香蕉什麼的。」

「我自己買給他。」玲子緊張地看著兩個警察離開原本站的地方，雙手交叉放在背後，到處走動。

當媽媽帶著不太高興的表情走近時，梅子喊道：「我只是給了玲子一些我們的東西。」

「妳還有一根香蕉嗎？」

「玲子？孩子，妳……」媽媽一時說不出話來。「沒人可以跟妳一起買菜嗎？」

玲子沒有回答，只是用手背擦了擦鼻子。身上沒有穿校服，她看起來就像一個獨自住在山裡的人。「背著你的弟弟對妳不好。妳都駝背了。」媽媽說著，遞給她兩根香蕉。

「沒關係。」玲子簡單回答。

她們站在一起，一陣靜默，沒有話說。兩個老婦人跟她們兜售藏在外套內袋裡的刨絲器和刀子。軍隊沒收了大部分金屬物品，但是做飯用的工具當然不能交出去。「我很快會來看妳的，」梅子說，而且想著是不是該向近藤校長尋求幫助。她們在課堂上總是被警告要遵守法律和規則，玲子的義務教育不也是法規嗎？她爸爸失業不是她的錯。

告別後，她和媽媽來到了寺廟。雖然實際上應該只能參拜日本神社，但這裡卻很熱鬧。媽媽把香插進香爐裡，把護身符在煙霧中繞了繞，她雙唇合攏，祈禱著。起初，她堅決反對梅子找玲子，因為不知道警報什麼時候會響起。然而現在爸爸下午早早就從辦公室回家，晚飯的時候，他主動提要陪她一起去。他下週五原本就是要去銅礦見一個人。「我會去學校接妳，我們一起去。」他說，但沒有透露他要見誰。從前敬治還住在家裡時，儘管他很會吃，但每頓飯總是有剩菜。現在他們三個人，飯菜吃光了，但梅子在睡著前仍感覺肚子咕咕叫。就好像一頭坐在那裡瞬間就能把所有東西吞噬的野獸。玲子一定更餓。

星期五他們很幸運：雲層很低，不用擔心空襲，而且沒有下雨。他們一起沿著雞籠山陰影下的蜿蜒小路走下山谷。有人稱它為「大肚美人山」，因為側面看起來像一個仰面躺著的孕婦，她的腹部突出得比乳房還要高。而今天美人躺雲床上休息。半小時後，他們到達了一條通往礦坑的寬闊道路的岔路口，她爸爸停了下來。「我們一小時後在這裡見，」他說。「妳知道一個小時有多長嗎？試著時不時想想時間。如果妳沒準時的話，我會走到第一個崗哨等妳。」他的手指指向了下方廣闊區域底部的盡頭。「如果我還得等的話，那這就是妳最後一次去看望妳的朋友，清楚了嗎？」

梅子點了點頭。從下面看，這座山比從上面村莊看更高更陡。看起來像血管的管道沿著光禿禿的山坡往下延伸，有些地方白色的蒸汽升騰。一想到數百名男子甚至兒童在黑暗的坑洞裡做工，她就感到害怕。

「如果妳遇到士兵該怎麼做？」爸爸問。

「我會低下頭看著地面繼續往前走，」她說。「希望我能找到那房子。」

「妳已經可以看到火車站了。妳說，她家就在旁邊。這是給她的。」他把一袋紅薯遞給她。

「如果她父親在家怎麼辦？」

「妳把東西給她，然後聊幾句。反正時間不多。」他鼓勵地撫摸著她的頭。「她很幸運有妳這樣的朋友。」

「她一定很想要一個不一樣的家庭。」

他沒有說什麼，只是答應站在這裡等她經過崗哨。在那之後，小路消失在一堆小屋當中，這些小屋聚集在礦區的圍欄周圍，就像河中障礙物前的垃圾一樣。空氣中瀰漫著奇怪的金屬味和有毒的氣味。梅子兩次回頭，並揮了揮手，第三次已經看不見爸爸了。大海也不見了，儘管它就在鐵軌的另一側。

火車站只用於貨運，看上去很荒涼。斜坡前只停著兩輛輪胎癟了的黑色軍用卡車。幾分鐘後，她來到了一個由歪歪斜斜木屋組成的聚落，雞在木屋之間四處啄食。嗆鼻的煙霧來自居民燃燒潮濕木頭。她不費力氣地找到了玲子一家的小屋，當她走近時，認出了她的朋友在外面正對著一個大木桶彎腰。「玲子！」她鬆了口氣，大喊道。

屋簷下的繩子上掛著洗好要晾乾的衣服，但看起來不像洗過。

「妳來做什麼？」玲子只穿著一件薄襯衫，袖子捲了起來。沒有頭髮，確實很容易被誤認為是男孩。

「我不是說過我會來看妳嗎，」梅子回答，而且停下腳步。「妳不高興嗎？」

「高興啊。只是我沒時間。」

「妳媽媽還沒好起來嗎？」

玲子搖搖頭，她擰著一件厚重的衣服，用力到身體顫抖。屋子裡傳來小孩子的聲音。自從最小的孩子出生以來，她媽媽就幾乎沒有起床過。「我帶紅薯來了，」梅子說，她真希望自己不是穿制服，但這是規定，即使是在放學後。

「生的？」

「對，剛從市場上買來的。你們沒有灶嗎？」

「當然有，不然妳以為呢？」

「我幫妳，」梅子一邊說，一邊脫掉外套。桶子裡的水太冷了，讓她手都疼了。她不時傾聽屋子裡是不是有她爸爸的聲音，然而只聽到她弟弟妹妹的聲音。有一次她二妹出來看看是誰來了，之後不久兩個弟弟把頭探出門外。他們都有相同的髮型，光頭。可能是因為頭蝨的關係。

「要我和近藤校長說說嗎？」為了讓自己暖和起來，梅子把手放在嘴前，吹了吹氣。

「為什麼？」

「妳可以留級最後一年。」

「沒時間，妳都看到了。而且我很高興再也不用見到那個討厭的和久井了。」玲子拿起下一件衣服，皺了皺眉頭。「我肚子痛得要死。」

「因為肚子餓，有時我也會這樣。我們現在就來煮紅薯吧？」

「不是，想想看，我那個來了。很棒的事情，對吧？」

梅子起初很驚訝，無法回答。她甚至懷疑她的朋友在說謊。據她所知，只有女人才會有那樣的東西，而玲子並沒有像一些中學女孩那樣有胸部，而且最近也沒有變大。「很糟嗎？」

「恐怖。尤其是在晚上。」

「和久井老師說，如果美國人來了，我們都會被強姦和殺害。」

「或許。他們都是禽獸，尤其是黑人。」

「妳知道強姦是什麼意思嗎？」

「我當然知道。大人一直在做這種事。」

「不一樣，不是同一回事。」

「妳這麼認為，」玲子壓低了聲音。「如果她不要，他就會說：『反正妳整天躺著。』相信我，說到底都是同一件事。」

屋裡一個孩子開始哭，梅子更希望她們能像以前一樣在山上見面。「你爸爸為什麼丟了工作？」她低聲問。

「那些該死的日本鬼子把他打了一頓，還把他趕走了。」

「可是為什麼呢？」

「因為報紙。」玲子短暫地雙手抱著肚子，閉上眼睛。「他們是在營地裡發現報紙。一定是有人在礦坑拿給了他們，爸爸檢查時並沒有看到。他每天要檢查幾百個鬼子，他能怎麼辦？他們只要把報紙藏在褲子下面或綁在腿上。要他把他們都脫光嗎？他有時會這麼做，但人這麼多……」

「是日本報紙嗎？」

「還有其他報紙嗎？」

「我的意思是，英國人又看不懂。」

「他們還是可以，妳想想看。或者是那個給他們報紙的叛徒已經翻譯好了。上面都是潦草的外國字。」

「有可能，」梅子堅持說，「那些戰俘也就是知道大家都知道的事情。我爸爸說很多事情不是真的。」

玲子翻了個白眼，好像她說了什麼蠢話。「有人給他們報紙。他們當然也會給他其他東西作為回報，例如情報。然後他再把情報傳給間諜。如果美國鬼子知道這個營區，他們立刻就會帶著一千人來這裡。妳想被強姦嗎？很快就輪到妳了。」彷彿自己不怕似的，玲子不屑地哼了一聲。水桶裡的水現在變成了棕色，梅子驚訝地發現自己忘記了時間。她們每天在學校都被警告要提防間諜，間諜無處不在，但玲子再次表現得好像只有她知道這些事情。「如果我知道是誰幹的，妳怎麼說？」梅子聽見自己這麼問。

「啊，是嗎，誰？」

「還會是誰？就是那個總是拿著報紙到處亂說話的人。」

玲子定定地看著她，想了想，搖搖頭。「那個流浪漢怎麼進礦坑呢？」

她也不知道，暫時只是懷疑。但總之有可能。「妳知道他最近都在哪裡閒晃嗎？他在墳墓旁邊豎起了十字架。」

「十字架？」

「就像他們在國外做的那樣。我無意中聽到的。」晚上躺在床上聽到的，她爸爸很可能不希望她告訴任何人，但她不得不以某種方式反抗。而且她還有一個想法。「妳不是說過戰俘要自己挖墳墓嗎？他要不是就躲在附近，要不是就是提前把報紙埋在地裡。他總是在挖什麼。他們是在營地裡發現的——誰說不是從礦坑裡來的？」

「懂了。這當然很有趣。」

「不管怎麼說，十字架證明他是叛徒。如果他們抓住了那個瘋子，妳爸爸會恢復工作嗎？」

「不知道，礦場很快就要關閉了。」

「那戰俘怎麼辦呢？」

「隨他們去死，反正他們只帶來麻煩而已。」玲子渾身發抖，雙手抱胸。「我得進去了。」

「我可以去找近藤校長說。就像那時候那個軍官說的那樣。」

玲子沒有回答，而是將目光轉向最近的小屋，梅子擔心一個小時已經過去了。她聽到身後有腳步聲，她轉過頭，看到玲子的爸爸朝她走來。他一手拎著一袋柴火，另一隻手抓著光頭。他身上的一切顯得巨大，從他的手到他的赤腳。下一刻他用日語打了個招呼，並禮貌地鞠了一躬。但他的語氣卻透露出他是在取笑她。玲子什麼也沒說。

「看，貴客。住在山上生活更好，對吧？別擔心，四跤仔走了之後，一切都會改變。然後有人會發現三跤很難走。」

梅子垂下眼睛，看著自己的外套，她不明白他的意思。她恨不得立刻跑走。

玲子的爸爸身上散發著濃濃的氣味，他在女兒面前停下來。「衣服怎麼在滴水，妳又沒有好好擰乾了嗎？」他手掌拍了玲子的後腦勺，從她手中接過那袋紅薯。「進屋去！」梅子沒有機會跟她的朋友告別。裡面傳來一件家具倒下的聲音，她趕緊穿上外套，感覺肚子一陣顫抖。有一天，她也會來月經。當她開始奔跑時，她覺得自己聽到了大海的聲音，她告訴自己，無論如何，她不能丟下玲子不管。作為她最好的朋友，她有責任。畢竟本田老師說她是勇敢的孩子可不是白說的。

☆　☆　☆

春天，戰俘營宣布即將關閉。由於通往基隆的鐵路線中斷，而且港口幾乎無法運轉，銅礦的開採已停滯數週。東京燒毀。不管新聞報導如何，局勢已經對日本不利，美國人正在菲律賓占領一個又一個的島嶼。敬治的學校已被疏散到海岸，他已經兩週沒有消息了，但入侵沖繩的消息給了李先生希望。根據報導，美國決定繞過臺灣。報紙不厭其煩地歌頌從天飄落在火球中燒成灰燼的櫻花。神風特攻隊——彷彿編輯部裡坐滿陶醉在屍體堆裡的瘋子。讓年輕人去送死，這叫做「玉石俱焚」。

有時候活著感覺就像一種抵抗的行動。

早上，一進辦公室他感到不同尋常的沉默。大部分同事在工作小組中工作，有些人站在熱水鍋爐旁討論情況，但他一走近，就變成了低語。每個人都失去過一個人，或者在擔心害怕誰，而且每個人都有預感他們的道路很快將分開。山下所長似乎是唯一一個要不是一無所知，就是知道如何隱藏的人。沒有人理解為什麼他認為李先生是不可或缺的。每次他叫他過來時，第一件事是就是遞給他一支菸，然後詢問敬治的近況。從前工人們抽菸的兩棵榕樹下，有人正在悠閒地掃地。這個地方散發著一種李先生以前沒有注意到的憂鬱之美。也許今年的雨季會提前開始，他無緣無故地想到。

「還是沒有消息？」

「還是沒有。他們整個學校一定在淡水的哪個地方。」他站在窗前，深吸了一口菸，目不轉睛地盯著春天的風景。四月天氣已經異常溫暖。山上的火不再燒了，黑色的地方長滿了新的芒草，在早晨的陽光下閃閃發光。以前他是不會允許自己在不看著所長的情況下與他說話的。「當然，我的妻子非常擔心，」他補充說。

「這對女人來說尤其困難，不是嗎？」

「是的，不是嗎？」

最近他注意到了一件奇怪的事：說日語就像感受清早的第一道陽光般美好。就像辦公室裡的菸草味一樣，彷彿世界要他安心，他也有庇護所。有一天，他可能很懷念某些詞語的聲音。

「我們也不知道我們兒子的下落。」所長若有所思地說。大阪也成了廢墟。如果他父親當初允許他入贅船場的一個商人家庭，他現在可能已經死了。他短暫地轉過身，點了點頭。「只能抱著希望。」其實他說什麼並不重要，這感覺幾乎像是自由。山下太太最近白天穿著描繪著松島灣景色的和服在村裡散步，她從未這麼做過。像夢遊一般，輕聲哼著歌。村民們眼光迴避像見到鬼一般，但除了他之外，沒有人知道這件和服來自哪家店。現在他的目光透過窗戶落到了峽谷另一邊的軍營。「營地什麼時候關閉？」他不由自主地問。和往常一樣，看不到戰俘的蹤跡。所有人都生活在隱蔽中，無論是在地下還是在自己思想的叢林中。

「我想，我們遲早會知道。」

「他們會被帶到哪裡？」

所長略過這個問題，似乎是無心的失禮。他辦公桌後面牆上的時鐘顯示十點剛過。冬天時他們把最後的煤礦庫存賣給了軍隊，最後外國人用的是用豆油製成的應急的燈：帶有短燈芯的開口容器，火焰耗盡了稀薄的氧氣，卻沒有提供足夠的光。能讓他們去哪裡？再也沒有安全的地方，他們也不再有用。唯一仍然運行的工業把人變成屍體。

他一掐滅香菸，便想再抽一根了。他不知道茶壺山的隧道盡頭的高度，但挖掘它一定是一項艱鉅的工作。他的線人聲稱只有本地人完成了這工作，而不是戰俘，或許是為了不讓戰俘感到不安……有時他希望自己能夠關閉自己的思緒，像其他一切一樣歸零。

「一個沒有自然資源的國家。」所長憂心地點了點頭。「一些偏遠煤礦的煤炭品質很差，幾乎不值得投資。銅儲量不足，黃金稀少，幾乎沒有石油。我在德國的老師當時就已經知道：日本將不得不從別的地方獲取原料，如果有必要的話必須抵抗全世界的反對。」

這一次他將自己的贊同保留在心裡。他仍然清楚記得當初對在滿洲開始的擴張感到興奮。土地！礦產！那一片幾乎無邊無際的廣闊土地似乎只等待著有幹勁的移民去開發。誰會想到導致什麼樣的結果。據稱東京的皇宮只有部分還可居住。西方國家從一開始就不希望看到日本崛起，所長繼續說，並且遞給他下一支菸。最近李先生越來越常有不想鞠躬的衝動，感覺就像尾椎骨發癢：站直吧。顯然每個人對即將到來的結局反應不同。他的妻子比以前更常去寺廟，吃飯時甚至像在祈禱一樣動嘴唇。而他最後還是低下了頭。

最後石油禁運，所長說，愛好和平的日本有什麼選擇？他將妻子送上最後一艘回家的船。在這時間點那已經是有生命危險的航程，但從她晚上在村子散步之後，他願意冒這個險。

當然，九份的茶館仍然營業。

要讓戰俘餓死在坑道裡，還是炸毀坑道？他的冷靜是出於謹慎，還是他也失去了理智？接受不可避免的命運，讓厄運不可避免，兩者之間只有一線之隔，自從營地即將關閉後，他又每天晚上走到醫院前的空地，為了看一眼峽谷。也可能與春天的到來有關。有一次他轉過身，看到了窗前那個熟悉的身影，感覺到她的目光注視著自己，彷彿無言的請求。一切似乎突然間變得可能。如果戰爭結束，她無論如何都需要保護，作為日本人，她不知道本地人壓抑的憤怒。但是他很清楚。他會及時送妻子和孩子到基隆，保持安全的距離。

「您不這麼認為嗎？」山下所長的語氣表明他已經是第二次問了。

「是的，當然。」他毫不猶豫地回答。他的臉上浮現出不尋常的自信笑容。每個人都在等待結局，焦急地想知道結局之後會發生什麼——他幾乎迫不及待渴望這一刻的到來。他一直缺乏自我解脫的勇氣，但如果炸彈能給他最後一次機會，他會抓住。

☆　☆　☆

中午的時候她們聽到廣播中從未聽過的聲音。之前通知已經口耳相傳，當宿舍裡所有的人都聚集在放置在廚房裡的唯一收音機旁邊時，其實她們已經猜到即將發生的事。「這是一個極為重要的通知。」甚至ＮＨＫ平時穩健的男中音播音員都在壓抑情緒下聲音顫抖。「請所有的聽眾站立，天皇陛下將向日本國民宣讀終戰詔書。我們將敬畏放送玉音。」

接著是播放國歌。

雖然陽光沒有照進後方的房間，但是廚房裡已經超過三十度。所有人跟著一起唱國歌。兩名醫生匆匆從醫院趕來，站在門口，彷彿剛想到男性禁止進入女宿舍，儘管這項禁令未曾嚴格執行過。因為大多數的護士太年輕，根本不在乎。靜子透過窗戶看著陽光照耀下的山丘和湛藍無雲的天空。她驚訝地聆聽自己的聲音——她唱得很好——但不知道自己的感受。太強烈了，難以形容。

由於天氣炎熱，早上她破例穿上一套夏季和服。兩名正要去浴室的護士遇到她，立即注意到，並且禮貌地讚美她。現在她和洋子並肩站在洗碗槽旁邊，想著在這樣的日子裡穿得漂亮是否合適。薄薄的布料下，汗珠從她的背上流下來。

當國歌結束時，所有人都屏住了呼吸。奧畑醫生跪了下來，然後傳來空中的沙沙聲。從東京來的廣播品質向來不好，今天下午似乎比平時更差。當噪音中傳來陌生的聲音時，靜子感到震驚，感受之強烈一直蔓延到胃部。

茲告爾致忠良臣民。

那真的是……他？在困惑中，她只聽懂了演講開頭的一些片段。朕深鑑於世界大勢及帝國之現狀……欲採非常之措施收拾時局……有的護士已經哭了。當談到為蓋謀求帝國臣民之康寧，同享萬邦共榮之樂，聲音聽起來很緊張，而且有點尖銳了。日本從未想侵犯別國的主權，或者以犧牲別國的利益擴張自己的領土，但戰爭持續了四年，並不一定會朝著對自己有利的方向發展。他說到了敵人新的殘酷炸彈，如果戰鬥繼續下去，將會導致人類文明的徹底毀滅。靜子感到窒息。

福岡從春天起就成了廢墟，首都一片殘破的景象，廣島和長崎也不復存在。六個多月前，她的母親在最後一封信中寫道「能待多久就待多久」。她感覺到洋子抓住了她的手。那聲音說，願接受各國共同宣言。朕亦深知爾等臣民之衷情。苦難和犧牲，毀滅和百萬人的死亡。連本地的護士都哭了，儘管她們理解的一定更少。外面有個攤販用兩塊木頭互相敲擊通知他的到來。收音機裡的聲音承諾堪所難堪，忍所難忍，為萬世開太平。靜子想知道這意味什麼。戰爭究竟結束了嗎？什麼各國的共同宣言？那聲音告誡說，若情緒爆發，只會導致爭論、混亂，失信義於世界。篤道義，鞏志操，誓發揚國體精華，可期不後於世界之進運。

然後收音機又傳來沙沙聲。有人急忙關掉了收音機，彷彿接下來發生的是對神聖話語的褻瀆。窗前蒼蠅嗡嗡作響，靜子呼吸困難。她姨媽的房子消失在一個巨大的火球中，融化成瓦礫和灰塵。高貴的精神和對……無論什麼的奉獻。一名本地的護士第一個開口說話。「我們沒有投降，是嗎？」她困惑地環顧四周問道。

沒有人敢回答。奧畑醫生建議，默默回去工作，因為時間會解決問題。聽起來他像是在向病人許諾早日康復。然後他出去了，其他人也跟著出去，只剩下洋子和她。樓梯間的腳步聲漸漸消失。有幾次她聽到樓下的門聲。

爐子上的水壺壺嘴裡冒著蒸汽。薄薄的霧氣像細緻的白紗，那景象讓她意識到自己的喉嚨有多麼乾渴。她無言地捲起和服浴衣的袖子，拿起一根火柴，點燃瓦斯。直到水壺開始發出聲音，她才勉強看著她的朋友。「我們投降了，不是嗎？」那聲音提到時間和命運的主宰，還能意味什麼呢？幾天前，蘇聯入侵滿洲。

洋子點點頭，沒有看著她。

「什麼共同宣言？上面寫了什麼？」

「不知道。最近在波茨坦宣布的。」

她把茶倒進兩個大杯子裡，又倒了水。

有那麼一刻，她確信自己除了需要稍微打開和服浴衣，給自己搧點涼風之外，沒有任何感覺。她輕輕地吹了吹茶，聽見洋子在她旁邊也做了同樣的事。

後來在房間裡，她看著從這裡可以看到的一小片大海。由於營地關閉，她又開著窗戶睡覺。最後一批戰俘已經在五月份被帶走了，沒有人知道去哪裡，但狗吠叫聲和尖叫聲仍然潛入她的夢中。如果天氣太熱，她便拉上窗簾，坐在風扇前。這不是她第一次有這樣的感覺：非常空虛，但在某些方面沒有她想像的那麼糟糕。就像當時正吉去世後，有重要的決定要做，關鍵是要經過深思熟慮。她的父母是否還活著，她不知道。

接下來的日子，她只有不得已才到鎮上。有一次，洋子從市場回來，說她受到了少年的辱罵。九月初，近藤校長把教職人員召集在一起，宣布長假結束後沒有任何教學訊息。日本在美國占領下，臺灣可能會歸還中國。日本同事剩餘的年薪據說會以現金支付，但他不知道本地人有什麼規定。彷彿這就是他職責的結束，他鞠躬並祝大家好運。

炎熱和不確定性仍在繼續。早上靜子一進廚房，臺灣護士就會中斷她們的談話。她沒有像往常一樣閒聊一會兒，而是趕緊給自己泡了杯茶，就回自己的房間。雖然很可能根本沒有郵差送信，但她還是在等待家裡的郵件。她睡得不好，吃得很少，體重也減輕了。一天下午，當她去學校拿東西時，校工假裝不認識她。她在以前的教室裡站了幾分鐘，知道這是最後一次。天皇的肖像仍然掛在桌子上方。她記得，他在廣播中談到了四年的戰爭，然而她數了數，算出八年。她差點笑出聲來。天皇是否真的了解那些代替他承受苦難的人的內心感受？正吉在死前不久寫給她的信上提到，一起離開的想法對他來說似乎一天比一天有吸引力，但他的父親永遠不會允許他那麼做。從那時到現在已經過去六年多了，直到現在，她第一次感到，他的死亡不是一種不幸，而是一種背叛。顯然他陣亡的那場戰爭毫無意義。在中國的所有犧牲都是徒勞的。當只有他的骨灰而不是人回家時，就是所謂的「無聲的凱旋」。寡婦們被期望在榮譽之家度過餘生，必須視沉浸在悲傷中為一項神聖的職責。因為她不配合，所以被家人摒棄了。天皇的聲音尖細，她想，然後她聽到自己的笑聲在牆壁上怪異地迴響。難道她也像山下太太一樣瘋了嗎？她真想把這幅肖像取下來，親手把它砸碎。

兩天後的傍晚，有人來敲她的臥室門。

她原以為奧畑醫生會親自來。她的行李箱已經打開，就放在木製房間隔板旁邊，床就在隔板後面。唯一的一位本地醫生何醫生似乎鬆了口氣，說她一定能理解。不久就有新護士進來，還有她們都合住一個房間，只有她單獨住一間，而且……他沒有把話說完，點了點頭，勉強擠出笑容。

「到什麼時候？」她問。

「不著急，」他說。「妳慢慢收拾行李。」

她也以為自己會淚流滿面，但並沒有。她帶著一絲愧疚，用一條舊圍巾包住了正吉的照片。現在？自投降以來，沒有任何官方信息，沒有報紙，廣播也很少報導那些殖民地。一切悄然地自行崩解。洋子想去基隆，然後就在港口等船來。總之離開這裡。何醫生走了半小時之後，又有人來敲門了。

靜子看了一眼鏡子，然後喊：「請進。」

「本田老師在嗎？」門還沒完全打開，她聽出是一個她熟悉的小孩聲音。小梅子有點害怕地把臉從門縫中探進來。「妳怎麼來了？」靜子問，並朝她走近一步。自從暑假開始，她就沒有見過她的學生。幾個星期的時間突然變得像幾年一樣。

「對不起，打擾您了！我想看看老師怎麼樣了。」小女孩拎著一個麻袋進來。她沒有穿校服，而是穿了一件漂亮的淺藍色洋裝，臉晒得像夏末所有的孩子一樣黑。

就像我以前在嘉義一樣，靜子心想。「謝謝妳的好意！」

「我爸爸媽媽祝老師早日康復。」

「是嗎？因為什麼呢？」

「……不是這麼說的嗎？」

很長一段時間以來，她第一次感到自己的笑容不勉強。小傢伙害羞地環顧四周，注意到了行李箱，然後似乎不知道該把眼睛放在哪裡。「這是要給老師的。」她說，然後把包遞給她。

「妳在哪裡還能找到這樣的東西？」當靜子發現裡面有三個閃閃發亮的紅蘋果時，驚訝地問。

「山下所長的太太從日本寄來的。」

她一時無法控制自己，拿起一個水果聞了聞。「謝謝妳媽媽。妳知道山下太太好嗎？」她的學生聳聳肩。「她已經不住在這裡了。」

「我聽說了，是的。顯然她……她狀況不太好。」

在她的腦海裡，她腦裡浮現那個穿著節慶和服在村子裡唱歌的身影。妝化得像個藝妓，顯然有點錯亂。

「老師會回日本嗎？」梅子的目光又回到行李箱上。

這個問題讓她措手不及，儘管她已經預料到她的房間會被解約，但這已經說明了很多，不是嗎？她似乎還不相信戰爭已經結束了。多年來主導每個人思想，如此事關重大的事情就此結束了嗎？夜裡她沒有睡，而是站在窗邊，先是感覺自己被監視，然後又鬆了口氣，因為再也沒有人會監視她了。士兵們都走了。她的父親——如果他還活著——會再次收留她嗎？據稱，中國人已經任命臺灣的新總督，洋子並不是唯一一個認為危險與日俱增的人。「妳看，事情就是這樣，」她最後說。「雖然我的家人來自九州，但我是在臺灣長大的。我父親幫助修建了嘉義運河，所以我們在那裡住了很多年。」

「老師看過嘉農隊比賽嗎？」

「相不相信，我真的看過。他們參加甲子園盃的時候，我跟妳年紀差不多，每家有收音機的商店都在播放比賽。人擠人，只有前面的人聽懂了記者說什麼，必須把比分傳給其他人。當然，我也試著擠到前面，但我太小了。」她輕輕撫摸她學生的頭。「我相信妳哥哥很快就能再次參加比賽，對吧？他還好嗎？」

「他的學校被帶到海岸邊監視敵人的船。可是沒有船來。」

「不，不是這樣。幸好沒有來。」靜子在靠窗的扶手椅上坐下，把雙腳抬起來放在座墊上。她自己也追趕過山下太太，耐心地勸她回家。所長在門口迎接她們，表情僵硬，很可能就在同一時刻決定將妻子遣送回日本。看來她現在狀況已經好轉，可以寄送禮物了，但是怎麼辦到的呢？山下家那美麗而且散發著檜木香味的房子跟她自己在嘉義長大的房子很相似。那裡還有人記得那位工程師的女兒嗎？每當有人給她禮物時，她都會很有禮貌地說謝謝。小靜子，她如夢似幻地想著，看著自己赤著腳在稻田間狹窄的小道上奔跑。行李箱半滿地擺在地板上。時間緊迫，但她卻完全失去了時間感。

「我們很快就要搬家了，」梅子悲傷地說。「爸爸必須留在這裡幫助所長。媽媽和我搬到基隆爺爺奶奶家住。明年我會在那裡上中學。」

她看到小傢伙的下巴開始顫抖，伸手將她拉向自己。她永遠不會有自己的孩子，儘管她最大的願望就是有自己的孩子。「妳會喜歡的，知道嗎。也許剛開始不會，但過了一段時間就會喜歡的。」

「爸爸說，以後我可能不准說日語了。」

「有可能，不過妳會學中文。加油吧。」

她顫抖得更厲害了。

「妳聽過『在石頭上也要坐三年』這句俗語嗎？」靜子問，但她的學生搖了搖頭。「如果妳在同一塊石頭上坐了三年，會怎麼樣？」

「屁股會痛。」

「石頭會慢慢變暖和，」她笑著說。「意思是說隨著時間的推移，事情會變得更好，沒有那麼難。有一天，妳會說中文，就像妳今天說日語一樣流利。」小時候，她聽得懂本地方言，但在家裡不准說，後來就忘記了。梅子向前撲倒，放聲大哭，緊緊摟住她的脖子。時隔多年來她再一次感受到人體的親密，這感覺讓靜子也突然流淚了。「噓，噓，噓，」她哄著她，前後搖晃著小傢伙。突然一切開始動搖。她曾懇求校長不要向軍隊報告所謂的發現，但徒勞無功。腐爛的樹枝做成的歪斜十字架，誰會認真看待這種事情？「一去不返。」她用沙啞的聲音低聲說。面對這樣的瘋狂，俗語有什麼用呢？「妳聽見我說話了嗎，梅子？妳沒有做錯任何事。」那個男人已經被帶到基隆，這就是她所知道的一切。如果她早點知道這個小傢伙為什麼這麼做，她會找到一種不同的方式，但對她父母的擔憂，對炸彈的恐懼，每天來自日本的恐怖新聞……她自己請求梅子至少不要獲得獎勵，也被近藤校長拒絕了：在她明白自己做了什麼之前，讓她忘記這件事？妳應該慶幸，我沒有舉報妳！

靜子小心翼翼地把手放在學生的背上。洋子曾說過，我們唯一能做的就是繼續活下去。只是在哪裡如何繼續？如果她親自去見奧畑醫生，房間也許可以再多保留一星期，但即使她這樣做了，船也不會那麼快抵達。小女孩的抽泣聲變得輕柔，中間她抽了抽鼻子，靜子突然知道回家是不可能的了。如果山下太太寄來了蘋果，那麼一定還有聯絡的管道，但她沒有收到任何郵件。繼續活下去，是的，她想，但要在這裡。這是很長一段時間以來她自己的第一個決定，一旦做出，就不再改變了。她對危險的認識並沒有幻想。無論在哪裡，她都需要保護。有傳言說，整個島正在招募年輕女性為美國大兵服務。戰爭造成的那麼多邪惡和不公正並沒有在一夜之間從世界上消失，而是像迴聲一樣持續存在。她有預感，從此以後，她必須放下某種驕傲和自尊了。

「噓、噓、噓。」靜子用力地抱緊了小女孩。我準備好了，這想法在她腦中閃過。榮譽之家徹底燒毀了，而這一瞬間感覺就像是實現了一個長久以來的夢想。

7

當茱麗從機場回來時，已經過了午夜。回程她坐巴士到臺北車站，然後叫了計程車回到師大路，最後幾公尺她穿過校園後面無人的小巷。因為當地居民投訴，這裡的夜市晚上十點就關門了。一整排的空攤位，一隻肥大的老鼠橫過她的路，然後她走進公寓，戴夫鬚後水的香味迎接她，就像一場遲來的告別。桌子上還剩下一點他從免稅店買的紅酒。

她才剛換好衣服，外面下起了傾盆大雨。她拿著半滿的酒杯站在窗邊，享受光腳踩在木地板上的感覺，她喜歡看路燈的景象，路燈看起來像發光噴著水的蓮蓬頭。床上仍然如她和戴夫八點左右離開時一樣亂成一團，他們在去桃園機場之前吃了點東西。雖然很累，但她感覺自己暫時睡不著。

我們當然不會每天做三次——他開玩笑地回答她問長久住在一起會是什麼樣子。除此之外：不用著急，這是他在用餐時說的話，在機場又重複了一遍，儘管她知道他的意思，但僅憑輕鬆無壓力不能引誘她去倫敦。幾分鐘後，她打開筆電並且播放音樂。不管怎麼說，那是她獲得博士學位之後的事，比戴夫想像還遙遠的未來。尤其是比她希望的還要遙遠。

她只是瀏覽一下當天的頭條新聞，都是平常內容。國民黨擔心新政府可能會碰他們龐大的黨產，這讓茱麗忍不住得意的一笑。自從上次選舉以來，她更加淡定地看待未來，兩年前的學生抗議已經取得了成果，即使在她家裡只有阿嬤還有她很高興（她不知道哈利的政治立場）。然而這使得遷居的決定變得更加困難；如果是三、四年前，她會立即開始收拾行李。

她的手機響起。「Just touched down.（剛著陸。）」戴夫傳的訊息。

「妳回到家了嗎？」

「Five minutes ago.（五分鐘前。）」她回答。

「I miss you already.（我已經開始想念妳了。）」

「Same here.（我也一樣。）You know where to find me.（你知道在哪可以找到我。）」

一個笑臉符號。「Gotta go. Next month, right?（得走了。下個月，對吧？）」

她的回答只有一隻放紅心屁的小熊。「Remind me of your cute little ass.（讓我想起你可愛的小屁股。）」他回答，然後她放下手機，查看電子郵件。中島教授發送了答應寄來的照片，隨附的文字一如既往地真誠和鼓勵。如果出現問題，她隨時可以找他幫忙。如果他沒有退休，她寧願在他那裡攻讀博士，也不願跟她現在的博士生導師，她的導師認為，把學生扔進冷水中，是對學生重視的表現。茱麗在四個星期後將在中央研究院的國際會議上發表演講，她已經夢見站在講臺上她面前只有一張空白的紙。她大致知道自己要說什麼，但由於段教授熱愛 Power Point，所以她還在尋找相關的材料。

第一張照片可能是一九四六年在基隆港周圍被轟炸的地區拍攝的。前景是一個布滿瓦礫的空地，左邊是一個當時的郵箱，圓形，像消防栓一樣。背景人們正在排隊等候，但距離拍照的人太遠，茱麗只能藉助放大鏡看到腳邊的袋子和包裹。從單薄的衣服看來，要不是冬天還沒有開始，就是照片是隔年春天拍的。中島教授寫說，這照片來自美國退伍軍人協會的網站，有人用筆在空白處註明「等待遣返的日本公民」。

第二張照片是直接在碼頭拍的。背景中的桅杆和帆屬於中國古式的帆船，根據茱麗腦子裡的地圖，拍照的人可能和第一張照片站在同一個地方，只是視角不同。一個戴著平頂帽的日本男人和一個小女孩坐在攤開的貨物前的木凳上。有碗、盆、盤等。一夜之間，享有特權的殖民統治者變成了賤民，在臨時營地中等待遣返。他們每人只能攜帶一個行李箱，所有其他物品必須事先變賣。由於母國遭到破壞，美國占領者希望盡可能少接收海外日本人，儘管光臺灣就有四十萬以上的日本人，其中四分之一是士兵。當然他們得先離開，但平民往往要等上幾個月才能登上船，他們像罪犯一樣被拘留。沒有人被允許留下來，儘管許多被稱為「灣生」的人在島上度過了一生。

她在兩張圖片之間來回點擊了一會兒。從髮型來看，小女孩還在讀小學。她穿著和服浴衣還有木屐，阿嬤說穿木屐很難跑步，所以她很少穿。當茱麗第一次告訴她論文的主題時，她對她的反應感到驚訝。她的祖母說，對日本人的暴力行為沒有發生。事實上，這只是當時劇變中被忽視的一方面，一切被戰後不久爆發的臺灣人和大陸人之間的衝突所掩蓋。對突然無法自保的殖民統治者的報復行為雖然零星、無序地發生，但這種情況並不罕見。高雄一名法官死亡，臺北兩名警察被殺，無數打鬥跡象，當然一定還有大量未記錄的案件。茱麗的計畫是專注於針對婦女的暴力行為，由於缺乏可靠的資料來源，計畫有可能失敗。顯然其中一些人被迫賣淫，最近她讀到了有關一名日本婦女在港口碼頭被強姦的報導，案子是由接管臺灣的中國士兵所為。她對來自臺灣人所犯下的暴力更感興趣，不是為了報復那場戰爭，而是為這裡五十年的壓迫復仇。

阿嬤可能會問：「什麼樣的壓迫？」和家人搬到基隆的時候，她只有十一歲。他們先住在祖父位於城郊的紅色別墅裡，現在那裡已經成了廢墟，然後又搬進港口上方一棟早已不復存在的房子裡。阿嬤幾乎沒有談論過住在那裡的兩年，也許有充分的理由。段教授總是警告說，請謹慎使用「創傷」這個詞，但在這種情況下，茱麗想不出更好的詞。突然間，日本的一切都被妖魔化了，一開始本地的孩子在課堂上一個字也聽不懂，後來臺灣人和大陸人之間的衝突升級，到屍體漂浮在市中心河裡的地步。據目擊者稱，整個碼頭港灣都是紅色的，阿嬤一定至少聽過大規模槍擊事件。

春天手臂骨折後，阿嬤必須留院觀察兩天，以排除腦震盪的疑慮。大部分時間她都在睡覺，當茱麗坐在病床邊時，她意識到自己對祖母的早年生活了解甚少，儘管她對那個時期很熟悉。中島教授簡短的暗示，她還有機會可以改變。退休後，他出版了一本半敘事半回憶錄的書，意外得到巨大的迴響。書主要是關於尋找他不知名的父親，但也關於他在金瓜石當老師多年的母親。茱麗還無法查明阿嬤過去是否是她的學生。阿嬤不太記得名字，茱麗不願過於追問，寧願等到她自己開始談論。事實上，過去幾星期這種情況發生得越來越頻繁，這可能不是一個好兆頭。外面的雨漸漸小了。張懸的專輯聽完了，酒也喝完了，但她還是不睏。戴夫再次從他的公寓給她傳簡訊祝她晚安。之前只是一句客套話，現在她真的想念他了。萬一英國下星期投票支持脫歐，他會重新考慮搬遷這件事。他問她突然對阿嬤的過去產生興趣，是否希望發現什麼特定的事。但她心裡只有一種揮之不去的感覺，她必須抓住可能是最後的一次機會，但是她不知道該怎麼做。也許她只是無法接受終點已近的事實。為了甩掉這個念頭，她點擊回覆，發現中島教授的郵件下面有一條PS：妳是不是說過哈利陳是妳叔叔？他好像在臺灣，他想要見我。我們約好了星期六見面。

這讓她驚訝地停了下來。哈利確實偶爾也會研究殖民時代，但是研究方向和她的教授完全不同。當茱麗在臺大擔任他的助理時，茱麗覺得他對她特別關注；但並不是出於非分之想，他是很善良的人，只是出於好感。幾個星期後他就七十歲了。茱麗沒有回覆他的電子郵件，而是給她叔叔發了一條LINE，然後已經一點多了，她還是逐漸感到疲倦。

在浴室裡，她想起那天晚上她和戴夫一起站在鏡子前。由於他獨特的面部特徵，他是那種頭髮濕的時候時比頭髮乾好看的人。他的雙手覆蓋著她的乳房，她能感覺到他的生殖器在她的臀部位置變硬，除此之外，他們完全靜止不動，一言不發，直到水蒸氣使鏡子裡的影像消失。他這才開口：「我想妳應該答應。」

「Perhaps I will.（也許我會。）」

這是她唯一一次感覺到有人在請求她。或許正是她猶豫不決的回答，才讓他後來強調沒有壓力。男性自尊心什麼的，不管怎樣，她刷牙的時候，她覺得自己應該表現得更熱情些。事關倫敦！他在晚餐時提到生活費的問題，然後他隨手一揮——意思應該是，妳別擔心。幸好她忍住沒有說出她向來不擔心生活費這種事。

回到房間，她打開窗戶，關了空調。路燈的光在天花板上投射出明亮的菱形。他們在一起度過了兩個晚上，沒有他，感覺床空蕩蕩的。那款香奈兒魅力 Allure 鬚後水的氣味，她會在枕頭上聞上幾天。儘管她並不特別依戀，但一段時間以來，即使簡單不正式的告別也讓她產生了奇怪的難以割捨。留下來，她每次都想喊，最後還是一聲：下次見。她已經預訂了會議結束後第二天的下一趟航班，現在她仰面躺著，想著晚上不得不起床時，可以從戴夫的公寓裡看到香港的萬家燈火。對於她的祖父來說，這座城市曾經是他長途飛行的眾多停靠站之一。有時她會在窗邊待上一會兒，想像著半夜逃離，不辭而別，沒有目的地。一種奇怪衝動，實際上不符合她的性格：一種感覺，彷彿外面某個地方有一個她以前從未見過的家。在那裡留下來的願望不會受其他願望干擾。這種渴望是真實的渴望，還是只是想像的遊戲，她沉迷其中，因為之後她覺得他的床會變得更加柔軟和溫暖？

☆　☆　☆

在另一張床上，保羅已經抖掉了被子，張著嘴睡著了。兩點剛過，哈利看著手機螢幕，不知道自己已經醒來多久了。樓上，水龍頭開著，空調輕輕噠噠作響，隔壁他的父親正在打鼾，小時候這種持續規律的鼾聲讓他覺得安心。他記得，在那些日子裡，貓在外面交配時會無緣無故地發出很大的叫聲。從床上聽來，彷彿牠們要咬死對方。有時候有人會打開窗戶會把貓趕走，但這座城市從來就沒安靜下來過。仁愛路上只要綠燈亮起，數十輛摩托車如蜂群般疾馳而出。當下有一種感覺告訴他，他還會清醒地躺在床上很長一段時間。

那天下午他不小心睡了兩個小時，這是他自己的錯，他想。無事可做，他在床上閱讀電子郵件時，眼睛自然就閉上了。當他再次睜開眼時，聽到了公寓前面鍋碗的碰撞聲，以及他的大嫂華榮的太太正在廚房裡準備晚飯的聲音。保羅不在房間裡，但他的手機放在床上，所以他不可能走太遠。

他感覺到嘴裡有一種金屬的味道，就像吮吸了硬幣一樣。他懶洋洋地掃視著書架上的書背。金庸作品集、第一學期的研討讀物、小泉八雲的《怪談》英語版、美國小說的中譯本。福克納、羅斯、童妮·莫里森。川端康成《山之音》的原文名自動浮現在他腦中，儘管他的日語程度還不夠好理解文學文本。就連母親寫給她哥哥的信他都不甚了解。因為在威廉斯敦，時間還太早，無法道早安，所以他去浴室刷牙。當他回來時，保羅坐在床上雙手撐在旁邊，就像坐在游泳池邊觀看人游泳一樣。自從兒子在高中結識了一群穩定的朋友後，才讓哈利不再擔心兒子可能成邊緣人，沒有人願意與之交往的亞洲書呆子。保羅的成績足以符合刻板印象。「Back among the living?（又活過來了？）」他用英文嘲諷地問道。

「你去哪裡了？」他點點頭，鼓勵他也嘗試一下說中文。

「在屋頂上。幫你媽媽澆花。」

透過窗戶，他看到暫時填補隔壁空地的停車場。售票機上閃現出「Times 24 h」的字樣。

「你們可以溝通嗎？」他盡量不經意地問。

「你是說語言上的嗎？」

「總的來說。」他從行李箱裡拿出一件乾淨但完全皺巴巴的襯衫。保羅穿著他最喜歡的NBA金州勇士隊的球衣。

「她說茱麗今晚不會來，因為她男朋友在。」

「我不知道，我不認識他。我的問題是，你和阿嬤相處得好嗎？」他的兒子只是聳聳肩，他沒有追問。保羅太少來臺灣，所以和臺灣的祖父母不夠親近。「明天晚上你有興趣去看棒球比賽嗎？我的兄弟隊對陣衛冕冠軍。在天母的棒球場。」

「我以為臺北已經沒有球隊了。」

「每個賽季仍有幾場比賽在那裡進行。你小時候，我們和媽媽去過那裡。你很喜歡。」外面暮色像簾幕一樣降臨在城市上空，下班高峰時段的交通發出熟悉的轟鳴聲，那是他童年的配樂。

保羅點點頭。「好啊，為什麼不呢。」

「如果阿嬤不愛說話，別放在心上。她從來不太多話。」走廊裡瀰漫著麻油和煎肉的味道，瞬間他覺得肚子餓了。「你聽懂了嗎？她一直都是這樣。」

「I hear you.（我聽到了。）」保羅說，一遍雙腳往前滑，直到他不是坐著，而是用雙手撐在床邊，他做了幾次把上半身放低，然後再用力撐起。最近這一段時間以來，保羅開始在意自己的肌肉，尤其是外觀上的。開始了，露最近說，彷彿以她九歲的年紀已經能讀懂海倫和他看著兒子在門廊的鏡子前擺姿勢時交換的眼神。

六點半，大家都上桌了。甚至連華榮都準時到，他帶了一瓶除了他之外沒有人喜歡喝的高粱來慶祝。喝了幾口之後，他的額頭開始冒汗，有時讓哈利想起《悲情城市》中的老大，因為頭很大又愛罵髒話，華榮只在三杯後才會脫口而出，而且從未說臺語。「歡迎回家，老弟，」他一邊說，一邊向他敬酒。之前他大肆抱怨新政府，剝奪人民辛勤工作的成果還聲稱是正義。他可能指的是像他這樣的人，當他們談論成果時，實際是指他們的果園。然而，他確實勤勞工作。他也樂於助人，慷慨大方，而他在上海是不是有一個下班後寵壞他的情婦……海倫堅持認為一定有，哈利寧願不知道。

「乾杯。」他回答，然後喝了一口，等到喉嚨裡的灼燒感消失。母親和往常一樣滴酒不沾。雖然桌子幾乎滿了，但她只吃了幾口就滿足了，而且只有在被問到的時候才開口說話。那天早上，當哈利帶著早餐從阜杭回來的時候，她正在水槽邊切水果，她只說：「你回來了。」就好像他們是前一天晚上見過。他沒有按照海倫的指示擁抱她，而是抓起一塊芭樂，然後詢問她的手臂。從金瓜石寫給敬治舅舅的信中，她給他的印象是像露一樣，直率、活潑。少女般對一位女老師的仰慕，對自己漂亮字跡的自豪，對在臺北的哥哥報導的一切充滿興趣——那些短短的文字就像一塊塊拼圖，無論如何不符合他對她的印象，無法拼湊出完整的圖像。他希望在這次逗留期間，了解她是否也保存敬治的信，像他保管她的信一樣仔細。信是否在某個盒子裡，信裡有他甚至不知道問題的答案？

到了三點鐘左右，顯然他不會再睡著了。他小心翼翼地拿起手機，起身往外走。路燈將蒼白的燈光投射進客廳，汙濁的空氣中還殘留著食物的味道。從這裡他可以聽到父親的鼾聲。桌子上放著半空的高粱酒瓶。

海倫在家太忙了，沒有時間和他聊天。「我再跟你聯絡，」她簡短地回答。她兼職的店裡經營東亞手工藝品——韓國陶器、日本漆器、清代木製家具等——在這小地方主要吸引只是想四處逛逛或尋找伴手禮給在佛蒙特州的姨媽的顧客。一些帶有異國情調的漂亮東西。兩個小時前，茱麗傳來簡訊，她對他與她教授的約會感到驚訝。他暫時不想回覆，他站在公寓前面的窗前。夜裡一定下了很大的雨。以前可以從這裡看到整個街區，但現在視野只到下一棟高樓大廈，只有幾步路的距離。高樓入口處安裝的監視器數量跟銀行安裝的一樣多。哈利徒勞地數出二十多層樓，然後聽到身後一聲嘆息，他轉過身來。

他的母親一動不動地坐在沙發上。她在睡衣外穿了一件及膝的針織衫，看著關掉的電視。儘管她睜著眼睛，但看起來就像是坐著睡著了。「媽，」他低聲說，同時打開櫃子上的燈。「這個時候妳在客廳做什麼？」

她對他微笑，但什麼也沒說。兩分鐘前他一定是從她身邊走過，竟然完全沒有注意到她。

「要我給妳倒杯水嗎？」

「不用。」

「妳睡不著嗎？」

她擺頭示意公寓後面的房間。

「妳要不要躺在我床上？保羅不會打呼。」

擁抱你媽媽，這念頭在他的腦海中閃過，但一天中他第二次壓抑了這個願望。

「你也睡不著，」她簡單地說。

「是我自己的錯。我下午不應該睡著。」

她的雙手交疊放在腿上。小時候，如果發燒不能去上學，他就會躺在這張沙發上——或者說是他們當時那張醜陋的綠色沙發上——看著她坐在窗邊縫紉機前。鄰居們請她幫忙修改衣服，把褲子改短。她不收錢，但櫃子上總擺滿水果或糕點，都是鄰居送到他們家門口的。她年輕時就接受過護士培訓。她擅長任何需要熟練雙手的事情。「妳常睡不著覺嗎？」他問。

「只要我半夜醒來。」

「妳可以去拿安眠藥的處方。很多年紀大的人……」

「一直攏是按呢，」她用臺灣話打斷說。早上她只用搖頭回答了有關手臂的問題。她已經不再纏繃帶了。

「妳經常因為太吵，搬到我的房間嗎？」

「有時候。」

「把一些舊東西清掉，妳覺得怎麼樣？譬如，把我不再需要的舊書清掉，重新粉刷牆壁蓋過死蚊子的汙點等等。」

「你說過你希望你的兒子有一天能擁有那些書。」

「妳今天也看到了，他的中文程度還不夠。如果把房間布置得更舒適，妳可能會睡得更好，妳覺得呢？我們還可以購買新床墊。」然後她拉直針織衫，彷彿要站起來。以前如果他太糾纏她，她會毫不猶豫地給他一記，這方面她的手也很熟練。囡仔人有耳無喙，她隨後用臺語罵道，儘管她在家大多說中文。小孩子有耳朵，沒有嘴巴。然而她越是拒絕他，他就越是堅持，直到今天他偶爾還會有那種衝動。「至少我明天會把舊報紙處理掉。王建民在洋基隊的英雄事蹟已經不再有什麼意義。我更感興趣的是他這個賽季有什麼表現。」王建民在多年低谷之後，能重返球場的確造成轟動，但到目前為止，皇家隊很少派他上場。其實家裡人都知道，沒有訪客的時候，母親或多或少都睡在以前孩子們的房間裡。經過多年的訓練，她和父親已經練就在狹小空間內躲避對方的藝術。

「當時我必須學中文的時候，」她現在再次看著電視說，「和保羅今天同樣年紀。」

「我知道，」他回答，並沒有露出驚訝的表情。雖然基隆李家有很多故事可以說，但他的母親卻幾乎從不談過去。小時候，有人告訴他，她的大伯父是他鎮上第一個擁有電冰箱的人。瑞芳的煤礦在殖民時期賺了很多錢，但隨著大陸人占領臺灣，時局發生變化。哈利的祖父算幸運的，只是丟了金礦的工作。「那一定很不容易，」他謹慎地說。和母親談論過去就像餵養一隻害羞的動物。一個錯誤的舉動，然後……

「誰知道今天 Kinkaseki 是什麼樣子。」她用雙手將針織衫拉到一起，雙臂交叉在胸前。除了她之外，哈利不認識任何還在使用日語發音的人，甚至連敬治舅舅也沒有這樣做——除了他自己的名字。

「妳上次去是什麼時候？」

「我們搬家的時候。」

「等等……妳從一九四五年就沒有去過金瓜石了嗎？」

她輕輕搖頭。

「媽，坐車頂多一個小時。」

「坐什麼車？」

「妳想去嗎？沒問題我們可以隨時去。」

「還是和保羅一起做點什麼吧，」她搖手說。「他對臺灣一無所知。」

「我們會帶他一起去。」對意外的機會他感到高興，他必須避免立即脫口而出為什麼他對這個地方感興趣。他上次和海倫一起去金瓜石，是四五年前的事了。「外公工作的礦坑現在是一個博物館，妳可以去參觀。怎麼樣？」

「你兒子在這裡覺得很無聊，對嗎？」

「在他這個年紀，孩子們有時看起來無聊，但是實際可能不是那樣。明天我們去天母看棒球比賽。他也想跟我們一起去。」

「他越來越像你了。」

「妳這麼認為嗎？」

「活像一個模子刻出來的。」說完，她站起來不再多說什麼，走開了。不久之後，他聽到了臥室的門關上。雖然已經是三點半了，但短短的談話卻讓他更加清醒，飢餓感又回來了。他在冰箱裡發現了用保鮮膜覆蓋的晚餐剩菜。他告訴自己，如果他計畫好一切——她生日後的星期一是唯一有空的日期——然後再次問她，母親會同意這次出遊。清理房間他也必須以同樣的方式處理。大部分架子上積滿灰塵的東西都可以扔掉。當微波爐加熱時，他在心裡列了一張清單，列出了他想留下的少數幾本有文學價值或情感無法割捨的書。買金庸作品集當時是一種致敬的方式，他在信義路的書店裡早就看完那些小說，那是他學生時代的珍貴休閒時間。週日早餐後，他就開始準備下週的考試，但星期六下午，他有幾個小時可以暫時忘記課業的壓力，而沒有比金石堂更好的地方了。

由於當時書店沒有地方坐，他每次去都站在書架之間看書。用塑膠薄膜包裝的書籍同樣還不常見，這就是為什麼成群結隊的學童將這間狹窄的商店充作閱覽圖書館。國三的時候，他沉浸在中國古代故事中，幾乎沒有注意到身邊站著一個美麗的陌生女孩。他永遠不會知道她的名字，兩人沒有交談過，卻恰好同時在看四集的《射雕英雄傳》。她的年紀一定比他小一些，至少頭髮剪得很短，符合國中生的要求。直到高中才可能頭髮留到肩膀。

幾乎所有他這一代的人都知道，《射雕英雄傳》中最重要的兩位主角郭靖——一位英勇的俠客，但頭腦並不特別聰明——和他的同伴黃蓉，她美麗、聰明，還精通各種的武功。當他們初次相遇時，她偽裝成一個乞丐，善良的郭靖沒有察覺到她實際上是一個女孩。他在第一集結尾讀到一個有趣的場景中發現了這一點。哈利第一次注意到他身邊的女孩在讀這本書時輕輕地咯咯笑。之前不久前，黃蓉已將黃河四鬼制伏，如今他們被綁在湖邊的樹上求饒。郭靖進來的時候，女主角坐在小船上，不再偽裝，可愛迷人以致他說不出話來。

他的情況類似。當他斜眼看到頭頂的光線如何反射在她的黑髮上時，他已經讀到了第三集的開頭。她沒有穿校服，而是穿了一件樸素單色的棉料洋裝。當她從包裡拿出一個水壺時，他注意到一雙芭蕾舞鞋，之後他在心裡給她取名為「小蓉」，以書中女主角的名字命名。大多數時候，他都比她先到店裡，當她進來時，他就在他的位置上看書。她站在他身邊，伸手去拿書，完全不知道，這時的他感到脊背一陣發癢，就像有人用羽毛撫摸著一樣。當顧客從她身邊擠過時，她時不時地必須轉移重心或讓到一邊，除此之外，她就像他一樣站著不動全神貫注在王朝與蒙古征服者的爭鬥。當他注意到她讀得比他快，他開始想像有一天她在書架上找不到她要的書，因為書在他手裡。那她會怎麼做呢？他可以讓自己跳過一集來促成事情發生，但那就是一種操縱，一切的發生不是由他決定，而是由命運決定……

多年後，當他向海倫講述這個故事時，他忍不住加油添醋：在接下來的幾星期，他幾乎興奮得睡不著覺，他的心不在焉讓老師們感到困惑。事實上，當時沒有人會去揣測學生們的心裡到底在想什麼。如果他們上課不聽講，就會被叫到前面，用「將軍」在伸直的手指上打十下。重大違紀行為就會叫到教官室，每所學校都有教官，而且也沒時間做白日夢。晚上回到家，他累到刷著牙睡著了。

一天下午，她看完第三集，離開金石堂時，他第四集還有一百頁左右沒看完。接下來的幾天裡，他確實為下一次的相遇感到焦慮不安，如果不是故事太精彩，他可能就放棄不看最後幾章了。一星期後，他又站在平常的位置。他的雙腿因緊張而顫抖。當她發現書架上的缺口時，她向旁邊看了一眼，確認是誰在讀她在找的書。他專注地盯著文字，直到眼淚都快流出來了。她嘆了口氣，拿起包包，繞過架子走到另一邊。他完全忘記了還有平裝本，每一集又分為兩冊。她明確地拿了她要的書，然後再次沉浸在射雕英雄的冒險之中。今天他已經不記得，自己當時是失望還是鬆了口氣，或許兩者都有。他幾乎不記得這個傳奇的結局了。

外面天發白，新的一天已經開始。從沙發上他可以聽到那些睡不著的退休老人湧入最近的公園的聲音，偶爾聽到混雜在當中明亮尖銳的收音機廣播。當他的手機發出一聲訊號時，時間是凌晨四點四十九分。

「現在我有幾分鐘的時間，」海倫的訊息，「但你現在可能已經睡著了。」

確實有一瞬間他不確定自己是夢見了那家書店，還是只是想到了它。仁愛路上救護車警報響起，然後在遠處消失。

「要是能睡著就好了。我很清醒，躺在客廳的沙發上。」

「在想什麼？」

「我的初戀。」不久前，當他問海倫是否可以把這次書店經歷稱為「我的初戀」時，她翻了個白眼說，他比他想像的更像他爸爸。在他輸入下一行之前，出現一個眼睛冒紅心的表情符號。要跟海倫解釋過去的事，並不容易，但當海倫翻白眼時，通常是一個好徵兆。

「說真的，你還好嗎？」

「除了時差。保羅還有點怕生，但我正在想辦法。」

「你要怎麼做？」

「明天晚上去看棒球，星期一可能會和媽一起去金瓜石。黃金博物館，妳還記得吧。如果她同意的話。」

「她現在知道了嗎？」

「還沒有。我們只是拜訪她的老家。我今天才知道，她已經七十年沒有去過那裡了。」

「她當然會同意。其他呢？你們見到茱麗了嗎？」

「她來機場接我們，要我問候妳。我們的小寶貝數學測驗準備好了嗎？」

「我正在想辦法。」這一次她附上了一個表情符號，似乎意味著她很傷腦筋。由於他學生時期經歷的填鴨教育，讓他成為了一個過於溺愛的父親，因此讓海倫負責檢查作業這一類的事。

他沒有立刻想到答案。他對這個美麗陌生人的最後記憶是，他有一次抑制不住衝動緊隨她離開書店。她拎著裝有芭蕾舞鞋的包包，所以他以為她要去上舞蹈課。今天他還想起《四海兄弟》中的場景，其中一位年輕的主角觀看他心儀的人跳舞，她注意到了，隨即不假思索脫下衣服，裸露她的身體。在當時這樣的事情肯定超出了他的想像。他的心怦怦直跳，跟著她沿著永康街走，直到她拐進一條小巷，走進第一家的門。二樓的窗戶傳出鋼琴聲，但門上沒有任何招牌，他繼續前行，沒有停下來。那是吃晚飯的時間。暑假過後，她就不再出現在書店了，可能是因為她換學校了。就這樣。

「你睡著了嗎？」海倫問。

「如果妳罵露，請代我親一下她。」

「你想得美喔，」她回答說。「你爸媽還好嗎？保羅不確定你爸爸是不是有認出你們。」

「他老得很厲害，媽媽也是。她內心深處有某種東西在起作用，今天她主動說起過去，雖然只是簡短地提起關於她住基隆的時候。」

「關於大屠殺？」

「不是直接說的，但也許她想到了。話題太複雜，不適合聊天。下次我再告訴妳多一點。」

海倫建議第二天晚上他和保羅從球場回來再用 Skype 通話。他們像往常一樣交換一下親吻，之後哈利放下手機。

如同晚上黑夜迅速降臨，外面天色很快亮起，偶爾還能聽到鳥兒的鳴叫聲。當他母親說保羅長得像他時，聲音聽起來有些悲傷，但你永遠不知道她冷漠的表情背後到底藏著什麼樣的想法和感受。在戰爭的最後幾個月和戰爭結束後的一段時間裡，她和哥哥的通信出現很大的斷層。臺北也遭到空襲，郵政服務可能已中斷很長時間。當郵政恢復運作時，她已經不敢寫日文，中文卻還是太笨拙。由於是港口的原因，基隆是全臺灣被破壞最嚴重的城市之一。殖民統治者從那裡開始逐漸離開臺灣，來自大陸的新統治者到來。起初，主要是士兵，都是疲憊不堪的年輕人，他們對日本人的仇恨很快就蔓延到了那些他們懷疑與日本人相似的人。

這座城市逐漸甦醒。窗外是一片無色的天空，所有變化就留給之後。在衝突升級之前，他的母親在她祖父的家裡住了一段時間，哈利只是從幾張舊照片中認識了她的祖父。一位在清朝時期長大的儒家學者，直到日本人關閉了所有書院，包括他的在內，之後才成為一名商人。他向家鄉的寺廟捐獻了大筆金錢，看來是一位廣受尊敬的人，堅守著已經消失世界的習俗。他的妻子纏足。家裡有人說她沉默寡言，也有人說她完全是啞巴。不管怎樣，女性沒有發言權。從金瓜石到基隆距離很近，但十一歲的梅子——不僅是她——一定有一種被放逐到異國他鄉的感覺。

8

幾星期後，他仍然很難找到適當的詞語。一切都變了，還是什麼也沒變？在他看來，兩者都有。在金瓜石，生活一切照常，只有田中夫婦（對戰爭的結果絕望無法釋懷）在投降兩天後在家裡的門梁上自縊。李先生回到家時，迎接他的是沉重的寂靜。妻子和女兒暫時留在基隆，他一個人住，而且不再到前院抽菸。《臺灣新報》報導了中國勝利的慶祝活動，但在臺灣人似乎並不相信和平。在少數仍然上班的同事圈子裡，他聽到了天皇的講話，除了雜訊和沒有人聽懂的華麗辭藻。在九份一個呆頭呆腦的警察跑到街上歡呼：結束了，日本贏了戰爭！現在很多警察都寧願待在家裡，或者突然變得很有禮貌得讓人們更加困惑。陳儀將軍是臺灣新總督的名字，中國軍隊本來應該在十月到達，但礦坑入口處的紅日旗仍繼續飄揚，未來讓人等待，一切都還未確定。老實說，他內心最深處的是一種深深的冷漠。

「您的兒子平安回家了嗎？」一天早上，山下所長問他，彷彿敬治並沒有在海岸上等待美國入侵——以及他必死的結局——而是去參加一次校外活動。

「他瘦了，最後還發高燒。除此之外他還好。我在臺北的哥哥正在照顧他。」

「真是好消息，不是嗎？」

「是啊。」

他的臉頰閃閃發亮，留著修剪整齊小鬍子的所長看上去一如既往的整潔。據說他正在等待中央的指示，這樣的中央可能還存在。有時他散發出一種不可思議的自信，就像夢遊者閉著眼睛也能找到路一樣。這時九份的茶館裡熱鬧非凡，所有日本官員都領到了剩下的年薪現金，玩得不亦樂。那些輸掉戰爭的人慶祝了戰爭的結束，而其他人則面臨著不確定的新開始。李先生心裡想，想感受自己是勝利者，他們可能要經歷內心的一番掙扎。

峽谷對面的營地在陽光下空無一人。那些戰俘並沒有被殺死，而是在春天時被帶到了一個未知的地點。而今，他們正在停泊於基隆港的美國軍艦上接受照顧。他每隔兩到三星期就會去基隆聽妻子的抱怨，她拒絕接受他無能為力的事實。他說所長答應會幫他爭取，但李先生心裡暗想，究竟他又能去向誰爭取呢？外面，同事們低聲討論他們的選擇：他們應該留在這裡還是開始計畫回國？通往日本的海上航線何時會重新開啟？偶爾他會聽到人家說他沒有這些憂慮是多麼幸運。

是啊，他每次都這樣回答。

「您家裡其他人也都好嗎？」

他點頭表示感謝他的關心。他自己也無法了解自己內心的麻痺。日本統治的時代結束了，沒有人會阻止他，他為什麼不走人，而是暗暗希望被山下先生解僱呢？不知何故，這對他來說似乎更光榮。「我想知道，」他說，「學校是不是會很快重新開學。在金瓜石以及所有地方。老師夠嗎？」再說，他該去哪裡呢，去他父親那嗎？

「您考慮接您的家人回來？」

「坦白說，我把他們送到基隆，是因為我擔心這裡太危險了。但現在看來……」

所長驚訝地看著他。「危險？」

薄薄的香菸煙霧繚繞在桌子上。「您知道……」他開口說，卻不知道該怎麼繼續。上司不看報紙嗎？難道他不知道有同胞在街上遭到襲擊或被趕出家門嗎？最近，因喝醉酒的日本人在晚上唱國歌，九份爆發了一場鬥毆事件。「天皇談話後的激動情緒，」他說，聽到「天皇」這個詞，他恭敬地低下了頭。謹守正義之道，跟上世界的進步。或類似的話。他已經一個多星期沒有見到梅子的老師了，他擔心會發生最壞的情況。

「暫時的情緒激動。」所長搖手說。

「我對本地人的謹慎態度評價很高。他們清楚有多少事要感謝我們。」

「當然。」

「我最擔心的是他們再次屈服於外國勢力。他們有時太容易受騙了，不是嗎？大家都知道蔣介石是美國的傀儡。」

「我明白，」他一邊說，一邊抽著香菸。營地的空旗桿就像一根巨大日晷的指針。當他們離開時，這些人看起來就像殭屍一樣。行走的骷髏四肢乾癟，有些人睪丸腫脹得幾乎無法行走。營養不良有腳氣病。如果所長也看到了他們，他最大的擔心就會不一樣了。真的是正義讓我們跟上世界的進步嗎？不管那意味什麼。

下午，他散步到了醫院前的空地。九月底，炎熱逐漸消退。週末他想和妻子、女兒一起去臺北看望敬治，火車又恢復通行了，儘管不定期。透過一扇開著的窗戶，他聽到一個男人用中文喊道：「哪裡疼？」然後一群女人的聲音跟著說：「哪裡疼？」

「我肚子疼。」「我肚子疼。」

「我頭疼。」「我頭疼。」

當一個護士從門口出來時，他迎了上去，舉手打招呼。由於她沒有佩戴名牌，他用臺語和她交談。「妳好。我想欲請教，我欲揣的人是不是還蹛在宿舍裡？一位名叫本田的女士。她是……她以前是我查某囝的老師。」

「本田？」護士遺憾地搖了搖頭。她的白色罩衫在陽光下閃閃發光，讓他不得不瞇起眼睛。

「我毋知影。」

「你蹛佇這真久嗎？」

「我聽講所有日本人攏搬走啊。失禮。」

搬去佗位，他差點脫口而出。應該去學校問嗎？事件不斷累積，南方的一名法官最近遭到襲擊，作為一名單身女性，她當然面臨非常高的風險。家裡到處都還掛著夜間燈火管制時的布窗簾。每天晚上，田中先生都會在房子周圍偷偷巡邏，就不要讓他發現某處透出一絲光亮，那就慘了。現在隔壁的房子已經空了，當李先生躺在床上，他不知道有什麼反對的理由。沒有人會注意到。他可以弄到她生活所需的東西，然後從廚房窗戶後面遞給她。在寂靜的夜晚，他有時覺得自己能聽見牆後她小心翼翼的腳步聲。浴室裡的水，輕輕的潑水聲。當她回來並在一臂之外攤開睡墊時，吱吱作響的木地板會告訴他。他屏住呼吸，想像她晚上怎麼梳理自己的頭髮。過了一會兒，他什麼也聽不見，也許她在傾聽他是不是已經睡著了。她會感激他的，他確信這一點。有時他隔著牆祝她晚安。

☆　☆　☆

這位黑面女神明來自中國。她姓林，因為她出生時沒有哭過，所以父母就叫她默娘。她能預知天氣情況，並在暴風雨來臨前向漁民和水手發出警告。她通水性，已經救了很多遇船難的人免於溺水。有人認為她在波濤洶湧的大海中尋找失蹤的父親時遇難，但事實並非如此。她登上了一座山，飛上了天，所以她也被稱為天后或天上聖母，但向她祈禱的人稱她媽祖婆。她的寺廟距離祖父家只有幾分鐘的路程。當美國飛機來時，如果妳遇到危險，妳必須像媽媽那樣做，他解釋說。他教她如何拿香，以及如何鞠躬，既不能太急，也不能太深。不要像日本神社那樣拍手！雖然基隆的破壞比其他地方嚴重，但媽祖婆還是保護了祖父的房子免受炸彈襲擊。沒有一塊瓦片破損。

「她的臉為什麼是黑的？」梅子問。

一如往常，他沒有立刻回答，而是讓鬍子長長的末端從手指間滑過。他不喜歡人不假思索地隨意亂說，尤其是女人。「那是香燻造成的。」他最後說。她並沒有繼續問神明的兩位忠實將軍千里眼和順風耳，為什麼沒有黑臉，儘管他們就站在媽祖身邊，她也只是點點頭。這樣的反應更符合一個年輕女孩該有的舉止。

回家途中，他們在開漳聖王那裡停留。因為他們的家族根源中國沿海，所以他們仍舊在神像前燃香參拜，香氣與周圍市場攤位的氣味混合在一起。鄰居們都認識祖父，都禮貌地向他打招呼。只要梅子不上學，除了一起散步之外，就沒有什麼可做的。她的新家位在一座陡峭山丘底下，有臺階通向大門，從那裡她可以看到港口船隻的桅杆，但獨自離開院子是不可能的。自從結婚之後，她的祖母就再也沒有踏出過大門一步了。

屋裡掛著展開的書法，她看不懂那些字。家裡祭壇旁的一張照片是祖父年輕時的樣子，額頭剃光了，辮子一直垂到臀部。樓上的書房只有他才能進入，裡面放滿他的書。媽媽並沒有像大家一樣把磚房稱為紅屋，而是監獄。吃飯的時候，她們坐在巨大的、堅硬的木椅上，但是女人們總是等男人吃完之後才吃，她們不是輕聲細語交談，就是完全不說話。祖母只是偶爾皺眉頭，彷彿是她的那雙小腳在痛。

為了打發時間，她學會了縫紉。她偶爾掃一下院子，心裡希望敬治能來看她，或者至少再寫信。當爸爸從金瓜石來的時候，媽媽會把他拉到一邊，極力催促他：他該明白自己不能再幫所長了，給家人找個像樣的住處吧。她越催促他，他就越早離開，梅子希望能陪他一起走，但是希望落空。她想知道玲子怎麼樣了，她朋友現在叫什麼名字？只有在祖父聽不到的時候，她才可以使用她的日本名字。

否則他會罵人：妳叫李靜梅，別忘了。

十月初，他們一家三口到臺北去看敬治。在火車上他們沒有座位必須用站的，當他們離開車站時，到處都是堆積如山的瓦礫。這次他們沒有過夜。雖然已經胖了四斤，但她哥哥看上去比平時瘦了很多，話也比平時少，只說在海邊的那段時間他們幾乎沒有什麼東西吃，但至少沒有出現敵艦。只是偶爾有低空飛行的飛機，然後他們就不得不奔跑躲避。

「你有去拜拜了嗎？」梅子問。

敬治看著她，彷彿覺得她腦子不正常。他不再談論棒球，在返回基隆的路上，她感到就像他搬走時一樣失落。媽媽坐在她旁邊，雙唇緊閉。如果你想讓我割腕，就繼續這麼下去，不久前她尖叫，她知道父親為什麼不想離開金瓜石。他稱她歇斯底里、無知。妳什麼也不知道！當他們晚上到達基隆時，當然還是像往常一樣下著雨。這城市素有「雨都」之稱不是沒有原因的。

兩星期後，大家等待的事情終於發生了：中國軍隊抵達。出乎意料，那天沒下雨，整個城市的人都湧向港口迎接士兵。祖父是官方接待委員會的成員，他認為女孩不應該在那樣的場合，但幸運的是爸爸從金瓜石過來並帶著她一起去。由於人多，他們不得不從車站後面繞道。港務局窗戶下懸掛的橫幅是歡迎第七十軍的英雄，旗幟隨處飄揚，太陽由紅變白，但梅子直到靠近水邊爬上周圍的一些岩石才俯瞰整個景象。她從來沒有見過一個地方聚集這麼多人。名副其實的人山人海，包圍了整個長方形的港灣；大基隆從前端開始，在那些屋頂後面她認出了紅屋的牆壁。另一頭，在他們所在位置對面被稱之為小基隆的日本區，人潮較少。碼頭前船隻應該停泊的地方被封鎖起來，梅子的視線轉到這個方向時，她心頭一跳。「我們遲到了！」她大喊。「軍隊早就到了。」數百名身穿整齊制服的士兵列隊站立。甚至還有一個軍樂隊。

爸爸搖搖頭。「仔細看，」他說，「那些是日本人。」

「日本人？他們在這裡做什麼？」

「這是交接儀式，從一支軍隊到另一支軍隊。」

「但他們互相憎恨，不是嗎？祖父說——」

「戰爭結束了，他們會守規矩的。」

下一刻她就認出了那制服，實際上看起來是典型的日本式樣，剛洗過、漿過。雖然沒有陽光，但樂隊的管樂器在晨光中閃閃發光。所以這是一個儀式，她想。「他們交接什麼？」爸爸帶著悲傷的微笑看著她。最近，他的眼神有時讓她想起本田老師的眼神。「還有什麼，」他回答。「我們。」

她還來不及問他說的是什麼意思，人群中就響起一陣竊竊私語。梅子轉頭，看到港口入口處一艘軍艦出現。從城市的角度看不到遼闊的大海，山丘擋住了視線，船隻因水中的許多瓦礫碎片而緩慢靠近。「就這些了嗎？」她失望地問。「我以為一整支軍隊都來。」儘管如此，碼頭上的人們歡呼雀躍，熱情地揮舞著旗幟。

「一批一批來，」爸爸說。「這個港口幾乎作廢了。」

「祖父說大家都在等待新督導到來，以便開始修復。」

「他這麼說，那一定是真的。妳看到他在哪裡嗎？」

她伸長了脖子，但為歡迎委員會搭建的遮篷遮住他們的頭。當船駛入港口時，爸爸向她解釋說，這艘船屬於美國人，是一艘所謂的登陸艦，用來運送部隊和坦克前往軍隊想要征服的島嶼。例如沖繩或菲律賓。「敬治在海岸等的就是這樣的船嗎？」她問。船的一側沒有名字，只有一個數字：847。

「是的。幸好沒有船來。」

「有時媽媽會因為夢到而醒來。」祖父的房子雖然寬敞，但兩人卻必須住一間沒有窗戶的房間，媽媽沒有一個晚上不哭。「我們什麼時候才能再次住在一起？」她問，「在我們自己的房子裡。」她不敢問他在金瓜石是不是有別的女人。

「一旦我們將礦坑交給中國人。不會太久了。」

「那你以後工作怎麼辦？」

「我還不知道。也許中國人會僱用我。」

「我們會回金瓜石嗎？」梅子大喊。之前他們並沒有說過這件事，但爸爸立即擺手，一臉震驚地環顧四周。「我不能保證任何事情，聽到了嗎？還有，妳不可以在公共場合大聲說日語。有些人不喜歡。」

我才不在乎，她心想，但沒有說出口。海鷗在水面上盤旋，發出刺耳的叫聲。當船靠岸並鳴響喇叭時，人群變得喧鬧，這讓梅子想起了戰俘到達學校操場的情景。多年來，人民最害怕的就是美國的入侵，最鄙視的就是落後的中國人——現在他們迎接一艘載著中國軍隊的美國船，而且高聲歡呼。很奇怪，不是嗎？有一次她在市場上看到外國士兵被孩子們包圍他們喊著：哈囉，哈囉，美國桑！難道大家已經忘記是誰摧毀了這座城市嗎？再也沒有人害怕被閹割或強姦了嗎？媽媽對所有問題都給她同樣的答案：孩子有耳朵，沒有嘴巴。「你剛才說的是什麼意思？把我們交接給他們？」她問。

「從現在開始，這個島是中國的，我們也是。」

「就算我們不是中國人？」

「他們會說我們是。你爺爺也是這麼認為。」

「因為他太老了，他確實曾經是中國人。那裡的男人還把辮子留到屁股嗎？看起來不是特別好看。」

「不，現在是共和國了。」

「每個人都這麼說，但那是什麼？」

「沒有皇帝的國家。」

「然後由誰管呢？」

「政府。或者在我們的例子就是總司令。」

「什麼是總司令？」

爸爸嘆了口氣。「沒有皇位的皇帝。」從他的語氣判斷，他知道的也不多。「至少不再紮辮子了。」她說。「對了，我現在可以看到爺爺了。」船已經靠岸。碼頭上開始熱鬧起來。幫手們搬來桌子，擺好茶和點心，歡迎委員會的成員準備迎接士兵。祖父是右數第三個。他在上身的紅帶上的字是他親自寫的，他向她解釋了其中的含義。「風雨消逝／一日新啟。」第一行指的是日本人，第二行指的是未來。她眼角的餘光看到日本軍樂隊正在拿起樂器。

人群的興奮被緊張的沉默所取代。所有人都看向那艘船。

美國水手首先出現。他們三五成群地沿著船舷站著，撐起前臂，觀看著周圍的一切。梅子聞到空氣中突然瀰漫著酸味，像嘔吐物的味道。隨後在舷側架了一個舷梯，從船腹走來了第七十軍的英雄們。樂隊奏起進行曲，接待委員會的成員們在碼頭上立正，彷彿他們自己也是士兵。眾人還想再次歡呼，但卻有些不對勁。

「為什麼苦力先下船？」梅子問。兩個沒穿制服、也沒穿靴子的男人走出舷梯，環顧四周，就像剛睡醒一樣。每個人肩上都扛著一根竹子，而不是步槍，上面懸掛著鍋子和其他陶器。他們猶豫不決，彷彿懷疑地面的堅固性，小心翼翼一步一步前進。近看他們就像乞丐。委員們似乎在等待一位將軍，可以代表軍隊接受歡迎。一時之間沒有人動。

「那些人不是苦力。」爸爸難以置信地低聲說。「那……是第七十軍。」

士兵們看到茶點加快了腳步。第一個士兵已經抓起盤中的飯糰，一個塞進嘴裡，兩個塞進口袋裡，示意戰友們快點。就像一群流浪漢從船上湧了出來。他們穿著草鞋或赤腳，無視接待委員會，兩分鐘內就清空了所有桌子上的茶點。其中沒有什麼人攜帶武器，只有雨傘和捲起的草墊。沒有人發號施令，也沒有人維持秩序。當他們看到日本人列隊行禮時，髒話滿天飛，梅子聽不懂，但她能感受到壓抑已久的仇恨。沒有發表任何講話，也沒有握手；外地人一個接一個下船，朝著他們敵人在地上吐口水，然後消失在人群中。這看起來不像是一場儀式。

梅子第一次對她的祖父感到同情。他搖著頭，站在其他人的圈子裡，似乎還在等待誰來，好表達他一日新啟的喜悅。父親也顯得無語。人群漸漸地散了。船舷旁的美國水手發現幾個女人正在清理桌子上的雜亂，於是吹口哨引起人們的注意。「我們也該快點走了。」爸爸最後說。

「這支軍隊打敗了日本人？」她問。「怎麼可能？」

他沒有回答，而是把手搭在她的肩膀上。祖父解下肩帶，捲起來。陰雲密布的天空下，港口的海水顯得灰暗，海鷗的叫聲聽起來像是在驚嘆地面上的奇觀。這便是所謂的「光復」。日本軍樂隊仍在演奏。

☆　☆　☆

「我們的帳簿沒有問題，」山下所長靠在椅子上說。「我們沒有什麼可隱瞞的。我唯一擔心的是對方不會帶翻譯。或者您會說中文嗎，李桑？」

他遺憾地搖搖頭。他隱約看到拋光的紫檀木桌面上映出這個動作。「幾乎不會。」

「即使您父親曾經經營過書院？」

「那是在我的出生之前。」這並不完全正確，他小時候學過中文，在一定程度上能讀寫，但幾乎不會說。「我是皇民化運動的產物，」他補充說，心裡想著「受害者」是一個更準確的詞。

「正如您所知，我一直是它的大力支持者。或許應該早點開始，更果斷地執行。」所長貪婪地吸了一口菸。「我想現在沒什麼區別了，對吧？」

對您而言並非如此，他想。現在他們幾乎每天早上都會進行同樣的談話，中間有長時間停頓李先生會沉浸在自己的思緒中。外面是一個難得的美麗秋日，山頂在藍天的襯托下顯得格外突出。軍隊十天前已經抵達。由於他的上司有自己的消息來源，李先生沒有告訴他那一尷尬的場面。金瓜石一直還沒有軍方代表出現，但地方上的氣氛已經發生了變化。突然間再也看不到日本國旗飄揚。起初沒人知道如何處理旗子，後來聰明的媽媽們想出了用布料縫製孩子褲子的主意，現在大家都在笑，因為那些小孩子看起來像狒狒，紅屁股。他也聽過有人說旭日東昇到屁股上了這樣的話。

「您想好我們要怎麼迎接那些長官了嗎？」所長的臉上浮現出一抹惡意的笑容。「也許準備一些點心？據說在基隆，他們看起來相當飢餓。」

「我認為第一次拜訪可能更具非正式的性質。」

「商務會談，對吧？只有水和茶。」

「所長希望我在場？」

「當然。雖然不是我能決定的，但我強烈希望李桑將來負責人事部。這會讓我有一種儘管一切如此，還是取得了一些成就的感覺。沒有人比您更了解當地工人。我會替您說幾句好話的。」

他鞠了一個躬，但是感謝之意說不出口。有時所長似乎有某種刻意的惡意，不願放他一馬，反而不斷加重他的罪孽。「你還在等什麼？」他的妻子一次比一次更不高興地問他。對梅子提回到這裡還為時過早，但他還能指望什麼呢？在臺北的三哥決定先靜待事態的發展。聽說，共產黨叛軍已經占領了滿洲，以防止日本武器落入蔣介石軍隊手中。完全不確定一年後他能賣什麼、賣到哪裡——基本上答案和當時一樣：暫時不行。很可能是永遠不行。

「別擔心，李桑。」山下先生看著他，彷彿能讀懂他的心思。「新的礦山經營者不會想放棄您的專業知識。從您聽到的情況來看，中國人似乎什麼都缺乏。沒有他們的美國老闆，他們根本就不會在這裡。」

「我想請問所長自己未來有什麼計畫嗎？」因為他從未提及過這一點。據說，日本富人成立了一個名為「蓬萊俱樂部」的協會，表面以幫助有需要的同胞為藉口，實際上是為了保護自己的利益。自投降以來，將金錢和貨物運出臺灣已成為一件複雜的事，但這並不是俱樂部的唯一目的。據說，如果單身女性以其他方式表達感激之情，他們會特別願意提供幫助。

「我自己的計畫是吧。」所長微笑著伸手去拿香菸。「這麼說吧，我認為我在這裡的任務還沒有完成。這裡的礦產為私人所有；如果中國人想要它們，他們就必須向我們提出報價，否則就是侵占。」

「當然，是的，」他說，同時懷疑這些年來是否沒有注意到，他的上司究竟是有幽默感，還是有些瘋狂。

兩天後，當李先生站在辦公室窗前時，一輛骯髒的吉普車停在外面。車門上國民黨的白日標誌一眼就可以看出它的前身是美軍的五角星。四名男子下了車，其中三名穿著制服，一名穿便服。從最近以兩種語言出版的報紙上，他了解第七十軍的故事，這支部隊與日本作戰了八年，參與了一些最血腥的戰鬥。上海、武漢、南昌、長沙然後返回沿海。不是勝利者，這些最後的倖存者已經從基隆上岸了，其中許多人幾乎和自己的兒子一樣年紀。憔悴的娃娃臉、暈船和營養不良，從那以後他偶爾會夢見這些人。現在他感到肚子裡翻攪，部分是因為他自己的飢餓。希望那名穿便服的是本地人。

下午五點鐘，同事們都已經離開辦公室。當所長走到他面前時，四個人正站在門外環顧四周。其中一人用手指指著這個區域，就好像他很熟悉這裡一樣。「我想那四個您都不認識吧，李桑？」

這是一個毫無意義的問題，他用搖頭回答。下一刻，其中一名男子指著他們的窗戶，他們嚇了一跳，向後退。「我應該去迎接他們，」山下先生說。「李桑，麻煩您準備茶水。除了您，沒有其他人可以幫忙了。」

「當然。」他剛把茶壺倒滿熱水，一行人和所長就進來了。兩名是憲兵，站在門口，第三名身穿制服的男子似乎是長官。「這是什麼人？」他用中文問，因為所長沒有回應，李先生自我介紹自己的中文名字。冰冷的目光審視著他，彷彿他是一件多餘的家具。「臺灣人嗎？」

「是的。」

「說日語？」

「是的。」

他沒聽懂下一句話，請求對方再重複一次。不出所料，穿便服的人擔任翻譯。很難說他是臺灣本島人，還是從福建來的，因為福建很多地方都說著同樣的方言。「告訴所長不要發表我們聽不懂的演說。只有被問到的時候才說話。」他的目光似乎比長官的還要冷，似乎從一開始就刻意要排除任何形式的親近感。

李先生點點頭，轉向他的上司。「看來幾位先生不懂日語。所以他們要求透過我進行溝通。如果所長同意。」他試圖忽略那些男人嘲笑的表情。現在他只能希望山下先生不要激怒任何人，最重要的是，避免使用「侵占」這個詞。

「請坐」是下一個命令。四人在會議桌前坐下，李先生倒茶，看到制服上的名字——郭上校。一個消瘦的男人，手勢節制略顯奇怪，像是刻意練習過的動作，接下來的五分鐘他向他們解釋新的情況：從現在起，金礦受國家軍隊的控制。憲兵接管警衛工作，未經明確許可，任何人不得進入該地區或移走物品，無論是工具還是文件。上校宣布了未來幾天的全面盤點。他期望充分合作和毫無保留的坦誠。「暫時就這些。有人有問題嗎？」

李先生在翻譯中把指示轉譯成善意的建議，但山下所長搖了搖頭。「這個礦場，」他解釋說，「屬於日本礦業有限公司所有，而不是國家所有。只要沒有規範私有財產轉讓的協議，舊的財產關係就會繼續存在，不是嗎？請告訴這些先生們我願意將提議轉發給我們的總部。否則的話就是——」

「請原諒我打斷。」這是他在礦場工作以來第一次這樣做，他立刻就出了汗。他感覺他多年以來一直都踮著腳尖走路、低聲說話。像個僕人一樣低頭點頭。「在我看來，此時——」

「日軍已經投降了，李桑，」所長生氣地說，「我們沒有。」兩根手指撫摸著他上唇的小鬍子。拇指和食指，那不是緊張的抽搐，而是一種泰然自若的表情。

「有什麼問題嗎？」上校不耐煩地向前傾身。「也許我可以幫忙解決問題。」

「山下所長想考慮以下事項……」他開始說。他的同事向來認為他是個精明的爪牙，儘管上司從來沒有給過他任何好處，只是他試圖對自己和其他人假裝：他對頭腦冷靜（即順從）的當地人心存善意。在山下所長眼中，島上居民都是廉價的工人和心甘情願的妓女，你只需要喜歡他們。不是嗎？

郭上校不為所動地接受了翻譯。他摘下黑色手套，放在桌子上。手套的縫線已經破裂，再仔細看連制服也又舊又破。

第七十軍走過八年的地獄。有些連隊在一次戰役中不得不多次補充新兵，才能彌補損失。在基隆，這些士兵從跌跌撞撞上陸，像一群蝗蟲一樣襲擊了這座城市。他們在商店裡拿走他們想要的東西，卻沒有付錢，他的父親因為羞愧而兩天沒有說話。下一刻，上校打了所長一巴掌，聲音像槍聲一樣在牆壁間迴響。兩名憲兵突然抓住了槍套，李先生感到自己的心跳到了喉嚨。他不敢看上司。

郭上校接下來的話，他的翻譯這麼說：「如剛才所說，今天我們差不多結束了。只剩一件事……所長桑。」最後一個字，他幾乎是朝著所長的頭上吐出：「金子在哪裡？」

李先生只能低聲說：「他們問我們的保險箱裡是不是還有黃金。」

「您自己也知道的，李桑。」

「恐怕他們想聽您說。」

所長不情願地解釋了為什麼開採工作停擺了幾個月。這次，上校向憲兵示意。他們一言不發地抓住山下先生的手臂，把他拖進隔壁的辦公室，並關上了門。之後，一片寂靜。郭上校從桌上拿起一根日本香菸，點著了。他把菸含在嘴裡良久，然後呼出一口氣，將菸盒推向翻譯。他的目光轉向天花板。「李先生，在礦場您是做什麼的？」

「我在人事部門工作，」他說。隔壁的兩聲重擊聲中斷他的話，但一個手勢鼓勵他繼續。

「我主要負責僱用和解僱本地工人。」

「我明白了。您的家鄉在哪裡？」

「我來自基隆。我的兩個哥哥在瑞芳經營一家煤礦，您可能知道。」他沒有提到他的父親曾是碼頭接待委員會的成員，他鼓起所有勇氣說：「確實沒有黃金了。在運輸路線中斷之前，所有東西都被送到日本了。」

「我們會找出真相，」上校讓他的翻譯傳達。「此外，您應該考慮一下其他事情：就目前情況而言，您能做的是救自己——或者傷害自己。這是您的決定。您知道，背叛不過是一種錯誤形式的忠誠。」說完，他掐滅了香菸，站了起來。走到所長辦公室門口，他又轉過身來，直視著他的眼睛。要不就是他沒有感到輕蔑，或者他認為沒有必要表現出來。「相信我，李先生，我是在幫您一個忙。現在礦場是我們的了。您被開除了。」

不久之後，他站在大門外。太陽已經消失在茶壺山後面，最後的陽光灑在周圍的山峰上。他沿著鋪好的小路慢慢地走著，這是他很長一段時間以來第一次不想去散步。可能要過幾個星期，新主人也會沒收日本人的宿舍。首先他們想要的是黃金。雖然可以想像，所長私藏了一點黃金想藉蓬萊俱樂部的幫助將其帶回日本，但李先生認為這不太可能，此外……被解雇了，他想，同時口中感到一種苦澀的味道。如果郭上校是對的，那麼忠誠與背叛其實並沒有什麼區別，只是環境改變了而已。一面旗幟降下，另一面旗幟升起。一人胸前獲得了一枚獎章，另一人則被拳頭打在臉上。至少頭上沒有中彈，他想，但他的臉頰像被打了一巴掌一樣火辣辣的。

當他快到所長住所時，有人朝他走來。從前這條路上人來人往，現在越來越空曠，就像上面的聚落一樣。齋藤夫婦剛搬出去。前一天晚上，他抑制不住好奇心，從廚房的窗戶爬進了田中夫婦的住所。裡面的一切似乎都沒有改變，屍體已被移走，其他任何東西都沒有被碰過。家裡已經沒有後人，兩個兒子都戰死沙場了。他在門梁前站了一會兒，沒有看到任何繩子的蹤跡，試著想像著當時的情景。只在書架下發現了一個翻倒的凳子，所以他可能先幫妻子，然後結束了自己的生命。最後對天皇獻上歡呼。萬歲！

他並不覺得同情。如果由田中先生來決定，本地人的家庭不會被允許住在中間的住所裡。

「李桑？」

他驚訝地停了下來。看所長家的土地就知道已經沒人照料了：碎石路上落滿了樹葉，車道上長出了小草。起初他以為和他說話的人是山下夫人，但其實是梅子的老師。她尷尬地低下頭，彷彿他發現她做了什麼不該做的事。「好久不見，」她彷彿在道歉地說。

「您好。我以為老師已經不住在金瓜石了。」

「是的。我突然很想看看我們在嘉義的房子……」她搖搖頭，勉強笑了笑。「這恐怕不是一個明智的決定。」

「您……我是說，您好嗎？」她的尷尬感染給他，仔細一看，她看起來好像已經有一段時間無家可歸了。頭髮看起來沒有洗過，裙子的下襬很髒。然而他聞到的可能是他自己的汗味。

「這是一個非常的時期，不是嗎？」

「毫無疑問是的。有什麼可以幫到您的嗎？」

「嗯，我是想見山下所長——。我有件事……李桑可以告訴我在哪裡可以找到他嗎？」

「恐怕他正在開會中。」他手指了指身後。「一個中國代表團來了，討論交接事宜。」

「我明白了，是的。」她的眼裡除了尷尬和疲憊之外還有什麼，他一時看不出。幾乎像既希望又害怕在所長家找到他。除此之外，她還是一如往常的美麗。

當她用手擦眼睛時，他巧妙地移開視線。花園看上去幾乎荒蕪，池塘裡的水也快乾涸了，當他往下朝入口看時，他已經預料在門前發現她的行李箱。或者說他對她的淚水解讀太多了？「我不知道李桑會怎麼看我，」她輕聲說。村子裡所有的日本人都感到絕望，男人喝酒，女人幾乎不停地哭泣。他猶豫地向她邁近了一步。她流下眼淚，但表情保持不變。這是他第一次真正意識到，實際上一切已經結束了。他再也不會滿頭大汗地站在紫檀木辦公桌前跟在上司唯唯諾諾說話了。他幾乎對上校心懷感激。山下先生已經沒有什麼可以期待或害怕的了，他已經一無所有。

我們自由了，他想，但不知道這意味著什麼。從一切中解脫出來？有權利做些什麼？「我想，」他輕輕地抓住老師的手臂，「妳最好先跟我來。」

9

在他的夢中，他們只追趕他。沿著整個海岸線，學生們都在忙著挖蜘蛛洞，之所以這麼叫，是因為即使是比他矮小的人也幾乎無法鑽進去。在狹窄的海灘上挖一個這樣的洞需要半天的時間。沙子下面是堅硬的地面，當他看向水面，海洋看起來像液態金屬。所有人的手都起水泡，皮膚被晒傷。為了聽得更清楚，必須閉上眼睛守衛；只有當空氣開始振動時，才可以打開眼睛，但只有當飛機失去正常飛行高度並開始在海上盤旋時才會發出警報。通常是野貓或海盜戰鬥機。飛得越低，聲音就越尖銳。嗚嗚嗚。沒有防空防禦，他們可以隨意選擇目標，雖然他只是眾多目標之一，但下一刻他就感覺到飛行員的目光落在他身上。嗚嗚嗚。有時飛機會在刺眼的陽光下消失幾秒鐘。不站崗的人，不可以抬頭，繼續挖掘。軍官說，等敵艦到來，必須挖好一萬個洞。然後呢？

為天皇而死。嗚嗚嗚。

當呼叫聲響起時，他清楚知道下一棵樹在哪裡。他並不驚慌。為了平行於海岸進行攻擊，飛機在俯衝之前會進行最後一次環繞。每個人都在奔跑，他停下來觀察飛行軌跡。作為一名投手，他對此有些了解。當他們以四十五度角射擊時是最危險的，此時他們瞄準得最好。如果下一棵樹太遠，他就會仰面躺下，睜大眼睛。現在他已經能聽出不同砲彈之間的區別，但他有一種感覺，自己正處於射手的十字準線中。織田教練過去稱之為預測。

飛機已經很低了，他可以看到飛行員的頭。每個機翼下方各有三挺機槍。如果他準確跟隨射擊線，必要時他可以在最後一刻翻身，他信賴自己的反應。海岸上空呈拱形，呈深藍色。第一輪射擊在他前方幾百公尺的地方。二十毫米，他想，平躺在乾燥的地面上，瞇著眼睛以防沙子進入。他曾經看過一頭牛被撕成碎片。不知為什麼，他沒有祈求保佑，而是想到他妹妹的臉。下一刻，飛機的轟鳴聲變得震耳欲聾，他看到了那張戴著飛行員護目鏡的臉，感覺到了胸口的心跳和死亡的臨近……然後他醒了過來。

在他的床上，在三伯家。

有那麼幾秒鐘，他同時生活在兩個世界裡。金屬怪物在他上方滑過，聲音從打開的窗戶飄進來。不，沒有聲音，它們仍然是夢境的一部分：男孩們從藏身之處走出來，撣掉衣服上的灰塵，互相呼喊。這個時候屋外一片寂靜。他躺著，拉開被子，緩慢地吸氣和呼氣。最終，戰鬥機幾乎每天都出現，加上飢餓和高燒，直到有一天，有人說：出發到臺北！沒有人說日本輸掉了戰爭。當他們抵達時，市中心已是一片廢墟，瀰漫著死亡的氣息，但高等學校卻奇蹟般地倖存。據說是多虧一位現在為美國海軍工作的前英語老師。巧合通常是更好的解釋。

因為不用上學，第二天早上敬治起得比平常晚，店裡的主管們可以和家人一起吃早飯，但當他走進大廳時，大餐桌上除了他的餐具之外空無一人。稀飯配醃菜、新鮮的饅頭和熱豆漿。燕子在屋簷下築巢，他吃東西的時候，外面就傳來嘰嘰喳喳的叫聲。在臺北，冬天在二月就結束了。戰爭結束已經六個月了，他每天早上醒來都感到飢餓，感覺胃裡好像有個洞。當伯母進來的時候，他已經喝完了第一碗粥。她不以為然地搖搖頭。「反正快也跟不上通貨膨脹，慢慢吃吧。」

「早，」他說。「茶葉蛋沒有了嗎？」

「你要？」她在門口停了下來，雙臂交叉。她的兩個成年兒子住在山上的茶園裡，那調侃的語氣是為了掩飾她心中的某個位置現在屬於他了。「基隆李家的人胃口大如牛，」她說。「如果有必要的話，他們可以吃木屑。」

很有可能，但他從個人經驗中只知道花生殼是可以食用的，當然還有楓樹，還有某些樹的樹皮。有一次，正雄弄到了蠶蛹，但沒有透露在哪裡找到的。比預想的還要脆。

「你伯父還在家裡。」她說，彷彿在回答他。

「我想參加今天下午的聚會。」

「就我所知他有其他計畫。」她接過他的碗，當她回來時，第二碗粥上面放著一顆茶葉蛋，那是她為他保留的。「慢慢吃，少年家！什麼東西都變得越來越貴，但你伯父已經有所準備。有時我覺得嫁給一個商人是明智之舉。」

他嘴裡咀嚼，只能點頭回應。從第一天起，他就覺得在大稻埕有家的感覺。明亮的房間裡不僅飄著茶香，還有一種被他稱為「現代」的氛圍，他找不到更好的詞來形容。記者和作家在店樓下聚會討論當前的政治。現在大陸人和之前的日本人一樣不受歡迎。物價飛漲，進出上海的走私活動猖獗，盜竊增多，甚至入室盜竊的情況也時有所聞，但三伯夫婦卻以充滿愛意的幽默，面對當前的環境。夫妻之間不斷互相戲弄，敬治在自己父母身上從來沒有見過。他已經喝完第二碗粥了，樓梯上傳來腳步聲，但他還沒吃飽。剛開始在海邊他們每天可以吃到一個紅薯和醃西瓜皮，但後來大家都得自謀生路。如果沒有正雄，他可能辦不到。

「早。」三伯一如往常拿著一疊商業文件。如果有必要，他可以同時與三個人交談，同時讀一封信。「今天不上學？我的日曆上是星期六。」

「早。師資短缺。賀久先生和山田先生上星期走了，還沒有接替的人。」他雙手捧著杯子，對著熱豆漿吹了一口氣。「這樣我下午就可以和你一起去。」

「走了，去哪裡？」伯父問，沒有回答他的話。

「據說很快就會有船了。」

「那是給軍隊的。其他人都必須耐心等待一段時間。順便說一下，我昨天和你爸爸通了電話。」

敬治喝了一口豆漿，已經猜到接下來他要面對的事。大多數時候他可以拿做作業當藉口，馬上要有重要的考試了，但每個月他必須聽話去一次基隆。「大家都好嗎？」他問。

「你的火車票在辦公室，」伯父回答。

「真的一定要在今天嗎？……那個聚會呢？」

「等你明天回來我會告訴你情況。」三伯放下手中的文件，忍不住笑了起來。「人家會以為我把你送回海岸。為了你妹妹就去一趟吧！而且要確保你錄取預科課程，否則你爸爸會說你也可以和他們住在一起。」那所高等學校——當然已經有其他正式的名稱——即將成為一所師範學院。並且只有部分學生被允許參加兩年制課程，之後才能進入大學。其餘的人將被降級為普通高中生。

「在基隆，」他說，「停課情況比我們還嚴重，儘管他們僱用所有會寫自己名字的人。中國沒有合格的老師嗎？」

「許多人在戰爭中喪生，不要忘記這一點。我們要有耐心，好老師終會到來。要是老天爺願意，甚至會有有能力的官員出現。」三伯是一個公平的人。他不會美化政府的錯誤，而是試圖做到公正。用法定價格對抗失控的通貨膨脹只會幫助走私者，但日本人仍然將一箱箱現金送到島上——大家都很想知道，怎麼辦到的——也是無濟於事。作為對策，將引入大陸貨幣，從目前的情況來看，似乎是一個壞主意。沒有人相信能和共產黨長期合作，更有可能的是一場新的戰爭。這一切都很複雜，而且非常令人緊張，但敬治從不錯過任何機會去聽在樓下見面，每天研究報紙的博學之士們的談話。認識了一些像吳先生這樣的專欄作家，讓他覺得自己離發生的事件很近。最近他陪伯父參加當地商人的聚會，討論尋找擺脫危機的方法，但現在伯父拍拍他的肩膀說：「你還有一個半小時的時間。票旁邊有一本給你妹妹的筆記本。她正在努力學習中文，但最近連紙張都缺了。代我向大家問好！」

三點多他在基隆下了火車。他從未喜歡過這座城市。一陣寒冷的海風吹起帶來烏雲。空襲在這裡造成的破壞比臺北還要嚴重。港口倉庫的殘餘部分充當了等待遣返的日本平民的避難所。去年年底，政府宣布所有外國人都必須離開臺灣，無論他們是否願意。他們只准許攜帶必需品，當敬治從車站走向港口時，他看到人們蹲在他們攤開的物品前。曾經可能是教師的男人自願成為搬運工，到處都有女人低著頭站著，顯然是在等待男性顧客。一切改變得多麼快啊！他的家人最近住在海港盆地這邊光禿禿的山坡上。那座散發著潮濕水泥土氣味的小屋曾經屬於一位英國傳教士，但他只去過那裡一次，週末大家都在祖父的紅屋裡見面——敬治在那裡也同樣感到不舒服。伯母說那裡的風土人情讓她想起了明朝的小說，她說的沒錯。

幾公尺外，一個男人和他的女兒坐在常見的商品前：鍋、盤子、茶具和花瓶。那父親戴著一頂平頂帽，女孩比梅子小一點，看上去茫然無措。在臺北，他看到過路人在路過的時候斥責小販，他想知道為什麼自己對這個島嶼的前主人沒有怨恨。作為本地人，他總是必須沿著距離最近避難處最遠的海岸線挖掘。儘管如此，他還活著；在一次炸彈襲擊後，他們將他最好的朋友的遺骸草草拼湊在一起，然後埋葬，沒有用棺材。這有天理嗎？最近一位美國的空軍將軍來到茶行，他正從菲律賓回國的途中，對聖路易斯世界博覽會充滿了回憶，他小時候就是在那裡第一次聽到福爾摩沙這個名字的。三伯自發地從牆上取下了一張展覽海報遞給了他，敬治和他握了握手，心想：我可能以前見過你們的一位飛行員。如果通過考試，他想在兩年後攻讀醫學，好更了解人類的本性。命運只是巧合的另一種說法嗎？他活下來是理所當然，或者他欠別人什麼？伴隨著他來到紅屋的是沒有答案的問題，那天晚上，當他聽著其他人的談話時，他像往常一樣感到孤獨。飯後男人們回到露臺房間抽菸、喝小米酒。大伯紅著臉，罵大陸人都是狼狽為奸，總是想盡辦法來占本地商人的便宜。女人們在旁邊低聲談話。藍色的煙霧在高高的天花板上繚繞。

人能欠死人什麼嗎？如果能，欠什麼：他的命？你又該如何償還？

「你們知道他們想出了什麼辦法，讓我們的煤炭賣得更便宜嗎？」大伯環顧四周，見沒人舉杯，他又給自己倒了一杯。「他們」在這裡指的是對岸的商人，和官員一樣貪婪和腐敗。「首先，那些惡棍派了一位工業部的代表到我們這裡，並準備好一份合同。上面寫著，從今以後，政府機構將組織煤炭貿易，並支付我們市場價格的八成。聽起來好得令人難以置信，但無論如何我們別無選擇。就算我們找到其他買家，火車也會突然沒有空位。所以我們簽了，那他們做什麼？不是設立一個機構，而是設立兩個機構。一個從我們這裡買下煤炭，然後以賤價賣給另一個——按照合同，我們得到的八成價格幾乎是零。第二個機構以一百倍的價錢把煤炭賣到上海。」他的笑聲帶著醉意和苦澀。喝了第四、五杯之後，除了「該死的吸血蟲」之外他可能還能想出更糟的髒話。二伯還說，高雄警察局長雇用了四十名親戚，並解雇了同樣數量的本地警察。就連他的姘婦現在也有薪水——作為技術助理。

有時候敬治感覺到父親的目光落在他身上。找到工作之前，他每天早上會來這裡跟私人導師學習中文。他幾乎不參與兄弟們的談話。吳先生聲稱，臺灣人有所有被壓迫人民的典型問題：他們怨恨統治者，但無法獨立思考，最終導致冷漠和自我厭惡。他稱之為殖民主體的矛盾。他的父親可能也是如此，敬治心裡想。從自己的惡夢中醒來，他很高興自己還活著。有一天他也會陪伴這些博學的男人從茶行走到天馬茶房，夜晚在女性陪伴下討論輕鬆一點的話題，來結束一天。好奇心也是飢餓的一種形式，只是以不同的方式滿足。過去在球場上，他每次投球前都會停下來，聽聽自己的聲音，並對自己說：你是無敵的。如今他不禁笑了起來，但在某種程度上他仍然相信這一點——也許這在海岸救了他的命？也許一切都取決於在關鍵時刻採取正確的行動。他知道怎麼做。

☆　☆　☆

躺在離地有高度的床架上他感覺很奇怪。這讓他想起了去三哥家的情景，但現在他躺在自己的床上，一翻身，床墊就搖晃得像水中的船一樣。白色的牆壁讓房間顯得明亮，甚至在夜裡仍有淡淡的光輝，讓他感覺暴露無遮。妻子不願意暫時住紅屋好存一些錢，而是堅持要搬家。她的煩躁情緒一天比一天嚴重，他的頭髮裡出現了幾縷白髮，睡不著的時候，他對她的呼吸聲感到一種難以抑制的厭惡感。

他小心翼翼地掀開被子，走到隔壁。

他真想用紙遮住大前窗。這是一棟西式房屋，有三個小房間，傾斜的木屋頂下有一個閣樓。所有的聲音都在牆壁上產生沉悶的迴響，還有一股刺鼻的霉味。隔壁住著港務局的新任局長和他優雅的年輕妻子以及三個兒子。貨運業務的重建是當務之急，如果航運交通不正常，臺灣就無法按照新主人的意願進行開發。他清楚地記得他的父親是如何迎接殖民時期的結束的，就在不久前，但春天情況正在以驚人的速度惡化。一斤米八圓！最後一批日本兵剛離開臺灣，街上就出現了海報：「狗走豬來」。他們搶走了一切，在臺北連垃圾車都被沒收，用來運兵。大陸方面，有傳言臺灣人即將實行徵兵制。島上的新砲灰！經過激烈的抗議後，總督稱該計畫已經擱置，但很長一段時間沒有人相信他的說法。在對岸被紅軍射殺的人，就再也不能在這裡製造麻煩了。俗話說「一石二鳥」。

有幾天他覺得自己快要窒息了。四十多歲，他回到學校學習祖國的官方語言。他必須努力跟上女兒的進步，但更好的工作無論如何都留給了大陸人居多，就像日本人過去一樣。此外他不再是二等公民，而是一個通敵嫌疑人，是大敵的奴隸，是中國人民的叛徒。當一個男人努力養家餬口，他們現在就這麼稱呼，……為什麼他們不立即讓他站在牆壁前把他槍斃？有時他看著鏡子，都不知道自己看到的是誰。

他手裡拿著菸，走上露臺。他們的房子坐落在一個陡峭、人煙稀少的山坡上。在他的下方是方形漆黑的內港，只有兩條被雨水浸濕的小路從那裡通往上面。起初他覺得住這裡不方便，但是此時他突然意識到遇到緊急情況這裡會更安全。透過隔壁房子的寬大全景窗戶，他看到陳家夫婦就像坐在客廳裡的舞臺上一樣。那位太太是臺灣人，總是穿著絲綢旗袍，燙過的頭髮仔細地往後梳，她的丈夫從對岸來的，見到他從不招呼。天氣好的時候，兒子們在花園裡踢足球，兩個大的比敬治大，最小的和女兒讀同一所中學。他只在不小心的時候會叫她梅子——她應該習慣她的中文名字，儘管這對她來說有點困難。但他的情況有差別嗎？

再也沒有人叫他李桑了。

他慢慢地吸了一口菸，然後又吐了出來。三層的港務局大樓就在他的正下方，十幾分鐘的路程，人力部門的職責應該和礦場裡差不多。要不是陳先生如此不願多說、難以接近就好了！他的高傲就像隨身配戴的一枚勳章。據說，外港要擴建以提高運量，這將需要許多新員工。下午，當他從紅屋下課回到家，想要獨處時，他就會沿著海岸散步很長的一段路。他不得不偶爾翻過堆積如山的瓦礫，才能到達倉庫旁邊的圍欄區域，那裡有憲兵看守，戰爭結束後好幾個月，仍有數百名日本人在那裡等待，被隔離，彷彿他們患有傳染病，考慮到災難性的衛生環境，這似乎很有可能。上一次本田靜子面容憔悴，臉色蒼白。她坐在行李箱上，肩上披著一件舊外套，對他的招手沒有回應。他不敢叫。除了讓自己陷入不必要的危險之外，他再沒有什麼可以做的了。他父親常說，你必須觀察風向並調整頭盔。

最好是把頭盔拉低遮住臉。

這一年剩下的時間就像墜入無底深淵。每週日他們三人都會去紅屋，那裡到處都是蠟燭，因為經常停電。現在連火柴也短缺了，當男人在晚飯後討論局勢時，他們驚嘆比一星期前還要令人沮喪。他的父親幾乎不再說什麼。夏天，中元節被取消，因為總督覺得在服裝和燈籠上的大量開支不合時宜。商人應該繳納一筆款項到政府基金，以確保他們對被沒收的日本人財產的所有權。股票以千圓面額的鈔票形式發行，但一旦找到買家，就會停止流通，「以穩定貨幣市場」。不久之後，舊幣被完全廢除，並被新臺幣所取代。他父親沒有透露自己損失了多少資本，只是在被問及時，表示中元節取消很可惜。日本人的財產都被大陸人瓜分了。

土地稅一下子漲了百分之三十。據說是用來興建新學校，但事實上所有的錢都投入了反對共產黨，沒有人願意稱之為內戰的鬥爭，但那能改變什麼呢？當銀行突然扣押所有未償還的貸款時，第一批人認為南京政府已處於崩潰的邊緣，總督正準備獨自統治臺灣。還有人聲稱，如果中華民國放棄對臺灣的主權，美國將免除其所有債務。「你應該學英語，而不是中文。」一個星期天，大哥苦笑著說。事實是，他不知道該怎麼辦。有時他一個晚上就抽了很多菸，以致回家的路上頭暈。他的妻子告訴他，女兒的第一次來了。妳來處理，他回答。他一個字一個字地解讀《民報》上的文章——哦，對了，日語現在被正式禁止了！——並且想知道，臺灣不正常的情況人們還能公開地譴責多久。回到福建後，總督很快就處理了他的批評者，有什麼可以阻止他？似乎沒有什麼是不可能的了。一天晚上，當他們談論到最近一波的解雇潮，而且只有臺灣官員，大哥突然把玻璃杯往牆上一扔，失控地大喊：「這些王八蛋，撒謊的混蛋，該死的豬頭以為自己是誰！」

女人們嚇壞了，紛紛躲進廚房。父親抗議在他的屋裡有人咒罵，但沒有用。當然大哥是喝多了，但這不是重點。相互的蔑視已經變成了隨時可能爆發的純粹仇恨。就像當時的金瓜石：跡象加劇，危險逼近，而他無所作為地等待。在變遷和混亂中，每個人都有自己的方式保持自己的原則。

☆　☆　☆

某一天晚上，有人來敲門時，他們已經在基隆生活了一年半了。八點剛過，梅子坐在自己的房間裡練習中文和日文的不同寫法。例如，國家或黨派。她的第二學期即將結束，她像第一天一樣討厭學校。那座建築看上去就像一座廢棄的工廠。當風從海上吹來時，油的氣味會透進漏水的窗戶滲入，下雨時天花板會滴水。她還沒有找到朋友，總之維持不久。越來越多的家庭搬到了鄉下的親戚那裡，在那裡他們可以自己種植水稻，有幾次她與同學約見面，但幾天後卻白白等待。換老師的速度之快她來不及適應他們的口音。大多數的老師是來自大陸的退伍軍人，他們像礦工一樣咒罵日本人和共產黨人。張老師只有一套西裝，看起來像晚上也穿著睡覺。

「會是誰？」她聽到媽媽從廚房裡大喊。爸爸走去應門。

除此之外學校的水準也低得可怕。地理課上，他們學習了各種剿匪行動，數學課上他們把一萬迫擊砲分發給軍營，同時要配備某數量重砲，這已經超出張老師的計算極限。有些調皮的學生小聲議論，結果就是戰略撤退，但她不是其中之一。

在基隆中學，還是不要引人注目得好。有一次，她不小心以日語說出「臺北」，結果被老師用尺打了手指二十下。

現在她放下筆，聽著。外面似乎有兩個人正在和她爸爸說話，一男一女。只要他們站在門前，她什麼也聽不清楚，但過了一會兒他們進來了，梅子注意到那個女聲說的是臺語。她先把耳朵貼在門上，然後把門打開一條縫，令她驚訝的是，她認出是隔壁的那對夫婦。他們帶著最小的兒子，看上去既激動又尷尬。陳太太似乎在翻譯。當梅子離開房間時，鄰居太太對她短暫地微笑了一下，然後立即又看向爸爸。幾乎是懇求的眼神。

「我了解您的擔憂，」他說，「但是您希望我怎麼做？」媽媽一踏進客廳敞開的門口，陳太太就把注意力轉向了那裡。

「您好，」她熱情地喊道。「請原諒我們突然造訪，但我們不知道還能做什麼。」

陳先生清了清嗓子。頂上的燈光反射在他的圓眼鏡和油光的頭髮上。他似乎想要制止他的妻子，但她已經在說她的家族是臺南人，臺南廖家，一個古老的商人家庭。她自己在年輕時搬到大陸，戰爭期間她和陳先生住在需要他的地方，直到他最終得到了負責這裡港務局的工作。只是暫時的，幸運的是損壞很快就會修復。她連忙拉住兒子的手臂。「我們最小的孩子。」她說的每一個字似乎都想讓媽媽放心，她們是站在同一邊的，當她丈夫覺得難以忍受時，他打斷了她，用中文說：「我們不應該來這裡的。」他的方言聽起來和張老師的很像，眼神也一樣嚴厲。

「您不認為您可以……」陳太太再次轉向爸爸。她披了一件外套來擋雨，現在外套敞開，露出裡面穿著的優雅旗袍。她的打扮就像是剛參加完晚宴，但眼中卻閃爍著恐懼。

「如果您告訴我，我能做什麼，」爸爸平靜地說。

「只要陪他走走。如果遇到什麼人，請用臺語和他說話。可能沒有必要，但您這是幫我一個大忙。」

「您丈夫也這麼想嗎？」

接下來，鄰居用中文低語了片刻。這次的造訪很奇怪——她爸爸要陪陳先生去哪裡？而且還要用他不懂的語言和他說話。這時候兒子站在父母中間，盯著她。就連他的嘴也張開了。當她用緊閉的眼睛回應他的凝視時，他仍然沒有移開視線。

她真想對他伸出舌頭。

「是的，」陳太太最後說，「我丈夫也會感激您的。那是您的女兒嗎？長得真好看！」

「李靜梅。」爸爸介紹說她，似乎急於結束這件事。「明天早上七點。」他依次向那個女人、陳先生和他們睜大眼睛的兒子點了點頭，但他沒有注意到，直到他的母親推了推他的肩膀。在外面鄰居太太不斷地表示感謝，所以過了一會兒爸爸才回來。媽媽憤怒地舉起雙手。「這些人到底在想什麼！你是他的員工嗎？他們怎麼能要求這樣的事！」

「據說臺北昨晚出事了。」

「什麼事？這和我們有什麼關係？」

「警方想要逮捕一名非法販賣香菸的婦女。她反抗了，有人來幫她，引起人群聚集。最後有人開了槍，有人死在街上。」

「有人。不會是警察吧。」

「一位住臺北的熟人打電話給我們的鄰居，警告說臺灣人正在到處追捕大陸人。」

「他們當然這麼認為。蕃人。」

「今天，省政府門前發生了抗議活動。槍聲再次響起，然後——」

「你認識有槍的臺灣人嗎？」

爸爸翻了個白眼，因為她再一次沒有讓他說完。「我只是重複一下陳太太的話。或者他們在臺北的熟人怎麼說的。」

「聽起來比較像是大陸人在追捕我們。」下一刻，媽媽的臉色變得蒼白，大概是想起了敬治。自從他在海岸那段時間以來，她就一直為他擔心。爸爸說省政府所在地離大稻埕有幾公里遠，但她只是大喊，要他立刻給三伯打電話。幸運的是，他們現在有了自己的電話。兩人在廚房爭吵了一會兒，父親惱怒地同意了，走到隔壁。

那是二月的最後一天，星期五。當梅子走到窗前時，她看到隔壁的陳先生和他太太正在比手畫腳，好像他們也在爭吵。他們的房子比她家的大，有兩層，前院有一個陽臺，陳先生晚上都在那裡抽菸。她以為自己看到了樓上一扇黑暗窗戶後面的一張臉，但當她把手放在眼睛上以便看得更清楚時，那張臉卻消失了。

「跟我想的差不多，」爸爸在客廳裡說。

她的中文越好，當鄰居的三個兒子在花園裡時，她聽懂的越多。他們所說的方言聽起來像北方廣闊的平原和寒冷的冬天，至少在她的想像中是這樣。她在小學時沒學過多少中國地理，只學過中國事變（現在稱為抗日戰爭）的場景。最近教室裡掛著一張印有數十面藍色旗幟的地圖。張老師說，總司令很快就會把共匪全部消滅掉。她還發現兩個哥哥經常欺負最小的弟弟，但她還是很羨慕他，至少他的哥哥在。敬治最多每個月來一次，然後他就一直坐在露臺房間裡和談論政治的男人在一起。媽媽很擔心他可能會再被徵召入伍。她感覺到無處不在的危險，當爸爸試圖安撫她時，她更多的反應是憤怒而不是感激。彷彿他根本就不願理解她。

「那你們小心一點。」掛斷電話前他說，梅子這時走了過來。她的爸媽互相對看，表情嚴肅。「我也想知道，」她大聲問。「發生了什麼？他們為什麼要小心？」

他們一起坐在桌邊。唯一一盞燈低低地懸掛在桌子上方，就像當時在金瓜石的時候，田中先生在外面檢查是不是遵循燈火管制那樣。「所以確實發生了抗議行動，」爸爸開始說，他自己也突然顯得很擔心，「甚至兩邊都有人死了。現在大陸人擔心可能遭到報復，就像我們的鄰居。」

「那個太太不是大陸人，」梅子說。「她是半山。」

「那些人是最可惡的，」媽媽插嘴說。「連臺語都不太會講，卻好像整個臺灣都是他們的一樣。」「不管怎麼樣，明天我會陪陳先生去港口……」為了不再被打斷，他舉起手。「我們都看到他有多尷尬，但他太太很擔心。如果有人向我們走來，我就會用臺語跟他說話，就像我們是老朋友一樣。還能發生什麼事？」

「他穿制服，一看就知道他哪裡來的。前幾天你說他甚至不跟你打招呼。你真的認為他也會為你做同樣的事嗎？」

爸爸的表情看起來像是在努力保持冷靜，同時試圖理清事情的來龍去脈。「那個人有人脈，」他輕聲說，「別忘了這一點。他對我們的態度，我們很快就會知道了，很可能比我們預期的還快。或者妳認為政府會就這樣容忍暴力抗議？」

☆　☆　☆

起初就像是一個平常的夜晚。吃完飯敬治就回自己的房間了，還沒睡著，外面就傳來了槍聲，很快連續三槍。迴聲掠過屋頂，留下了與之前不同的寂靜。他在窗前看不清外面的狀況，原本稀疏的路燈已經熄滅，似乎有幾個男人跑到突然傳來憤怒尖叫聲的地方。他走出房間，三伯正好上樓，搖著頭。「我希望你不是想出去。」

「那是什麼？」

「你知道，那是什麼。」

「我的意思是，誰向誰開槍？」

「回你的房間，關上百葉窗。我們明天就會知道。」

「有可能發生在天馬茶房附近嗎？我聽起來像是這樣。」

三伯憔悴的臉上，皺紋越來越深。臺北的氛圍越來越惡劣，人們的耐心正在逐漸減少，像沙漏一樣，大家都在想，當耐心耗盡時會發生什麼事。「如果你偷偷離開家，被我發現了，我就送你去基隆。不管是不是要上學，明白了嗎？」

「我可沒有活得不耐煩。」

「沒有最好，你看起來很清醒。現在回房間！」敬治知道命令的背後是關心，他回到了自己的房間，但卻睡不著。他開著窗戶，在敞開的窗戶前站了一個小時，聆聽著夜色。黑暗的小巷裡時不時有影子掠過，遠處的火光倒在舞動，有一次他以為自己聽到了玻璃破碎的聲音，最後還是睡著了。雖然預感告訴他可能不會上課了，但一早他就像往常一樣整理好書包。只是他吃早飯的速度比平常更快。

「放學了就直接回家。」三伯叮囑他。「不要違抗，不要繞道，明白嗎？」

早報上沒有任何消息，但隨著員工的到來，消息跟著進來。在令人憎惡的專賣局專員突擊搜查後，天馬茶房外面發生了一起死亡事件。專賣局的專員並不想阻止香菸走私，而是想從中賺點錢，這是一個公開的祕密。林姓婦人在茶館門口經營的菸攤昨晚並不是第一次被檢查，但昨晚的方式特別粗暴。是由幾個男人執行，顯然是大陸人。當他們開始咒罵、毆打林姓婦人時，發生了扭打，一名無辜的鄰居被槍殺。專員驚慌失措地逃跑了，憤怒的人群放火燒了他們的車。一位祕書報告說，昨晚大陸人在市區多個地方遭到襲擊。預計今天臺北各地將發生大規模抗議活動。

「我最後一堂課五點結束，」敬治在離開前說。「所以可能會晚一點。」根據路況，他到達學校最多可能需要一個半小時。

「記住，不要繞路。」三伯簡單再提醒了一遍。

一般情況下，他的公車都會停在城隍廟前。可是那天早上，數百人聚集在那裡，高呼「凶手必須處死」和「打倒陳儀有限公司」——指的是行政長官和他的追隨者，他們像私人企業一樣經營臺灣，只關心利益。敬治驚訝地發現到處都沒有警察。「豬仔都躲起來了」，當他詢問時，有人回答。越來越多的人加入了抗議活動，很快就有消息宣布，他們將一起遊行到專賣局辦公室總部，要求對前一天晚上的肇事者判處死刑。有人宣讀請願書並引起熱烈鼓掌。一名男子握緊拳頭喊：「大陸人沒有特權！」

敬治看了一眼手錶。專賣局辦公室在市區的南端，眾人需要幾個小時才能到達那裡。從高等學校校園到那裡只是短短的路程，所以他決定先坐公車去見同學。他必須步行幾個街區才能到達另一條線公車的站牌。市中心的街道比平時更加空曠，到處都看到拿著棍子的年輕人，卻沒有一個穿制服的人。在一排排房屋變成了空曠田野的地方，他下車之後走了最後幾公尺的路。高等學校曾經是島上最好、最自由的中學，以允許學生穿木屐去上課、頭髮想留多長就多長聞名。如今所有的日本老師都走了，去年的畢業生試圖恢復學校併入新成立的師範學校之前的舊傳統；尤其是輕鬆的基調和休閒的風格。雖然之前的黑色長外套已經沒有了，但是當敬治穿過大門時，他仍把帽子扯歪些，這樣看起來就不像是他在鏡子前戴的。今天他已經在路上走了近兩個小時。

「敬治桑！」

繼續使用日本名字當然是其中的一部分。他舉了一下手，加入坐在主樓和禮堂之間長凳上的一群人。在寬廣的校園裡到處有同學坐在一起抽菸。「沒有課？」他問。

「沒有老師，沒有課。」

「他們害怕我們會傷害他們嗎？」

「他們害怕的可能只有瘋狂敬治，那位身經百戰的老兵。」

「哈，哈。」他笑著說。儘管他並沒有我吹噓，但在學校裡已經有一些傳聞。

「這是對我們讀書會小組最新的命名建議：我們就叫『犬儒理想主義者』，聽起來怎麼樣？」

「聽起來像糟糕的翻譯。」有人為此遞出了香菸。到目前為止，這個讀書會在日本人中仍然被稱為「杏」。他們想要一個更尖銳的名字。

「精英敗類？」

「說真的，」他回答。「昨天在大稻埕有人被槍殺。是專賣局的專員幹的。」

「想像一下，甚至連我們都聽到了。」

「來這裡的路上，我一個警察也沒有看到。示威的人正在前往總部的路上，要求對肇事者判處死刑。」看來有一些同學知道的更多：事件發生後，專員躲進了派出所，此後一直遭到圍困。沒有人相信這些人有什麼好擔心的，無論他們有什麼罪孽。從什麼時候起，本地的法律也適用於大陸人了？

「我們對面的鄰居跑來，」一位同學說。「從來沒有說過一句好話，但是今天早上他們突然出現在門口，想要借日本木屐。他們大概想不出更好的偽裝了。」

「我也想不出。穿木屐的中國人就像穿高跟鞋的狗一樣。」

「你的意思是豬?」

上午剩下的時間他們都在猜測接下來事件會如何發展。天氣涼爽，雲層快速移動。敬治躺在他攤開的外套上，感覺地面有輕微的震動，遠處響起了警報聲。嗚——。最後連三伯都說政府要不是沒有良心，就是愚蠢至極，不明白自己的行動會造成什麼樣的後果。和平解決危機仍然是可能的，但負責的人必須意識到他們不能把整個民族都認定為人民的叛徒。到目前為止，他們似乎不知道島上生活著一個民族，他們只是看到了幫助他們死敵的漢奸，或者正如吳先生最近所說：他們實際上討厭日本，但我們受到牽連。

因為食堂關門，午飯時間他們去了校園旁邊的麵店。據電臺報導，示威者正遊行到新總督府，直接向行政長官發表講話。現在已經有幾千人了，敬治再也無法抑制自己的不耐煩。四位同學也加入。越靠近市中心，街道上就越擁擠。軍用卡車呼嘯而過，經過中山南路一家大陸貿易公司的辦公室，裡面只剩下被拆毀的家具和被打碎的窗戶。鬆散的紙條像花瓣一樣飄過人行道。在新公園附近，他建議避開主要街道，越來越多的軍車在那裡出現。許多同學在山區度過了戰爭的最後幾個星期，頂多是在安全距離觀察敵機，現在他們很高興有人帶頭。他才不瘋狂，他非常謹慎，但他在海岸上學到了一件事：逃避危險，它就會跟在你後面，這並不會讓事情變得更好。感受危險的逼近，有一瞬間感覺竟然幾乎是愉悅的。嗚——。

他以前就知道這個公園。他曾在棒球場上為受傷的退伍軍人打球，現在那裡一名便衣男子躺在血泊中。他扭曲的四肢看起來好像他全速奔跑時摔倒。沒有槍傷，顯然是被打死的。敬治想，也許是一名被識破的祕密警察線人。他頭頂上蒼蠅飛繞。他們一行人中的兩個人想要掉頭，但他指著北邊，說無論如何他都必須往那個方向。他邊走邊扣好外套的釦子，加快了腳步，不斷估算著距離最近的一棵樹的距離。在公園外面，他們發現了幾十名男子，他們的眼睛裡閃爍著憤怒的光芒，環顧四周，好像在尋找下一個受害者。有些人手裡拿著柵欄木條或棒球棒，不久之後，敬治就聽到了第一陣槍響，至少兩挺機關槍。

他趕緊把同學拉到最近的屋簷下。十字路口是長官公署所在地，人群從那裡像受驚的羊群一樣從他們身邊湧過。「他們從建築物裡開槍，」過了一會兒他說，因為槍聲並沒有靠近。他根本沒有聽到任何子彈擊中的聲音，可能只是向空中射擊。他們沒有沿著前往火車站的寬闊道路前進，而是繞道穿過曾經因商店眾多而被稱為「臺北銀座」的地區。現在店主們正急著把商品收進去，並放下了鐵柵欄。不再有公車通行。

在北門附近他向住在附近的兩名同學告別。半個小時後，當他到達大稻埕的街巷時，已經快五點了，幾個小時沒有喝水的他已經渴得舌頭黏在上顎了。市中心沒有任何動亂的跡象，一切都顯得一如既往的平靜。鄰居們一起站在天馬茶房前交談，只有百米外一輛燒毀的汽車殘骸映入了他的眼簾。

作為茶商李家的侄子，他在街坊鄰里中頗有名氣，走近也不會引起懷疑。茶房門口的黑色汙點看起來像乾了的血跡。早上有人對三伯說，今天要是再死人的話，這座城市就會大亂了。他感覺這一切彷彿發生在好幾天前。

「我們應該收錢，」他聽到一個女人的聲音說。「從來沒有這麼多人對我們的門感興趣。」

他並不覺得這是針對他說的，他抬起頭，看到她有趣的表情。她抽著菸，靠在門廊柱子上，一隻腳撐在柱子上，她點頭鼓勵他。「靠近點，帥哥，反正你已經來晚了。戲已經結束了。」

驚嚇之餘，除了「妳好」之外，他想不出任何其他話。一個二十多歲，甚至年紀更大的女人，他以前從未見過。當她吐出煙霧時，抿起嘴唇，彷彿要接吻。她的破舊長裙看似是用殘餘布料縫製而成的，但很適合她。「妳在這裡上班嗎？」他問。

「我的工作是抽菸，不過很快就要下班了。」當她掐滅香菸，走近一步時，他一開始以為她一定是個外國人。她的顴骨比平常人更高，眼睛也比平常人更大，但她說的臺語沒有口音。「啥人會這麼疲累啊？」

「我一整天都在路上。能給我一杯水嗎？」

她沒有再多說什麼，消失在屋子裡。門口上方掛著有飛馬的牌子；他曾在什麼地方聽說過與這個有關的故事，但又忘記了。他的心跳現在才開始加速，就像夜裡醒來後一樣。在某些時刻親身經歷和夢境交融。他真的曾經抑制不住瘋狂的衝動而向飛行員揮手？那看起來像他，但還沒等他整理好記憶，女人就端著滿滿一杯水回來了。她的目光看起來像之前一樣覺得好玩和挑釁。

「昨晚發生槍擊事件的時候，妳在這裡嗎？」

「如果你想聽我的不在場證明，我去拿吉他。不過，我以為在你這個年紀應該是當軍人，不是當警察。」

他自稱是大學生，別人都會相信，再說明年就成真了。「我伯父經營茶莊，李先生，妳可能認識他。」

「好人家的孩子，嗯？」

「沒錯，那裡可以清楚地聽到槍聲。」

她戴著好幾個戒指的手指向對面的街道。「可憐的傢伙就死在那裡。你面前就是林太太的血跡。她跪下懇求不要沒收她的財物。他們用槍打她的頭，一直到她昏倒。小女兒就站在旁邊。該死的畜生！」

「她真的賣走私香菸嗎？」

「他們在大學裡沒有教你任何東西嗎？這裡只有走私的香菸，明白嗎？」她已經點著了另一支。「身為寡婦，帶著兩個孩子，女人必須想辦法討生活。你們的茶行不夠容納所有人。」

「妳在這裡工作還是……？」

「你爸有你這麼緣投嗎？你阿伯呢。」她在急促的抽菸中，將雙臂抱在胸前，彷彿渾身冰冷。「你今年多大？十九歲、二十歲？」再看一眼，他估計她的年齡接近三十歲，但也不確定自己是否覺得她漂亮。她看起來與眾不同，而且舉止也很相配，也許她是山胞。「至少告訴我你的名字，」因為他沒有回答，她要求說。「我得知道是誰讓我夜裡睡不著。」

「敬治。」

「そうですか（是嗎）？你的同胞拋棄了你嗎？你可以跟我住在一起，就在拐角。可是我們得擠一擠。」

「我說過我是李先生的侄子。」

「沒錯。你阿伯是各種委員會的成員，一定是好心，但沒有用。他們可能自稱為官員或警察，實際上他們是土匪。比日本人還糟糕，他們已經夠糟糕了。敬治同學你唸什麼？」

「醫學。」

「來幫我檢查一下。我的心臟有問題，太大了。」

「今天市中心發生了更多槍擊事件。可能只是開始。」

「那你小心點，帥哥，你有傷疤不好看。」這一次，她沒抽完就把菸彈掉，轉身就走。「杯子。」

他連忙喝完最後一口。「妳不告訴我妳的名字嗎？」

「你知道什麼是 nom de guerre 嗎？」有那麼一會兒，她離他太近了，他聞到除了菸草之外的某種味道。香水？他覺得應該是洗髮精，香草、薄荷之類的東西。

「就是化名，現在為了生存是必要的。」

「那妳的化名是什麼？」

「叫我露雅吧，」她說，同時從他手裡拿走空杯子，然後離開了。

10

第二天早上七點整，她和爸爸一起出門。隔壁陳先生也走出門，彷彿他早就在門後等著了。他沒有穿港務局長的制服，而是穿著一套深藍色的西裝，右手拿著一個破舊的皮包。當他太太出現在門口時，他嚴厲地示意她回去。梅子覺得，他看起來很不情願，像一個被迫參與兒戲的人。

「我很抱歉，」他說，「給您帶來這樣的麻煩。」

爸爸擺了擺手。「您兒子不上學？」他的中文聽得出來才學了一年，而且很少說。

「我老婆覺得太危險了。」陳先生翻了個白眼。「我們走吧？」

這條小路蜿蜒曲折，沿著斜坡向下延伸。清晨灰濛蒙的空氣中像往常一樣瀰漫著一股柴油味，外港幾艘大船正在等待卸貨。平時她和爸爸一起走到火車站，她左轉去學校，他沿著有寺廟的路到紅屋；這次她保持距離，以免打擾兩個大人。「我叫李靜梅。」她邊走邊低聲自言自語。不過兩個大人似乎沒有太多話可說。到了岸邊爸爸轉身揮手，陳先生沒道別，繼續往前走。從這裡到港務局只有幾步之遙。

當梅子到達學校時，她感覺到一定發生了什麼不尋常的事情。以前在門口守門，不讓閒雜人等進入的老人，現在已經不見了蹤影。在操場上的學生比平常少，當上課鈴聲響起後，很多班級老師沒有來。相反地，校長帶著話筒出現，身邊還有她從未見過的男人。他們看起來就像黑道。校長宣布，前一天政府實施戒嚴，以防止共產黨煽動者進一步採取暴行。新總督將盡一切努力平息局勢，但學校必須暫時停課。想回家的可以直接回家，其他人可以在操場上裡做操鍛鍊身體。他話音一落，大部分學生都衝向了出口。

一個小時後，她回到家。

那天剩下的時間裡，媽媽甚至不讓她到院子裡。隔壁的男孩也沒有出現。第二天是星期天，接下來的一星期爸爸每天晚上都會給三伯打電話了解情況。二月二十八日，臺北發生暴動，造成多人死亡，此後臺北也停課。然而敬治寧可留在那裡。

為了打發時間，梅子早上跟著去紅屋，聽爸爸的課。星期一陳先生決定再次獨自去上班。隔壁的窗簾一整個星期都拉上，只有到了深夜，鄰居才會出來到露臺上抽菸。除了手的動作之外，他一動不動地站著，當他吹散煙霧時，看起來像厭惡地歪嘴。一個奇怪的人。因為他最小的兒子前幾天一直盯著她，一天下午媽媽走進她的房間，帶來一件奇怪的衣服，要給梅子以後穿的，而不再是她習慣穿的肚兜：一件所謂的胸罩，就像那些西方女人穿的。首先她必須把它反著扣上，然後開始調整到前面，拉上肩帶，無休止地拉扯帶子，直到她感到被束縛，看起來像一個有胸脯的孩子。幸好，冬天她可以在室內穿著夾克。

在祖父家裡，男人們談論的話題不外乎是臺北的情況。每當梅子把新菜端上桌時，他們的臉色就更加陰沉了一些。一向主導談話的大伯形容省長是個什麼事都做得出來的大騙子。後來當女人們吃飯時，露臺房間裡的討論已經是關於是否可以將臺灣置於美國管理之下。誰不寧可被麥克阿瑟將軍統治，而是被那些腐敗的土匪統治呢？九點左右他們動身回家，回到家剛脫鞋，就有人敲門。爸爸看了看手錶，皺起了眉頭。

「他還需要有人陪嗎？」媽媽沒好氣地問。「為了保護自己就怕被野蠻的本地人侵害。」

果然是鄰居又出現在門口，這次沒帶他們的兒子。陳先生開門見山。「我希望這只是一場虛驚，」他用中文說，「但是我還是想讓您知道：我們得到通知，明天早上有多個軍隊將抵達。我不知道他們會被部署到哪裡，可能在臺北，但是事情很難說。您明白我的意思嗎？」

「有多少？」爸爸問。

「我其實不應該透露這個消息，但是最近您幫了我……大約有一萬人。也許您和您的家人週末最好留在家裡。謹慎起見。」

「謝謝您的警告。」爸爸冷冷地回答。

「也許沒什麼好擔心的。」

「對您來說可能不用擔心。」

一時之間，兩個人默默地對視了一眼。陳先生一抬頭，屋子裡的光就會落在他的眼鏡上，看起來就像沒有眼睛一樣。他說：「政府不能容忍像最近幾天這樣的動亂。」他的妻子尷尬地搓著手，簡短的告別。爸爸只是點點頭，把手放在門把上。「晚安！」

梅子從房間的窗戶看著鄰居們走進了他們的房子。在門口陳先生張了張嘴，她深信自己知道他說了什麼：現在滿意了嗎？隔壁房間裡媽媽的聲音變得尖銳。她沒有走過去，而是拉上了窗簾，很高興終於擺脫了在她肩膀上留下紅色勒痕如緊箍咒一樣緊的東西。她還感覺到下腹有些疼痛。媽媽建議她在日曆上標記日子，以免出現令人討厭的意外，但大多數情況下她都忘記。這麼多的事情同時發生，讓她感到害怕。幾個星期前，她在去學校的路上看到一名中國士兵攔住了一名騎腳踏車經過的同齡男孩。他一言不發地把他從坐墊上拉下來，自己騎上去。顯然是他一生中第一次騎腳踏車。他搖搖晃晃，彷彿腳下的大地都在搖晃，他一騎，立刻又摔倒了。然後再一次。當他不斷掙扎，越來越憤怒，周圍的人都從店裡出來圍觀。「沒那麼簡單吧？」有人用臺語喊，大家起鬨。最後士兵受夠了，扔下腳踏車，步行小跑，但在安全距離外，他凶狠地揮舞著拳頭大喊：「等著瞧吧！你們這些奴隸，等著瞧吧！」

所以他們來了，她不寒而慄地想。上萬名全副武裝的士兵，不用期待會有什麼好事。

☆　☆　☆

三伯微微挑眉。他輕輕搖了搖頭，彷彿發現了文件中的錯誤，然後他看著敬治說：「我答應過你爸會照顧你，我會遵守承諾。」

「這是一次公開的集會。」

「那跟你沒有關係。再說，我這裡還需要你。」

類似的對話他們幾乎每天都在重複。大多是在吃早飯的時候，就像今天一樣。敬治無奈地抱著雙臂，等著看伯父這次把他綁在家裡的藉口是什麼。外面正在醞釀一場革命，而他在修正日文的商業信函，這些信函不僅沒有錯誤，而且可能永遠不會寄出。他的同學們都戴著志願服務隊的黃色臂章，負責維護街道的安全；而他的伯父派他去打發那些想用荒唐的商業點子浪費他時間的人；向滿洲出口紅茶，然後進口豆餅，諸如此類。上星期六，士兵們從省政府的屋頂向人群開槍，造成至少六人死亡。結果，專賣局徹底被摧毀，從那時起，緊張的寂靜籠罩著這座城市。警察躲在軍營裡，夜間偶爾會響起槍聲。在廣播講話中，省長聽起來像一位憂心忡忡的父親，儘管每個人都知道那時他在福建對抗議的學生做了什麼。關於任意逮捕和從上海出發增兵的謠言不斷傳出。陳儀真的像他表現出來的那樣願意談判嗎？還是在拖延時間？他原定於當天下午親自出席市民論壇，接受臺灣代表提出的改革建議。目前本地人掌握了主動權，局勢多少得到了控制——或者只是看起來如此？

「那是你的演講稿嗎？」敬治問，因為桌子上的文件看起來不像採購訂單或發票。

「幾個關鍵詞。我必須簡短地說，有很多發言者。聽說商會、工會等代表也被邀請。這就是安排不打算一次取得具體結果的會議方式。」

「那開會是為了什麼呢？」

三伯用手指敲著桌子。他的任務是表達當地商界的擔憂——事實上是一張無窮無盡的清單，幾天來他一直試圖用幾句話清晰地表達出來。「我相信他們想知道我們的想法。問題是出於什麼目的。」

「蔣介石知道臺灣發生什麼事嗎？」

「在我看來，他在對岸有更大的問題。」

「報紙上幾乎只講勝利。」三伯嘆了口氣，把報紙推到一邊。「你不覺得有點熟悉嗎？」他這些天看書時戴的圓框眼鏡讓他看起來像個學者。「再說，紅軍緊逼在後，美國人厭倦了猖獗的腐敗，所有軍事援助都被擱置。至於軍隊的情況你也看到了。只要是會綁鞋帶的人都可以當軍官。」

「草鞋什麼時候需要綁鞋帶了？」他笑著說。「最近聽說一名中國士兵毆打了一名理髮師。為什麼？他認為理髮師拿著武器威脅他。」

「臺灣理髮師拿槍？」

敬治微笑著推遲了笑點。如今類似的故事在每個街頭巷尾都可以聽到。「我想那個可憐人從來沒有見過吹風機。」通常他用這樣的故事會逗三伯笑，但是這次沒有。聽到從沒有受過教育的大陸人嘴裡說出，臺灣人必須慢慢提高到中國的文化水平，真是厚顏無恥。臺灣省長一月份嚴肅地宣稱，經過五十年的日本專制統治，臺灣人在政治上已經落後，還不足以實現更多的自決。與此同時，來自對岸的士兵買水龍頭隨便裝到牆上，如果沒有水流出來，就覺得被騙了——這就是他們的水準。現在大家終於受夠了，開始自己採取行動。敬治最後一次嘗試：「我已經在家裡待了一個星期了。你不覺得——」

「你想去基隆?告訴我,我給你買票。」

「好了,好了,」他揮手表示不必了。「我在這裡能做什麼?」

「下午有幾人會帶著商業提案來。不是特別值得信任的人。不管怎麼樣,你還是好好地招呼他們,招待他們喝茶,並向他們保證我很遺憾我有要事不在。明白了嗎?」

「他們是要把雞賣到香港,然後進口雞蛋嗎?」三叔嚴肅地看著他,敬治低下了頭,就像以前在對手打出全壘打後一樣。「還要別的嗎?」

「我知道你想參與外面的事情,但家庭更重要,明白嗎?」

「好的。明白了。」上午剩下的時間他都待在自己的房間裡。由於所有日本出版物都被禁止,他要不是閱讀西方作家的中文譯本,就是尋找殖民時期對岸不允許出版的作品。在高等學校的讀書會裡,他打算不久後討論臺灣的命運是否就是將中國和日本文化中最進步的元素結合起來。遺憾的是,他還是缺乏具體的例子,只是覺得「融合」這個詞有吸引力,他同意吳先生的觀點,吳先生將禁止使用日語比作對身體健康部位的任意截肢。另一個同樣有吸引力的術語是「化名(nom de guerre)」,他特意查了一下:是戰時用的假名或綽號,用來表達一種可能有問題的忠誠。他想知道「ㄌㄨˋ ㄧㄚˇ」怎麼寫。他陷入沉思,拿起一個舊棒球,用食指和中指壓在接縫最窄的部分:這是他在商業學校學到的兩縫線快速球。從某種意義上說,日語發音的「敬治」曾經是,或者正在成為一個化名。很合適,他想,同時把球放在鼻子底下,感覺光滑的皮革,想像那是她的皮膚。

一點半，四位客人來了。其中一位穿著不合身的西裝，肩上沾了白色的頭皮屑。其他人都穿著深色皮夾克，只有當帶頭的用奇怪的方言對他們說話時，他們才會開口。他自稱劉先生，是一位英國先生，姓氏聽起來像廣東話。對於三伯不在這件事，他點了點頭，似乎早就料到了。他的牙齒看起來很糟糕。

敬治遵照指示，給客人們倒了茶，並多次道歉，一再解釋主人不在的原因。劉先生是唯一一個碰杯子的人。「你為他工作？」他的中文聽起來似乎不太流利。

「我是李先生的侄子。」

「學生？」

「是的，在臺大。」

「他有說什麼時候回來嗎？」

「等會議結束，恐怕會很晚了。」

「請幫我轉告他：我們希望不會太遲了。」劉先生漱了口茶，然後才吞下並站了起來。其他三人根本沒坐下。當他們走後，濃烈的菸草和皮革氣味在高高的木天花板下飄浮。這些人大概是走私的，敬治心想，然後收拾好杯子。跟著士兵和國民黨官員，黑道的各個分支也抵達臺灣，有來自上海的青幫或曾經逃往大陸的本地黑社會成員。他們自稱「鱸鰻」。據說基隆的港務局長不能容忍不正當交易，這迫使走私者轉向淡水河上的較小港口。只要拿到了自己的那一份，海關官員就會視而不見。不過，晚上三伯從公民論壇回來後，有比四人來訪更重要的事情要討論。省長沒有出席會議，儘管參加的人數眾多，但也無法談論具體結果。「他們多次要求我們公開表達我們的想法，」當他們三人坐在大桌子旁時，三伯報告說。「代表陳儀的將軍據說是蔣介石的心腹。我不知道他本人是有事或者不准來。總之我不喜歡這樣。」

「據說中央政府終於了解這裡出事的真相，」敬治說。「也許我們很快就會有一位更有能力的省長了。」

「那一切就都值得了。」在他們繼續說話之前，辦公室裡的電話響起，三伯走到隔壁接電話。桌上擺著一份攤開的《民報》，報上的社論充斥宣稱臺灣人民仍然認為自己屬於中國人的大量文字。「同胞之間應該以兄弟般的情誼相待，而不是手握武器。」這是呼籲、警告，還是只是口頭上說說？透過開放的樓梯間，敬治可以聽到樓下員工在宵禁開始前離開商店回家的聲音。據說各地有警察局遭到襲擊，武器被盜。有人說那是為先發制人的自衛，但三伯不贊成任何可能導致事態升級的事情。「他為何這麼擔心這位將軍？」敬治問。「抗議活動傳到越高層越好，不是嗎？」

「也許吧。」伯母喝了口茶。「但也有可能看起來這種不滿情緒不是針對省政府，而是針對南京政府。或者有人讓它看起來像這樣。」

「然後呢？」

「蔣介石哪會容納和自己意見不同的人。話又說回來，哪個人會？當然，阮翁除外。」

「你的消息來源可靠嗎？」他在電話裡問。

「你爸爸又想知道你現在怎麼樣了。其實你應該在基隆休息一個星期。」

「我知道，但我不喜歡那個房子。太狹窄，而且聞起來有奇怪的味道。」

「你阿公那裡房間夠多。」她的語氣表明她只是在開玩笑。這位伯母出身於板橋富商之家，在大家長眼裡認為她太自信受太多教育了。她只有過年的時候會去紅屋。

「那麼謝謝你的警告。你們小心點。」三伯掛了電話，回到飯桌上時，表情比之前更加沉重。「他們已經上路了，」他說，「大約有一萬人。預計早上他們會抵達基隆和高雄。」

「為什麼？」

「希望只是為了恐嚇我們。一萬聽起來很多，但對於整個島來說……省長指望我們在他威脅要動武的時候退縮。」

「明天開店嗎？」伯母問。

「他希望我們屈服，所以我們立場要堅定。基隆的李家不是鬧事者，但也不是膽小鬼。」他點點頭，摺起報紙，開始例行檢查所有門窗。敬治回到自己的房間。他躺在床上，把棒球扔向空中，又接住了。「同胞」這個詞一直在他的腦海裡揮之不去。他覺得，如果說的不是同一種語言，這聽起來很空洞。當時日本人越迫切需要軍需補給，就越是強調殖民地與祖國的團結。正雄的臉在他的面前一閃而過，那是在一次臭名昭著如何正確對待戰俘的演習中：從最先的痛苦，然後是仇恨，直到連他最好的朋友都稱他為臭臺灣人……所謂團結的結束。每一個誘人的口號背後都潛藏著一個醜陋的真相，不是嗎？敬治在九點半關掉燈後，他想知道某些具有挑戰性的目光是否也是這樣。她是不是同樣看著每個男人，然後說「來檢查我」之類的話？他不再想待在房子裡，更渴望到生活正在發生的地方，現在比以往任何時候都更加渴望。他的疑問太多了，至少有些答案或許觸手可及。

☆　☆　☆

她醒來時，聽到閣樓上有腳步聲。窗簾後面天已經發白。殘留的夢境消散了，小腹隱隱作痛，不過今天至少不用去學校了。港口傳來嘎嘎聲，像引擎作響的聲音。誰在閣樓上來回踱步？下一刻，她想起了晚上鄰居來訪的情景，立刻就完全清醒了。下面市區碼頭周圍一定有一整列車輛在行駛。

她穿著睡衣走到走廊上。媽媽站在梯子的底部，梯子原本靠著房子的牆，但現在伸進了天花板上打開的天窗。爸爸在閣樓上激動地自言自語——更確切地說是在咒罵。「怎麼了？」她問。自從他們搬家時把一些多餘的東西收起來之後，就沒有人爬上去了。

爸爸的臉出現在天窗口。「去找衣服穿上，」他說。

「怎麼回事？外面是什麼聲音？」有時引擎的聲音停止，然後又在別的地方響起。

「他們來了。」媽媽一放開梯子，雙手就顫抖起來。「快一點！」

梅子覺得自己快要哭了，想要抓住爸爸的目光，但他的臉已經消失了。「拿根蠟燭來，」他大喊。「還有再一條毯子。」

當她仔細聽時，她意識到那不是引擎。防空砲火？她沒有聽到任何飛機的聲音，也沒有警報聲。站著她下腹部更痛，但媽媽不耐煩地拉扯她的手臂。「別只是站在這裡，去拿妳的東西！」她沒有時間告訴媽媽，她那個來了。大多數部隊將坐火車前往臺北，但不是全部。閣樓上，父親趴在地上，對她伸出手。「別怕，」他說，就像那時在金瓜石的那些夜晚一樣，那時大地因遠處的爆炸而震動。「我們不會有什麼事的。」

「那麼敬治呢？」

「他也不會有事。」

「那阿公他們呢？」

「都不會有事。」

「你不可能知道。」

「快上來！」

「我要去廁所。」

他閉上了眼睛片刻。「但——趕快！」

廁所太窄了，她幾乎沒辦法轉身。她因害怕而感到噁心。一年半前，中國軍隊抵達這裡，那些疲憊不堪、暈船的人，本來該受到同情。可是人們嘲笑他們，就像嘲笑那個騎腳踏車跌倒的士兵一樣。現在來的人並不是跌跌撞撞上岸的，可能既沒有期待同情，也不會同情別人。她在學校裡聽說日本人濫殺無辜的故事，憑什麼中國軍人應該會更好呢？

她再次聽到媽媽在叫她。由於回聲在山丘迴響，聽不出來槍聲是從哪裡來的。陳先生說過有一萬士兵。他們持槍衝向基隆街頭，把所有出現在十字準線下的人都視為日本奴隸或共產黨激進分子。間諜、叛徒、敗類。該死！

聽起來，他們無處不在。

☆　☆　☆

鏡子裡的她臉色蒼白。她的皮膚向來是白皙的，現在卻泛著蠟般的光澤，眼眸看起來發熱，嘴唇幾乎不算紅色。洋子在門口對她投出鼓勵的眼神。她一生中最長的冬天即將結束，她從來沒有這麼冷過，四月初春天終於到來了。無力的陽光照在名為「東京」的廢墟上，彷彿在說：我能做的就是這些了，我盡力了。

「試試這個。」洋子跨兩步到她身旁，遞出了一根短塑膠管。

「這是什麼？」靜子雖然知道，還是問。她的朋友最近還塗了指甲油，但她不喜歡塗嘴唇，因為在她的膚色上顯得太亮了，但她還是接過管子，扭了一下。當然，來自資生堂，那顏色被稱為蘋果紅。結果並沒有讓她太滿意，但洋子只是說了句「好多了」，然後把口紅放回口袋裡。

「他什麼時候來？」

「隨時都會到。」

「那我也該出發了。如果我七點鐘回來？」她的朋友像往常一樣裝作什麼都沒發生似的。比起做縫紉一天三日圓，或者像隔壁戶田女士那樣用菸蒂製作新香菸要好賺。總比挨餓好，但無論如何她們還是餓了。「還是妳覺得太早了？」洋子猶豫地停頓了一下。半年前她們再次重逢，彷彿是上天的指引。在上野火車站隧道裡居住了數千名無家可歸的人，她們突然面對面。美好時光裡的老朋友，實際上這是第二個指引：不久前，靜子發現上野公園的池塘被排乾了，以便在那裡種植稻米——這不再是一個選擇，而是她的責任，繼續活下去，所以她要這麼做。「七點可以，」她說，一百次在她腦海中閃過第一百次〈蘋果之歌〉的開頭讓她分心。「我原本以為妳會——」

「他稍後還有約。」洋子轉身要走。「我們晚飯還有足夠的東西吃嗎？」

「足夠？」

堅定的微笑在她朋友的臉上浮現。「過度奢侈可不是好事。」

「我甚至不記得大米是什麼樣子了。」

「又白又乏味。」

「其他女人可能為此拚了命。」這就是她的語氣，她對付沮喪的私人信條。這棟建築物嚴重受損，但至少她們有屋頂遮風擋雨。因為她們房間的門沒有鑰匙，所以晚上她們把椅子擋在門把下，如果白天她們都必須出去，她們會把所有能吃的東西都帶走——大多數時候都放得進大衣口袋裡。有一次她們回來的時候，發現一個無家可歸的人躺在床上，穿著制服，於是她們用特地準備的棍子把他趕走了。她們不能同情陌生人。

自憐那就更危險了。

剩下靜子一人時，她換了衣服。她穿上裙子和襯衫，就像以前當老師時一樣。如果森先生想看到她穿和服，就必須給她買一件，但他覺得美軍基地商店的絲襪也可以。對她來說馬鈴薯和奶粉比好看更重要，有時他會帶雞蛋或半個南瓜。每個人都知道軍隊囤積大量物資，而且他有極好的人脈關係。「紅蘋果在我的嘴唇上，」她輕聲唱道，解開上衣最上面的鈕扣，「藍天在沉默注視著。」這首歌在她腦海中揮之不去。有一次在火車上她的同座就哼起了那首歌，她心不在焉地附和著，直到她們兩都意識到了這一點，然後微笑著沉默了。否則，微笑也是那些從日常生活中消失的事物之一。「蘋果不會說話，但它感受到的卻是那麼清楚。」雖然很愚蠢，但是有用。洋子認真地聲稱，她感覺比以前更自由了，她並不在意那些輕蔑的目光。她說那是嫉妒。她的他來自德克薩斯州，快五十歲了，稱她為 Darling 或 Doll。他的辦公室負責報紙但不刊登任何不該刊登的內容，這就是新民主的運作方式：婦女有選舉權，而媒體受限制。

有時晚上，她的朋友喝醉了回到家，想分享她的經歷。什麼很大，比爾桑的不大，一切都很正常。他雖然有點粗魯，但也很慷慨。對她總是有求必應，而相對的，他也期望得到同樣的回報。總比站在有樂町橋下好多了，不是嗎？她有時候會帶巧克力回來，甚至是真正的巧克力夾心糖。美軍基地商店裡擁有其他地方找不到的一切。

相反地，森先生事後會帶走他的清酒。

「可愛蘋果呀！蘋果可愛呀！」她到底出了什麼問題，是洋子的自信感染了她，或者她已經不在乎了？聽到外面有腳步聲，她趕緊往簾子後面看了一眼，嬰兒卻已經睡熟了，那雙小手看起來就像是握成了拳頭。「好甜，好甜。」她輕聲唱著。春天已經來了，她也許根本不再想死了。目前還沒有人准許離開這個國家，但有一天她會乘坐一艘普通客船回去。不會有美國大兵像對待痲瘋病人一樣對待她。與洋子共用一個房間已經比金瓜石後到任何地方都要好多了。一個開始。

敲門聲像往常一樣的不耐煩。靜子開門前，從抽屜裡拿出正吉的照片，放在窗臺上。

「我以為妳已經逃走了，」森先生打招呼說。他沒有穿軍裝，而是穿著一套廉價的西裝，散發著菸草味和城市汙染的味道：廢氣、煤煙、汗水。如果他直接從黑市來這裡，通常都會帶著武器，今天只有那個舊帆布包。他慢慢地將物品放在桌子上，彷彿在強調這是交易的一方。發現是奶粉，她鬆了一口氣。她問他要不要喝茶。他半禿的頭光滑得看起來像拋光過。

「水妳有沒有好好燒開？」來她這裡，他總是表現得好像有可能得病什麼似的，這是他的日常。她沒有回答，拿起洋子弄來的熱水壺，倒了滿滿兩杯。在他的敘述中，聽起來他和正吉似乎是朋友，這對她而言難以想像，但戰爭改變了人。他稱報紙上關於審判的報導是可恥的謊言，而她則相信每一個字。南京、馬尼拉、巴丹，沒有人會編造這樣的事情。他隔著桌子看著她，彷彿在等待她的感謝。現在她比一開始更容易微笑了。別無選擇，但有一個超越生存的目標有助於自我克服。戰爭遺孀沒有錢拿，她的父母都去世了，她很快發現那些從殖民地返回福岡的人被視為外國人。如今她不再想成為一個真正的日本人了。「妳不愛說話，」他說。「我以為妳可以稍微給我解悶一下。」

「是的，用什麼？」

他輕蔑的哼聲讓她想起了金瓜石的那個帶馬鞭的軍官。他喜歡假裝她把他們的會面歸結為只為一件事，直到最近她才意識到他是對的。談話最終總是以她已故丈夫會怎麼想作為結束。當她不得不在森先生面前抱孩子時，她可以從他的冰冷的目光中讀出，他認為她的恥辱不是他來這裡。「我不知道我還能供養妳多久，」他一邊說一邊從包裡拿出清酒瓶坐下來。「我們的物資已經所剩無幾，太多的幫派正在索取他們的份。是我該找一份平民工作的時候了。」

這一次，她例外把兩隻玻璃杯放在他面前，當他用手輕拍大腿時，她照做了。「我的姊夫曾經生產砲彈的金屬外殼，但現在他正在轉行。較大的外殼可以用來製作吹風機，較小的可以用來製作電鍋或茶葉罐。取決於口徑，妳懂嗎？」

幾口酒下肚，酒精產生了一種令人愉悅的眩暈感。「吹風機我用得上，」她聽到自己說。

「妳用得上，嗯？」他用空著的那隻手開始揉捏她的乳房，她強迫自己親吻他的耳朵。也許這就是洋子所說的「自由」：在誰面前該感到羞恥呢？她從大竹踏上了日本的土地，感受到了地平線上的空虛，消失的廣島。城市都變成了燒焦的廢墟，那些戰時的口號只剩下冷嘲熱諷的評論。她再次親吻他的耳朵，用手撫摸他的臉頰，想要趕快結束。她也已經盡了自己的職責，不是嗎？現在她和其他人一樣生活在痛苦之中，當森先生點點頭時，她站了起來，脫掉了衣服。這其中有一種必然性，幾乎像更高層次的正義一樣，她在基隆時就已經這樣想了：曾經從她的房間裡看著那營地這麼久之後，她住在那裡也是理所當然的。那些在他們面前她應該感到羞恥的人都已經死了，而且他們自己也有不光彩的祕密。有時她甚至在屈辱中感到欲望。就像一股記憶的浪潮突然湧上心頭。她的婚姻時間太短，無法理解這種感覺；直到社會崩解後，她才在祕密的自由中體會到這快感。黑暗的窗戶和榻榻米地板，地板後來在她的背上留下的紋路。想舔掉他皮膚上汗水的渴望，以及隨之而來的美妙抽搐，不久之後又從頭開始。當森先生在她身上的同時，她想著這一切，這讓一切變得容易了。坦白說，她並不後悔自己的輕率。感謝這小傢伙，她的生活才有意義。

然而今天她保持冷漠。她的腦海中浮現出其他畫面，但幸好有一些技巧可以加快速度。比爾桑喜歡洋子把一根手指從他的後面插入，森先生對大聲的呻吟會有一定的反應，只要她不過分。有一次他在中途停了下來，告訴她不要像中國女人那樣尖叫。

然後他很快又穿好衣服。寶寶沒醒，已經五點半多了。「我差點忘了，」他邊說邊拿出一本皺巴巴的《朝日新聞》。「妳對臺灣發生的一切感興趣。我很驚訝他們竟然能刊登這篇文章。審查員一定是分心了，可能是他的外國蕩婦正在給他口交。」

她若是捲入對話，就會發生這樣的錯誤。「發生了什麼事？」

「妳自己讀吧。」

因為他的精液從她體內流出，她躺在那裡沒動，他穿上西裝外套，轉身離開。「下週，同一時間？」

「有人說美軍基地商店有牛肉罐頭。」

「粗鹽醃牛肉，鹹極了。」

「現在大米多少錢？」

「十日圓一公斤。」

「牛肉配米飯……肥皂也不錯。」

「被寵壞的東西，」他說完就離開了。樓梯間傳來響亮的腳步聲。不要流淚，她告訴自己，然後站起來查看嬰兒的情況。反正也得換床單，她把床單裹在身上，拉開窗簾，驚呆了：小男孩睜著眼睛看著她。他還太小，沒有什麼表情，但她還是不得不短暫把目光移開。我這樣做是為了你，她想，但真的是這樣嗎？有一天，她必須想出一個可信的故事。有一天他有機會見到他的父親？或者她應該聲稱他死於戰爭？目前沒有何書信往來，而且她也不知道他的地址。只要占領持續下去，未來就像布幕拉開之前的舞臺。最後她抱起嬰兒，將嘴唇貼在他柔軟的臉頰上，繼續唱歌。「繼續說，蘋果是什麼感覺。」她裹著被單，只能小步走，她腦海中看到小梅子拎著一袋蘋果走進了宿舍的房間。她記得她聰明又悲傷的眼神。那是一年半前的事，恍如隔世。

他們還能認出對方嗎？

她等了四個月才等到一艘船，有時她覺得自己在柵欄邊的面孔中看到了他的身影。首先是對懷孕的恐懼，然後是確定。最後在海上度過了一星期，在美國士兵的敵意目光下，他們視她為浮渣。半夜有兩個人叫醒她，用手摀住她的嘴：不要反抗，一切都會過去，包括疼痛。她本來想翻過船舷，關鍵時刻卻沒有力氣。放手是最難的部分。分娩時她差點沒能活下來，在福岡她不認識任何人，而在東京最初只有在隧道裡有容身的地方。她去找森先生，而不是他找她。為自己或為她的孩子，這有什麼差別？

不能放棄，她想。事情已經發生。

為了對抗寂靜，她向小傢伙講述了那座島嶼的情況。關於海邊的艱苦生活，第一批移民的理想主義以及來自蕃人的日常危險。很多事情她都是從母親的口中才知道的。作為一名訓練有素的工程師，父親終於獲准搬到嘉義平原幫助運河工程。「你的外公是一個多才多藝的人，」她低聲說，「他親自設計了我們的房子，是整個鎮上唯一一個有抽水馬桶的房子。」在被稱為「東京」的廢墟太陽下山，風透過無法關緊的窗戶鑽進來，她試圖忽略肚子的咕咕叫聲。「有一天如果我們回去，我們一定要教大家〈蘋果之歌〉，」她低聲說。「他們自己的歌太悲傷了。那些歌是講女人像花一樣從樹上飄落，然後在地上被踐踏。」那首歌就像鎮靜劑，而且她經常唱這首歌也許不是什麼好兆頭。強烈鄉愁有時襲來，讓她喘不過氣來。洋子不明白：那裡沒有人相信那是妳的家鄉，她每次都這麼說。

她抱著孩子走到桌邊。森先生打開報紙的國際版，上面寫著「福爾摩沙的死亡人數估計有上萬人」。那是《紐約時報》最近一篇報導的摘錄。寫於南京。「從臺灣返回的外國人證實了一個月前中國軍隊對該島居民進行大屠殺的報導，顯然是為了報復反政府抗議活動。目擊者描述了街頭真實的獵殺場面，有屍體被斬首和肢解。一名從首府臺北返回的美國人講述了一場為期三天的大屠殺，期間士兵闖入私人住宅，射殺居民。目擊者的報告得到了幾乎所有駐南京外國使團的報告證實。因此許多當地人逃亡到周圍的山區。除了首府臺北外，據說港口城市基隆和高雄也發生了屠殺，各有數百人死亡。目前尚不清楚是誰下令進行這次軍事行動。一些居住在海外的臺灣人呼籲聯合國進行調查，但南京政府發言人拒絕了這一要求，稱這是中國內部的事務。士兵們對國內和平的威脅做出適當的反應。」

11

從巷子裡，她看到阿嬤站在頂樓上。因為天氣好，茱麗是走路來的，而且由於牆只有到腰的高度，遠遠就能看到阿嬤戴著遮陽帽的消瘦身影，那是阿嬤照料花時一定戴的帽子。現在她正在給她引以為傲的小檸檬樹澆水。她當時花了二十五元，如今已經收穫了一百多顆檸檬。她沒有注意到茱麗揮手。

因為阿嬤花了很多時間在她的植物上，而爺爺聽力不好，所以茱麗現在有了自己的鑰匙。她必須在前院站一會兒，好讓貓繞著她的腿磨蹭。那天早上，她寫信給中島教授感謝他的那些照片，並補充說她的叔叔沒有告訴她週六的約會。到現在他還不想回她昨晚的簡訊。

公寓裡一切都很安靜；窗簾拉上，除了家裡神壇上的紅燈外，沒有任何燈光。沒有人告訴她在晚上去棒球場之前，哈利和保羅要做什麼，總之他們不在家，只有爺爺坐在沙發上開著電視睡著了。電視螢幕上閃現股票價格，儘管他的股票多年來一直由茱麗的爸爸管理，但他仍然定期追蹤價格。她不知道這背後有什麼需求，但這可能是一種他喜歡的習慣，在某種程度上給了他安慰支持。她的祖父出身於一個北京官員家庭，從未打算在臺灣定居，直到今天他說話仍帶北方口音，這在她還是個孩子的時候就覺得陌生。她現在比較能理解為什麼他通常如此沉默寡言和對待他人幾乎是冷漠——一個哥哥在內戰中喪生，另一個哥哥在大陸失蹤了數十年——儘管她覺得有義務對祖父表示同情，但是很難傳達。阿嬤和他向來只說有必要說的話（如果有的話）。茱麗在水槽邊喝了一杯水後，沒有叫醒他就離開了客廳。

在樓梯間的頂部，堆放著一堆按照常態，臺北老房子會堆積的廢棄物品：廢棄的家具、落滿灰塵的風扇和敞開的裝滿書的牛皮紙箱。她走到屋頂上，阿嬤過了一會兒目光才從檸檬樹移開，並用她一貫的微笑看著她。「妳來了。妳看，這裡又多長了四個新的。」

茱麗很想擁抱她，卻沒有這麼做，而是碰了碰她的手，接過了澆水壺。「妳這麼仔細記錄？」

阿嬤用兩根手指觸摸帽子上已經褪色的前總統肖像。她的意思是在腦子裡。年輕時她有一頭美麗的長髮，現在她把頭髮剪成了簡單的鮑勃頭。她問到哈利和保羅時，阿嬤回答說他們都在樓下。

「我沒去他們的房間，聽起來很安靜。」

「他們大部分時間都在睡覺。回來五天真的沒有必要。」

「他們是因為妳才來回來的，妳不高興嗎？」茱麗目光朝向周圍的屋頂望著天際。除了幾朵晴天的雲彩外，是臺北難得一見的藍色天空。盛夏即將來臨，但至少這裡仍然有宜人的微風，緩解了午後的炎熱。

阿嬤沒有回應她的話，而是問她是否留下來吃晚飯。「冰箱裡還塞滿了昨天的東西，妳媽像平常一樣煮太多了。」

「她可能認為保羅會很餓。」

「臺灣菜……美國人寧可吃漢堡。」她聳聳肩說，茱麗不得不忍住笑。阿嬤會說三種語言，但幾乎不會英語，而且從來沒有表達過想去美國看望兒子。她似乎不太信任這個國家。「妳知道嗎，華立想去一趟Kinkaseki，」她補充說，彷彿這個想法既迷人又荒謬。

「真的嗎，什麼時候？」

「星期一。」

「只有你們兩個還是……？」

「他問我的。保羅早上看籃球轉播。」

「星期一我也有時間，」茱麗說，沒有表現出驚訝。先是與中島教授的約會，現在是去阿嬤的老家——她的叔叔正在做一些顯然他想保密的事情。

「我不知道那裡還有什麼好看的，」阿嬤說，彷彿在自言自語。

「主要是黃金博物館。他們重建了一間舊宿舍，太子賓館還在。金瓜石是一個受歡迎的旅遊景點，類似九份。」

「可以參觀太子賓館嗎？」

「只有院子。但是房子有很大的窗戶，妳可以往裡看，可是什麼也看不到，裡面完全是空的。」

「妳怎麼知道這些？」

「我去過那裡好幾次了。」

「去 Kinkaseki？」

「阿嬤，現在叫做金瓜石了。」這一次她忍不住笑出來。想到開車不到一個小時就到那裡了，對阿嬤來說一定像是時光之旅，誘人又有點令人害怕。如果茱麗沒記錯的話，太子賓館是一九二二年為未來的裕仁天皇建造的，當時他正在參觀模範殖民地，但由於擔心瘧疾最後繞道沒來。關於為那些在附近銅礦做苦工而死的戰俘所立的紀念碑最好不要告訴她，否則談話馬上就結束了。「我想看看太子賓館。」阿嬤毫不猶豫地說。「那時候嚴格禁止翻牆，只有特別勇敢的男孩子才敢這麼做。」

「星期一沒有人會阻止妳，妳也不必翻牆。」茱麗走到水龍頭旁給澆水壺注水。旁邊破舊的木桌上堆放著各種大小的花盆、裝有植物種子的茶罐和舊報紙《自由時報》。從她有記憶以來，屋頂就是她最喜歡的遊樂場。小時候她在這裡騎三輪車，後來她在舊桌子上做作業，可能從來沒有問過自己為什麼阿嬤不想待在自己公寓的室內裡。她今天能給的唯一回答就是：一直以來就是這樣。當她關掉水龍頭時，樓梯間響起了腳步聲，不久之後保羅和哈利出現，在出發去天母之前來打聲招呼的。她的叔叔穿著一件褪色的兄弟隊球衣，上面寫著「陳義信」的名字，她不認識這名字。「這才是真正的球迷，」她大聲說，並放下澆水壺，伸手梳了一下保羅的頭髮。她故意忽略他短暫落在她領口上的目光。「我剛才在家裡找你們，但沒找到。你們去哪裡了？」

「我兒子餓了，」哈利一邊說，一邊摘下太陽鏡來擦拭。「我們在附近散步了一會兒。」

「最近這裡有什麼好看的嗎？」

「不是觀光意義上的。現在臺大法學院所在地是敬治舅舅以前就讀的商業學校——後來他轉到妳住家附近的高等學校。」他指的是師大校區舊主樓和禮堂。

「住在山裡的神祕舅公，」她說。她小時候只見過他兩三次，他幾乎沒有來過臺北，至少沒有出現在她的家人面前。「我以前覺得他看起來像個稻農，皮膚晒得黝黑，衣服破爛。」

「今天會稱他是精英學生。他和李登輝上的是同一所學校。」

「只是他一直沒有放棄自己的日本名字，為什麼？」

「他就是不要，而且他的意志很堅定。老師們一定不是這樣叫他，他的妻子後來也是，兩人說的是布農語。嚴格來說，『敬治』日語發音只是他在親友中的暱稱。」

「聽起來，你現在正在研究我們家族的過去。」在他回答之前，她讓保羅把裝滿水的澆水壺拿給阿嬤，因為她揮手示意，站在檸檬樹旁邊沒有打算走開。已經快五點了，雖然茱麗對棒球不感興趣，但她還是很想陪他們去天母。老實說，樓下的空間也讓她感覺不自在。她和阿嬤有時甚至還在這裡吃飯。「這就是你想見我教授的原因嗎？」當他們單獨在一起時，她問。「學習如何進行家庭和家譜研究？」

「你們的聯繫還這麼頻繁，他立即告訴妳這件事？我以為他已經退休了。」

「我本來希望你自己告訴我。說吧，這是怎麼回事？」

「好吧，」她叔叔故意拖長，彷彿正在編造著一個解釋。「我們系主任最近向我表示，考慮到我們學生的構成，建議我處理一般性的中國議題。也就是說，不要太專注於有臺灣特色的。我正在尋找題目中。中島作為一名歷史學家，也許可以給我一些建議。」

「你們系主任不覺得向中國人讓步丟臉嗎？」

「上面肯定有指示。他們的比例正在增加，也變得更有自信，沒有他們的學費……」

「你的意思是，他們變得更加咄咄逼人。就像他們腐敗的政府一樣。」

「我們可以這樣說，可以感覺到一種潛在的傾向，有些人就是喜歡代表中國人民感到被冒犯。雖然也有不少例外，但趨勢很明顯。現實湧現在清晰的意識形態下長大的年輕一代。」

「你就服從指示嗎？太無恥了。」

「也許有不同的方式來遵循。例如，透過比較一九四七年的臺灣和一九八九年的北京，當然是以文學的方式反映。這是一般的中國主題，不是嗎？一個國家，兩場屠殺。我也考慮有關這方面的電影。」

「只是你必須從零開始，因為他們對天安門一無所知。」

「幸好，我不是只教中國人。」有那麼一會兒，他的目光飄向阿嬤和保羅，茱麗開始明白他真正感興趣的是什麼。一九四七年春天的大屠殺之後，阿嬤的一位伯父被警察帶走，從此再也沒有回來。這就是她的家人最終搬到臺北的原因。「妳看，我有主意，」哈利說，「但還沒有具體的構思。順便提一下，我第一次看《悲情城市》是和敬治舅舅一起看的，那是唯一一次我們一起去看電影。是在天安門事件之前不久還是之後不久，我不記得了。」

「好吧。這和中島教授有什麼關係？」

「我覺得他的書在形式上也很有趣：小說式的段落、歷史解釋、信件。母親的故事是虛構的，對吧？戰爭結束後隱藏的一段情史還有混蛋士兵——都是他杜撰的。」

「否則他應該就會知道他的父親是誰。我不知道到底什麼是真的，什麼不是。你聯繫他，他會洩漏給我，但對自己的祕密他守口如瓶。」

「妳有沒有問過阿嬤是否認識他母親？我是說在金瓜石。」

「她說，她不記得了。一切都已經過去太久了。」茱麗聽到她背後，阿嬤說了一堆她的孫子很難理解的植物名稱。「你要去金瓜石，是因為你希望她在她的老家突然開口說話？」一開始他沒有回答。和家裡所有的男人一樣，他身材高大，但與她爸不同的是，他沒有超重的傾向。舊球衣和白色百慕達短褲穿在他身上很好看。「值得一試，不是嗎？」

「總之我也想去。」

「沒問題，也許華榮可以把他的車借給我們。」茱麗不相信他已經完全向她透露了為什麼對中島教授有興趣，但現在追問已經沒有意義了。他們兩人乘坐捷運需要一個小時才能到達天母，比賽六點半開始。「還有一件事，」他說，「我明天十一點會去見妳的教授。妳有時間和保羅一起做點什麼嗎？我今天其實想和他一起去大稻埕，但他要先看NBA總決賽，之後就太晚了。」

「你想要帶他去看什麼？阿嬤也記不太清楚茶行到底在哪裡了。」

「我只是想讓他喜歡臺灣，妳懂嗎？他覺得在祖父母那裡很壓抑；爺爺不會主動跟他說。阿嬤正在努力，但妳也聽到了：紫薇和紫藤。我兒子十二歲。」

「說中文會有幫助。」

「也許還不算太晚。首先他必須喜歡這裡，才有動力。」

「我明天十點來接他。要他已經洗漱好、吃過早飯。」

「謝謝。還有，我認為阿嬤記得的東西比她承認的要多。必須繼續弄清楚。」

「你星期一可以試一試，」茱麗說。「如果出了什麼問題，就別怪我。」

兩分鐘後，兩人出發了。把所有的植物都整理完畢之後，阿嬤和她喝了如平常一樣裝在保溫瓶裡的茶。鄰居屋頂上的水箱反射著夕陽的光芒。比賽將在電視上直播，因此茱麗答應留下來吃晚飯，觀看第一局比賽。在她求學期間，就算對運動不感興趣，也能被王建民周圍球迷的熱情所感染，她也曾參加過幾次在戶外廣場上的直播派對。回想起來，她甚至認為自己為他的成就感到驕傲。他是為數不多的，在海外成名的臺灣人之一。現在她的目光落在阿嬤捲起的袖子和她前臂布滿老年斑的皮膚上。「對了，我怕我忘了，」她說，伸手去拿背包，拿出筆電。「我最近發現了一些舊照片，想給妳看看。在金瓜石和基隆照的。妳甚至可能出現在某張照片上面。」

☆　☆　☆

從圓山站開始，捷運紅線在地面上行駛。哈利童年時附近有一個動物園，後來搬到了城市南邊的山區。更早以前，現在豪華的圓山飯店所在，曾經是臺灣最大的神社，旁邊還有一個棒球場，每年最優秀的學生隊都會在這裡決賽。敬治舅舅曾經參加過一次。戰後，神社被拆除，棒球場上建起了美軍軍營。對於新統治者國民黨來說，棒球是殖民時期的遺物，他們最初對此毫無興趣。青少年時期，他想看比賽，就去臺北市立棒球場（後來被臺北小巨蛋取代，那裡太小，打不了棒球），但最美好的回憶是在臺南的大學時代。那座棒球場位在機場降落進場的航道上，因此照明設備特別低，以致色彩的強度增強，這可能是他到今天仍然可以清楚記得當時情景的原因：草地的綠色和四個壘包之間連線的紅色。大多數時候，他和朋友們坐在外野後面的廉價座位上，從看臺上傳來的鼓聲節奏的迴盪，一直到喉嚨深處他都能感受到。由於炎熱的氣溫，他們喝的罐裝啤酒很快就變得不冷不熱，但這並沒有澆滅他們的興奮。國家終於有了自己的職業聯賽，他也有了第一個女朋友。由於他們不能在公共場合互相觸碰，所以他們必須等待兄弟隊得分，才能在一片歡呼聲中擁抱彼此。在他大學的第二年，雅惠和他分手，不久之後聯盟也走下坡了。賭博醜聞和欺詐行為使每場比賽的平均觀眾人數減少到不足千人。現在情況又好轉了，但只有四支球隊倖存下來；島上最受歡迎的運動有著複雜的歷史，目前仍然面臨一些困難。保羅和他今晚要去的天母棒球場，位於一個昂貴的住宅區，出於防止噪音的原因，只允許少數幾場比賽——他們很幸運能夠看到一場。

五點四十分，車上已經擠滿人。他一整天都很累，但現在他期待著晚上的到來，而且希望保羅不會感到無聊。透過車窗，他看到了一大片房屋如海洋般，一直延伸到鬱鬱蔥蔥的山丘上。一座佛寺在眼前飄過，三名身穿兄弟隊黃色球衣的年輕人在士林站上車。他突然記不得他的球隊上次贏得冠軍是什麼時候，這一刻讓他感覺有點背叛。無論如何，球隊已經低谷很長一段時間了。「你還好嗎？」他問，試圖將保羅的注意力從他的手機上轉移開，自從他們離開後他就一直在手機上打字。

「露想知道為什麼……為什麼你要為兄弟隊加油。」

「告訴她真正的粉絲沒有理由。在職業聯賽出現之前，他們就是我支持的球隊。在我上大學時代，他們連續三次拿到臺灣總冠軍賽的冠軍。」相當於美國的世界大賽（World Series），因此他兒子露出了嘲諷的表情。「儘管取笑吧，」哈利說，「這是一個小國家，但它培養了優秀的球員，不是只有王建民。」他球衣上的那個名字，被稱為假日飛刀手，因為他通常在週末比賽，而且投出致命的滑球。另一位投手因對陣味全龍隊的完美戰績而被稱為「屠龍手」——這與他學生時代熱衷的武俠小說無疑有明顯相似之處。

「但你自己沒打棒球，」保羅說。「在真正的球隊中。」

「我的高中沒有球隊，而且爺爺也不喜歡。對他來說，這是一項底層的運動。」

「Kind of Mom says（就像媽媽說的那樣）。他們吐太多口水了。」

「在這裡他們並沒有做得那麼過分。他的意思是：那是一項臺灣人的運動。」

「他不喜歡臺灣人嗎？」

「問得好，至少他不認為自己是其中之一。你也知道，他的家人來自中國大陸。高官，在逃亡中除了優越感之外，已經失去了一切。從前，如果我和阿嬤去敬治舅舅家，就和他村子裡的隊伍一起訓練。都是山胞，個個強壯，我根本沒機會。這可能就是讓我決定繼續當球迷的原因。」

「茱麗為什麼叫他神祕舅公？」

「因為她不認識他。他也有點古怪，至少在出獄後是這樣。還有，她明天早上十點會來接你，帶你參觀河邊大稻埕。敬治舅公高中時就住在那裡，後來阿嬤的爸爸接管茶行的生意之後，阿嬤也住在那裡。」

「明天你要做什麼？」

「我到大學有個約會，不會很久，現在讓露把手機還給媽媽準備去學校。我們一會兒就到了。」

到了芝山站，他們換搭上一輛計程車。地平線上的天空融化成紫色的條紋，周圍巷子裡的餐館都擠滿了人。和保羅一起去棒球場的路上讓他意識到他不記得和父親有過類似的活動，甚至不記得有過真正的對話。問她吧，每當哈利想要從他那裡得到什麼東西時，他都會簡短地說。今天早上他幫媽媽在屋頂上移植了一株植物，當他回到公寓時，爸爸正拿著報紙坐在餐桌旁，茫然地看著孫子。「他不舒服嗎？」他問，感覺有點惱火，因為保羅在電視機前哭哭啼啼，像得了盲腸炎一樣。此時克利夫蘭領先勇士隊十五分。

「如果他的球隊輸掉了決賽，就會不舒服。」哈利一邊說，一邊從冰箱裡拿出一壺冰水。雖然只出去了半個小時，他的T恤還是黏在背後了。喝水的時候，他注意到父親雙手的顫抖傳到報紙上。「我們的退休金何時會受到衝擊？」《聯合報》社論問，這是最近新政府執政以來不斷討論的主題。儘管他父親在內政部的職位並不特別高，他每個月領取九萬兩千元。今天大學畢業後找到第一份工作的人月薪大約三萬，在臺北其中三分之二花在租一室的公寓，那些公寓通常屬於退休公務員、軍人或教師——這些人幾十年來一直效忠國民黨政府所得的獎勵退休金，這在其他地方會被視為經濟自殺。新政府想要結束這一荒誕的事實，在藍營中引起了歇斯底里的沒收警告。「你認為會有大動作？」哈利問。

父親過了好一會兒才明白他的意思。「他們不會留給我們什麼。」他頭也不抬地低聲說。

「你不覺得有必要進行改革嗎？」

「他們最希望的是我們死或者回去。在那之前他們不會放棄。」

「退休金是起薪的三倍——從長遠來看，這是行不通的。」A recipe for disaster 在他腦海中閃過，但他想不出中文中有同樣激烈的說法。他喝了一口水，沖淡了心中想爭吵的衝動。他的曾祖父在北京市中心擁有一處豪宅，全家被日本人趕走。內戰後期，他的祖父四處奔波，修復長江沿岸被毀的港口。他只短暫任職過基隆港務局的職務。乍看之下，他父母的婚姻就像是從童年一直延續到老年的浪漫愛情理想，但是多年親身所見，哈利更清楚事實。因為沒有得到回答，他給自己再倒了一杯水，走到保羅旁邊坐下。這時勇士隊再次逼近，隨後柯瑞第六次犯規，被取消比賽資格。哈利把手臂搭在兒子的肩膀上安慰他。「他們還有一次機會，」他說。「第七場比賽在主場舉行。」

「如果他們繼續表現像今天一樣……No way。」

「這裡時間星期一早上，對吧？其實我很想和你阿嬤一起去她的故鄉看看。你有興趣嗎？」

「比賽優先。」

「那之後，你願意跟我一起去嗎？」

「他們怎麼可以這樣對我？」他呻吟說，像在演戲。在最後幾分鐘，他的英雄們不再認真防守。克利夫蘭的觀眾歡呼雀躍，穿藍黃兩色球衣的球員低著頭走進更衣室。「那地方叫什麼名字？」保羅語氣平淡地問。

「金瓜石。你阿嬤都說是『Kinkaseki』，但意思是一樣的。你知道她爸爸在那裡的金礦工作過嗎？更準確地說是日本礦業有限公司。」

兒子點點頭，在沙發上向前滑動，直到下巴抵在胸口上。勝利者接受第一輪採訪，並再次證明了職業運動員並不害怕陳詞濫調，尤其是在美國：永不放棄，永遠相信自己，一切皆有可能……對於哈利來說，他對第二故鄉感到最陌生就是這種簡直是病態的樂觀。他模仿保羅的姿勢，把腳放在平板玻璃桌上，說：「今晚我們要先看一場棒球比賽。你高興嗎？」

「當然。」

「如果你不喜歡，就直說吧。」

「我還是不確定，你爸爸知不知道我是誰。」保羅用英語低聲說。

「別擔心，他只是不知道怎麼樣跟你說話，或者說和別人說話。」

「為什麼會這樣？」

這問題他也沒有答案。他突然想到二十四孝中的一個故事：在這故事中，孩子在冬天躺在父母的床上為他們暖被。他記得有一次，他這樣做了，不小心睡著了，直到母親生氣地拉著他的耳朵，要他回自己的床上。他已經記不得他有沒有為自己的行為辯解，可能沒有。反過來，也沒有人指望自己的父母會為自己解釋。是什麼讓他父親的語氣仍然散發著權威，但表情卻暴露了他全部內心枯萎程度，至今他仍然覺得似乎不該問。不孝。這是所謂的儒家倫理還是只是懦弱？一想到這裡，他心中就升起一股昔日的怨恨。在自己的沉默中幾乎窒息，但仍堅持下去——這可能是他們兩人之間勉強聯繫在一起的少數感情之一，因為這還算較小的災難。

入口上方掛著金字「臺北市天母棒球場」。這是一個小型的體育場，有一萬個座位，估計今晚票都賣完了。在廣場上飄揚著旗幟，大部分是兄弟隊的黃白色旗幟。陽明山的近郊山脈在夜空的映襯下顯得黑暗。從前叫做草山，當時蔣介石在那裡擁有他眾多行館之一。空氣中瀰漫著豆花和烤香腸的味道，哈利的期待中夾雜著一絲懷舊。在臺南他們每次都是一大群人帶著裝滿食物的袋子到體育場。他也想喝點啤酒。「我們先去給你買一件球衣，」他說，「這樣你才不會太引人注目。然後我們去買點吃的東西，然後……」被氣氛所誘惑，或者只是為了擺脫幾天來一直停留在嘴邊的問題，他簡單地說：「你覺得在臺灣住一段時間怎麼樣？」

「一段時間，什麼意思？」

「比如說一兩個學期。如果我有機會擔任客座教授。」

「我們兩個？」他的兒子吃驚地看著他。「那媽媽和露呢？」

「看情況而定。最好是我們四個人來這裡一整年，才不虛此行。否則我們可以在這裡待幾個月。」

就像妹妹一樣，保羅繼承了海倫美麗的弧形嘴唇，當他不喜歡某些東西時，嘴唇會形成一條細線。「你具體指的是哪裡？」

「別擔心，不是在你祖父母的公寓裡。我們會找到一間公寓。我去大學上課，你去美國學校，離這裡不遠。」到目前為止，他只是向海倫暗示了這個想法，但如果要他父母還健在的時候實現，那就有一定的時間壓力。「你覺得怎麼樣？」

「我不知道，」保羅說。「你想聽什麼？」

「你的意見。剛才茱麗又說了一次，你幾乎不會說中文很可惜。這不是你的錯，但你有學習的條件。」

「這就是你明天在大學有約的原因？」

「那與這件事無關。聽著，這只是一個想法。問題是，你會不會考慮。我不會把你綁架到這裡。」

「我會考慮一下。」

「很好，」他一邊說，一邊用下巴指著入口。「那我們走吧，我們可能要排隊等一會兒。」棒球場看臺上方強烈的燈光照耀著，他到處都能看到穿著洋基隊四〇號球衣的老球迷，他在家裡也有這件球衣。在威廉斯敦的家中。當海倫生他的氣時，她仍然聲稱他當年差點毀了一切。他們剛剛搬到東海岸，因為他獲得麻薩諸塞州的一所文理學院的職位，為了避免依賴她父母的支持，他想盡快成為一名副教授。保羅當時兩歲。白天哈利在大學工作，晚上他試圖將他的博士論文修改成一本可讀的書，沒有時間做其他事情。他對美國棒球本來就不感興趣；在伯克萊時，他透過廣播收聽奧克蘭運動家隊的比賽來提高英語的水準，但他並不關心比賽結果如何。現在連和母親通電話的次數也變得越來越少了。家庭、臺灣，這一切似乎都被他拋在了身後，而這正是他想要的。在他面前的是一條名為終身教職的障礙賽跑道，偶爾海倫會和他討論生第二個孩子的事。

對於紐約的奇蹟他絲毫沒有準備。

王建民在洋基隊的第一個賽季中，哈利大多只是關注網路上的報導。此人身高超過一米九，體重一百多公斤，但比身材更引人注目的是他的天賦。他擁有力量和技巧，投球精準有力，但沒有人相信他能在一個賽季內贏得十九場勝利——直到一年後他實現這一壯舉。突然間「臺灣之子」成為了世界上最著名的大聯盟球隊的最佳投手，哈利開始圍繞著直播來安排自己的日常生活。他很難解釋王的成功給他帶來深深的滿足感，但至少在臺灣每個人都有同樣的感覺。大批記者被派往美國，人們請假或蹺課去觀看他的比賽，甚至總統也公開熱切關注。電話裡，母親的語氣比以往更加激動。她兩個都喜歡。喜歡總統是因為他不是國民黨的一員，王建民是因為人人必須喜歡。他對他周圍的八卦感到尷尬，但這反而讓人對他更加狂熱。在他的比賽之後，一些報紙的發行量增加了數十萬份。

哈利第一次在體育場看到他，是因為一位同事買了票但生病了。他站在投手丘上，肩膀寬闊，肌肉發達，十分冷靜。他散發出的自信，連最高層的看臺上都能感受得到。一個來自臺南的年輕人，他的伸卡球時速超過九十英里，在本壘板前方像一塊石頭一樣落下。記者們形容就像保齡球一樣。那天對陣坦帕灣的比賽中，他完投一場比賽，被擊出兩支安打，並在賽季結束時被評為美國聯盟第二好的投手。他家鄉的粉絲為之瘋狂。

後來的一個賽季，他又取得了十九場勝利，並被《時代》雜誌列為世界上最有影響力百人之一。最後一場勝利之後，母親發來了一張臺北報攤的照片：每一張報紙打開時都是他的全頁照片。當總統面臨下臺的呼聲時，他呼籲支持者身穿四〇號球衣走上街頭支持他。國家元首喜歡把自己標榜為臺灣之子，但這只是作秀；人們稱王建民為臺灣驕傲，彷彿他才是他的真名一樣。

哈利再次進場觀賽，付了二八〇美元買黃牛票。當他給海倫看票時，海倫翻了個白眼。她在第二次懷孕期間出現了一些輕微的併發症，但距離預產期還有近三週。他以前從未在美國見過同胞如此大規模、如此快樂地聚會。年輕女性為王歡呼，就像他集披頭四成員於一身一樣。他表現得很好，他的球隊正在獲勝，而哈利太專心看球賽，根本沒時間注意手機。當他深夜回到家時，鄰居已經開車送海倫去醫院。他在最後一刻衝進產房時，他感受到嚴厲的目光，但最後他們的女兒健康地出生了，坦白說，他並不後悔。當時，沒有人知道這將是王建民最後一個充滿勝利的賽季。回想起來，他更慶幸自己曾經經歷過這些。再也不會有第二個王建民了。

「在想什麼？」保羅問，並戳了戳他的肋旁。他們並排站在入口前；裡面傳來一首搖滾旋律，哈利認出這是兄弟隊的歌曲。天色越來越暗，強力照明燈光越來越亮，雨燕在空中翩翩起舞。突然間就跟以前在臺南一樣了。

「沒什麼，」他說，並迫不及待地想要進入棒球場。「我只是想讓你更了解這個國家，你懂嗎。從美國來看，它似乎微不足道，但是……」

「我說過我會考慮一下。我會的。」

「好吧，我要求的這麼多了。給你時間考慮——就十分鐘左右。」

「非常好笑，爸爸。」他的兒子做了個鬼臉說。

「我們給你媽媽拍張照片好嗎？她說，每天至少一張。」

保羅隨手掏出手機。在他們擺好姿勢之前，哈利把他拉近，因為這個男孩很快就會長大，所以他在他的額頭上飛快地吻了一下。他該如何向他解釋那種依戀，就像崔健唱的：「我要永遠這樣陪伴著你，因為我最知道你的痛苦。」他對故鄉有類似的感覺。當他們進入看臺下方區域時，場內已經宣布了陣容。這是一個破舊的體育場，水泥牆壁已經開裂，蚊子在裸露的霓虹燈下嗡嗡飛舞，他又想起了敬治舅舅；當他還是學生的時候，他的舅舅會騎著摩托車去臺東火車站接他，當他到達紅葉時，他總是說：歡迎來到世界的盡頭。赤腳的孩子們在未鋪的小路上玩耍，晴朗的日子裡，綠島像海市蜃樓一樣出現在地平線上。正式來說，敬治是長老會教區的牧師，但對於村裡的男孩來說，他主要是棒球教練，如果他們不聽話，他不會吝嗇打人賞耳光。老派的日本教育。哈利小時候就很怕他，那些年裡他幾乎成了父親的替代品。他回答他的問題並鼓勵他思考。當談到政治時，他經常說，別跟我說學校裡的那些廢話。當哈利想知道為什麼他在監獄裡改信教時，他舅舅說像他這樣的人必須強迫自己成為一個好人。儘管他有充分的理由將自己視為受害者，但是他的驕傲不允許他這麼做。母親當時和現在一樣無法理解。

很遺憾她寫給哥哥的信幾乎沒有提及一九四七年之後命運多舛那些年。梅子最後叫靜梅，她隨父母搬到了臺北，而敬治則上臺大學習醫學。因為兩人又住在同一個城市，所以他們寧可見面，而不是給對方寫信。因內戰而跨越臺灣海峽逃亡的有近兩百萬人，陳氏家族或家族僅存的成員也在其中。與此同時，恐懼在島上蔓延開來。隨著反共最終失敗的臨近，政府發現了越來越多的敵方間諜，在妄想恐懼下匪諜填滿了監獄。一方面危險無處不在，另一方面又抽象，畢竟沒有人確切知道是因為什麼事引起了懷疑——直到突然為時已晚，無法避免災難。沒有發出任何警告。一天下午，有人很有禮貌地敲了三伯家的門……

12

數十萬難民來到島上。港口裡停靠著擁擠不堪的船隻，乘客們花了大筆錢，只為了保命。有些人乘坐的小船渡海，這些船容易沉沒，一旦沉沒，潮水會把屍體和行李沖上岸。有人說難民就是洪水。他們不斷地湧入臺北，除非有親戚，否則他們必須住在鐵皮屋頂和鬆散磚砌成的小屋裡。報紙上問，夏天颱風來臨時，他們怎麼辦。或者共匪來了呢。

有人問，如果新來的人是共匪怎麼辦？

今年的春天，雨彷彿膽怯的低語落在這座任何人都可能成為敵方間諜的城市上。媽媽再三提醒她，放學後不要四處閒逛，不要和陌生人說臺語，只在有人問妳才說話！去年他們搬進了三伯的房子，因為爸爸要繼續經營他的生意，日子總得繼續下去。為了防止更多無辜公民因參加可疑集會而毀掉自己的生活，現在全面禁止集會。兩家仍然被允許發行的報紙大多報導同樣的事情。負責國安的正是總司令的兒子，他知道如何維持秩序，或者至少維持安寧。所有新來的人都受到他手下的審問，那些回答自相矛盾的人就……靜梅想，為什麼人們要逃到一個他們可能會不明不白消失的島上呢？他們逃離的地方究竟是什麼樣子？

她沒有得到任何回答，因為爸爸太忙，媽媽太害怕。每當外面響起汽車喇叭聲，媽媽就會聽到槍聲，然後嚇得縮起來。下午，她和三伯母一起去了廟裡，兩個女人去廟裡拜媽祖婆。附近的商店外排起了長隊，有一次，靜梅在去學校的路上看到一輛卡車，卡車上載滿人。路人紛紛轉頭，一名女子慘叫倒地，趕緊被帶到附近的房子以免引起注意。卡車向東行駛，據說是前往城市外的沼澤地。

唯一真正和她說話的人是敬治。有時下課後，她會坐車去以前的臺北帝國大學，現在的國立臺灣大學。公車上有陌生的男人盯著她看。城市裡到處是無家可歸的人，讓她想起基隆的士兵。如果有人盯著她看得太過分，她就會下車走完剩下的路。新生南路外是一片開闊的田野，小運河縱橫交錯。空氣中瀰漫著腐爛和煤火的味道。

她的哥哥會在校園門口等她。她認出了樹林間的兩層紅磚建築，想像著有一天自己也能到那裡讀書。「我遲到了，」她抱歉地說，「我不得不走一段路。」

「公車又不開了嗎？」

現在她已經練就不露出內心感覺的本領。他們走進茶館，敬治選擇了一張靠牆的桌子，這樣就不會有人偷聽他們的談話。反正下午這麼早這裡沒什麼人。「家裡還好嗎？」他們點完東西之後，他問。外面，雨水從堵塞的排水溝中濺出。

「還好。」

「媽媽呢？」

「不怎麼好，」她說。一邊環顧昏暗的房間。一些客人在抽菸，牆上的書架擺了一些書，那些書因濕氣而有些捲曲。雨季的時候，她有時會突然覺得自己能聞到舊榻榻米或者是檜木散發出的味道。儘管她的哥哥不再打棒球，但他卻散發出一種常勝運動員的自信。他看著女服務生的眼神，就像美國電影中的男人一樣。「她知道妳來這裡嗎？」他問。

「不知道。」

「如果她知道了呢？」敬治問。

她小心翼翼地雙手接過杯子，吹了吹。「她不斷警告我不要引人注意。遠離士兵，不要大聲說話！事實上，她擔心的是你。過去是你，現在也是你。」

他沒有回應。幾個星期前，幾名學生在半夜被捕。敬治聲稱他和他的讀書會和政治無關，但這能說明什麼呢？

監獄裡關滿了對共產主義一無所知的匪諜。「你是不是太不小心了？」她問。

「我從來就沒有。」他俯身，把前臂放在桌子上。有時，他的舉止不再像日本人，這讓她感到困惑，儘管他有時會切換講日語。當她問他有沒有女朋友時，他只是微笑。「不要讓他們的恐懼影響妳。在某種程度上來說，他們兩個沒有真正從基隆的閣樓下來。」

至少他沒有試圖保護她。老師說的或者報紙上寫的很容易看出來是謊言，但她還是不知道真相。有些事情她覺得似乎很熟悉，最近她甚至再次聽到了吳鳳的故事，他為了阻止山胞的殘暴行為而獻出了自己的生命；像任何優秀的國民黨官員一樣自我犧牲。至於日本人為了紀念他建造的墓碑沒有人提。學校上課的時候也沒有提到總司令曾就讀於日本軍校，以及他的兒子在蘇聯待過很多年；這都是敬治告訴她的。獨裁者美麗迷人的妻子蔣夫人，不是他兒子的母親。她在美國長大，這幾個星期她竭盡全力對抗共產黨對美國政府的滲透。這麼說美國也有共產黨或者這個詞現在包括所有反對這位有權有勢的大光頭？除了她哥哥，沒有人敢大聲說那顆頭像花生。雖然是事實。

「還有，妳每次想問什麼但又不知道怎麼問，樣子一看就知道，」過了一會兒他說。「問吧，這次是什麼？」

「他為什麼要放棄總統職位？」她不自覺地回頭看。在學校裡，聽起來就好像有一尊神在草山上，島上發生的任何事情都逃不過他的耳目。就像古時的句踐一樣，他臥薪嘗膽，為大反攻做好心理準備。房子的牆上、海報上到處都寫著「光復大陸」這個標語，而學校裡每天都在說。老師們也沒有說，當時句踐沒有漂洋過海逃走，而是撤回了自己的首都，畢竟南京已經淪陷。

「妳怎麼會有這個想法？」

「現在，對岸的戰局正在決勝負的時候，」她輕聲說。「他不想繼續了嗎？」

「相信我，一旦最後一座城市失守，他就會從山上下來，懲罰那些所謂有罪的人。他甚至可能會表現出他重新擔任總統是為他的人民做出犧牲。眾所周知，他是完全無私的。」

「我們是他的人民嗎？」

「他是這麼認為。還有對岸所有的中國人。」敬治的聲音裡帶著一絲苦澀。「我們是一個民族，別忘了。」

「你覺得三伯有一天還會回來嗎？也許他只是……」

「不會。不管妳問多少次。」

「就是因為那麼一次集會？」

「我們不知道真正的原因。在動亂之前的幾個星期，經常有人來找他。他有他的聯絡通道，據說希望他幫助走私貨物到大陸。也許他被帶走就是因為他拒絕了。報復。我們永遠不會知道。」

「你也參加了集會嗎？還是去了另一個？」

敬治搖搖頭，像在趕走一隻煩人的昆蟲一樣。「他知道危險，不讓我去。我也不知道他為什麼要去。基隆的李家就是這樣。」他稍稍停頓了一下，彷彿在思考這句話。「隨著時間，情況應該會有改善。據說美國希望很快在這裡開設大使館。」

他沒有說為什麼情況會有所改善，而她也沒有問。基隆的士兵不就是從美國船隻上下來，用美國步槍四處掃射的嗎？一想到這裡，她就覺得心底一顫，懷疑自己是不是也沒有從閣樓上下來。「答應我，你會小心。」她低聲說。

「是媽媽讓妳這麼說的嗎？」

「答應我就是了。」已經快四點半了。如果她想在天黑之前回到家，現在就必須離開。低空飄過城市上空的厚厚雲層讓他們想起了那時候。基隆中學復課後的頭幾天，早上離開家幾乎比躺在黑暗的閣樓裡還難受。街道上一片詭異的寂靜，港口裡飄來讓她作嘔的惡臭。甜甜的、腐爛的、又帶苦澀的——就像一隻死掉的動物，仍然埋伏等待著她。有人划著小船出海尋找親人的屍體。港口水域的水呈骯髒的紅色。她在院子門口停下來，想稍微呼吸一下，但心跳得太快了。隔壁的房子裡似乎都很安靜。陳先生半小時前就已經離開了，因為他所說的不幸事件發生後，他還有更多的工作要做。靜梅背對著大海等待，告訴自己沒什麼可擔心的。敬治還活著，他們都還活著，而媽媽之所以不停地流淚，是因為太累了。昨天吃飯的時候，她突然從桌子站起來，把杯子往牆上一摔，什麼也沒說。

當鄰居的前門砰地關上時，她轉過身來。前一天晚上，陳太太過來提出這個建議，以感謝爸爸陪她丈夫到港口。現在她最小的兒子招手向她走來。儘管天氣有點涼，他仍然穿著短褲，頭髮看起來像是剃過而不是剪過。他手裡拿著一封摺疊起來的信。他沒有像第一次那樣偷偷地盯著她，而是直視著她的眼睛說：「如果有人朝我們走來，我會用中文和妳說話。」

她點點頭。局勢改變得如此之快。「妳叫什麼名字？」他問。

梅子想了想，回答：「李靜梅。」

她用眼角的餘光看到了廚房窗戶後面媽媽的身影。

「哪個美？」他問。「美麗的美嗎？」

「梅花的梅。」

「那靜呢？安靜的靜？」

她點點頭。

「好聽的名字，」他說。「妳的朋友都叫妳小梅？」

哪些朋友啊，她心想，但還是勉強回答「對」。

「我也可以這麼叫妳嗎？」

她再次點點頭。

「我叫陳顥。罕見的字。」

他用食指在張開的手掌上為她寫下了那個字。「日、京和頁的組合。妳知影我的意思嗎？」

他用臺語問，但聽得出來他很少說。

「知影。」

「妳可以叫我小陳。我們走吧？」

他們一起走下山。當他打開信時，她認出了幾行手寫的字和港務局局長的印章。可能是為了安全起見。

就像祖父母一樣，他們很幸運他們的房子地處偏遠。港口還有那麼多其他目標時，士兵們沒有繞道去射擊更多的人。當他們經過空蕩蕩的火車站時，靜梅以為自己聽到了機關槍的聲音。噠噠噠噠。爸媽的酸汗味立即嗆入她的鼻子。有一次，爸爸爬下樓梯，為了要拿一個水桶，他一邊咒罵一邊搜查房間。噠噠噠噠噠。她以前從來沒聽過媽媽哭泣。就像一隻受傷的動物。

「妳很冷嗎？」小陳問。「妳的嘴唇在顫抖。」

她搖搖頭沒有說話。他們經過的大多數商店都關門了。到處都是垃圾。一只孤零零的鞋。

「你們的導師是誰？」

「張老師。」

「大聲公？」

她可以說話，或者壓抑顫抖，她選擇了後者。在一扇敞開的大門上血跡斑斑就像潑濺的油漆一樣。

「看來妳很倒楣，」他說。「我不確定他是不是上過中學。我爸說這裡還有很多工作要做。日本鬼子只不過是為了自己發財。」

爸爸終於帶了一個鍋回來，他們湊合著用。第二天陳太太送了一些飯糰和水果給他們，之後事情漸漸安靜下來，因為部隊開往臺北，靜梅也為自己鬆了口氣感到羞愧。從那時起，其他人不得不擔心自己的生命安危——譬如敬治。

「妳不愛說話，對吧？」

「給你說。」她輕聲說。

下一個路口士兵們出現。他們站成一圈抽菸，步槍掛在肩上。靜梅感覺胃裡發冷，但看著小陳時，他的臉上卻沒有絲毫的懼怕。他神情愉快地向大兵揮手，然後繼續說話，聲音比之前更大了。「現在妳這麼說，」他大聲說。「對，我記得。爺爺的家就在紫禁城旁邊。如果妳不先問就從書房拿走一本書，那妳就慘了。他有一套特定的規矩，如果有人搞亂了，他就會發火。」在街對面他環顧四周，輕聲補充說：「順便告訴妳，這是真的。我大哥就曾經惹過很多麻煩。」

即使到了學校門口，她的心還是像全程跑到學校似地劇烈跳著。

從此以後，他們每天早上都一起去上學。小陳一邊講他的故事，而她一邊踢著面前的小石子，讓自己目光保持在地面上。當他看到士兵時，她可以從他的聲音中聽出來。她得知，在他爸爸這邊的家族，來自他稱之為北平的北方古都，但由於爸爸的工作，他們比政府搬遷的次數還要頻繁。他們曾居住過南京，後來又到了重慶，期間也居住過長江沿岸的各個港口城市。小陳從來沒有提過他媽媽那邊的家庭。

漸漸地，商店重新開業，表面上又恢復了正常。如果省長在廣播中的講話可信，就沒有任何理由不安。他總是向「親愛的臺灣同胞」或「這島上有道德、守法的人民」喊話，並保證戒嚴只是為了保護他們。搗亂分子濫用政府的慷慨散布謊言，播下叛亂的種子。大伯父說，很多他以前的商業夥伴都下落不明。在高雄，政府發現了特別多的叛亂分子，而且強迫婦女和兒童觀看處決。省長低聲安撫大家，放心，如果你們尊重法律，就沒有什麼好害怕的。爸爸每天給臺北的嫂子打電話，試圖安撫她，但他的眼神卻透露出他擔心最壞的情況。三伯首先考慮的總是家庭。他不可能在沒有通知妻子的情況下，躲在什麼地方。

在學校裡，張老師一提到叛亂分子就會大發脾氣。對於這幫忘恩負義的人來說，子彈是浪費了，只要把他們綁起來，丟到最近的運河裡就好了！有時他的聲音太大了，隔壁班的同事會過來看看，請他到門外一下。放學後，小陳在校門口等候，然後他們原路回家。他說起北平的冬天，有人鼻涕凍在鼻孔裡，她踢著面前的小石子。注意自己的心跳。她越是堅持不說話，他就越賣力地說：有一次因為雪下得很大，他們只能從樓上出門。每當他想不出還有什麼可以引起她興趣的故事時，他就想辦法從她那裡踢走石頭。她覺得，儘管他比她大三歲，可是他的行為相當幼稚。回到家，媽媽正在廚房的窗戶後面等著。靜梅一關上門，就被警告不要跟他們那種人有任何瓜葛。

大陸人都串通一氣，向警察告發無辜民眾，她難道不知道嗎？陳先生也許就是讓兒子打聽她家裡的情況。至於他太太，或許是福建人，她的口音聽起來確實很奇怪。一天下午，靜梅聽到有人敲門，小陳問她在不在家。不在，她媽媽回答。她從臥室的窗戶看著他走回家，但當他轉身時，她躲到了窗臺下。第二天早上，他告訴她一個重要的消息：他的家人想在暑假期間搬回大陸。

「去打仗嗎？」她問。距離假期開始只剩下兩個星期了。

「父親被調到上海了。」他悲傷地說。「港口又開始運作了，反正臺灣人本就不喜歡我們，」他說。「他們只是在等我們離開。」

「我明白了。」她幾乎透露她和爸媽也要搬家了。在查明三伯的下落之前，爸爸想經營茶葉生意，但媽媽警告她不要告訴任何人——尤其是那些人中的任何人。

「這是真的嗎？」他問。

和往常一樣，她聳聳肩，一言不發。

「說！你們真的只是在等我們……？」

「我們要遲到了，」她說。他們互相對視了一會兒，然後她自己先走。天氣好的時候，遠處的大海看起來就像以前一樣。湛藍而寧靜，和她從山上的神社看到的一樣。

「是真的嗎？是還是不是？」他在她身後大喊。她站住，沒有轉身。

他為什麼不說說北方的冬天呢？一個被白色粉末覆蓋的世界的想法讓她著迷。他說，雪消除了所有噪音，而且每走一步都會吱吱作響；晚上她經常躺在床上想像這一幕。雪可以捏成雪球，但如果你有哥哥，你必須小心，不要讓他們拿雪球扔你，因為那會很疼。就像棒球一樣嗎，她問，但驚訝地發現他不懂她的意思。她也無法用中文解釋清楚。我們來自不同的國家，她想，但她沒有透露自己的想法。

他花了半分鐘等她回答，而她則等他動身。最後她自己去上學了，這種情況一直持續到暑假開始。一天晚上，當他們從祖父母家回來時，鄰居家的所有窗戶都是黑的。第二天晚上也是。

「終於，」媽媽說。

不久之後，他們搬到了臺北。

☆　☆　☆

他通常在晚上很晚才離開宿舍。同宿舍的同學都回到自己的房間，而且如果沒有停電的話，燈光也漸漸熄滅了。門後傳來竊竊私語，外面的夜色像一個沉默的同謀一樣歡迎他。他沒有沿著椰林大道到達正門，而是穿過籬笆上的一個洞，沿著狹窄的小路穿過田野，他必須小心不要滑倒。過了新生南路，穿過了一些仍保留著殖民時期模樣的小巷。之後就和以前上學的路一樣，只是方向相反。

剛下過春雨，桂花的芬芳如同在預示她肌膚的味道。

他感覺這座城市的某些角落就像一座野戰醫院，是在大逃亡期間匆促搭建起來的。沿著露天的水道大火燃燒，敬治聽到各種聲音、大聲爭吵、醉漢的叫喊聲和病人的呻吟聲。女人們坐在一個小亭子前，問他要不要休息一下，顯然有足夠的空間。他一邊走，一邊不停地回頭看，但如果他也在名單上，那他早就被接走了。現在他看了看錶，決定最後一段路乘坐人力車。

西門町的電影院已經關門了。如果警察攔住他，他會說他要協助一項緊急手術，這招總是有效。說兩句醫學術語，他們就放行了。露雅說他已經具備了醫生的威嚴；有時她會說他是她的模範學生，並嘲笑他的勤勞。她比他大十歲左右，經驗也遠遠比他豐富。她不說自己的真實年齡。

他指示人力車伕避開水道。最近巡邏隊加強了巡邏，以防止更多人跳水。有一次他親眼看見：一個不老也不年輕的男人，顯然沒有戰傷，只是從岸邊洗衣服的婦女旁邊走過。她們並沒有採取任何行動阻止他。他堅定地走到水道中央，驚訝地停下來，環顧四周——水太淺了，不可能把自己淹死。沒有說一句話，他從口袋裡掏出石頭，小心翼翼地扔到水裡，免得有人注意到他。然後他低著頭，又回到了自己的生活中。

岸邊的婦女甚至沒有抬頭看一眼。

露雅住的地方距離綜藝戲院不遠，是一個單間，走廊很小。對於藝術家來說，日子尤其艱難。過去後臺總是準備了兩套服裝和道具，以防外面哨聲響起。演員們可以迅速換衣服，表演了一場無害的滑稽表演，什麼都好，只要是用日語，直到警察再次消失。現在沒人敢唱臺語歌了，而且很難看出誰是抓耙仔。當然這可能會讓人絕望，但是跳水？總之露雅只是對這個故事搖了搖頭。如果是這樣，那就跳海啊，她說，一了百了。

他讓車伕把車停在離房子幾百公尺遠的地方。此時店面門廊下已經看不到任何人了，那裡白天擺滿了放貨物的桌子。她是不是正在那個斑駁的搪瓷盆邊盥洗，不時停下來傾聽？由於沒有門鈴，他口哨吹著〈雨夜花〉，繞過房子，然後擠進下一個入口。他的家人住離這裡兩條街的距離，但他只在週末去那裡。看到那棟房子自從那之後變成什麼樣子，讓他感到難過……

他已經聽到了熟悉的咔嗒聲。她從來沒有在門口迎接他，而是光著腳爬回樓上。樓梯間太窄了，他不得不側身，屏住呼吸地跟著她。隔壁的縫紉店裡沒人住，但他聽到樓上傳來低沉的聲音。當他進入那狹小的房間時，他已經變硬。

向著院子的窗戶開著，她只拉上窗簾。窗臺正下方有一棵梧桐樹，它散開的葉子像一張厚厚的偽裝網一樣展開。他輕輕關上門，聞到了從對面酒吧飄進戲院的殘留煙味。露雅盤腿坐在床上，在黑暗中他看到她全身赤裸。「妳才沒有這樣下樓，」他低聲說，同時解開了襯衫的釦子。

「為什麼，你不相信我做得到？」

「妳沒有，我就是知道。」

「你什麼都不知道，菜鳥。你的愛人仔瘋了，忘了嗎？」他覺得她這樣稱呼自己很奇怪——

愛人仔——但他想不出更好的詞了。她不斷地給他起新的綽號和嘲諷的名字。他眼角的餘光看到她站起來，把熱水倒入兩個茶杯中。「還有你必須用別的曲調，」她說。

「怎麼了？」

「政府認為〈雨夜花〉太悲傷已經禁止了。反正也不適合你這種無憂無慮的人。」

他迅速脫掉了身上所有的衣服。她把頭髮盤成了他最喜歡的樣子——但不是因為他喜歡，這點對她來說很重要。他不明白為什麼她那修長的脖子對他有這麼大的吸引力。「那只是一首情歌，」他說。

「胡說。那是關於一個墮落女人的故事。」

「我的意思是，它沒有政治意義。他們為什麼要禁止？」

「因為擔心我們都會上吊自殺。我過去常常在舞臺上唱這首歌，每次觀眾席上都會有兩三個男人開槍自殺。女人從來不會那樣做——我們已經習慣悲傷。」

他已經學會忽略她這樣的評論。他把衣服放在唯一的椅子上，試圖猜測她的心情，但信號還不清楚。有時她讓他不安。「真的被禁了？」

「每個人都有自己對待藝術的方式。如果你還記得的話，日本人把這首歌改編成軍事進行曲。敬治桑，如果你還記得的話。」她給了他一杯茶，站得離他很近，他能感覺到她身體的溫暖，但由於她沒有碰他，讓他覺得自己的勃起很蠢。「你來晚了。」她淡淡地說。

「路很遠。」當他伸出手時，她後退了一步。她的胸部小而堅挺，肚臍下方有一道疤痕。就像很多事情一樣，她沒有說它怎麼來的。「妳還是會唱這首歌嗎？」

「有人說，被蹭踏的女人指的是我們的島嶼。說這有政治性，也太不討人喜歡了：或者說如果我長得像紅薯，你會來找我嗎？」

「我問的是妳是不是還會唱它。」

「如果我確定沒有抓耙子在場，但我什麼時候可以確定？你也可能是其中之一，臺大的學生。」她總是在黑暗中接待他，這黑暗很適合她。她說，她不喜歡光，而且常常要到下午才起床。有時她會從天馬茶房帶一些吃的回來，然後他們會一起吃，但現在她坐在床上，用雙臂抱住彎曲的膝蓋，讓他希望落空。

「表演的時候出了什麼問題嗎？」他問。

「沒有。」

「那怎麼了？」

「沒有人告訴過你，女人可能喜怒無常嗎？那是因為和你們相反，我們有感情。」

當他坐在她旁邊並開始撫摸她的背時，她默許了，僅此而已。他親吻她的脖頸，舌尖觸及她的髮際線。「糟糕的是，沒有可以轉動的鈕，」她說。

「據說有某些特定的點。」

「聰明鬼。告訴我，你今天怎麼過的，但是不要說大學的事，不要有血。」

他失望地放開了她。「我和我妹妹見面。在校園附近。」

「然後呢？」

「沒什麼，我們在公館的茶館喝茶。她問蔣介石為什麼要放棄總統職位，我說這樣才好讓別人輸掉戰爭。之後他很快就會從山上下來了。」

「她很佩服你的聰明嗎？」

「她自己也很聰明，只是有點膽小。」

「她還是問你，畢竟你是個男人。對吧？」

「準確地說，她的哥哥。」

「我感覺，似乎單純了一點。」

他應該把她拉向自己看看嗎？結束這個對話？女人不喜歡男人太溫柔，她自己曾經這樣說過。

「除了我之外，沒有其他人會回答她的問題。另外，我希望妳不要侮辱她。」

「你喜歡被人崇拜？」

「我沒說她崇拜我。就算是這樣，她也是我妹妹。」

「你為什麼不把懶趴切下來當早飯？」

起初他以為自己聽錯了。有一段時間她一動不動，然後側身翻了個身，仰面躺著。他默默地注視著她身體的輪廓，兩座小山丘、有肚臍和光滑黑色灌木叢的山谷。她以前從來沒有說過這樣的話。

「妳這人怎麼回事？妳瘋了嗎？」

「我一直都是，」她毫不後悔地回答。

「有時候我真的覺得妳腦子有問題。」他用腳輕抵住她腰部柔軟的凹陷處。當他用力時，她讓自己翻到一邊，向他展示了另一種同樣誘人的輪廓。由於跳舞，她臀部的肌肉發達，繃緊時幾乎是硬的。他應該穿好衣服離開還是把她從床上推出去？他的腳趾壓在她的屁股上，這是一場愚蠢的遊戲，但他的快感又回來了，甚至比之前更強烈。可以確定的是島上任何地方都找不到像她這樣的女人。有時候他們做的時候，她會掐他、咬他，現在她滾到床腳，但她沒有摔出去，而是動作敏捷，下一秒就坐在他身上了。高度足以用膝蓋壓住他的上臂。黑色的灌木叢就在他的面前。「我跟你說過我媽媽的事嗎？」她漫不經心地問，就好像他們只是在聊天一樣。

「不多。其實只有妳不知道妳爸爸是誰而已。」

「她小時候住在山裡，後來全家搬到了平地。她的爸媽有一家小雜貨店之類的。會痛嗎？」

「不會。」為了減輕疼痛，他繃緊了手臂肌肉。不知怎的，受她擺布感覺甚至很好。

「我認為她被強姦了。」

「妳怎麼會有這樣的想法？」

「譬如，可能是個警察。這種情況經常發生。而且大家都把我們當作痲瘋病人對待。不只是中國人，就連她的爸媽也趕她走。」

「她還活著嗎？妳可以問問她。」

「不在了。她從小就向我灌輸：露雅，妳要照顧好自己，不能依賴男人。她靠做手工把我們養大。縫製布袋是部落婦女的工作。男人出去的時候，需要兩個不同大小的袋子：一個是用來裝小米的，另一個是用來裝人頭的。」她低頭對他微笑。「她教過我怎麼做。聰明的大哥，要我給你做一個嗎？給你那好看的小腦袋？」

「和妳在一起，永遠不知道什麼是真的，什麼是妳編造的。」

「你認不出墮落的女人，如果她赤身裸體坐在你身上。你有沒有想過我拿什麼付房租？我現在幾乎什麼收入都沒有了。」

「妳想要我的錢嗎？」他問。她的房間大概只需要幾塊錢。

「你們中國人都一樣。重要的是門面。」話一說完，她就變成了溫柔的化身，即使以她的標準來看，也是一個突然的轉變。她鬆開他的手臂，俯下身去吻他。解開她頭髮上的結，讓頭髮像布簾一樣垂下來遮住他的臉。他們一靜下來，一切就自然而然發生了。

當他進入她體內時，她輕輕地呻吟了一聲。她是故意惹他生氣，增加他的欲望？他用一隻手握住她，翻身在她上面，但她沒有像往常一樣閉上眼睛，而是清楚、近乎檢視地盯著他。當他用嘴咬住她堅硬的乳頭時，她用指甲掐進他的後背。他討厭她叫他中國人；她對日本人的怨恨更像中國人。敬治桑，她說，意思好比是「你這個小傻瓜」。她的呼吸充滿了菸草和咖啡的味道，當他用力抽送時，她的大腿發出一種令他同時討厭又刺激的聲音。他從來沒有在白天和她見面，也從未見過在舞臺上的她。她是否為了錢而和別人做這事與他無關，但這個想法仍然讓他感到厭惡。現在他感覺到她雙腿纏繞著他的力量，彷彿要將他拉得更深，他再也無法控制自己了。他的舌頭發現她腋下汗濕的捲毛。當他射時，他咬了一口，但他徒勞地希望感覺她身體上熟悉的震動。

「太快了，」她喘著氣，一隻手放在他的脖子上。

之後他突然有一種不知名的感覺。彷彿世界摘下了面具。每次露雅叉開雙腿站在水槽前時，他會轉向了另一邊。有一次，他告訴她，他愛她，卻得到「不要亂說」的回答。不管怎樣，他還是留下來過夜了。在她的床上從來沒有飛機追獵過他。等她睡著後，他仰面躺著，想著下午和妹妹的會面。他無法解釋為什麼每次靜梅一提起三伯，他反應就會有些粗暴。他能怎麼樣呢？一切那麼井然有序，沒有半夜的踢門聲，只有傍晚時分禮貌的敲門聲。兩名警察和一名便衣。老闆在家嗎，有時間嗎？他，敬治，親自讓他們進來。

三伯從樓梯上下來，疑惑地揚起眉毛。

正是因為最近的請願，引起了部門的極大關注。李先生是否願意犧牲一點寶貴時間，接受關於實施細節的質詢？

現在？

如果方便的話。

三伯幾乎是帶著一絲好玩的表情看著兩個警察。

這兩位只是護衛陪同，放心，那官員急忙說。

因為晚上氣溫會劇降，三伯抓起外套，然後遞給敬治一些文件，要他把文件放在桌子上。告訴你伯母今天別等我了。他的聲音中沒有一絲驚慌，他離開家，就像是去參加一個商務會議。敬治在他們背後關上門，直到外面的引擎啟動時，他的心臟才開始劇烈跳動。便衣男子連自我介紹都沒有。車子不急不緩地開走，只剩下他一個人在店裡，他突然有了給自己一耳光的衝動。現在想到這裡，他猛地握緊了拳頭。露雅側身躺在他身邊，她的呼吸拂過他的脖頸。和附近的每個人一樣，她知道茶商李先生的命運，但選擇不談。應該讓死者安息，這是善意，但卻是不可能的。沒有屍體就沒有罪行，沒有凶手，就無法確定，無法確定就沒有安寧。只有一些無解的問題，他無法問任何人。他應該覺得他們沒有帶走他是幸運嗎？如果是這樣，那顯然是那種讓你徹夜難眠的幸運。那是一種折磨，希望事情原本可以完全不同的……

☆　☆　☆

「我們要去哪裡？」車子開走時，他問。他暗想自己為什麼之前沒有問這個問題，但是他自己堅定的聲音感覺就像一隻安慰的手放在自己的肩膀上。他的聲音聽起來和平常一樣，所以一切都和平常一樣，對吧？

「相信我，李先生，您所有的問題很快就會得到解答。」副駕駛座上的男子說話時側過頭，沒有眼神接觸。轉眼間，他們已經過城隍廟，沿著延平路向南行。新的街道名稱他記不太起來；附近沒有人使用，但方向是對的。別擔心，他告訴自己，好像他還在心裡和敬治說話。「您至少可以告訴我您的名字。」

「我姓楊。」

「楊先生，幸會。」兩邊的警察直視前方。他很少坐車，這增強了他剛出門時的感覺：進入了一個他知道存在但從未接觸過的世界。直到今天。此外，他的外套對於這個季節來說太暖和了，冬天已經過去了。「請問，我們要去哪個部門？」

「請耐心等待，李先生。」帶著南方口音，近年來幾乎所有中國官員都經歷過大江南北的打磨。換句話，中國大陸。是他的錯覺，還是車裡真有股酸味？儘管他們沿著一條主幹道行駛，但他覺得路燈似乎有些黯淡，幾乎就像戰爭的最後幾個月一樣，而且他對侄子的擔憂立即又湧上心頭。一個聰明、有點毛躁的男孩，他的妻子覺得與年輕時的他很像。在大圓環，汽車向右轉向，但保持其總體方向，與鐵軌平行向南行駛。沒錯，有酸味，最近有人在這輛車裡嘔吐過。「可以把窗戶打開嗎？」

「恐怕不行。」

「空氣有點悶，您不覺得嗎？」

「李先生，我們很快就到了。」

「是這樣嗎？不過，您還是不想告訴我，我們要去哪裡。」

這是出發後，楊先生第一次轉過頭，像之前進入商店時那樣對他微笑。禮貌但不友善。「時間到了就知道了。」他的臉很普通，以至於當他再次向前看時，你就會忘記他長什麼樣子。

商店關門，路上幾乎沒有人。自從戒嚴令生效以來，這座城市變得安靜，白天不再有槍聲。

起初他拒絕在公民論壇上發言；基隆李家至今未當公務員，也未謀求政治職位，他同意他父親的觀點。然而他們積極參與地方活動，除此之外還有什麼呢？走私集團與國民黨官員的合作已經到了令人無法忍受的地步，但為了不火上澆油，還得借助一定的外交技巧來提出申訴。大稻埕的商人滿腔怒火，而他則以冷靜著稱——總之，他最終只是讓敬治留在家裡。年輕人很容易心直口快誤事。每次談話，他都要求侄子從他們的角度看事情：他們抗日八年，付出巨大犧牲，現在國家已是一片廢墟，共產黨越來越強大，而臺灣，簡單說，就是讓他們不知所措。在大陸他們已經習慣了農民的溫順，他們無助地看著自己的兒子從田裡被直接帶到最近的軍營。現在他認為，像我們這樣寫請願書和讀者投書的人，他們不知道如何處理。

除了使用暴力。

沉默像一個多餘的乘客坐在車裡，讓他呼吸困難。他並不天真：他會被帶到警察局，並可能在那裡過夜。在公民論壇上，他沒有指名道姓，也沒有提出政治訴求，只是要求適用的法律，但國民黨不是辯論俱樂部。如果他倒楣，事情就會拖延下去並演變成起訴。「您可以坦白說，」他說。「您要帶我去哪裡？我知道這些部門這個時間已經都下班了。」

「不要低估我們辛勤工作的官員。」這大概是在安全機構工作久了，培養出的冷幽默。幸運的是，楊先生沒有他偶爾遇到的那種喋喋不休的友善和愚蠢的貪婪，但他不喜歡，車子直接經過公民論壇。

突然他腦子裡浮現柯將軍那剛硬、像猛禽一樣的表情。當然那時會議室裡群情激動，有憤怒的抗議聲和激進的口號，將軍默默地看著一切，彷彿已經下了結論。

當他身體前傾以避免對著楊先生的後腦勺說話，一名警察把手搭在了他的肩膀上。「我想我有權知道您要帶我去哪裡。」他的聲音變了，只有一點點，但他立即注意到了。彷彿他的話蒙上了一層陰影。

「放心，您會知道的。」楊先生的措辭中，每一句話都像是在請求不要讓事情變得不必要的複雜。

他還沒準備好將胃裡的感覺稱為恐懼。在大稻埕這樣的地區做茶葉生意，你會聽到很多事情；每個人都認識某個人，那個人又認識某個遇到麻煩的人。謠言的範圍從夜間審訊、被勒索到黎明處決。正如吳先生所言：戒嚴是將不正義變成正義的手段。現在他們開車穿過萬華曾經熙熙攘攘的街道，他知道，街道之外就只有河流了。在基隆，為了節省子彈，一些人被綁在一起：第一個掉進水裡，拖著其他人下去，他的弟弟在電話裡告訴了他這件事。瞬間他以為自己聽到了槍聲，他搖了搖頭。楊先生跟司機聊了幾句，他在後座無法聽懂。他的父親會說，你必須觀察風向，調整好帽子，他父親一生都遵循同樣的原則，直到事情突然發生了轉變，超出他傳統智慧的範圍。現在他像所有不願大聲表達憤怒的人一樣固執地保持沉默。

市郊的夜色變得更加濃重。

他透過擋風玻璃看到了如黑色帶子繞著臺北周圍蜿蜒的河流。街道變成了小路，小路的盡頭是草地。難道是為了恐嚇他，讓他之後到派出所願意配合？違反他的習慣，他想要說點什麼，簡單地說點什麼，那衝動越來越強烈，但他仍然一句話也說不出來。他的妻子現在一定知道了。他熟悉她和侄子說話時臉上總是掛著的微笑，但這一次……夜裡在床上他們談論過這件事。沙啞的低語賦予了難以想像的事短暫模糊的形狀。萬一發生了會如何。

汽車停在城市和河流之間的某個地方。最近有人坐在這個座位上，嚇得吐了。一個像他這樣的男人。

「我可以請您下車嗎，李先生。」

「為什麼？」

「我們到了。」

「我的意思是，您為什麼帶我來這裡？」

「我是奉命而為。」

「誰的命令？」

楊先生第二次轉向他，但他的表情除了疲倦之外，沒有洩漏出什麼。「有權這麼做的人。」還沒等他回答，左邊的警察就將他從車裡拖了出來。蒼白的新月有時從西行的雲層後面現身。就像一個遙遠的觀察者。他腳下的地面鬆軟，氣溫似乎比之前離家前冰涼。然後他看到草地上停著其他的車輛，這裡一輛，那裡一輛，男人們三五成群地站著，他們的菸頭在黑暗中像螢火蟲一樣閃閃發光。身後的城市沒有任何聲音。

令他驚訝的是，楊先生也下了車，繞過車子，遞出了一個打開的菸盒。「您抽菸嗎？」

不抽，他心想，然而點了點頭。有那麼一刻，他擔心自己會尖叫著倒地。「這件事是劉先生幹的嗎？」他氣喘吁吁地問。「他是想報復我拒絕他的事嗎？」

「誰？」

「您知道我指的是誰。」

楊先生用一隻手護著火焰，為他點燃香菸。「相信我，李先生，因為這是我的經驗之談：在戰爭中人會做必要的事情——不多也不少。其他一切如果仍然重要的話，都會隨之而來。」

「您在臺灣與誰交戰呢？」

「與我們的敵人。」

菸草的苦味刺入他的喉嚨。他無法判斷楊先生是不是一個模仿上級的無良狗腿子，或者這些簡短的句子是多年經驗的結晶。「我當時在公民論壇上所說的話，足夠——」

「您是說中山堂？」

隨著眼睛適應了黑暗，一切變得更加不真實。這是一臺幕後運作的機器，具有盲目的高效率。紀錄、名字、名單。堅信這場非人道行動是必要性，如同宗教信仰。是維持一切運轉的潤滑油。他厭惡地把香菸扔掉了。「您不是在制伏敵人，」他說，「而是在給自己製造敵人。」

楊先生二話不說，向警察點了點頭，然後又回到了副駕駛座。他的工作完成了。

其他人已經在他之前走過了通往河岸的小路。他徒勞地在腦海中尋找一個可以保留的影像。大餐桌上方的燈光，一疊未讀的報紙，還有廚房裡傳來的輕輕的碗盤碰撞聲。他幾乎害怕自己會看到她從門口朝他走來。三十年來，他們晚上都坐在那裡，也許並不知道自己有多幸福。直到今天。

他怎麼會如此盲目？

當他聽到河水聲時，才注意到士兵。三人站在窪地裡，步槍扛在肩上，又吸了一口菸，才移動。對抗這一切冷漠的殘酷，任何的抗議都是徒勞的。如同對著虛空叫喊，不會有回應。

「你走吧，直到我說停。」其中一名男子指著小路轉下坡的地方，距離不到一箭之遙。他們甚至沒有給他戴上手銬；那只是浪費時間。原諒我，他想然後把目光轉向泥濘的地面。在他面前，水面上舞動亮光彷彿月亮的小碎片。他的下巴有點顫抖，但他咬緊了牙關。基隆李家的人懂得如何保持冷靜。

「停！」

當他停下來時，河流不可見的流動讓他頭暈目眩。他聽到身後傳來機械咔嗒聲。總有一天他們會為此付出代價，他想，同時希望自己還有時間思考別的事。

是的，他們都已經知道了。兩人都知道。

然後他挺直了背，瑟瑟發抖地站在世界的邊緣，望著對岸漆黑的寂靜。

槍聲。水面上傳來陣陣迴聲。寧靜慢慢返回。

是不是就像脖子遭受重擊？最後記憶混亂，感覺像墜落？當外面漸漸亮起，敬治仍然醒著，盯著天花板，不知道為什麼他想到的總是夜晚的河岸。經過幾天的審訊後，這很可能發生在監獄牢房或駐軍總部的院子裡，在清晨，經過幾天的審訊之後。他唯一確定的是，他永遠不會知道真相。凶手住在某個地方，心中保留對他們而言沒有價值的東西。他們是否覺得這是一種負擔，還是為自己的行為感到自豪？有時他問自己，知道了真相又能怎麼樣，卻找不到答案。在他身邊，露雅睡著了，表情就像是在聽音樂。他從噩夢中醒來，感到鬆了一口氣，那些無法成眠的夜晚卻不同。更加黑暗。他們不僅生活在某個地方，而且還擁有這島嶼。他告訴妹妹，他並不討厭所有大陸人，畢竟大學裡也有正派的人，然而不管是他們還是罪犯都不該在這裡。他差點叫醒露雅，讓她明白，但當他試圖透過她的眼睛看自己時，一切都變得模糊了。敬治，中國人……對於一個山胞來說這聽起來不奇怪嗎？當他在讀書會中稱自己是臺灣人時，一些參加者屏住了呼吸，儘管這顯然是事實。這似乎是一個強調的問題。還是勇氣的問題？像楊先生這樣的人，到處都有耳目，也許有一天他們會見面。他幾乎希望有機會向他們展示他全部的鄙視。之後他可能會睡得比較好——或者永遠都不會再醒來。

13

一九五〇年春天，她哥哥的預言成真了：總司令從草山下來，宣布他想再次擔任總統。沒有他，一切都行不通。最近，中央政府在大陸不斷往西逃；去年十一月，共匪將他們趕出了重慶，一個月後又趕出了成都；現在蔣介石命令他的忠實追隨者到臺北策劃大反攻。報紙引用他的話說，他的意志堅定不移，必要時，他會獨自返回，將祖國從紅禍中解放出來。這聽起來很堅決，但他最終可能不得不孤軍奮戰——無論如何，美國人不再願意支持他。

蔣夫人從華盛頓空手而歸。杜魯門總統宣布，美國不會向駐臺的中國軍隊提供軍事援助。對美國來說，亞洲戰爭終於結束了。外交部長在太平洋上畫了一條假想線，並劃分以下部分：美國準備在必要時進行防禦的地區，和必須自己防禦的地區。日本在這個保護傘之內，臺灣則不在。儘管總司令繼續談論光復大陸的計畫，但他的人民卻做好了相反的準備：紅軍入侵臺灣。靜梅還記得上次戰爭時學校裡的防空演習，商店前的隊伍變得更長，住的地方變得更加缺乏，因為難民的湧入沒有停止。她覺得最奇怪的事情：彷彿所有人想逃到一艘漏水的船上，好大家一起沉沒。她所在的街區還算比較秩序井然，但當她早上乘公車去上學的時候，共和國的臨時首都看起來就像是一個貧民窟。

在城隍廟附近，她搭十二路公車到火車站。在那裡，她有兩個選擇；一班車經過臺大醫院，另一班車穿過北門和總統府之間崎嶇不平的街道。經過一個小時的顛簸之後，寬敞的北一女校園就像一個避難所一樣歡迎了她。她終於回到了一所名副其實的學校，有真正的老師，乾淨的教室，有食堂和圖書館。現在她的同學中有一半是大陸人，每天早上在操場升旗的時候，靜梅心裡默默地想，她那身綠衣黑裙校服的驕傲，是否證明了人人鄙視的臺灣奴隸心態。為了侍奉外國主人而放棄自己根源的人。服從新統治者就是愛國，但日本人不也主張同樣的事情嗎？現在黑板上面不再掛天皇的畫像，而是國父孫中山，他慈祥地俯視著全班同學。不久之後，會不會是湖南農民之子，狡猾的毛澤東？

「人民共和國」這個詞不准任何人使用。他們是共匪，沒有別的稱呼。

整個春季局勢依然緊張。敵軍雖然缺乏飛機和船艦，但眾所皆知海南也是一個島嶼，四月份就在這個島嶼也發生了激烈的戰鬥。紅軍乘坐漁船和帆船從大陸橫渡而來。當指揮官必須撤離時，他留下了三萬具屍體，倖存者成為春季逃到臺灣的最後一批難民之一。火車站前，臉頰凹陷的男人們坐在地上，看上去比基隆的第七十軍還慘。其中有些人身上發臭，幾乎令人無法忍受在他們附近。

靜梅心想，你們為什麼不和你們的家人待在一起呢？然後匆匆穿過人群走到她的車站。

有一次她在公車上看到一名身穿制服的老人，手臂上纏著骯髒的繃帶。他目光熾熱，坐在建國中學的學生中間，似乎在和一個只存在於他腦海中的人說話。她站在後門的地方，聽見他急促地自言自語，彷彿在懇求饒命。五月底，天氣變得更溫暖而沉重，雨季隨時可能開始。如果說這個男人看起來很眼熟，那一定是因為她發現城裡到處有人在和鬼魂說話。大多是這裡沒人聽得懂的陌生方言。

當她轉過頭時，一名學生正盯著她看。建國中學就在幾條街之外，相當於她的學校，是男生的第一志願，因此他們的行為也相應如此，喊著「密斯，密斯」或者互相挑戰比膽量：如果你去問她要不要吻你，就給兩塊錢。靜梅一分鐘後再看時，他仍然盯著她，下一刻，他甚至站了起來，朝她走來。她惱怒地把臉轉向窗外。

也許是空軍將領的兒子，他們是最糟糕的。父親的地位越高……

「小梅？」

她驚訝地轉過身。她覺得那聲音聽起來很熟悉，近距離看，他的笑容與其說是挑釁，不如說是高興。「是我，」他說，同時笑容滿面。還沒想起名字，她的腦海裡已經浮現出鄰居那棟空蕩蕩的房子。那時她希望他們不是在爭吵中分開。小陳。現在他站在她面前，長大了三歲，也長高了不少。「瞧，」她說，「你又回來了？」她冷淡的口吻似乎並沒有澆滅他的喜悅；他看著她，彷彿不敢相信自己的幸運。他沒有理會後座上那些嘻笑的同學。

「回來，是的。幾個月前的事。」他的目光短暫地落在她的胸口，她的臉頰泛紅，但認可的點頭卻是針對她就讀的學校。「北一女，當然。」

「建中，還有哪裡？」她回答。他並沒有改變很多。

「妳住在哪裡？」他問。

「大稻埕。」

「沒聽過，那是哪裡？」他知道自己是大陸人，當然不清楚。他用一隻手抓住扶手，看起來常運動，就像她記憶中他哥哥的樣子。制服在肩膀的地方有點緊繃，大概是他高中最後一年。

「在河邊。」

「到學校挺遠的，」他說。

「你住在哪裡？」

「善導寺附近。」

「你為什麼不去讀成功中學？」她問。「近多了。」

「那我們今天就不會見面了。」他向來有問必答，但當她問他從哪裡回來時，他的臉色變得陰沉。「直到一年前，我們住在上海，」他說，「我們從香港飛到這裡。」

「飛過來？」

「不是妳想像的那樣，是一架滿載傷員的運輸機上。還好我穿了三層衣服，北方的冬天跟上面的空氣比起來根本算不了什麼。」

「像你這樣的北方人沒有保暖的大衣嗎？」

「否則沒有其他辦法可以帶走衣服。飛機超載，我們差點在跑道盡頭掉進海裡。」就像從前一樣，他說話帶著吹噓的口氣，直視著她的眼睛。在他身後，她看到那個瘋了的士兵把手放在額頭上，向看不見的對手行禮。Pa-chi-fi-ku 在她腦海中浮現，唯一缺少的就是舊報紙。「妳幹嘛這麼嚴肅，妳不高興嗎？」車停下來時，小陳問。「順便說一句，妳的中文進步很多。」

「我們到火車站了，我必須轉車。」

「我們什麼時候再見面？」

「我們剛剛不是見面了。」

「妳喜歡看電影嗎？」他在她身後喊。她對他的堅持既感到受寵若驚又覺得很煩，所以她匆忙地揮了揮手，消失在人群中。回到家，她還在思考自己究竟高不高興的問題。從樓上她的書桌前，她可以俯瞰街區的屋頂。小時候，她曾在大稻埕度過一個週末，驚嘆於巷子裡豐富多彩的生活，並且想像自己變成一個摩登女孩。房間裡依然瀰漫著當年的茶香，但已經沒有人用這樣的字眼了，發生了太多事情。她的伯母一整天躲在兩個房間的窗簾後面度過，她只在吃飯的時候離開房間，有時候甚至也不吃。六點半媽媽喚吃飯時，餐桌上只擺了三個人的碗筷。「她不舒服嗎？」靜梅問。

「等我們吃完了，我會給她送點東西。」

她爸爸已經坐在座位上看報紙了。他不再像以前那樣下班後穿上破舊的浴衣，而是一直穿著西服，直到十點左右上床睡覺。他似乎私下很享受成為全臺北知名家族的掌門人，儘管他不得不在別人面前掩飾。「他們真的想處決他，」他嘀咕說，他指的是臺灣前任省長。「端午節前的那個星期日。顯然不只是執行處決，而是真正慶祝。」

「你反對嗎？」她問。透過開放的樓梯間，她聽到最後一批員工離開下面的店舖。陳儀，光是這個名字就讓她起一身雞皮疙瘩；瞬間她彷彿聽到了廣播中聽似溫和的虛偽聲音，向他親愛的同胞們保證，所有措施都是為了保護他們，包括大規模謀殺。現在，政府假裝譴責他三年前的殘暴行為，儘管他後來被提升為蔣介石家鄉省分的省長。他在那裡與共產黨人共謀並準備發動政變，聽起來不太可能，但是檢察官聲稱如此，而且判決已經確定。他絕對該死。

「我認為，可以把他碎屍萬段，」她媽媽說，然後又是平常的寂靜。這是一棟美麗的房子，由於有許多窗戶，光線充足，然而有一道黑暗的陰影籠罩。三伯母聲稱晚上聽到丈夫喊：我好冷！帶我離開這裡！靜梅吃完飯回到自己的房間。這幾年，她偶爾會想起小陳，想知道他過得怎麼樣、住在哪裡。就像她偶爾會想像玲子或本田老師的近況一樣。現在她試圖想像他對她的感覺，儘管她無法想像，但這讓她臉紅。在基隆的時候她很高興有他的陪伴，但如果他對她有感覺，他遲早會想要從她身上得到什麼——至少，回報他的感覺。他那興奮而堅定的表情告訴她，他不會輕易放棄。所有大陸人都認為他們有權得到自己喜歡的東西，就好像整個島嶼都屬於他們的一樣。她不知道他是否愛上了她，但有一點她很確定：距離下次見面不會太久。

☆　☆　☆

在去找妹妹之前，敬治先探望了三伯母。她樓上的房間裡，透過窗簾過濾的光線顯得昏暗，她通常坐在窗邊，腿上抱著一本書，低著頭打瞌睡。當他走進去時，就連在外面屋簷下築巢的燕子的叫聲，他聽起來都覺得低沉微弱。他小心翼翼地拉來一把椅子，等到她睜開眼睛。他問她是否需要風扇，因為六月初，整個房子變得悶熱，尤其是這裡。「我們宿舍的每個房間都有一個電扇。」

三伯母輕輕地搖了搖頭。「雨季馬上就要開始了。」

「然後就是仲夏。妳不用擔心給爸爸添麻煩。這還是妳的家。」

當她看著他時，臉上流露出如聖人般超脫世俗的平靜。「學校的課業怎麼樣？」她輕聲問。

「你媽說你太忙了，經常到半夜才睡。」

「教授不夠，很多課程我們必須自己安排。我當然盡力幫忙，妳了解我。」

當她微笑的時候，最像以前的自己。「別太勉強自己。」

「別擔心。」他身上最多的就是能量。每天早上日出之前他會到運動場跑十圈，而在研討室裡雙腿很難保持不動。他每星期一次帶領臺灣學生讀書會，有一兩個晚上他會偷偷溜出校園，坐車到大稻埕——那天露雅給了他一巴掌，叫他不要這樣幹她，好像她犯了什麼罪似的。也許「能量」不是正確的詞，但它驅使他前進，每當他停下來時，血液就會像在他的四肢阻塞，讓他覺得壓迫。「要我給妳拿點吃的東西嗎？妳餓了嗎？」他問，因為談話似乎在開始之前就已經結束了。

「去找你妹妹吧，她在等你。」

「她偶爾會陪陪妳嗎？」

「大家都對我好。」三伯母說，她的意思彷彿是：沒有人能幫我。牆上的一張照片，三伯站在一群學者中，那些人現在都到別的地方聚會了。只有吳先生偶爾會過來買茶。他失去了報社的工作，可以這麼說，因為那份報紙被禁了。「妳可以談談他，」敬治鼓勵伯母，然後把椅子挪近了一點。他在某處讀到過，悲傷就像一種毒藥，如果隱藏在心裡，就會攻擊身體和靈魂。這種看法不是特別科學，但露雅也相信這一點。她聲稱，每個人都有自己處理痛苦的方式，除了你。

「妳還會夢見他嗎？」

「他非常冷。你媽媽認為他躺在潮濕的墳墓裡。」

「她真的這麼說？她不可能知道。」他還能說什麼？沒有人知道真相，根本沒有墳墓，他寧願他媽媽把她的迷信留給自己。因為他伯母幾乎不會說中文，他陪著她去了幾十個辦公室，那裡的男人坐在國父的肖像下，用經驗豐富的表情聽他們講話。沒有敵意，沒有興趣——都是一些面對一個無關痛癢的問題經驗豐富的官員。這是一個不幸的個案，這一點從一開始就很清楚。有時會做個紀錄，有時會打一個毫無結果的電話，除此之外，程序幾乎沒有變化。十到十五分鐘後，他們明顯地開始試圖擺脫他們。也許李先生這時候正坐在家裡想知道他的妻子在哪裡。一名麻臉的警察還冒昧地暗示，也有男人和他們的情婦私奔的情況。每次拜訪當局回來，他們都默默地希望能在辦公室裡找到三伯，回想起來，他相信那就是毒藥所在。就像希臘神話中的薛西弗斯一樣，他滿懷希望地將石頭舉到山上，但每次都看著它又滾下來。敬治之所以沒有崩潰，是因為他對諸神的憤怒。有一天往他們頭上扔石頭的想法幫助他度過了許多夜晚。他不睡覺，而是給他們取名字和想像他們的面孔，並列出了他們的罪行。他只是還不知道該用什麼方式洩憤。

十分鐘後他站起來，三伯母對他點點頭，彷彿看透了他。她的兒子們因為害怕成為當局的目標而遠離首都，但她不想搬到山上。「我等一下再過來看妳。」他克制自己的羞愧走到門口時說。在大廳他從大餐桌上拿起兩個蘋果，打算等下帶去給露雅。不久前他一大早運動回來，看到大學圖書館門口放著幾箱因浸水被淘汰的書。有些書頁黏在一起，形成棕色塊狀，但當他開始翻動時，發現了保存完好的日文書，這些書可能因為其他原因等著被運走。大部分作者似乎都是臺灣人，而且因為書名裡有自治、民主之類的字眼，所以他冒險帶走了一疊。當他站在靜梅的門前敲門時，皮包裡藏了五本。

他妹妹穿著短袖夏裝迎接他，頭髮紮了小辮子。「我剛剛才在想你到哪裡去了。」隨著時間，他們每星期日在他的舊房間見面已經成為一種習慣。房間裡家具是一樣的，只是在角落裡鋪著一塊小地毯上面放了坐墊，蓋住棕色的地板。他又帶著書來，讓她露出嘲笑的笑容。「我從來沒有去過你的宿舍，」她說，「一定像個兔子窩。」

「每個房間八張床。要不放衣服，要不就放書，你不能兩個都要。」除了他藏在儲物櫃裡的幾本。

「可憐的臺大學生。也許畢業後我應該就去工作。」

「如果這裡也放不下，我就賣掉它們。」

靜梅搖搖頭，指著自己的架子，其中有一半是他的。這是房子裡唯一一個讓他感覺像當年的房間。傍晚時分，社區的街道又恢復了生機。「你去看過她了嗎？」妹妹問，同時擺弄著茶具。她已經從廚房取來熱水。

「一下子而已。那房間熱得讓人幾乎待不下去，她迫切需要一臺風扇。」

「不管我們要給她什麼，她都不想要。每次都一樣。」當她跪在他身邊給他倒水時，他忍不住笑了。

「茶道應該穿和服？還是妳沒有和服了？」

「我也可以把茶倒在你的腳上，」她回答。她已經十六歲；最近，一位熟人在大學裡看到他們兩人，後來還問他漂亮的女朋友是誰。她對陌生人很矜持，但沒有什麼能逃過她的眼睛。「你脖子上的那個是什麼？」

「蚊子咬的，我抓癢了。」他趕緊把手放在上面。

「牠們就是讓你不得安寧，對吧？很討厭。」她沒有改變日式的坐姿，把茶壺放下，沒有表現出她是不是在取笑他。

「說真的，」他說。「不可以問伯母想要什麼，就是買她需要的東西給她。」

「我想，你是要我轉告爸媽？」

「我進來的時候沒有看到任何人。」

「能看到誰。茶商都坐在波麗路喝咖啡，媽媽大概在廟裡了。」她聳聳肩，因為事實上星期日他們兩人也各走各的。對他而言，和爸媽一起吃晚飯也不是壞事；無論如何，通常對話也僅限於詢問他的學業，有時是警告，有時是懇求他要小心。不要引人注意，不要冒犯人，不要挑釁。敬治認為，三伯曾試圖從兩方面看待每一次衝突，他爸爸的本能傾向是不站在任何一方，尤其是不作出迫使他洩漏自己真正立場的結論。如果老闆表現得像個底層員工也難怪生意就是不好。

「金瓜石那個虛偽的所長叫什麼？」他問。

「山下，為什麼？」

「山下。最近我發現我忘記了恩人的名字。」

「沒有他，你今天也上不了臺大。」她的語氣帶著嘲諷，帶著一絲斥責。

「我一直不明白他為什麼要支持我。雖然說這對他來說只不過是小事一件。他想把爸爸綁在身邊嗎？他早就做到了。我還記得我們站在他家門前，彎下腰，鼻子幾乎要貼到地上。」

「你不認為他想幫你一個忙嗎？」

「像他這樣的人，不會的。投降後為什麼爸爸在那裡還待那麼久？」

「出於責任感。直到現在媽媽還一直怪他。」

「可以理解。就這麼把你們丟進了紅屋……」他搖了搖頭，感覺到她的目光落在自己身上，倒不是直接的不滿，更多的是困惑。她不喜歡他這樣說話，而且三伯如果在也會同意她的觀點，敬治舉起手示意安撫她。「他可能真的認為金瓜石對妳們來說太危險了。儘管戰俘早已經離開，警察變得像兔子一樣溫馴。」

「你還記得那個蔡瘋子嗎？」她問。「那個拿著舊報紙的傢伙。我不知道他是不是真的姓蔡，大家都這麼叫他。他絕對是瘋了。大多數時候，他都在礦坑附近徘徊，我不得不繞路去學校，免得遇到他。」

「這個名字聽起來很耳熟。我想那是他的姓。」

「總之，他住在九份前面埋葬死去外國人的山上。他在戰爭結束前不久失蹤，據說在墳墓旁放了十字架。」

「這可以解釋他的失蹤。我能問一下，妳現在為什麼想到他？」他自己對那段時間的記憶僅限於棒球比賽和被所有人——尤其是他妹妹——崇拜的美好感覺。

「在整個城市，我到處看到讓我想起他的人。我乘坐的每輛公車上，都有一名自言自語的士兵。也許這就是原因。」

「他們大多數是無害的。可憐的傢伙們，戰爭的砲灰。」

「我不喜歡他們要留在這裡的想法。」

「他們也不喜歡。最近有一個大陸人對我說：我們就在這裡躲躲雨直到雨停。他們充滿懷疑，卻又盲目相信他們自己的宣傳。誰都看得出來，大陸已經永遠失守了。共產黨人建立了一個國家，該死！」

「我想說的是：我是偶然知道了關於十字架的事，或者說得更清楚，是晚上在床邊耳朵貼在牆上聽到的。那時他們還會交談。」

外面傳來沉悶的聲響，是路口賣爆米花的老溫的機器。「對妳來說難嗎？」敬治問，因為他猜到她想說什麼。「我是說，住在這房子裡。我一上樓梯就注意到周圍一片寂靜。和以前完全不一樣了。」

「老實說，我幾乎沒什麼感覺了。爸爸在餐桌上看報紙，晚飯後媽媽唸經，九點上床睡覺。自從……。」她嘆了口氣，伸手拿起杯子，吞下了「屠殺」這個詞。「我不知道這是不是唯一的原因。」

「媽媽看得懂經書嗎？」

「她現在把所有經文都背下來了。」

「她的想法讓伯母發瘋。夢見潮濕的墳墓是什麼意思？我知道她的本意是好的，但這對任何人都沒有幫助。」

「很難規定她們該談什麼。不過至少她們會講話。」

然後他們沉默了一會兒。天空的光線在變化，蝙蝠在屋頂上空盤旋，他很高興把話題從父母的問題上轉移開。他對爸爸在金瓜石是不是有情婦不感興趣；還有更緊迫的問題，但靜梅的目光中突然出現了一種奇怪的專注。「你知道嗎，有時我會想，戰俘來之前一切都很好。」

「妳不該這麼想，」他說。「戰爭已經持續了很長時間，我們只是在村子裡沒有注意到。」

「但現在他們總是貶低一切……為什麼我不能想念山上的景色？或是神社、日語、在矮桌上吃飯？上課的時候他們不斷講述日本人的罪行，但從來沒有提到他們自己的罪行。」

「那時候恰恰相反。來自美國的鬼子和將亞洲從殖民主義枷鎖中解放出來的高貴武士。不幸的是，這只有透過對被征服者的暴力才能實現；顯然他們並不願意。」

「但是在這裡？他們在這裡也同樣倒行逆施？」

「用毒氣對付山地的山胞。不管怎麼說，至少是對付有些部落。」

她雙唇緊閉地看著他，就像小時候她不想流淚時那樣。直到下巴的皮膚開始皺起。「所以他們教我們的都是宣傳，對吧？就像今天一樣。然後我就不知道該相信什麼了。在兩個謊言之間你怎麼選擇？」

「不選，兩個都拒絕。」因為膝蓋疼，他伸直雙腿，靠在牆上。手錶顯示五點半，露雅已經在天馬茶房為今晚打扮好了。「那時在海邊我們有個日本士官，」他說，但是又很想立即停下來。「他們說我們很快就會抓到很多美國戰俘。所以我們首先要學會怎麼對待他們。所有人都必須排成一排，每兩個學生面對面，然後開始：右、左、右、左……按照命令打耳光。站在我面前的是我最好的朋友正雄。起初，當士官不在附近時，我們就打輕一點。然後他比我打得重一點，我比他重一點，他更重一點——直到我們真的打對方。我是投手，當然我的手臂更有力。」他不知道為什麼他現在開始講這些。他理解靜梅對過去的嚮往，甚至有時想分享，但被騙的感覺更強烈。「白天我們必須挖洞以防敵人入侵。我以為那是小的防空洞，因為太窄所以才被稱為蜘蛛洞。後來我才明白，我們在給自己挖墳墓。準確地說，是陷阱。在我們犧牲之前，我們必須盡可能殺死更多的美國人。用自製的竹管炸彈。」

妹妹默默地擦了擦眼睛。她仍然蹲坐在腳後跟上，就像談話開始時一樣。

「日本正規軍繼續在內陸等待，」他繼續說道。「我們是第一道防線，緩衝區。不管怎樣……正雄在一次空襲中喪生後，我每天晚上都去廁所打自己耳光。直到我明白那不是我的錯。我心裡還是一直感到愧疚和憤怒，但我不再把氣發洩在自己身上。那沒有用。」

「那怎麼辦？」她問。「你怎麼發洩？」

起初他不知怎麼回答。他以前從未向任何人談論過他的經歷。一方面這感覺很好，同時感覺彷彿自己又回到廁所裡打自己耳光，這次是在她面前。「也許我先保留，等到合適的時機。」他說。

「你打開每一扇門，就好像你最想把它踹破一樣。」

「但不是因為那個時候，而是因為三伯。他只是想調解，就是這樣而已。這就是為什麼他們把他帶走，帶著微笑而且很有禮貌。他們甚至還為打擾道歉了，那群豬。」有那麼一瞬間，他自己強忍著淚水；這就是開始談時會發生的事情。最後，他覺得在自己思想的蜘蛛洞裡更安全了；畢竟無論如何無法逃脫。「我最近看到了二〇年代的文章，」他指著書架說。「他們都是本地作家，我一個也不認識，但他們的訴求可能也和上週提出的一樣：更多的自治和共同決定、更平等的待遇、選舉。我不知道當時已經有這樣的討論了。有人寫道：『我們的島嶼屬於日本帝國，但首先是臺灣人的臺灣。』你所要做的就是代入中華民國，然後……」

「你在讀書會中討論過這樣的文章嗎？你們全瘋了嗎？」

「在兩個謊言之間做出選擇並不會讓妳前進。也許存在一個當時的日本人和今天的中國人都想隱瞞的真相。要找出這個真相，我們必須講述我們自己的歷史。直到現在，都是別人為我們做這件事。換句話，他們講述了他們的歷史，而我們只是其中的一部分。」

「你至少相信其他參加的人嗎？」

「讀書會裡的？」雖然他從高等學校開始就認識他們中大多數人，但國安局到處都有耳目。校園宿舍時不時遭到突擊搜查，而他們從未改過「杏」這個名字，這一事實足以讓他們的聚會帶有陰謀的基調。「我什麼也沒做，」他說。「我們只是討論。」

「這已經導致許多人遭殃了。」

外面，太陽正落下山，一天也隨之過去。他短暫地想起了那個榻榻米間掛著簾子的房間中，晚上他們在床上低聲交談。那時，她也喜歡假裝自己是兩個人中更懂事的一個。梅子醬。「妳到底能跪多久？」他轉移話題問。「我們已經聊了一個小時，妳一動不動。」

「這有什麼難的？就是保持不動。」

「一下子就痛得要命，不是嗎？我連兩分鐘都堅持不了。」

「男人。」她不解地搖搖頭。「我記得你開始盤腿坐在桌邊的時候，雖然那時候你還太年輕。」

「我一直都覺得這樣坐更舒服。」

「胡說，」她回答，「你是想看看爸爸會不會允許你。特別是如果你的球隊贏了。對你這個王牌投手，應該有不同的規則。我一直希望他能訓斥你。」

「但是他沒有。」

她點點頭，伸手去拿茶壺給他再倒了一杯。「他喜歡你的自信和大膽，這和他不同。他不承認，但是他為你感到驕傲。」即使只是簡單的動作，她以一種專注的平靜和不經意的成熟優雅來執行，這是他以前沒有注意到的。「作為回報，你開始看不起他。」

「不是這樣。」

「現在你怨恨他，因為他住在這房子裡、經營生意。彷彿他坐享其成一樣。他只是希望生活能繼續下去。如果我們的堂哥們再勇敢一點的話……他沒有搶人家的位置。」

「我也不是因為這個埋怨他。我不高興的是，他連在家裡也不敢說真話。以前他給山下所長磕頭，現在——」

「你希望他們也來把他帶走嗎？還有你，我，我們所有人？」因為房間裡的光線昏暗，他已經看不到她的目光，但感覺到更加強烈。「只有你不會出什麼事，是嗎？你太聰明了，就像以前一樣，掌控了比賽。你就是這樣想！」

「妳現在為什麼生我的氣？」

「因為我害怕得要命。每一天，時時刻刻，沒有停過！」

「為什麼？因為這就是他們想要的。所有人都應該害怕下一刻可能會有人來敲門。事實上，是他們害怕我們會……」

「你什麼時候才能停止欺騙自己！」她再次打斷他，語氣更加憤怒。「才沒有人怕你。你對他們構不成威脅，最多只能是個麻煩。」她向前傾身，突然把手放到他面前，有那麼一瞬間，他以為她想打他。但她沒有。「如果他們受不了了，他們就會像捏死蚊子一樣捏死你。就像這樣，用拇指和食指。」

☆　☆　☆

雨季來臨，城市裡的骯髒變得令人難以忍受。腐爛的氣味像隱形的簾子懸在空氣中。靜梅下課後通常會和一群同學一起走去坐公車，這樣她們就可以一起不理建中的那些傢伙。當她上車時，她首先掃視了一排排的座位。如果小陳坐在後座喧鬧的人群中，雖然他不會像其他人一樣喊「密斯，密斯」，但也不會做出任何動作制止他的同學。她發現，有些女生甚至喜歡這個遊戲。

隨之端午節的到來，一個長週末假期。放假前的最後一天，校長在升旗典禮的時候宣布，兩天後，一個給祖國造成巨大損害的人的生命即將結束。背叛一直是貫穿前省長職業生涯的主線。鑑於他在日本的良好人脈，他後來與共匪聯手也就不足為奇了。所有學生都應該利用假日思考如何防範敵人滲透以及光復大陸。和每個星期五一樣，大家把教室打掃乾淨，然後靜梅這次例外獨自走到公車站。因為雨停了，她決定坐車到中山堂附近那家全臺北最好吃的冰店。她數了數錢，剛好夠一份。

這次她在上車前看到了小陳。他站在圓形站牌旁等著，一看到她就向她揮手。不理他是不可能的，但她只是點點頭。「我們去看電影，」他大聲說，儘管她沒有看到他的任何朋友。

「祝你們愉快，你們要看什麼電影？」

他笑著說了一部她不知道的美國電影的片名。「我的意思是我們要去電影院。我請妳。」

「我要去吃冰，」她說。

「電影要到六點才開始。我們先去吃冰好了。哪裡？」

他已經事先都想好，而且預料到她的反抗，這不公平。當她告訴他冰店的名字時，他說他也經常去雪王，離電影院也很近。她很難阻止他和她一起上公車，而且在家裡除了沮喪的沉默之外沒有什麼等待著她。她為什麼要讓自己破壞小假期的開始呢？

在冰店裡，他請她幫他拿一下傘。在她意識到他的伎兩之前，他已經付了兩份錢。她沒有說謝謝，就走到外面，坐在樹蔭下吃起她的冰。兩人一時間都想不出要說什麼好，然後小陳突然說他大哥已經死了。

她驚訝地轉過頭。他的表情表明他沒有說謊。「怎麼會那樣？」

「那天我原本想在公車上告訴妳。回到大陸後不久，他就被徵召，在山東的某個地方陣亡。兩年前的事了。」

「我感到很遺憾。我是說……你的父母怎麼樣？」

「媽媽哀求爸爸想辦法阻止他的徵召。但他不做那樣的事。職位越高，責任越大。我甚至不認為他會後悔。總是以身作則。」他停頓了一下，若有所思。「我的另一個哥哥也留在對岸。我們不知道他是不願逃跑還是當紅軍來的時候被攔下。因為不能再寫信了。」

「但是他還活著？」

「坦白說，不知道。也許他有一天會回來。我媽每天都在祈禱。」

他是想取得她的信任，讓她談論她的家庭嗎？她看著中山堂的入口，導致她伯父失蹤的那次會議就是在那裡的大廳裡舉行的。下一秒她在心裡對自己搖頭，他們在這兒吃著芋頭冰，她懷疑他是不是警方的線人。我們都瘋了，她心裡想。

當他問她是否在銀幕上看過斯賓塞．屈賽時，她說沒有。《金屋藏嬌》聽上去並不特別吸引人，但外國電影的片名常常很奇怪。這片子的英文名是《亞當的肋骨》。「那是什麼意思？」她問。

「不知道。大概是主角的名字叫亞當，他的情人打斷了他的一根肋骨。」小陳的臉色頓時又亮了起來。「我們看了就知道了，對吧？」

她沒有回答，而是把杯子放到唇邊，讓剩下的液體滴進嘴裡。在家裡，她可以聲稱她和同學一起做功課，這種情況經常發生在學年結束的時候。不能讓媽媽知道她和一個同學一起去看電影。就連對敬治，她也不敢告訴他自己和小陳認識。

去西門町的路上，他堅持要買烤玉米、滷味、花生。還有什麼比看一部好電影，邊看邊吃邊喝填飽肚子更棒的事嗎？上海惡性通貨膨脹期間，一袋大米要價七千萬元，人人都提著一袋袋現金在商店門前排隊，當時他花半塊錢去美琪大戲院看《鵑血啼痕》中的貝蒂．戴維斯——雖然肚子餓得咕嚕叫。最後靜梅必須阻止他，否則他會買足夠看三部電影吃的東西。在門口排隊的時候，她得知影片中的兩位主要演員私下有戀情，但因為斯賓塞．屈賽有妻子只能偷偷摸摸。「除了我，沒有人知道。」小陳說，同時笑得像個小男孩一樣。他經常看一本名為《Screen》的電影雜誌的最新動態。他還閱讀學校圖書館的外國雜誌來提高英語能力。自從討論實行義務兵役制以來，他的爸媽要他出國留學，以免被徵召入伍。

「我還以為你必須以身作則，」她說。

「這一次，我媽沒有給他選擇。如果我被徵召，她就會自殺。」

「所以你要去美國讀書嗎？」

「如果照他們的意思的話，」他迴避地說。

臺灣戲院是一個狹長的電影廳，有高高的天花板。當他們找到座位後，必須再次起立，唱國歌，然後燈光熄滅，幕布升起。

男主角真的叫亞當，但他的肋骨並不重要。他和妻子都是律師，在法庭上對峙，他是原告，她是辯護律師，像喜劇一樣，他們在家裡繼續爭論。女主角沒有靜梅想像的那麼漂亮，但卻非常機智聰明。她要求一位女證人，一位職業舉重運動員展示自己的力量，她立刻舉起原告代表——辯護人的丈夫。他一點也不覺得好笑，但電影院的觀眾則大笑。靜梅笑得哽咽，小陳輕輕拍著她的背。大多數時候，他的手放在他們座位之間的靠背上，她吃東西時必須小心。女主角贏了官司，兩位律師的爭吵升級，最終決定離婚。但是最後看來，他們還是決定在一起。

當燈再次亮起時，已經是快八點了。

人們在售票亭前排隊等著觀看最後一場。每次離開電影院時，靜梅總是感到一種奇怪的沉重，就好像她在白天裡睡著了一樣。他們默默走到最近的公車站。還有三天她突然不再期待的假期。小陳試著立刻預約下一次約會，她拒絕了。他毫不掩飾自己的感情，在她看來這似乎是對其他事實的隱瞞。難道他不在乎他的爸爸鄙視所有本地人嗎？一想到陳先生冰冷的目光，她就希望自己再也不用面對他。

星期日下午五點，到處是鞭炮聲。報紙稱讚前省長的處決如戰場上的勝利。第二天，報紙上甚至刊登了處決的照片和火化的轟動報導，彷彿這會讓死者死得更徹底。國民黨有史以來處決的最高級別將軍！靜梅整個週末都待在家裡，不知道為什麼她並沒有感到滿意。她一次又一次地想像敬治在晚上獨自偷偷溜進廁所的畫面。他們對我們做了什麼，她想，並且為自己沒有把蔡瘋子的故事講完而感到惱火。這麼多年過去了，她還是無法釋懷。她應該對什麼感到滿意？報復是留給其他罪犯；罪犯懲罰同類並且以此自我吹噓，彷彿復仇和贖罪是同一件事。而受害者則關起家門，在愧疚感中掙扎。

幾天後，奇蹟發生了。共產黨叛亂分子信心十足地襲擊朝鮮半島南部，杜魯門總統立即做出反應。他的國務卿所劃定的太平洋線西移，從此美國第七艦隊負責保護臺灣。報紙再次歡呼雀躍，所有學校都舉行了伴隨著進行曲和美國國旗的遊行。大家很快不再擔心共和國可能捲入新戰爭。杜魯門感激地拒絕了總司令的慷慨援助提議。

臺灣得救了。至少暫時是這樣。

抵禦了外部威脅之後，注意力再次轉向內部的敵人。紅軍暫時不會占領這座島嶼，但他們的第五縱隊藏在哪裡？我們必須保持警惕、果斷、迅速。國家安全的重責大任在一個認真負責的人肩上，他在蘇聯度過很多年，身邊都是共產黨，所以現在他到處都看到他們。他很少在公開場合露面，但私底下卻被認為謹慎而敏感，甚至據說有浪漫傾向。他的妻子是俄羅斯人，皮膚白皙如燭脂（他的情人中，他也更喜歡皮膚白皙的類型）。作為總司令的兒子，他擔心父親會遭受不測，但作為安全機關的負責人，他有權力，也知道如何使用權力。在全國各地，他的手下挨家挨戶敲門或強行進入，提出問題和發號施令。無論尋找什麼，他們都找得到了。如果他們懷疑某人，那人必定有罪。如果他們再次離開，這島會變得更安全一些。

如果不是這樣，他們會再回來。

14

當茱麗進入公寓時，阿嬤躺在沙發上，感覺不舒服。哈利已經燒了一些水，但在廚房的櫥櫃裡找不到茶。「我馬上拿給你，」她放下包說，很高興擺脫了街上的炎熱。十點剛過不久，已經快三十度了。只有當她輕輕觸碰她的手時，阿嬤才睜開眼睛。「妳來了，」她微笑著說，然後又閉上眼睛。「我只是有點累了，茱麗。」

「好。那妳就休息一下吧。」因為電視例外沒開著，房間裡顯得異常安靜。「她躺在那裡多久了？」她低聲問，對著叔叔指茶葉罐在哪裡。

「她早上在樓上照顧花，然後下來就躺下了。大約一小時前吧。」

「通常當她想休息的時候，她會到後面的房間。」

哈利無助地聳聳肩。中島教授的書《尋找兩個幽靈》放在餐桌上，書裡貼著幾十張彩色便利貼。茱麗懷疑阿嬤不喜歡明天的生日聚餐。阿嬤從來不喜歡成為眾人矚目的焦點。「爺爺呢？」她問。

她叔叔用下巴指向家裡的後面。「他說，要為明天挑選一套西裝。也已經有一段時間了。我馬上去看看。」

「你跟他們談過幫傭的事情了嗎？他們都需要有人全天候在這裡。」

「還沒有機會。」從他的表情來看，他似乎對自己的回答不太滿意，再次看向沙發。「這種事經常發生嗎？」

「別擔心，通常很快就會過去。」

由於保羅還在浴室裡，她給自己泡了杯茶，然後在桌邊坐下。該書的封面列出了三年前出版時獲得的獎項。「這有系統嗎？」她問。「綠色紙片代表的和紅色或藍色紙片有不同嗎？」

「最近，露開始用便利貼來安排她的日常生活。我必須用她用剩下的。」哈利把臀部靠在水槽上，環抱雙臂。「海倫要我向妳問好，我們昨晚用 Skype 通過話。」

「謝謝。她們兩個還好嗎？」

「一切都好。」他的臉上浮現出近乎陶醉的微笑。「那小妮子開始對音樂感興趣——或者至少她自己這麼認為。」

茱麗自然而然地想到，她孩子的父親有一天也應該露出這樣的笑容。她聽到走廊盡頭的浴室門聲和赤腳踏在地磚上的聲音。「阿嬤寫給她哥哥的信應該是在你家吧？信封上不是寫著大稻埕的地址嗎？」

「只有一個文件夾，裡面裝著信件，沒有信封。」

「都是日文？」

「直到民國三十五年初，之後就沒有了。」

「像你這麼有條理的人，一定掃描了吧。」

「妳想讀嗎？」他點頭。「我可以寄給妳，沒問題，妳的日語可能比我好。為了妳的論文，或者妳打算用它做什麼？」

「我只是有興趣。」

「好吧。說到這裡，妳知道阿嬤是不是還保留著他的信？我是說，在公寓的某個地方？」

「不知道，她從來沒有提過。怎麼了，你需要它們來進行你神祕的一般漢學研究？」

「就是一般的興趣，」他解釋，甚至沒有試著假裝這是全部事實。不久之後他走到後面，告訴父親他們要出發了，茱麗又跪在沙發前。「好多了，」阿嬤說，睜著眼睛，彷彿要證明這一點。她微笑，因為有人關心她。

「我帶著手機。如果有什麼事打給我。」

「你們三個要去大稻埕？」

「只有保羅和我，華立在大學有個約。經過一個晚上妳有沒有想起門牌號碼？」她輕輕搖頭。「那條街正式街名是迪化街，但住在那裡的人還是繼續說永樂町。」昨晚，當她們兩人坐在她的房間裡，在螢幕上觀看兄弟隊的比賽時，她也回答了同樣的問題。「反正每個人都知道那家茶行，不需要號碼。」事實也是如此。

當茱麗站起來時，撫摸了一下她的肩膀，然後他們三個離開了家。由於時間還早，哈利決定陪他們去坐捷運，沒有叫計程車。他們一起坐到西門町，在那裡他換乘綠線向南行駛，她和保羅往相反的方向到北門。通往機場的新特快列車站樓即將完工。當他們回到陽光下時，下一棟高層建築上的溫度顯示為三十二度。一個潮濕炎熱的大熱天，通常是颱風過後的典型天氣。

「妳擔心皮膚晒黑嗎？」當她打開傘時，保羅調侃地問。他自己戴著一頂額頭上印有大B的鴨舌帽，這是他昨天在棒球場買的。

「雖然我可以輕鬆地在扳手腕比賽中打敗你，」她說，「但我仍然是一個女人，好嗎？再說，我們是因為你才來到這裡的，所以你要乖一點。」

「需要我幫你拿嗎？」

她用空著的那隻手短暫地將他拉向自己。他幼稚清新的味道仍然像洗髮精和口香糖一樣，但不久後，青春痘、過多的止汗劑和性幻想就會占據上風。「昨天的球賽你喜歡嗎？你現在也是兄弟隊的粉絲了嗎？」

「我最喜歡檸檬寶貝，」他說，似乎就是在證實她的預感：啦啦隊隊員穿著亮黃色的短裙和T恤。在鄭州路的紅綠燈前，他不理會她投向他的譴責目光。

她和阿嬤昨天只看轉播到第五局，阿嬤就累了，茱麗高興地離開了。電視房是她爸爸和二伯從前睡覺的房間，有點像牢房，每次她都感覺局促。爺爺晚上會在客廳的另一臺電視前觀看來自中國的旅遊報導。他們兩人在一起六十多年，卻像陌生人一樣互相迴避。據茱麗所知，他們最古老的照片是在婚禮前拍攝的。爺爺把頭髮往後梳，塗了很多髮蠟，穿著一套深色西裝，似乎很勉強才把目光從旁邊的年輕女子身上移開。難怪，穿著緊身旗袍，年紀還不到二十歲的她，簡直美得讓人驚嘆。深情的悲傷眼神，瓷器般光滑的皮膚，長髮濃密反射著光澤，像上了清漆的木頭一樣。兩人都認真地看著鏡頭，他充滿自豪，她內心深處的思緒似乎飄到遙遠的地方。阿嬤一直到晚年仍保持著挺直的姿勢。昨天她挺直腰板坐在螢幕前，滿意地注意到天母棒球場座無虛席。茱麗對阿嬤的哥哥只有零碎的記憶，他把對棒球的熱情傳給了阿嬤。小時候在少數的聚會中，她每次都能感覺到他和陳家之間存在著敵意，但她並不理解。他看著每個人的眼睛，彷彿想清楚地告訴他們：別以為我坐過牢就得羞愧低頭！說實話，那個時候她覺得他相當可怕。

「哎呀！」當兄弟隊在第一局失利時，阿嬤發出嘆息，否則她很少說話。和平常的棒球賽一樣，比賽一拖再拖，沒有發生什麼大事，茱麗漫不經心地看著手機。當傍晚辦公室人少之後，戴夫偶爾會打電話聊一會兒，然後再去運動。從他離開到現在茱麗感覺似乎已經超過兩天；枕頭上仍然有他的味道，公寓的其他地方不再有他的味道。「Still busy？」她問。根據最近的民意調查，英國脫歐公投面臨著極其緊張的局勢，但她不相信脫歐會獲勝——他會回到英國，而她必須做出決定。

「For another hour or so.（再過一個小時左右。）」

兄弟隊扳平比分，然後再次落後。有一次，她給戴夫看了她祖父母的照片，但沒有說他們是誰。他從齒縫吸了口氣，幸好沒有說錯話。他說，就像《花樣年華》中的張曼玉。突然間她對他有了興趣。在倫敦她可能會有很多夜晚獨自度過，而且恨自己，因此而怨恨他。第五局中場休息時，阿嬤閉上了眼睛，當茱麗碰觸她的肩膀時，她一開始似乎不知道自己在哪裡。「我得走了，」茱麗說。「我要關掉電視嗎？」

「比賽結束了嗎？」

「還很長。」

「他可能會把最好的留到最後。」

「當然，」她說，但不知道她指的是誰。就像晚上的地平線一樣，在阿嬤的腦海中空間和時間的界限變得模糊。在回家的路上，茱麗突然覺得她需要年輕一點的人陪伴，她沒有直接回家，而是在師大後面的一家咖啡館裡等待心結解開，等待戴夫有時間。現在她和保羅到達南京路和延平路的交叉路口。一塊石碑紀念近七十年前在此地發生的事件。當時矗立在這裡的建築只剩下帶有舊字樣的正面；後面矗立著一座沒有特徵的新建築。「就在這裡，」她向她的小堂弟解釋，「一九四七年二月，一位名叫林江邁的婦女非法販賣香菸。專賣局辦公室的特務想要逮捕她，附近的人跑來要幫忙，爆發衝突，特務們突然拔出了槍。阿嬤當時住在基隆，但她哥哥住在附近的伯父家。你知道縮寫二二八代表什麼嗎？」

「以前聽說過。天馬茶房是什麼？」

「那是當時有一個小劇場茶館的名字。那是這個地區很熱鬧的聚會場所。我剛才說的事情發生在二月二十七日晚上。一名姓陳的鄰居，不是我們的親戚，他死在人行道上。二二八代表第二天，全臺灣爆發抗議活動。在臺北，專賣局官員被私刑處死，幾名抗議的人被槍殺。一星期後，大陸的士兵抵達，在街上濫殺無辜。阿嬤的伯父被帶走，再也沒有回來。很多人都遇到過同樣的情況，但沒有人知道確切的數字。」她用食指彈了一下保羅帽子上的B。「我恐怕得和你爸爸認真談談。你對臺灣歷史還不夠了解。」

「阿嬤知道這場大屠殺嗎？」

「一定知道，但她不說。」

「爺爺呢？」

「那時也在基隆，一定也看到過同樣的事情。不過身為一個大陸人，他沒什麼好害怕的。」

「這就是他們很少說話的原因嗎？」

「好問題，遺憾的是我無法回答。如果有機會的話，問你爸爸。」兩年前，她去過哈利在美國的家，那是她至今為止唯一一次到訪。她覺得威廉斯敦是一個死氣沉沉無聊的小地方，就只有大學給這裡帶來了一點生機，但他們四個人住在一棟舒適的房子裡，地板吱吱作響，還有一個寬敞的花園，小露養了她的烏龜。除了牆上的許多照片外，一個舊大同電鍋是這裡住了亞洲人的唯一證據。「歷史課結束後來杯芒果冰淇淋怎麼樣？」她問，好結束這個黑暗的話題。「我的使命是讓臺灣對你有吸引力，所以我會努力。總的來說，你覺得臺灣美食怎麼樣？」

「還好。當中有些相當噁心。」

「我朋友也這麼說。我們該怎麼對付你們這些土包子？」

保羅聳聳肩，調整了只移動了一毫米的帽簷。不久之後他就會在電腦前坐上幾個小時，看色情片，當他妹妹敲門時，他會大喊「Fuck off（滾開）」。從戴夫那裡，她學到了很多關於青春期男孩的強迫性自慰的知識；有時在別無選擇的情況下，他仍然會把自己鎖在辦公室裡。昨晚他們聊天的結果是，他想盡快開始找房子。他知道自己以後的工作地點，為了讓他在選擇居住區域時考慮周全，她必須盡快做出決定。兩天前他還說：不用急，茱麗。她了解他，他很快就會把房地產經紀人的第一批選項傳給她。

他們默默地經過永樂市場，到達粉紅色門面的城隍廟。嗆鼻的熏香氣味瀰漫在空氣中。保羅拍照，並想知道為什麼遊客拿著小護身符放進入口處香爐冒出的煙霧中。茱麗向他解釋說，這座寺廟的神主要是保佑未來的婚姻幸福。「包括一切：孩子、公寓、完整的計畫。有時甚至包括愛情。」

「妳試過了嗎？」

「我已經有了一間公寓，」她說，但是他不會讓自己那麼好打發。

「那你的英國男朋友呢，妳要和他結婚嗎？」

「我爸爸也想知道——或者更確切地說想阻止。他沒有讓你試探我吧？不然你為什麼這麼好奇？」

「妳把他介紹給阿嬤了嗎？」他繼續追問，她搖頭，他的回應像美國連續劇中律師那樣：No further questions.（沒有進一步的問題。）有那麼一瞬間，她感覺自己被看穿了，幾年前，她確實和朋友們在這裡拜過，當然是為了好玩，但不僅僅是——更像是戴夫偶爾說漏嘴，他覺得半亞裔孩子特別漂亮。

寺廟位在大稻埕老商業街迪化街下段。如今這裡大多是咖啡館、餐館和紀念品商店，到處有賣藥材的，靜止的空氣中還瀰漫著濃濃的乾香菇的香氣。雖然太陽已接近最高點，但冰店門前卻只有一小群人。當他們坐在前廊下的狹窄木凳上時，茱麗看著對面建築物牆上從前的店名，這些名稱位於屋脊下方，大部分幾乎無法辨認。她沒有找到任何有關李家茶行的痕跡。

「宇宙中最好吃的芒果冰，」保羅過了一會兒說。從側面看，他更像他爸爸，比正面看要像。「昨天爸爸問我是否可以想像在臺灣生活。」

「真的嗎？」她問。「多長時間？」

「一個學期，也許兩個學期。他很想在這裡教書，也希望我能學好中文。」

「應該是一個有用的技能。你怎麼回答？」

「我說我會考慮。」

「如果你想聽聽我的意見：放棄這個機會會很可惜。」

「他也是這麼說的。」他媽媽是一位非常漂亮的女人，這並不是茱麗第一次認為，她覺得亞洲孩子更可愛。在威廉斯敦，她很想一整天把小露抱在腿上。「不知道為什麼，他在這裡和平常不一樣，」保羅若有所思地補充說。「妳應該看看他在棒球場上的樣子，昨天當兄弟隊扭轉比賽局勢的時候。他整個人嗨起來，和完全陌生的人擊掌。」

「他那時到紐約去看王建民球賽的時候，大概也是這樣。相信我，我們並不像我們想像的那樣了解我們的父母。或者更確切地說，我們只認識他們的一個角色。」

他點點頭，這突然讓他看起來幾乎像大人了。「當王建民在春天被皇家隊簽下時，媽媽說：現在又開始了嗎？當他太投入一件事時，她覺得很可怕。這不符合他的個性。她絕對不會跟我們一起來臺灣。」

「告訴她不要擔心。首先，皇家隊不是洋基隊，其次，他的聲譽有點受損。在他長期受傷的時候，他和一個酒吧女孩發生了關係，這件事在這裡並不討喜。」

「沒有人是完美的，」他平靜地回答，然後繼續吃他的冰。「無論如何，她不會和我們一起來。絕對不會。」

「你們可以兩個人來。相信我，如果你在這裡上學的話，會很受歡迎的。」一個中國旅行團從他們面前經過，十幾名年長的旅客戴著一模一樣的遮陽帽。「日據時期」這個關鍵詞傳入茱麗的耳朵裡，但除此之外她聽不清楚。「我們要不要去找阿嬤的老房子？」她指著一個方向問。「一定是在這條街上遠一點的地方。她沒辦法告訴我確切在哪裡。三層樓高，面向一個十字路口，可能是民生路那裡。」

「為什麼茶行沒有了？」

「我不知道，那是在我出生之前。據我所知，公司創始人的兒子在某個時候移居國外。由於沒有繼承人，阿嬤的爸爸變賣了一切。本來他打算到日本過退休的日子，但他並沒有走。總之，這棟房子今天很值錢。」

「真可惜，」保羅說，一邊把空的冰淇淋杯子遞給她。「說到臺灣，我慢慢對它感興趣了，但還不夠了解。妳認為呢？」

「鳳梨口味也很好吃。」她點點頭，給了他五十元再買一份。這時天氣變得更熱了，但在前廊下，可以感覺到從屋內的空調吹來的冷氣。迪化街是臺北為數不多展現這座城市昔日面貌的街道之一。如果電視劇以殖民時期為背景時，通常會在這裡拍攝。昨天當阿嬤想描述她在婚禮前住過的房子時，她認真回想，好像她不僅僅回憶房間。「所有房間裡都有烘茶的味道，」她最後說，有那麼一刻，她似乎變得清晰，像直到一兩年前一樣。「真是一棟漂亮的房子，又明亮又寬敞。」她臉上浮現出神的微笑。「只是住的都是不快樂的人。」

☆　☆　☆

那家咖啡館在羅斯福路上，靠近臺大校區。星巴克，在世界各地都可以找到。同樣溫暖的棕色色調主導設計，同樣的咖啡香味，輕柔不干擾人的背景音樂從揚聲器中流出。路上，哈利注意到這地區的古董店比以前少了，取而代之的是理髮店和有機食品店。當他到達時，他很幸運，靠窗的位置剛剛空出來，就在通向入口的樓梯上方。那是一種夾層，從那裡他可以看到街道。鄰桌一位孤獨的退休老人正在滑他的平板電腦，其他客人明顯年輕一些，可能大部分都是臺大的學生。據他所知，中島教授雖然已經好幾年沒有任教了，但仍然住在大學附近。

一位日本人被聘為崇高的臺大歷史研究所教授在當時並非沒有爭議。此外他對十九世紀以來的日本臺灣歷史感興趣。他的第一本書講述了一八七〇年代的一次事件，當時臺灣山胞屠殺了遭船難漂流到他們海岸的五十多名沖繩水手；東京政府隨後派出士兵試圖占領臺灣，但最後未能成功。他後來的作品致力於殖民地人類學家對臺灣山胞的研究。在日本中島教授早就贏得才思敏捷、不迴避爭議的聲譽，但他對臺灣的興趣和對日本軍國主義的厭惡，都源於他自己的家族史，這一事實直到透過他的書《尋找兩個幽靈》的出版才浮現。封面照片中，作者看起來像大江健三郎的弟弟：薄嘴唇、圓眼鏡、頭髮略顯蓬亂。哈利有一次在安娜堡的一次會議上遇見了這位諾貝爾文學獎得主，大江在會上表現得既禮貌又自信，除此之外很難聽懂他說什麼。他贏得了聽眾的好感，因為他講述一位美國外交官問他是否真的打算用英語進行公開演講。「Yes, Sar,」他回答，「withu my Engu-li-shu.」

外面，羅斯福路的八線道車輛川流不息。保羅早上說，他幾乎沒怎麼睡，因為整個晚上體育場的歌聲一直在他的腦海中響起——這是他表達昨晚過得很愉快的方式。比賽持續的時間越長，氣氛就越激動、越響亮。兄弟隊落後的比分似乎讓球迷更加興奮，他們齊聲高呼逆轉，而在倒數第二局，事情發生了。對手換了三次投手，都沒有找到節奏。兄弟隊扳平比分，取得領先，並在滿壘的情況下打出當晚的第二支全壘打。整個棒球場都陷入了狂喜，包括哈利，這讓他的兒子感到驚訝。Lamigo 桃猿隊再次拉近分數，但四個多小時後，終結者成功結束比賽。

上萬名滿意的觀眾湧向出口。

因為外面叫不到計程車，所以他們搭了公車。六〇六路公車的站牌就在他父母家門口，哈利很享受在霓虹閃爍的夜晚坐車的感覺。林森北路兩旁都是酒吧，大多是日本商人經常光顧的地方。到處有不起眼的情人旅館正在等待顧客。當他們四十五分鐘後下車時，已經接近午夜了。他在最近的 7-11 買了整晚想喝的啤酒帶回家。保羅只是很快刷了牙，就累得倒在床上了。哈利給海倫發了簡訊，問她有沒有空。十分鐘後，他坐在客廳裡，打開筆電。威廉斯敦的週五中午，夏季顯然很溫暖。他的妻子身穿紅色上衣坐在敞開的露臺門前，一手拿著咖啡杯，另一隻手對著鏡頭揮手。顯然她打完網球，剛剛洗過澡。「怎麼樣，你的兄弟隊打趴對手了嗎？」因為她不喜歡棒球——太多過於男性化自吹自擂的行為不符合她的口味——所以她更喜歡用這種青少年嘲笑的語氣來談論棒球。她認為所有運動員都應該像羅傑・費德勒那樣表現。他會去紋身並在溫布頓神聖的草坪上吐口水嗎？

「十比八。這真是一場精彩絕倫的比賽。氣氛很好。」

「保羅也這麼認為嗎？我以為他不喜歡這項運動。」

「是妳不喜歡。他覺得這裡的氛圍非常有趣。」更具體地說，是啦啦隊，但哈利沒有透露。

「在這公寓裡他覺得很無聊。」

她點點頭，喝了一口咖啡，然後看向鏡頭。「為什麼你那裡那麼暗？我幾乎看不到你。」

「妳知道這客廳，要不是黑暗，就是明亮的日光燈。妳們兩個昨晚做了什麼？」

「我們把話說清楚了。」

「這聽起來很不妙。我可以問一下嗎？」

「你還記得露的朋友夏琳嗎？兩年前她從我們家的樓梯上摔下來，從此就很少來了。其實是個可愛的孩子。」

「她沒事，但她媽媽用含蓄的方式提醒我們有責任，不是嗎？」

「含蓄的方式？她說我們應該更小心，但是我不太明白怎麼做……無論如何，夏琳的父母目前正要離婚。我們兩個再一次成為無辜之人，但你了解我們的女兒。」

「明白。我們很少吵架。」

「問題是孩子的恐懼：他們不需要真正的理由。可以說，恐懼本身就夠了。」

「妳能安撫她嗎？」

「哦，我很有說服力。她用了迷戀這個詞。我只是想提一下，以防萬一她馬上開始談論這件事。她已經到家了，一定要跟你說話……甜心？」她朝樓梯喊，聽了幾秒鐘，然後聳了聳肩。「也許是看到松鼠了。九歲真是個奇怪的年紀，有時像四歲，有時又像十二歲。現在她想要有個最喜歡的音樂家——一定要是男的——但是無法決定，所以問我最喜歡誰。我說我喜歡莫札特。」她自己也笑了。家裡的生活像一股溫暖的微風吹向他，在他不在的時候，一切仍然繼續著。在露這個年紀，他知道離婚代表什麼嗎？或者什麼是迷戀？小時候除了怕成績不好還怕什麼？「妳在這裡，」在他想出答案之前海倫說。「快點，甜心，你爸爸正在等妳。我去倒一點咖啡，一會兒見。」

當她站起來時，哈利看著那片傾斜的草坪，草坪上有一棵栗子樹，兩年前一隻松鼠曾在上面築巢——當時讓兩個孩子都很興奮。下一刻，他的女兒就在螢幕前坐下了。因為早上上過體育課，她的長髮綁成辮子，專注的目光似乎不是看向他，而是看向那個可以看到自己的小視窗。

「嗨，爸爸，」她心不在焉地說。「抱歉我沒有太多時間。」

「哈囉，我的寶貝。妳又忙了嗎？」

她用舌尖舔過最後一顆乳牙左上方的縫隙。「臺北現在幾點了，多少度？」

「現在快午夜了，在棒球場裡的溫度快三十度。」

「因為你們那裡是冬天。」

「不是，因為他們這裡用攝氏。」

「為什麼？華氏要好得多。」

「妳可以換算。妳或是哥哥最近在學校有學過這個不是嗎？」

「需要查一張表。」

「大約八十五度，我想。妳爸爸的腦子裡有這些東西。」

「聰明的傢伙，」她學海倫戲弄的語氣回答，揚起了眉毛，他迫切想給她一個擁抱。在大學緊張的一天工作後，沒有什麼比被她的熱情迎接更好的，就好像他們已經多年沒有見面一樣。

「你知道華氏的爸媽是怎麼死的嗎？」

「我不知道。」

「毒蘑菇。」她看著他，彷彿在說：這是給你的一個警告。以她的情況，他發現比起保羅他更難以接受這樣的想法：有一天，她將不再是一個充滿依賴和童真熱情的可愛小傢伙，而是一個情緒化、一臉不悅的青少年。「他才十五歲，」她嚴肅地補充說，「還有，他不是美國人。」對她來說，有著名的非美國人是一個新概念，這和她到處聽到大衛．貝克漢這個名字密切相關。

「他不是美國人，我知道，」他一邊說，一邊在心裡尋找一條能帶她走出原始幼稚恐懼的路。「妳媽媽還在嗎？」

「她在廚房裡忙。」

「妳們相處得好嗎，還是她很難應付？」有時候他和露假裝得好像他們是家裡的大人，海倫和保羅很難相處，但出於忠誠，這一次，他的女兒只是漫不經心地回應了這個遊戲：「我很少需要大吼，」她解釋，並且擺擺手。當她們兩個單獨在家時，晚上她們會在沙發上吃爆米花，進行露所謂的「女性談話」。現在還很容易擺布她。「我的小保羅在做什麼？」她問。

「看完棒球賽後，他已經筋疲力盡，躺在床上了。」

「為什麼你們的隊伍叫兄弟隊？是不是所有的球員都有親戚關係？」

「是兩個兄弟創立了俱樂部。他們先是在臺北開了一家飯店，現在還在，就叫兄弟大飯店。」

「嘿，夥伴們！」她用假音喊，同時扭動著肩膀。「歡迎來到兄弟大酒店。你知道什麼是嘻哈嗎？」

「知道。老實說，不是我的音樂。」

「但是我喜歡。我正在寫一首歌。」

「真的嗎？妳這麼忙就是為了這個嗎？」她沒有回答，而是看向廚房門口。

「喲，媽媽回來了。我最好別打擾你們，這樣你們就可以情話綿綿了。親親！」她的臉靠近了一些，嘴唇抿得更近，但因為她瞄準的是他而不是鏡頭，所以他只看到了她那雙放大的大眼睛。「爸爸再見！提醒小保羅他答應過我的。如果他說話不算話，我會非常生氣。」

他沒有問什麼事；反正她也不會透露。和哥哥之間的祕密對她來說是神聖的。他很快喝了一口啤酒，比他熟悉的味道淡，然後海倫又坐到了他的面前。嘆了口氣，她用餐巾紙在螢幕上擦了幾遍。「幸好你沒被親到。」她的緊身上衣喚醒了他內心被疲倦掩蓋的欲望，不完全是性的欲望，更多是渴望親密。有一瞬間，他覺得自己非常遙遠。在家裡，這種感覺偶爾會襲擊他。海倫安慰地說：「要和她好好談談，你必須把她綁起來，就像夏琳母親建議的那樣。」

「沒關係，三天後我就回來了。還有，她絕對不遲緩。」

「你這麼說，好像我這麼說她一樣。」

「那是不久前的事。」

「親愛的，那是一時情緒起來。下一個數學考試，如果你可以和她一起練習，讓我們看看會出現什麼樣的形容詞。」她舉起手，拒絕他的抗議。「關於棒球，我想補充一點，你的英雄昨天表現不佳。他的皇家隊輸給底特律，不過你大概已經知道了。」

「他有上場嗎？」

「顯然沒通知你。」

「自從他不再是先發……妳說表現不好？」

「當他上場時，他們已經遠遠落後了。他被打出了一支全壘打，也許是兩支。」

「我馬上上網查。」

「先告訴我你的父母怎麼樣。保羅仍然認為你爸爸沒有認出他。」

「我知道，但你認識他，我是說我爸爸。」

「他就不能試一下嗎？他們幾乎沒見過幾次面。」

「恐怕他太老了。媽媽已經盡力了。他認識很多花。」這時候他才想到，露並沒有詢問爺爺奶奶的狀況，也沒有打招呼。她偶爾會談到茱麗，但是幾乎不提其他的家人。

「你還好嗎？」海倫問。「你喝啤酒不是什麼好兆頭。」

他心不在焉地拿起藍色罐子，舉到鏡頭前說：「臺灣啤酒。我們以前在棒球場常喝，我和我的朋友們。」

「我以為你度過了一個美好的夜晚。」

「是的，但是……我也很抱歉我的爸媽不夠靈活。如果他們聽不懂保羅的中文，他們就會聳聳肩問我。」然而他記得幾年前曾說過，他想盡一切辦法保護自己的孩子免受與臺灣有關一切的影響。從這方面來看，他眼前面對的似乎是一堆成功的碎片。

「每次你在那裡，」海倫說，「我都擔心你會有回到家的感覺。」

「這裡，是嗎？我甚至不確定他們是不是高興看到我們出現。」

「你很高興——只是你不願承認。保羅已經上床睡覺了嗎？」

他點點頭，她的微笑表示，她願意轉變話題。「所以說我現在是和我的丈夫單獨在一起，儘管身處兩大洲。啊，還有情話綿綿這個詞，露是從你那裡學來的嗎？」

「聽起來更像是妳媽讀的小說。順便提一下，我問兒子是否可以想像在臺灣生活六個月左右。只是一個想法，」在她反應過來之前他很快又補充了一下。他寧願完全迴避這個話題，但她明天就會從保羅那裡得知。「我們討論過這件事，妳和我。他學中文對他有好處。而且我也希望我的孩子能更了解臺灣。」

「等等——要他一個人在那裡上學？」

「我可以找一個客座講師的教職。在妳問之前：不，不只是因為他。這會對我的計畫有幫助，我有興趣，總之各種因素。」

「很高興，你的計畫考慮到我。」

「海倫，我爸爸已經是個老人了，媽媽的情況也好不到哪裡去。如果我想再花點時間與和他們在一起，我必須盡快行動。妳覺得這聽起來不合情理嗎？」

「你是指你有愧疚嗎？一點也不會。你只是從來不提。」

「我的意思是我的計畫。」

「剛才你還說只是一個想法。到底是哪一個，你們兩個在臺灣待半年？或一整年？還是我們所有人？如果我有點措手不及，請原諒。」

「最好是四個人，但我知道妳對我故鄉的態度。」

「那我對你、對我們的關係呢？你也清楚嗎？我突然想知道。」

「這不公平，」他回答，立刻就覺得自己不誠實。像她這樣一個愛開玩笑、典型的美國人對他感興趣，當時讓他大吃一驚，而且因為這種感覺從未完全消失，他偶爾會低估最近幾年的某些事件給她帶來的不安。回想起來，對王建民的熱情對她似乎是第一個警訊。自從他們認識以來，真的從第一個晚上，他就告訴她，他有多高興逃離了自己的故鄉：在學校的填鴨教育，後來在軍隊裡的生活，包括越野跑時嘴裡叼著一塊不許掉落的肥皂，以及家裡的一片寂靜。他去柏克萊是為了不必在父母無言的爭吵中選邊站，儘管他暗自知道自己站在哪一邊。也許他的故事構成了海倫對臺灣負面形象的框架，但他不想讓她把她的厭惡傳遞給孩子。他們應該親自探索這個國家。或者更好的是，在他的引導下。

「保羅到底怎麼回答？」她問。

「當然，一開始他感到困惑。他想知道妳和露怎麼辦。最後他說他會考慮一下。妳不用擔心我強迫他。」

「我有沒有告訴過你，他認為你是一個很情緒化的人？」

「沒有，什麼時候？」

「在內心深處，他是這麼認為的。最近在逛街的時候。我覺得他相當仔細地觀察我們。」別以為你能欺騙他，也許是這個意思。她不是想吵架，她只是更想聽到他對她的渴望，而不是對故鄉的渴望。他們聊了幾分鐘，沒有什麼特別的事情，然後廚房的時鐘顯示十二點半，哈利想上床睡覺。在那之前他在網路上看了昨天比賽的摘要。在王建民多次受傷缺席一年之後，皇家隊在四月份完全出乎意料地簽下了他。此前，追蹤他在較低層級聯賽中的賽程變得越來越困難。在康乃狄克州布里奇波的體育場裡哈利看過他上場一次，五千個座位只坐了一半。王建民為南馬里蘭藍蟹隊效力過，六局比賽被擊出相同數目的安打，失掉三分。在球場後面貨運列車戛然駛過。他已經三十五歲了，即使在臺灣，也沒有人指望他能再回到球場。比賽結束後哈利在停車場看到他鑽進了一輛太小的租車，有那麼一刻他感覺到他們的目光相遇了。他很想喊一些令人振奮的話，但要喊什麼呢？不久之後，與藍蟹的合約結束，王建民轉投到這個國家的另一邊的海岸，繼續他的職業旅程。

現在他終究回來了，儘管有許多人不看好。在訓練營中的出色表現之後，據說他的伸卡球和以前一樣快速且難以預測，但他不再散發出昔日強勢。他表現很穩定，通常只投一兩局。這對他在臺灣的粉絲來說似乎已經足夠了，哈利想，而且或許是出於悲觀，甚至是不知感恩，那轟動的復出感覺像是尾聲。

關於中島教授，正如茱麗所預言的那樣：第一眼讓人喜歡。他在十一點整進入咖啡館，儘管天氣很熱，他還是在格子襯衫外面穿了一件西裝外套，而且由於肩膀圓潤，他看起來比實際要矮一點。「我真的很高興您能抽空來，」哈利說，他認為很少有日本人能讓你在第一次見到他時感覺自己已經認識他很久了。他想幫他去買一杯飲料，中島堅決拒絕並且親自前往櫃檯。當他回來時，他注意到，茱麗經常談論她在美國的叔叔。雖然他自己在臺灣生活了幾十年，但他說話的口音，第一句話就透露出他的出身。「聰明的年輕女子。我對她的博士論文抱有很大的期望。」

「如果我理解正確的話，那可能還需要一段時間。」

「每次我都告訴她：快點，茱麗，否則妳就得把論文放在我的墳墓上了。」說到這裡，他突然爆發出一陣咯咯的笑聲，這讓哈利一時想起了保羅。教授沒有脫下外套，這裡比外面至少冷十度。

「關於您家庭的那本書，我讀了很有收穫。」當他們面對面坐著時，哈利說。他稱讚小說與歷史研究的巧妙結合。標題中的「兩個幽靈」指的是真正的父親和中島十幾歲時認為是他父親的另一個人；他從未見過他們中的任何一個人。這本書記錄了對線索的探尋，第一位父親，幾乎沒有什麼發現，而第二位父親則沒什麼好結果。虛構的段落填補了空白，有時模糊了虛實的界線。

「您考慮過完全轉向不同的類型嗎？我是說，寫一部小說？」

「我正在嘗試。遺憾沒有成功，儘管我仍然忠於這個主題。」

「家庭？」

「幽靈。」中島嚐了一口咖啡，皺起嘴唇表示同意。「學生時代，我和朋友一起出版了一本小型文學雜誌。沒有人想刊登我們的東西，所以我們自己做了。我們當時是真正的業餘愛好者，主要關注的不是文章，而是我們的筆名。您知道死去的武士平將門的故事嗎？」

「大概知道，」哈利說。「據說直到今天他還在做怪。」

「在他墳墓旁的某家銀行分行為他開設了一個帳戶，好讓他不打擾員工。他甚至收取利息，但聽說精神疾病的例子仍然明顯增加。相信我，在日本即便是死者，像這樣無法收買的情況也很少見的。」

「您當學生時寫了相關的故事，或者您下一步想寫？」

「平將門是我的第一個筆名，」他笑著說。「如您所知，我在戰後的東京長大，沒有父親。這座城市到處都是瓦礫、彈坑和廢墟。孩子們扮演的不是警察和強盜，而是士兵和妓女。當美國人想將平將門墳墓所在的墓地改造成停車場時，人們擔心他會報復，他們的抗議讓計畫取消。我想我喜歡讓人心生恐懼的想法。」他突然停了下來。他沒有一般人認為日本人的那種嚴肅拘謹。「我可以請教您，您以前的夢想是什麼？您想成為什麼？」

「我是一個體格瘦弱，沒有運動天賦的男孩，」他說。「我曾經想成為職業棒球選手，就像我所有的朋友一樣。昨天我和兒子一起去棒球場，這勾起了我一些回憶。您有小孩嗎？」

「遺憾，沒有。我會像那個老武士一樣，焦躁不安的靈魂。即便如此我還是希望能保住我的頭。」

「而不是被復仇的念頭所驅使。」

「Full of mischief.（充滿了惡作劇），您那裡的說法。」他的英語聽起來像大江健三郎，好像他嘴裡塞滿了鵝卵石。他眼中的光芒消失了幾秒鐘，但現在又回來了。「您知道，在平將門的時代，東京這個城市還不存在。那是一個邊境地區，住在那裡的只有流浪者、無家可歸的武士、強盜。我發現這很吸引人。眾所周知，他自封天皇並且因此被處死。我也喜歡挑戰當權者。年輕時，我很驚訝我們和戰爭時是同一個天皇。一些同事認為，平將門的叛亂是導致天皇最終權力被幕府將軍奪走的第一步。當然，我並沒有那麼成功，儘管我的敵人相對平庸。」

「您在書中寫道，天皇應該受到審判。」

「如果不是他，該是誰？相反，人們傳播一個愚蠢的說法，說這是軍事集團之間的陰謀，一個真正的日美合作計畫。美國為我們帶來了民主，但沒有向我們展示民主是如何運作的。他們的占領是新殖民主義的軍事獨裁，最後隨著韓戰的爆發，和平主義理想被拋到一邊了。我們更擅長生產戰爭物資。之後，許多人只是想紀念自己的犧牲。如果天皇無能為力，那麼他們當然更別說了。從錯誤的前提得出正確的結論。」

在《尋找兩個幽靈》中，他承認隨著經濟奇蹟的發展，他越來越不喜歡自己的國家。當學生時他就讀了馬克思並聽爵士樂，而且還與他的老師爭論。「您的母親對此有什麼看法？」哈利問。「您到處惹事的本領。」

「您知道「kyodatsu（虛脫）」這個詞彙嗎？絕望、疲憊和內心的空虛交織在一起。沒有比這更好的詞彙來概括當時的國家狀況了。戰爭遺孀被置於意識形態的高臺上，只能自生自滅。」

「我是私生子這件事不能讓任何人知道，尤其是我自己。當我還很小的時候，她就相信她在保護我，但正如我書中的一句話所說：掩蓋唯一真相的保護是虛假的。它阻礙了親密關係的建立。剛開始她可能為我感到羞恥，然後在我面前感到羞恥。」

「您不知道她想保護您免受什麼傷害嗎？」

中島一度把視線轉向窗外。隔壁麵店前停了一輛摩托車，行李架上疊了幾個瓦斯瓶。「有些人稱之為壓抑，」他說，「但這是一個粗糙的物理比喻，不是嗎？我母親深情地談論著我的父親，而且總是用最溫暖的語氣——直到今天我都不知道她是在談論照片中穿制服的男人還是在談論我的生父。也許在她的腦海中兩者開始融合。她從未提及他的名字。」

「她談過金瓜石嗎？」他問。「關於外國戰俘營？還是無關緊要的事情？日常生活、學校？」

「偶爾會有一位來自福岡的舊識來拜訪我們。為了讓母親和他能夠不受干擾地交談，我被趕出門。後來她總是紅著眼睛，說話也比平常多。我們至少應該保護孩子，不讓他們牽扯其中之類的事情。至少有一名以前的戰俘在回憶錄中寫道，戰俘抵達後在校園裡被示眾。一位與其他倖存者通信的同事認為這是錯誤的：他聲稱戰俘是在夜裡到達的，居民並沒有察覺。您看，有時我們知道的比我們想要的多，有時又知道的比我們必須知道的少。關於過去，它並不在乎它為何纏著我們不放。」

「茱麗一定提過我媽媽在金瓜石上過學。」

「當然。前兩天我傳了一張照片給她。我唯一擁有的那個時代的照片。應該是畢業典禮，遺憾的是看不清任何面孔。」

「為什麼您的母親後來再也沒有回臺灣？您寫道，甚至連拜訪都沒有。」

「當占領結束——比預期晚得多——我開始上學。母親重返她原本的工作，之後我們的物質條件好多了，但這裡實行戒嚴令。然而，這仍然是她的遠大夢想。晚上在床上，她告訴我一些聽起來像荒野西部的故事，其中『蕃人』扮演印第安人的角色。當然，一切都美化了。殖民時期的田園風光，與現在對比更具吸引力。」

「您會說是她把這個夢想傳給您的嗎？」

中島聳了聳肩。當他的母親過世時，他快三十歲，在左翼雜誌上發表了他的第一部作品：尖銳地指責了日本在殖民地的「文明使命」。他在舊文件上偶然發現了所謂父親的死亡日期，並確認長期以來一直埋在心中但從未說出的懷疑。他在書中稱這種感覺為「令人羞恥的解放」；他喜歡這樣的表達。結婚時，妻子的家人堅持他接受妻子的姓氏，以掩飾他非婚生子的身分。他承認，他把搬到臺灣視為回家，甚至將母親的骨灰帶到臺灣。她的丈夫是一名醫生，在中國參與了為軍隊照顧慰安婦的工作，中島毫無疑問地證明了這一點。但他生父的身分卻無法查明。因此他自己的存在是犯罪結果的可能性仍然無法排除，這類的犯罪在戰爭結束後發生的頻率比許多人認為的要高。難怪他對茱麗的論文感興趣。

「我也想寫寫我的家庭，」哈利突然說。事實上他並沒有打算提及這個計畫，但中島的坦白很有感染力，而且無論如何與陌生人交談總是更容易。

「是什麼阻止您？」

「首先是缺乏計畫。本來應該是關於我母親的哥哥，他是政治犯在綠島關了十年。現在更多的是關於我母親的。或者兩者都有，我不知道。大學時，我曾經催促他寫下自己的經歷，但他不願意。出獄後，他到臺南神學院就讀，後來在臺東的山區生活，和山胞在一起。」

「哪個山胞族？」

「布農族。」

教授點點頭。「十年大概表示他是無辜的，對吧？他只是被冤枉而且被迫認罪。」

「看起來是這樣。他堅稱自己當初主要是愚蠢。」突然，他注意到中島教授的母親和他自己的母親之間的鏡像相似之處：一個是出生在臺灣的日本女性，她對自己的出生地充滿懷舊，另一個是出生在殖民地的臺灣人，她也許從未停止視自己為日本人。她們甚至可能互相認識。中島和敬治舅舅也會相處得很好。「如果這問題不是太私人的話，請問您什麼時候決定要寫書的？」他問。

「這個願望存在已經很久了——在實現之前，有一個棘手的問題：我是不是可以揭露她打算帶進墳墓裡的一個祕密。」

「您不認為每個人都有權利擁有自己的故事嗎？」

中島回答之前，不經意地看了一眼手錶。「要是你自己的故事就好了，對吧。」外面，正午的炎熱在柏油路上閃閃發光。敬治舅舅在臺大讀書的時候，羅斯福路是一條狹窄的道路，緊鄰通往新店的鐵路線，兩旁都是綠油油的稻田。他經常說這是他最美好的時光；也是最壞的時光來臨前夕。「還有封面上的青蛙？」哈利問。「那是什麼意思？」教授的回答再次讓他想起了兒子：以前保羅在遊戲中作弊被抓的時候，他常常會自己偷笑。

「您不懂日語，是嗎？」

「不太好。」

「青蛙這個字的發音，和動詞『返回』：kaeru 是一樣的。據說平將門的女兒與數百隻青蛙一起生活在他的城堡廢墟中。這是對已故父親會報復的警告。」哈利驚訝的表情讓中島更加開心。他笑著說：「我也不知道這意味著什麼。誰知道呢，也許我的親生父親有一天會回來。或者我也有還沒有算清的帳。我已經和您姪女約好了：一百年後我們要在這裡見面，騷擾中國銀行的員工。您要加入嗎？」

門口有人轉過頭，因為他突然大笑起來。你一定會喜歡他，茱麗說，但他也是一個奇人。每次門一打開，熱氣就從外面湧進來，哈利決定會面結束後去大稻埕。他必須設法說服保羅一起留在臺灣。自從他說出口之後，這個願望更加強烈了，就好像他之前只是不願意承認一樣。他不知道他的家族裡是否有什麼祕密需要他去探尋。有跡象表明，敬治的被捕一方面使他妹妹的婚姻成為可能，另一方面又破壞了它，但即使到老，他的舅舅仍不想談論這件事。問你媽媽，他總是這樣回答，只是強調如果沒有她的幫助，他不可能熬過在監獄裡的日子。直到最後，他仍對她心存感激，然而在哈利的記憶中，他們兩人之間的對話卻籠罩著像離婚夫婦所散發出的一籌莫展：深刻的熟悉，不論是經歷了結束或一切還沒結束。冷漠會讓一切變得更容易，但最後也會確定失去。那個村莊位於山脈邊緣的荒涼之地，現在突然變得像照片一樣清晰。他的母親總是雙臂抱在胸前，好像很冷，敬治舅舅看著別處，他心裡充滿了一種他後來在回憶中才能說出的感覺：在某種程度上，他對這一切變得如此困難感到得負上些責任。

幾十年後再去觸動是否值得？希望得到什麼結果？有時痛苦比隨之而來的結果容易忍受。如果不這樣做，那麼唯一留下的將是痛苦。

15

她很幸運，坐到了靠窗的桌子。她最喜歡的地方是樓上，從那裡她可以看到十字路口，更遠可以看到新公園的入口。白天光線充足，可以閱讀。故事讀到一半，靜梅還是不知道自己到底比較喜歡傲慢、愛冒險的妙子，還是安靜、高深莫測的有雪子。姊妹之間能有這麼大的不同嗎？她不時地把書放在一邊，喝一口茶，想像在現實生活中遇見小說中的人物：只要去按她們的門鈴，就在神戶的山丘上，從那裡肯定可以看到大海。

傍晚時候，周圍的商店和辦公室員工們下班了。由於雨停了，有些人沒有直接上公車，而是繞道穿過公園，或漫步到西門的電影院。在這樣的時刻，當沒有任何事情可以分散她的注意力時，內心的痛苦就像一種背景音樂，賦予了所有其他的感覺某種色彩。她現在看著的街道，她曾經握著母親的手走過，當時她驚訝地睜大眼睛，因為一切看起來都是那麼新奇、那麼明亮：燙髮的女人，穿著圖案色彩鮮豔的緊身旗袍，從菊本百貨公司走出來，消失在隔壁的咖啡館裡。以前的百貨公司現在成了軍人之友社，穿著漂亮制服的電梯服務員不是到別處工作，就是在家帶孩子了。

今天她例外穿了旗袍。因為他。

儘管如此，她還是喜歡小說中帶給她的夢幻氣氛。只要沒有給三妹找到丈夫，妙子就不可能嫁給自己的男朋友，但是雪子還想要一個丈夫嗎？為了以防萬一，靜美用牛皮紙包了這本書，她已經感到有點不捨，因為知道幾天後會讀完這本書。她特別喜歡書中幾乎沒有出現戰爭。偶爾只會提到「中國事件」，但敘述者沒有問那些有漂亮孩子的德國鄰居是否是納粹，而是分享了姊妹們對平安神宮櫻花的擔憂。「當你穿過大門，望向主殿，畫廊左邊的垂枝櫻花——據說在國外也很有名的樹——今年會是什麼樣子呢？也許已經太晚了？」

希望不會，她想。

小陳當然察覺到她的心情有多麼混亂。他不斷地尋找著蛛絲馬跡和證據，彷彿要把她的愛當成一種罪行來揭發——在她母親的眼裡，這無疑是犯罪。為了不讓他產生錯誤的希望，她很少說話，迫使他更常從她的話裡尋找意義。有時他的表情帶著懇求，讓她既感動又厭惡。現在她看著錶，希望去攝影師那裡拍完照之後還有時間去看電影，最好是一個人去。如果小陳為兩人安排了什麼，她可以說家裡有事等她回去。這也可能是真的，即使沒有人這麼說。現在警察每星期只來一次，即便如此，母親也什麼也都不說，只剩下她和父親與那些人交談。而問題總是相同的，並且只涉及存在於文件中的現實。如果沒有犯罪行為，怎麼可能有共犯呢？她嘆了口氣，合上書，用手掌撫摸書皮。

她覺得很奇怪，她竟然曾經夢想過這樣的生活。畢業後，她在機場服務櫃檯工作了一段時間，胸前戴著紅色徽章，表示她懂日文。如果每次得到誇獎她就得到一元，那她的薪水就更豐厚了。她第一次在廈門街買了訂製鞋，但最後還是受夠了那些晚上想要和她約會的男人。她更喜歡大學醫院的工作。受訓的護士除了給病人送藥或量體溫之外，沒有人會注意她。醫生大多是本地人，她現在的部門甚至還有兩名女醫生，宿舍很快就會有空位了。如果敬治需要藥物治療，她會找到辦法，她已經向他保證。

外面又下起雨，雨滴細小到看不見，她只能從行人加快的腳步中察覺到。那一刻他在做什麼？儘管她時時刻刻都想著他，但這個問題總是像夜裡的尖叫聲一樣讓她吃驚。自從最終提出控訴以來，他被允許每星期可以寫一封信，不超過兩百個字，而且她被允許每星期四下午探望他十分鐘。她擦掉臉頰上的淚水，環顧四周，看看是否有人在看著她。如果沒有那些可怕的謠言——據說在審訊期間不合作的被關押者會被放在冰塊上——一切都會變得容易些。小陳能明白這個念頭對她的影響嗎？他失去了一個哥哥，不知道另一個哥哥是否還活著，卻似乎只關心她，這實在是令人欽佩。無論如何，她必須繼續生活，有時甚至在恍惚中度過。母親常到寺廟，吃得很少，父親專心生意，獨自在辦公室喝他的清酒。過去一年她學到，共同的不幸讓每個人都以自己的方式感到孤獨。

她看向樓梯口時，小陳正站在最上一級的樓梯上，四處尋找她的身影。他穿著西裝，往後梳的頭髮閃閃發亮，他最近開始使用髮蠟，好讓自己看起來更成熟。她短暫舉起了手。當她吸氣時，旗袍在她胸前微微繃緊。

「妳早到了，」他打招呼說，像往常一樣毫不掩飾自己的興奮。「照相館就在轉角。我們還有半個小時的時間。」他勉強把目光從她身上移開，向女服務生揮手。高高的天花板下，兩臺風扇轉得很慢，靜梅感覺不到一絲涼風。他完成了學業，幾星期後就要到金門服兵役，因此才會想一起去照相。兩年的時間他們幾乎不可能見面，如果情況不允許，甚至永遠不會再見面……儘管戰爭已經結束了，但和平仍然還未降臨；偶爾會有對中國沿海城市的空襲，報紙上大肆宣傳，彷彿這標誌著偉大光復的開始。作為回應，對岸轟炸了金門。他母親因為擔心而病倒，他父親緊閉雙唇，表明兒子拒絕到美國讀書。

因為她。

服務生過來，他點了炒花生和綠茶。他左耳後有一縷頭髮鬆散下來，她很想幫他抹回去。這身衣服很適合他，整體來說他長得很帥，有時候她不明白自己為什麼猶豫。他們談論著未來的兩年像是一場考驗，但答應一起合照不就是一個等待他的承諾嗎？當他向她伸出手時，她退縮了。兩年算得了什麼，她想著，擦了擦眼睛。

他嘆了口氣，問她有沒有收到郵件。一絲的無奈，而不是責備。他對她的耐心幾乎是無限的，但她偶爾會覺得有必要對他殘忍一點。他從來沒有為任意逮捕無辜者辯護，但他確信每個人都知道做什麼會讓自己顯得可疑，這還算是任意嗎？他用食指尖掀起了她的書的封面。「細雪？」他問。「這是什麼意思？」

「這只是書名，」她聳聳肩說。「如你所知，我從來沒有見過雪。」她有半個小時的時間可以向他澄清這些照片並不等同於訂婚。看電影的時候，她讓他握著她的手，當她流淚時，他給了她一個安慰的擁抱──這就是現在的狀況，他不可動搖的感情讓她的搖擺不定難堪，但除此之外，他有多真誠？當他說到基隆時，似乎忘記了屋牆上濺滿的血跡。他說當時就已經對自己有把握了，並認為在臺北再次相遇是命中注定──那她就沒有權利拒絕嗎？一方面，她喜歡透過他的眼睛所看到的自己，但另一方面，醫院裡的本地醫生中，有兩位曾偷偷探聽過她的情況。當她坐在他對面的時候，想這事是不對的嗎？那她應他要求而穿的旗袍呢？事實上，是她自己在尋找蛛絲馬跡和證據，等待自己洩露情感。

但是她沒有。就像雪子一樣。

「妳在想什麼？」他一邊問，一邊把幾粒剝好殼的花生推給她。

外面的天空輕輕騷動，雲朵飄過周圍的山脈，她想跟隨雲朵走。「昨天我在醫院遇到了奇怪的事，」她說，避免再次冷落他。「一個年輕的媽媽。」

「怎麼奇怪？」

「不知為何，我覺得她很眼熟。她懷裡的孩子看起來像是混血兒，爸爸可能是美國人。」她不理會他臉上露出的一絲不以為然的表情。終究每個人都要為美國保護臺灣以及許多美國士兵的存在付出代價。「她坐在候診區。我正想著是在哪裡認識她的，但太晚才意識到自己直盯著她看。」

她看起來很疲憊，懷裡抱著嬰兒，嬰兒不停咳嗽。早上的看診快結束時，候診區幾乎沒人了；名單上還有四個名字。當她們目光相對時，靜梅覺得羞愧，把目光轉開。其中一個名字，字跡她幾乎沒辦法辨認，猜想這位年輕的媽媽上學的時間不長。許可能是第一個字。她偷偷地望了一眼，但這次兩人的目光簡直就是碰撞在一起，下一刻一切變得清晰了。那字跡立刻讓她覺得熟悉，甚至比臉還要熟悉。她沒有把洪醫師簽字的處方拿給病人，而是衝到那排破舊的木椅前，那位抱著嬰兒的年輕女子就坐在那裡。從她的表情看不出她是否也認識她。許美玲，和當時大多數女孩一樣，她用最後一個字做她的日文名字。

「玲子醬？」她低聲說，然後在旁邊的空椅子上坐下。「是妳嗎？」

年輕女子疑惑地看著她。「我叫許美玲，」她用中文糾正。「妳是誰？」

「梅子。李靜梅，我們以前就認識了。」她對著嬰兒微笑，從玲子的臉上的表情可以看出她也記得。「金瓜石。」她趕緊擦掉眼眶裡湧出的淚水。

「知道了。是的。」

「妳好嗎？妳住在臺北嗎？這個可愛的小寶寶怎麼了？」

「這是我兒子。」

「哦，對不起。」她再次對嬰兒微笑。從眼睛可以看出來，比平常的嬰兒更大更圓一些。

「他在咳嗽，我們已經在這裡坐了一個半小時了。」

「你們前面只剩下三個病人了。告訴我，怎麼……」她做了一個無助的手勢，既被故友冰冷的語氣弄得不安，又被她的樣子嚇到。她手臂上的許多疤痕，一定是蚊蟲或臭蟲叮咬造成的。當她想要撫摸嬰兒的臉頰時，玲子把嬰兒抱得更緊。

「他發燒了嗎？」

「已經兩天了。」

「如果妳願意，我進去裡面問問，可不可以讓妳們先進去。」

「不用了。」儘管她的中文不太流利，她還是堅持說中文。她的衣服上散發著不通風房間的味道。

「所以妳是護士。我本以為至少是老師。」

「我的訓練才剛開始。我還不知道這適不適合我。」這次意外的重逢帶來了很多的回憶，她好想像以前一樣牽著朋友的手滔滔不絕說話。玲子為什麼對她不高興？她想不出理由。

「妳哥哥一定是這裡的醫生吧？」至少她現在說臺語。

「不是。」她的笑容就像臉上戴著面具，但她已經學會了迴避這樣的問題。「他不是。妳的家人好嗎？」

「那要看妳指的是誰了。」

「我指的是誰？妳的爸媽和兄弟姊妹還有……妳結婚了嗎？」

她倔強地搖了搖頭。「傻玲子太不小心了。」

「我能幫妳做什麼？妳需要……」

「不用，謝謝。」

她體貼地撫摸了她的肩膀，同時察覺玲子感到不舒服。她差點又掉眼淚；自從敬治被捕以來，這種情況一直發生。當診療室的門打開時，她給四處張望的同事打了一個手勢。「我趕快去問一下，是不是可以讓妳先進去看，」她站起來說。「在妳拿到藥單後，我應該也在午休時間。我們可以到下面的咖啡廳吃點東西，好嗎？」她稍微等了一下，但嬰兒又開始咳嗽，引開了玲子的注意。「待會見。」

走回去的路上，她把單子從牆上取下好拿到裡面重寫。可是洪醫生先讓她幫忙接種疫苗，並像往常一樣，準確地解釋了他在做什麼以及需要注意什麼。十分鐘後，當她回到外面叫她的朋友進來時，玲子的座位是空的。她看了看走廊，跑到了最近的女廁，雖然心裡清楚，但她還是匆匆忙忙到咖啡廳查看。在我為妳做了這麼多之後，她心裡想著，同時看著小陳的笑臉。他喜歡她自己開口說話。一樓有人打開了黑膠唱片機，正在播放一首來自上海的老歌。我等著你回來……，一個女人唱著，還有什麼？大家都在等著某個人，只有玲子匆匆忙忙離去。

「她就這樣走了嗎？」他問。「妳一直盯著她看，然後她不見了。」

「沒有讓她的孩子看病。」

「也許她想到自己忘記帶錢了。」

「或者是我把她嚇跑了。」

「用妳的臭臉，」他開玩笑地說。從她講述的方式來看，這件事聽起來無關緊要。在這年代，天曉得有多少更糟糕的事。

「我的意思是：好像我責怪了她一樣。很多人鄙視像她這樣的女人，包括你。那小孩急著看病。」

他聳聳肩，把一顆花生放進嘴裡。比如說現在，她很想說一些會傷害他的話。他對玲子酗酒會打人的父親總是把不滿發洩在她身上了解多少？對小陳來說，她只是一個不值一提的美軍情婦。「也許妳想太多了，」他說。

為什麼她不能對他心存感激呢？儘管發生了一切，他仍然陪在她身邊。敬治的女朋友已經很久沒有消息了。被捕後她們見過一次面，但她除了啜泣之外什麼也沒說。她是一名歌手，無論如何對他來說年紀太大了。從那時起，靜梅就知道自己有責任對他保持忠誠。只有她。她是他唯一的依靠。「我有告訴過你，我上次去新店的事嗎？」她問。

「這麼說好了，妳提到過。不是很詳細。」

她聞到他頭髮上髮蠟的味道，而且很想觸摸他。「你想知道嗎？」有時候她希望能多跟他一起笑，可是有什麼可以讓他們笑的呢？

「我想知道一切。」他無意識地回頭看了一眼。

「有一位老婦人排在我前面，」她開始說。「她一直在哭，她試著忍住，但沒有辦法。通常他們會警告訪客不要過度情緒化。不要激動，不要流淚！畢竟這是一座監獄。你必須脫掉夾克或大衣，接受搜身，但警衛為她破例。其中一個人叫她阿婆，並牽著她的手走進會客室。」

「我告訴過妳，他們不是不通人情的人。他們只是在做……」

「他們摸我，」她說，不知道為什麼告訴他這件事，她感覺心情很好。他的臉看起來就像是肚子被人打了一拳。「非常徹底，先是第一個，然後另一個。他們說，我們不能讓任何東西遺漏。」在那一刻，她出奇地冷靜，幾乎感覺不到那些陌生的手。

「為什麼……？」他的聲音帶著喘息。「為什麼現在才告訴我這些？」

「你想知道一切，」她說。「不知道審判後，他會被轉移到哪裡。也許到一個我不可以去看他的地方。如果可以，我會盡可能經常去看他。直到他們釋放他，你懂嗎？」

還不回來，春光不再……歌聲是從下面傳來。只要你不在，春天就會失去光彩。突然，她覺得自己和小陳之間的距離從來沒有這麼近過。

但半小時已經過去了，她想澄清這一點。「答應我，不管他們對我做什麼，你都不會阻止我。」

「我有這樣過嗎？」

「答應我！」

她應該給他一些回報嗎？診所的一位同事說，在她男友服兵役之前，她和男友一起去了旅館，至少試過一次。對於這個建議，小陳會有什麼反應呢？大家都知道金門有軍人妓院，而自從她到醫院工作後，她的態度就更實事求是了：男人就是需要它。父親也並不總是一個人喝清酒，這一事實似乎並沒有讓母親感到困擾，她自己也試著忽略。她覺得小陳不一樣？她是否真的想要？總之她並沒有感到渴望，甚至沒有好奇心。歸根究柢是讓自己被擁有。

當她再次往外看時，街道已經風乾了。她寧願獨自一人看書。很快雪子將要再次相親，但最終又會沒有結果。為什麼結婚這麼重要？在大多數情況下，遲早會出問題。「怎麼樣？」因為他沒有回答，她終於問。

「妳到底要我怎麼樣？怪我沒有盡我所能來保護妳免受這些禽獸的魔手？」

「他們只是在履行他們職責，不是嗎？這就是你想說的。」

「你知道我不是那個意思。」

「但是他們就是這麼認為。總之他們絕對不希望……」

「住口！」鄰桌有人因為聲音太大而轉過頭來。這是她對他的掌握，同時也是對自己的一種囚禁。無論如何，她其實已經做出她想了幾個月的決定：她既沒有力氣也沒有意願去傷他的心。她猛地站起來，指著錶。「我們不是該走了嗎？」

「我以為妳在等待答案。」

「你還有兩年的時間。」

「我保證，」他說。

有那麼一瞬間，她看到那個站在母親身邊的小男孩。確實可以稱之為命運，她想著，同時不知所以地笑了。「那我們走吧。」她伸手撫平旗袍，感受到其他客人的眼光。陌生人總是從她抬著頭的方式以為她是上海人，但她可以接受這一點。更重要的是，她小時候學會的，而她哥哥忘記的東西：永遠不要讓錯誤的人知道你真正的想法。

☆　☆　☆

在辦公室裡，一段似曾相識的記憶襲來，只是角色互換了。桌上除了他正在翻閱的文件、鋼筆和他的印章之外什麼也沒有。乾乾淨淨的桌面上反射著從窗戶射入的光線，或是現在是傍晚時分，反射的是天花板電燈的光線。一張檀木大桌子，他不再像以前那樣站在前面，而是坐在後方。關著的門外傳來員工的聲音，黃小姐很快就會進來，想知道他是否還需要她，或者……直接問自己是不是可以下班不太好。當年他有多少次是留到最後，不敢在老闆面前離開辦公室？真的，他一生中花了多少時間在這上面？

他從身後的架上拿起菸灰缸，考慮是不是請祕書拿杯清酒來。上次他從東京帶了幾瓶回來，之後他可能要獨自坐在這裡努力保持一天的好心情。他多年的努力辛勞，命運沒有給予獎賞，這可能是由於他前世或今生早些時候犯下的罪孽。而山下現在已經是日本商務部的高層人物了。去年秋天，他們在一次貿易展覽會的相關活動相遇，這個人仍有能力同時保持親密和居高臨下的態度。甚至沒有放棄稱讚他流利的日語，語氣彷彿在說：對一個中國人來說，真不錯，對吧。而他，突然變成了以前的李桑，低下了頭，感謝這句具有雙重意義的恭維。

「狗娘養的，」他現在低聲咒罵，吸了一口菸。辦公室外面有人在詢問黃小姐，老闆是不是還在？

日復一日，他坐在這裡與心中的惡魔戰鬥。偶爾就會有個訪客親自出現在辦公室，就像兩年前，雨季剛開始的一個傍晚。他的祕書敲門並通報有一名來自日本的訪客，訪客的名片顯示他是電器製造商的代表。「我應該請他明天來嗎？」她問。

也許是關於新的烘焙技術或類似的東西。據他所知，日本人只有在獲得特別許可的情況下才能離開他們被占領的國家，而這樣做要不是有充分的理由，就是需要關係。森這個名字對他來說很陌生。「請他進來。」他漫不經心地回答。

訪客看起來就像一個典型的上班族，光禿的頭上有一圈油膩的頭髮。

他離桌子有點太近了，同時為他突然的出現道歉。「您是李桑嗎？」他在坐下之前問。

他沒有把自己的名片遞給那人。身為老闆他無需自我介紹。「我能為您效勞嗎？」

「有人要我把東西交給您。」一個近乎令人生厭的低沉聲音，寧願發號施令，而不願把時間花在客套上。努力壓制的不耐煩，像那時的警察說話的口氣。「不管怎樣，我猜那個人就是您。您以前在金瓜石的日本礦業公司工作過，對吧？」

他默默地點點頭。

「在人力資源部門？」

在他回答後的短暫沉默中，森先生懷疑的小眼睛打量他。他用右手從西裝內袋裡掏出一個信封，放在桌上。外面攤販正在叫賣最後的特價優惠。那是一封私人信件，像證據一樣擺在他面前，地址只有他的名字和公司的名字。當他伸手去拿的時候，他才認出了發信者，並感覺到自己的心跳加快了。森先生微不可察地揚起了眉毛。他幾乎相信那嚴厲的眼神他以前見過，但這是不可能的。「您要喝點什麼嗎？」他勉強自己問。「喝茶嗎？」

「謝謝您，我的任務已經完成了。」儘管如此，訪客還是坐著不動。

他沒有鬆開壓在喉結上的領帶而是將雙手平放在膝蓋上。「請問您……是怎麼認識的？」

「本田士官長是個非常勇敢的人。一位好醫生，也是一位好朋友。」

「我明白了。」剩下的部分應該在她的信裡。他多年來想知道的一切，甚至更多。在他的腦海裡，他看到她赤裸裸地向他走來，並感到與當時同樣難以置信的驚訝。「那麼謝謝您的來訪，」他說。

「其實我應該拒絕他遺孀的願望。我試了。」森先生站起身來，挺直了背，好像要行禮一樣。他的衣服散發出令人討厭的樟腦丸味道。

「再會。」

一個無言的鞠躬。極度有禮貌，只有日本人做得到。

這幾乎是兩年前的事了。那是一個一場大雨讓空氣變得沉重卻沒有帶來一絲涼意的傍晚。他打開窗戶，抽了兩支菸，才拿起那封信。現在他聽到黃小姐殷勤的聲音，他甩掉記憶，看向門口。他的祕書說她無法保證，並請耐心等待一下。起初，他考慮過安裝一扇更厚的門，但身為老闆，他覺得他有權聽聽外面的談話。最近增加了三名新員工。沒有人可以指責他不如三哥努力，除了他的心魔之外，沒有人會指責他，但他有時還是覺得這一切都是徒勞。敬治的審判定於今年夏天開始。最初幾個月他會自己去青島路探望兒子，現在靜梅每個星期四都會去新店，事後他詢問時，她會說：十分鐘能聊什麼。

她把痛苦留給自己，就像哥哥出於自尊會做的那樣。或者更確切地說，出於他的傲慢，而現在這是她表現出來的生活方式。

黃小姐進來後，他用手帕擦了擦額頭。他曾寫信給十幾位立法委員，收到三封回信。每個人都預計一場持續幾個小時的審判和十年或更長時間的刑期。「這麼晚了，怎麼了？」他生氣地問。

「有一位先生，自稱以前就認識您。」

「日本人？」

「大陸人。」黃小姐沒有站在開著的門前，而是關上了門，一臉懷疑。「一位姓陳的先生。」

他至少認識幾個姓陳的人。「他有沒有說是關於什麼事？」

她小心翼翼地又靠近了一步。自從她下班後陪過他幾次就知道牆隔音不好。「只說是私事。」

「沒有名片嗎？」

她的搖頭看起來像是在發抖。兩杯清酒下肚，她的臉頰就會紅了，不時得停下來集中精力思考下一句話，除此之外，到目前為止一切都還在掌控的範圍內。「請他進來，」他說。

當訪客走進辦公室時，他才想到來訪者可能是他以前的鄰居。還是其他人？那個男人的動作彷彿有個無形的重量壓在他的肩膀上。短髮側分，但不再像當年那樣塗髮油。「陳局長！」他脫口而出。上次見面已經是六、七年前了。對他們兩人來說，顯然這些年都是艱難的。

「您好，李先生。」港務局局長的昂貴西裝已經舊了，他做了一個含糊的手勢。「您經營的生意令人刮目相看。」

「哪裡，哪裡。很榮幸您來拜訪。」他幾乎想抓住客人的手臂，把他帶到最近的椅子上，他看起來很虛弱。「我可以請您喝杯茶嗎？」

「樂意之至。」陳先生帶著一聲壓抑的嘆息坐了下來。「您知道，我父親是行家，」他說，彷彿事先就計畫好了這個開場白。「他最喜歡喝的是雲南的普洱茶，越陳越好。一位熟人在做茶的生意，並且定期給他帶來這些壓緊的圓形茶餅。」

「我不知道我記得對不對：您的家人來自西南？」曾經籠罩著他鄰居的那種冷漠已經被其他的東西所取代，而他無法立即想到一個詞來形容。動亂發生後不久，陳家就離開了臺灣，而且似乎不太可能自願返回。

「我們來自北方。我的祖先大多是北平的官員，常身居高位。我父親年輕時曾隨李鴻章到下關。」

「原來如此。」

「他從那裡來到臺灣，為權力移交做準備。如您所知，李鴻章沒有到臺灣。他擔心自己的生命安全。父親經常告訴我，當時臺灣人有多憤怒。沒有人想屬於日本，至少一開始是這樣。」

そうですね（原來如此），他幾乎脫口而出。沒有其他答案，他指著黃小姐此時送進來的茶：「來自埔里附近的烏龍茶。」他說明。「我父親年輕時有一家書院。後來他決定出售而且把錢投資到一個煤礦。我的兩個大哥今天還在瑞芳經營礦產。」他停頓了一下，以便客人如果想對茶發表意見，但客人的注意力似乎短暫中斷。到底是為什麼風把他吹到這裡來？「您的太太是臺南人，如果我沒記錯的話？希望她一切都好。」

「廖家起源於廈門。占領初期，她父母搬到那裡，臺灣只剩下遠房親戚。」

「我明白了。」顯然對陳先生來說，否認妻子的臺灣血統比她的狀況更重要。然而，這個男人不再像以前那樣讓他感到厭惡；他幾乎感覺到了一種親近感——即使只是因為隨意聊天對他們兩人來說都很困難。

「我最小的兒子告訴過我你的生意，」他的客人說。「在大稻埕這裡很有名，舉足輕重，可以這麼說嗎？我不得不承認這是我第一次到這附近。」

「我們只是延續家族傳統而已。」

「夠困難的了。」陳先生從面無表情突然產生變化。「我說最小的兒子是出於習慣。您當然知道我只剩下一個兒子了。」

不知道，他差點這麼說。他趕緊伸手去拿香菸，想起鄰居有三個兒子，但他記不起他們的名字了。最小的兒子和靜梅一起上學。是什麼讓他的訪客認為他可能聽說了另外兩人去世的消息？

「第二個，陳墨，可能還活著。」陳先生接過遞過來的香菸，繼續說。「我們不知道，最後一切都發生得太快了。您可能無法想像最後幾天的混亂情況。」

「嗯，是的，我無法想像。」他輕輕地將菸灰缸移到桌子中間。「那您的大兒子又在哪裡……？」他試探性地問。

「山東。改編為第十一師。您知道這意味著什麼。」

他完全不知道。他的額頭上再次冒出汗水，不過這次他沒有拿出手帕。不管陳先生想要的是什麼，他還不願明說，需要克服一些心理障礙。「該死的土匪，」他說，顯然指的是共產黨人。「多年來，他們一直在祕密武裝，而不是對日抗戰，而且用他們的宣傳欺騙世界。最天真的是美國人。相信我，沒有什麼可以嚇阻他們。沒有，您懂嗎？透過不斷的肅清，他們在追隨者中培養出了與領導人一樣的冷酷無情。對他們來說，謀殺是一門必須學習的手藝。他們毫無顧忌地對自己的人民發動戰爭。」

「請問您是怎麼離開大陸的？」

「我們想留在香港，但是沒辦法。英國當局假裝好像不存在難民問題一樣。我們是從那裡飛過來的。」

「您、您的太太和最小的兒子是嗎？」

他的訪客試著微笑。「陳顯最近完成了學業，現在準備要去服兵役。我太太……」他話沒說完，又吸了最後一口菸，然後熄菸。「這很難，相信我。」

是陳顥，他想。自從敬治被捕後，他的女兒比以前更加安靜，輪班工作，也沒有透露自己空閒時間做什麼。如果兩人是情侶，陳先生不太可能同意這種關係。無論如何，當時他對本地人沒什麼好感。「您的妻子，您說……？」

「她更希望他在服兵役前去美國。但是他不願意，他顯然在這裡看到了自己的未來。」

「了解。」

「李先生，我老實告訴您：我的兒子勤奮、聰明，但他也有另一面。也許是因為他是年紀最小的。我沒辦法每次調到新地方都帶著他。我太太似乎把她的……衝動遺傳給了他，我們就這麼說吧。如果談到他的感情時，您明白嗎？他媽媽太寵他了。」

「當然，」他點點頭。於是畫面逐漸拼湊起來。陳先生想結束這關係，在不失去第三個兒子的情況下，他需要一個盟友。「請問他服完兵役之後打算做什麼？」

「我想他會跟隨我的腳步。他具備條件。」這句話的最後有一個未說出的限制：如果不考慮他的衝動——像港務局局長這樣的位置來說，他的衝動行為可能意味政治上的無知，這樣的無知可能會讓人付出高昂的代價。官運亨通的人很少，而且不是每個人都能倖免於被懷疑意識形態不可靠。唯一的問題是，陳先生是否知道敬治被捕的事，如果知道，那他不會徹底禁止兒子與靜梅有任何接觸？然而如果他的目的是阻止他與本地女性的關係，為什麼他要強調兒子美好的未來前景？這聽起來幾乎是誘人的。以前當陳先生有疑慮時，他寧願更明確地表達自己的意思，而不是客氣，甚至把問題問得像命令一樣；現在他顯得猶豫不決、匆忙和心不在焉。他似乎忘了，桌上的香菸不是他的。如果他不喜歡這段感情，他可以再等兩年；他的小兒子不會是第一個在軍中失戀的人。還是兩人的關係已經發展到訂婚的地步了？

他的女兒欠他一些答案。在那之前，他認為最好保持不置可否。「我相信您的兒子不會讓您失望的。」

「我太太也認為我應該信任他，但說很容易，您了解嗎？誰也沒想到，我們陳家的未來，有一天會落在陳顥的身上。」這時他這才察覺自己不經詢問已經拿了一根菸，羞愧地低下了頭。「請原諒我的失禮，李先生。老大的過世、對老二的擔心、還有部裡的工作……這一切都讓我難以承受。老實說，我最小的兒子已經長大了，而我卻沒有察覺到。我本應該更加關心他的。」

「在我看來，您完全有理由為他感到驕傲。」他一邊強調，一邊默默地思考著自己如何面對靜梅。高中時，她假裝除了課業之外什麼都不感興趣，但現在她成了街上讓男人轉頭看的年輕女子。他不想讓她怨恨他一輩子，就像他對他父親那樣。他只記得陳顥是個大眼睛的男孩，一直牽著優雅母親的手。但如今這個家庭再次被做了記號，靜梅該嫁給誰呢？他應該慶幸，到目前為止還沒有失去顧客，而且不管怎樣：一個人有多少次獲得幸福的機會？就他而言，有兩次，他都錯過了，從那時起他一直試圖忘記，但沒有成功。他最終用顫抖的手打開了信封，得知了一切。本田靜子寫道，她不想要錢，她只是想通知他。剛開始很艱難，但如今他們過得好多了。道歉之詞就像標點符號點綴在信中。她稱兒子是個聰明、意志堅強的孩子，並提出在下一封信中寄一張照片。夜裡他看到她躺在他身邊，就像那時一樣。她的存在讓他滿足到不願入睡。她胸部的幾乎是透明的，在黑暗中泛著如白色大理石一般的光澤。他們所熟悉的世界連同它的習俗一起消失。緊閉的窗戶裡，夏天即將結束。他第一次明白了什麼是深深愛慕一個女人。

現在日本和臺灣之間又恢復了定期的郵政。每兩個月，她都會寫一封信，講述阻礙她出境的官僚障礙、被摧毀城市的日常生活，以及她喝來對抗疲憊的即溶咖啡。他的遲疑感覺很熟悉，幾乎令他感到安慰。在敬治被捕之前，他曾認真考慮過不可想像的事情，現在他等待著下一封信來考驗他的決心。陳先生坐在他對面一動也不動。就連空氣中的煙霧都靜止了，他再一次感受到了與一個陌生男人的這種奇怪的親近感。這位前港務局局長似乎也背負這一種無法與任何人分擔的重擔。他偶爾抬起頭看，彷彿用盡所有的力氣來直視真相：失敗是不可逆轉的。

他們所有人不都是這樣嗎？他們那個時代的男人，並不比其他人更有罪孽，最終還是被環境所征服。晚上當他太太在床上誦經時，他希望房間裡有一個布簾，就像孩子們以前使用的布簾一樣。山下多年前曾說過，這對女人來說尤其困難，不是嗎？在不同的辦公室和不同的生活中，那時那個李先生仍然相信站在辦公桌前或是坐在辦公桌後面是有差別的。

16

離開照相館時，外面天色已經黑了。衡陽路上的麵館已經快打烊了，到處都有繫著白圍裙的廚房幫手站著抽菸，享受下班時間。西門的餐廳都營業到很晚，但當他建議他們去吃點東西時，靜梅回答說她要回家了。那天下午在茶館裡，按照她的標準，她話很多，但現在她默默地走在他身邊，沒有透露自己在想什麼。她的公車站就在新公園的對面，新公園沒有燈光的小路上飄著茉莉花和桂花的甜香。他一隻手靠近她的背，以便在必要時支撐她。她因為他才穿上高跟鞋，即使在黑暗中，她的頭髮也像在充滿燭光的房間裡一樣閃閃發光。

攝影師剛剛稱她為真正的「上海美女」，幸好只用她聽不懂的上海話說。事實上，她展現自己魅力的方式沒有那裡的女人那樣的張揚；旗袍就像第二層皮膚一樣包裹著她。有一次在上海市中心，他追著一個年輕女子沿著南京路一路追到外灘，因為他以為他看到靜梅。他的父親稱之為青春衝動；他自己知道一個更好的詞。三年來，他以為自己到處都看到她，結果在臺北的公車上果然再次遇見她——這就是命運。所以他選擇留在這裡是對的。他永遠無法適應臺灣的炎熱潮濕氣候，但在美國，即使是擁有大學學歷的中國人也不得不在便宜餐廳和洗衣店工作，而且還被認為是敵方間諜。一位朋友從肯塔基州的大學寫信給他，那所大學為白人和黑人設有分開的洗手間；這兩個洗手間他都不能上。父親不明白嗎？他決定離開香港，不就是因為羅便臣道上段只允許白人居住嗎？當他們來到一張長椅前時，靜梅以詢問的眼光看著他，他點點頭。他和她一樣清楚癡情和愛情的差別，也知道她不會懷疑他的真誠，可是懷疑什麼呢？有時他相信她只需要看一次北平天空那片狂野又脆弱的藍色就更能理解他。北方人不會偽裝。他在祖父宅邸的高牆後面長大，由奶媽照顧，周圍是市場和萬種氣味，在兩個哥哥的陰影下他毫無恐懼——自從他會走路以來，他一直被低估了。那個胖嘟嘟有著圓圓、夢幻般眼睛的小傢伙。事實上，他並沒有錯過任何事情。每天好幾次，對著巷子的大門像劇院的布幕一樣打開，讓官員、詩人、音樂家、將軍、乞丐甚至外國人進來。他不怕陌生人；回顧過去，他稱這是為逃亡生活做好的準備。如果再有戰爭，他也會像他大哥一樣，死或是不死。也都是命運。

靠近她的肌膚，他感覺到指尖傳來一陣搔癢的感覺。她像往常一樣坐得筆直，沒有碰觸凳子的靠背。他腦中閃過細雪。如果他問她那從容的優雅從何而來，她會從日本說起，所以他沒有問。在這一點上，他必須要有耐心，有時她會對他的忠告給出很不高興的反應。她認為每個國家、每種文化都有其黑暗面，包括中國。然而她對這個國家一無所知，而他卻曾多次為了逃離日本人的追捕穿越這個國家，有時乘船，有時步行，有時乘坐擁擠的火車。當煤炭用完時，火車就會停下來。祖父給了他自己的拐杖，讓他可以在塵土中寫字，好讓他學會閱讀和寫字。有一次，他純粹出於好奇，跟隨一群女學生來到了城門前的平地。他不記得那個地方的名字，只記得地平線上低垂的太陽和突然出現的士兵，有五、六個人把那幾個女孩拖進了麥田。七歲的男孩不知道那裡發生了什麼事，遠遠望去，只看到兩個守衛在路邊等待換班，然後也消失在高高的麥穗裡。一刻鐘後，士兵的隊伍再次出發。他一直躲在藏身的地方直到夜幕降臨，但那些女孩再也沒有離開麥田。現在他從側面感受到靜梅的目光，希望她能讀懂他的思緒。言語不足以描述這種失落。經過幾千公里後，在一個綠意盎然的省分四川，祖父曾說過，那裡的山後面就是印度。從他的墳墓上可以看到山峰上的白雪。

「如果你的上級拿走了你的照片怎麼辦？」她問。她的雙手擱在旗袍在大腿之間形成的絲綢山谷中。

「他們不會那樣做，」他說。「他們為什麼要這麼做？」

「畢竟他們不是不通人情的人。他們只是在做他們……」這句話沒有說出口，懸在空中，彷彿在考驗他的自制力。保持冷靜需要花費力氣，但他從父親身上看過失去冷靜的後果。市場上的攤販不懂他的意思，他當場給攤販一巴掌，差點被人群私刑打死。陳局長很少對事情抱有對自律那麼堅定的信念，但這裡的生活實在是令人受不了！他們以巨大的犧牲打敗了日本人，現在共匪在全國橫行，按配額殺人，並稱之為解放。但是解放什麼？為了節省彈藥，人民的敵人被棍棒打死或活埋。靜梅是對的嗎？所有民族在殘酷無情的傾向上是相似的？有一次，他的父親甚至打了自己的妻子一巴掌，只因為她敢說其實他們還算幸運。然後他跪在她面前哭了。像他這樣的男人最不能承受的是不確定性。也許墨墨的屍體在校園後方的荒野裡腐爛，那裡曾經是皇帝的避暑宮殿。

為了分散自己的注意力，陳顥抓住她的手。想像著他晚上下班回家，躡手躡腳地走進臥室，她的頭髮垂落在枕頭上。「妳必須信任我，」他說。他承諾在金門他不會和其他人一起出去閒逛，而是留在房間裡寫信。他寫了首詩，但不敢給她看。有時他會因為自己的深情而感到暈眩。彷彿一不小心就會墜入谷底粉身碎骨。

「你每次都表現得好像事情是由我決定，」她回答。

「不管怎樣，我把我們的事告訴了我爸媽。」不只是這樣，他還帶她回家吃飯。母親喜歡她，但對父親來說，她仍然是那個毀了兒子前程的女人。

「他們知道我們的事，但還不知道敬治被捕的事，對吧？」

「一切都有適當的時機。」

「你爸爸很可能早就透過其他方式發現了這件事，而且已經得出結論。」她認為大陸人都是一夥的，不斷地算計本地人。儘管他告訴過她父親在部門裡中遇到的困難。「如果他能保住工作，就算很幸運了。」

「他被傳喚去接受什麼樣的審訊？」

「審問。是關於我二哥的事，他不想多說。我得等他好一點，然後再跟他談談。」

「過去好幾個星期你都是這麼說的。」她試圖從長凳上站起來，但他緊緊抓住她。又一個晚上即將結束，而她卻還是沒有承諾會等他？她否認醫院同事追求她，但他怎麼能相信呢？醫生又不是瞎子。

「我爸媽只剩下我了，」他說，聽起來像是一個懇求。「我知道，但即使在基隆的時候，也不難猜出你爸爸的想法。如果他知道全部真相……」

「沒錯！如果我現在告訴他關於妳哥哥的事，他肯定會拒絕。」

「總有一天你必須這麼做的。」她的胸口上的布料微微緊繃，她的聲音因壓抑的激動而顫抖。彷彿他不願意為他們未來的幸福付出一切！在基隆的時候，當他站在窗前看著鄰居的房子時，他的兩個哥哥經常取笑他。有一次他們衝進來，把他扔到床上，脫下他的褲子，想看看他的小鳥是不是已經長大了。憑你那一點毛怎樣也不會給她留下深刻印象，他們嘲笑著，對面那家的小姐已經長胸部了，你看到了嗎？是的，他看到了。有一天，他甚至會觸碰她，他知道這一點，但他仍然無法想像；畫面具體成像之前，就在呼吸困難和一種奇怪而愉快的恐慌中消散。他已經學會對抗自己的哥哥，但在她面前卻無能為力。當她把手抽回時，他感到受到了不公正的懲罰。

「媽媽在等我。」她一邊說一邊站起身來，整理了一下旗袍。

距離公園出口只有幾步之遙。他不是在茶館裡答應她，永遠不會介入她和她哥哥之間嗎？作為回報，他得到沉默和下意識的指責。她對父親與祕密警察的麻煩一無所知，因為她不想承認即使是大陸人也可能成為當局的目標——她的哥哥入獄並不是因為他是本地人，而是因為他觸犯了法律。用日語稱自己的名字就夠大膽了。到了公車站，陳顥看著街對面的醫院大樓，突然想起之前那個故事。「那個帶著孩子的年輕女人，」他說。「妳認識她，對吧？她並不是因為妳盯著她而逃跑。」
「你為什麼會這麼認為？」
「妳總以為我不知道妳心裡在想什麼。她是誰？」
「我們是老朋友了，小時候就認識了。戰後我們分道揚鑣，顯然從那以後她的日子就過得不好。」
「你本來可以告訴我實情的，不是嗎？」
和往常一樣當她感到壓力，想要避開他的目光時，就會看手錶。「一個男人因為我們消失了，」她不情願地說。
「什麼意思？什麼樣的男人？」
「一個叛徒，我們當時是這麼想的。」在談起過去時她說話的語氣常常像是在為自己辯護，但現在她聽起來更像是堅持己見。「在學校，老師要我們保持警惕，因為有敵人的間諜——就像今天一樣。我朋友不能到學校上課，她爸爸不准她繼續上學。當時我還是個孩子，以為如果揭發一個叛徒，校長就會站出來為她說話。所以我就去找校長了。」
「日本人想讓你們互相猜忌，」他說，「好打破對他們統治的抵抗。這和今天情況不一樣，他們是外來者。」
「謝謝你的澄清。能夠第一手得知真相總是好的。」
為了避免爭吵，他試著忽略她憤怒的語氣。「妳朋友後來繼續上學了嗎？」

她搖搖頭，看向街道。「我的公車來了。下星期我要值晚班，必須和同事換班。」

「告訴我，後來呢？」

「沒有後來，就這樣了。作為獎勵，我得到了一雙冬天的襪子，但是我從來沒有告訴過任何人這件事，直到今天。你現在滿意了嗎？」

「襪子。」

「也許週末我會休息，我再讓你知道。」她舉起手讓公車停下。「和你爸爸談談吧！」

「然後那個男人就……？」

「應該是。」她沒再多說什麼就上車了。他像侍童一樣站在門邊，不知道她會不會等他。「六個星期後我就要去金門了，」他在公車出發前喊。至少這是她第一次告訴他一個日本人負面的故事。一雙襪子換一條人命，這不就說明了一切嗎？當然，與他們其他罪行相比，這並不算什麼。

為了理清思緒，他決定步行回家。如果靜梅不這麼堅持自己的看法，他倒是願意遷就她一點。無人聲稱政府沒有犯錯，但必須考慮具體情況。戰爭、破壞、下一場戰爭以及近兩百萬人的瘋狂逃亡……人們難道不能指望本地人至少能表現團結和理解嗎？即使沒有感激之情的話？他的女朋友寧願繼續被殖民嗎？她總是把他看成是坐享其成寄生蟲般的上層階級。事實上，他們曾經在牆用甘蔗渣建造的臨時住所待了好幾個星期，三個家庭共用十坪的空間。他的父親有好幾個月不得不挨家挨戶向以前的同事求助，最後他才找到一份工作，那份工作多多少少可說無意義：制定改善一些早被共匪掌控省分的貨物運輸的計畫。他們現在住在一間公寓裡，租金占據了他微薄薪水的大部分，而且在搬家後不久，其他麻煩的事接踵而來。至今他陳顥還是不清楚詳細的情況。政府部門沒有新的消息，只有老問題：二兒子人在哪裡？他為什麼沒有一起到臺灣呢？好像他們知道。審問持續了幾天，自從那之後，他的父親就變了一個人。母親說，他在睡夢中唸名字，無數的名字，但是問他，他只是搖搖頭。最近，他第一次脫口說了一句關於共匪的話，那句話也非謾罵：他們不僅表現出非人的殘忍，也表現出超人的犧牲精神。這近乎叛國。他常常下午很早回家，讀前一天的報紙，自言自語，把自己關在浴室裡幾個小時，半夜起來散步。他沒有被起訴，但部裡沒有人願意因為對錯誤的人說一句好話而冒斷送自己職業生涯的險。每天都可能有人來敲門。問題不會自己回答。

公寓位在一棟普通的四層樓新建築內。陳顥在門口停下來的時候，摸到了口袋裡的照片收據回條。他應該在去金門之前和她訂婚嗎？母親已經去寺廟詢問他們是否會結婚，但是神明笑而不答，不知道。公寓樓上的燈還亮著，他的指尖還留著她手的味道。也許審判結束之後，她哥哥會被送到綠島，她就無法去探望他了。她會因為這個想法而恨他，但他並不感到羞愧。癡情是浪漫主義者的事，但愛情不同。他願意為她做任何事，真的任何事——除了放棄她。

☆　☆　☆

他們面對面坐得越久，他就越惱怒。對面的人靠在椅子上，抽菸，沒有任何讓談話繼續的動作。大門不時地打開。那是一座氣派的三層樓房，位在一個讓他感覺自己像在國外一樣的城市區域。街頭小販、店主、人力車夫都說臺語。距離這裡幾百公尺的地方，一間名聲不太好的咖啡廳前，騷亂就從那裡開始的。更準確地說，是一場叛亂。要不是事關重大，他會對這地區敬而遠之。

從一開始，他就不喜歡李先生。即使在基隆的時候，鄰居封閉的外表後面似乎隱藏什麼半邪惡的東西，還有更好的詞嗎？這茶商到底是個不切實際的人，還是他真有本事能看透別人，卻不讓人看透他的心思？那麼應該怎麼稱呼這種狡猾呢？語氣保持禮貌，除此之外不置可否且閃爍其詞。了解，他常說，他意思好像是在說：這跟我有什麼關係？最終他也是屬於那種，相信年輕人應該做他們想做的事的人嗎？對他們而言，最近「命運」這個詞變得甜蜜多於苦澀。當陳先生在心中與遠在數千公里外墳墓裡的父親交談時，他總是請求父親原諒他，沒有好好保護家庭、沒有更嚴格地教養兒子。他不知道從什麼時候開始事情失控了。日復一日，他履行了自己的職責，從未私自牟利，突然卻發現自己置身於甘蔗渣做的牆當中，除了驚訝於自己的走下坡，無事可做。有些人即使每個人都聽到聲音了，還是繼續亂搞。他現在慢慢明白，共和國崩潰之前紀律先崩潰。總是以某種形式的道德上的軟弱開始，然後偽裝成其他東西。這裡一個小小的違反規則，那裡一次不正當的獲利——可能看起來微不足道，甚至很精明，然而卻包藏著毀滅的種子。如果沒有有意識地重新劃定界限，界限就會變得模糊。召集就是召集，他告訴太太，提醒她，責任是無法逃避的，否則只會以失敗告終。他就是這樣長大的，並且至少試圖將這些原則教給他的兒子。

為了擺脫難以忍受的狹窄，他們暫時搬進了日本人的房子。更糟！在潮濕的氣候下，一切慢慢腐爛，老鼠在屋頂上跑來跑去，大隻的蟑螂在發臭的榻榻米裡築巢，晚上你會以為聽得到牠們的呼吸聲。五十年來，臺灣人一直住在太暗的房間裡，這點在他們身上，還有面前的人身上都看得出來。

李先生眨眼是因為看不到光嗎？沒有人會說標準的中文，也沒有人在乎，有兩三次他失去了控制，因為這些穴居人不明白發生在他們身上的事。現在他感覺到腋下出汗了，他懷念北方的清冷的空氣，之前他們最後聊了什麼他不記得了。這裡的天空只有薄霧和雲朵。固執和驕傲占據了他們的頭腦。

你明白我們發生了什麼事嗎？

那是他的太太。有時他想知道他的家人是否受到了詛咒。不然怎麼會變成這樣呢？他是在精緻的雕刻、家譜和數百冊經歷陳氏家族十二代人的藏書之間長大的。義和團期間，他聽到使館區傳來砲聲，還記得父親晚上回家時的嚴肅表情，幾次在李鴻章親自陪同下：一個高大的男人，目光穿透一切，牆壁、謊言和詭計。從那時起，他就知道了什麼是英氣，英雄之氣。在這樣的人面前，你幾乎不敢呼吸。他只是在想，這樣的人今天是否還存在。這位總司令是最後的一個，還是他的崛起也歸功於不怎麼高貴的品行？無論如何，他所領導的共和國面臨著一項即使在最好的條件下也幾乎不可能完成的任務：使這個因革命和戰爭而流血枯竭的龐大落後國家實行現代化；消除飢餓、汙穢、文盲、迷信和懶散，一開始他們是這樣做了。克服一切困難。他親眼見到南京寬闊的林蔭大道而驚嘆不已，林蔭大道兩旁種滿了八萬棵新栽的樹木，為夏日提供涼爽的蔭涼。共和國的首都就像一枚新鑄造的硬幣；這句話不是他說的，但精準描述了情況。幾代以來第一次出現了一個名副其實的中央政府。到處都是新的發展，新的鐵路、電話線路、學校和大學。他乘火車從廣州到武漢，一千多公里，接著還會有數千公里將新成立的共和國最偏遠的地方連接在一起，要不是日本鬼子來破壞。相反的，他們開闢了一條毀滅之路，蹂躪這片土地，犯下了無法想像的罪行，一想到就令人作嘔。為了不因厭惡和憤怒而失去理智，花了八年時間才把日本人打倒，然後共匪從冒煙的廢墟瓦礫中爬出來，嗅到他們的機會……並抓住了機會。事情就這樣發生了！

我指的是我們。

彷彿他不知道似的。更具體地說，她指的是兒子們，但這就是重點。陳翰說過，面對日本人我一定逃，但是對抗紅軍我會站出來。他太太不願理解，對日抗戰造成了可怕的犧牲，但也孕育了一種新的人類。充滿熱情的愛國者，前所未有的清醒、生氣勃勃，充滿了對行動的渴望。這就是持續的勝利。老大絕對不會逃避自己的責任，連他的未婚妻也明白這一點。她的最後幾封信後來到了他手裡，捆得整整齊齊……一想到這他就心碎。他手上的菸是從哪裡來的？他的已經又抽完了，薪水還不夠還債和養活自己，他必須選擇：榮譽還是生命。如果他的小兒子找不到一份體面的工作，他們就有墜入深淵的危險。我指的是我們，她說，彷彿在糾正他，但他在想什麼？他的思路已經不像以前那麼清晰了。在這種氣候下，一切都變得模糊，一切繁茂滋長，他渴望北平上空的白月，那壯麗的冰盤。

我們想和您談談您的二兒子。

這是他夜裡睡夢中聽到的另一個聲音。剛開始他以為是有消息了，不然他們怎麼會親自來找他呢？兩個人來。幾個月前，他已經將自己所知道的情況寫成文字，現在他們正站在他的辦公室裡，要求他第二天去警察局一趟。他們說是去報到。他記得桌上的名片和同事們懷疑的眼神。兩個人，但只有一張名片。一位潘先生，聽他的口音，是從南方來的，也許是廣西人。沒有職稱，很不尋常，就好像這根本不是一張名片，而是一張門票，他必須在第二天出示。他穿著和今天一樣的西裝，寧可什麼都不要對妻子說。等待——如果有消息，可能是好消息，也可能是壞消息。

首都警察局並沒有人們想像得那樣的繁忙。長長的空蕩蕩的走廊，熱空氣不流通。後方的一片區域，有一排簡單的平房。潘先生來到接待處帶他穿過走廊。到處都關著門，一片寂靜。上一層樓梯，下兩層樓梯，直到他自己一個人可能走不回入口。突然，他以為會聽到尖叫聲什麼的，但什麼都沒有。外面蟬聲聒噪。他期望是簡短的會談，所以把保溫瓶留在家裡。

「我們在這裡不會受打擾。」在平房裡一間空蕩蕩的房間。一張桌子，兩張椅子，還有乾木頭的味道。他們面對面的桌子上除了白紙之外什麼都沒有。為了記錄，潘先生記下他的個人資料、姓名、年齡、地址和職業。「黨員嗎？」

「二十多年了。」

「那我們可以開始了。您是自願來這裡的，不是嗎？」

「您請我來的。」

「請，沒錯。您既沒有被傳喚，也沒有被逮捕。」他原本毫無表情的臉上閃過一絲微笑。

「陳先生，我不會問陷阱問題。自願合作是最好的。」

「自願，」他點點頭。「您能告訴我關於我兒子的事嗎？」

潘先生做了筆記。口音聽起來不再像前一天那麼南方，或許更像是長江地區。「您能告訴我們一些關於您兒子的事情嗎？」

他把這問題看作是檔案中的一個註記。「我不知道他的下落。他讀過地理而且……」

「在哪裡讀的？」潘先生打斷了他的話，語氣卻沒有表現出絲毫興趣。然而，他立刻意識到，他不會得知墨墨的任何狀況，等待他的只有問題。當他要一杯水時，潘先生說：「您了解我們現在的處境有多困難。或多或少是得靠我們自己，敵人不擇手段地威脅我們。您知道的，不是嗎？您失去了大兒子；是一個父親可能遭遇到最糟糕的事。幫我們，讓更多的父親不再發生這樣的事情。」

「我是來幫忙的。」

「好。」潘先生站起身，然後說，他可以慢慢來。首先，他們需要他三個兒子所有老師的名字。如果他只知道姓氏，他應該先寫下來，稍微多想一想，他可能也會想到名字。所有的名字，從小學開始。他提及搬過多次家，每個兒子都至少上過八到十所學校，潘先生不接受：「像您這樣有責任心的公務員。」

「我能不能喝一杯……」

「等會兒。」潘先生走出去時，讓門半開著。這裡不是監獄，他們需要他的幫助。在每一個新地點，他們都會讓他看被摧毀的港口設施，表現得好像一切都無法修復，永遠報廢了。每次他都會說：我們制定一個計畫，然後開始行動。

於是他制定了一個計畫。首先按時間順序排列地點，然後是學校名稱。天氣越熱，他的腦子就越難思考。紙黏在他的前臂上。他從來沒有親自送兒子去上學，或接他們回家，他不得不回想他們在家裡說過的話：哪個老師的眼鏡從鼻梁滑下來，陳翰可以模仿哪個老師奇怪的口音，直到他們三個笑彎了腰。誰很嚴格，誰有時會在難寫的字少一畫。在戰爭中長大的孩子仍然是孩子。他已經警告過他們很多少次了，別再胡鬧了。

他禁止自己去問這一切有何用。面對編造一個他想不起的名字的誘惑，他抵抗住了，並盡可能地忘記自己的口渴。隔壁的房間裡沒有任何聲音。白紙前也坐著人嗎？一不小心，汗水就會滴到紙上，讓一切都變得難以辨認。

六點鐘，潘先生端著一杯冷茶進來了。

「我盡力了，」他說，「但確實有很多。」他的手指顫抖得厲害，差點把茶灑了。

潘先生看了一眼名單。「也許你明天應該早點來，」他說。「我和您的上級談過了。」

這對找到他的兒子會有幫助嗎？潘先生向他解釋說，在這麼大的國家裡，要找一個人很困難。另一方面，如果有一個網絡、一個團體或小組，只需要認識其中的一個成員就可以聯絡到其他人，那麼機會就更大了。當然，他的兒子不屬於任何網絡，但學校是一個開始，不是嗎？「明天八點。」

這像一場夢，他在夢中不用醒來就知道自己在做夢。共匪使用了一種叫做洗腦的新手段，將他們的意志強加給人民。他們稱之為解放。他們沒有價值觀，只有教義，而且摧毀所有不接受的人。潘先生曾說，至少必須考慮他二兒子叛逃的可能性，當然是在脅迫下。

回家的路上，這座城市顯得比平常更陌生。第二天一早，他趁著妻子還沒睡醒，就出發了。腦子裡只有名字。

潘先生向他點頭打招呼，同時表示讚許。「像您這樣的人可以合作。」隨著時間，他真的想出一些他前一天沒有想到的名字。「有進步，」潘先生說，但還有很長的路要走。到了第三天，名單上有六十五個名字，其中四十二個已經完整，他覺得自己能想到的就這些了。他週末休息。他太太對他一直談論學校感到訝異。她建議他，可以直接問陳顯，如果真的那麼重要的話，他拒絕了，他不想讓任何人捲入這件事。星期一，潘先生建議為了避免出錯，他應該從頭再來一次。「很遺憾現有的訊息太少了，我們只能將您此次提供給我們的，與您先前提供給我們的進行比較。」

這一天特別炎熱。寫完五十九個名字後，他不知道該怎麼辦，襯衫都被汗水浸濕了。「來吧，」潘先生說。他們一起走進了平房後面的一個房間，那裡涼爽的空氣向他吹來。現在他已經不知道自己是聽到了樹上的蟬鳴聲還是腦海裡的蟬鳴聲。當他強調兒子迫切想逃到臺灣時，潘先生點頭表示理解。沒有人責怪他。房間和隔壁一樣空蕩蕩的，但只有一張椅子。桌子的另一邊，從一塊方形的冰塊上升起冰冷的霧氣。起初他以為這又是一場夢。冰塊周圍的木地板被染成黑色。潘先生說：「請坐。」

「您的意思是……我自己也受到懷疑了嗎？」

「當然不是，不完全是。」潘先生給他的微笑既令人鼓舞又虛假。冰塊像玻璃一樣透明光滑，讓他想起了昂貴餐廳裡的海鮮。他短暫地想起了父親帶他去的同心樓和城西的高檔場所。他在觸碰冰塊之前收回了伸出的手。潘先生已經坐在椅子上了。「為了避免不必要的拖延，我會問您一些問題。」

「好。」

一時之間，寒冷讓人覺得舒服。然後很快就不再了。他的內心一緊，房間裡的所有聲音都消失了。他從小就把履行職責放在第一位，從不謀取私利，從不使用卑鄙手段，現在就像是從上面被壓在冰面上一樣。就好像他再也無法站起來一樣。

「您認識彭若琳嗎？」

「不認識。」

「林凱琳？」

「不認識。」

「王申？」

「不認識。」

潘先生遺憾地看著他。「最後一個在您的名單上，陳先生。」

王是很普通的姓，他想，炕是北方磚頭砌成可以加熱的床，他小時候很喜歡。在冬天的夜晚，當你看到自己的呼吸，而且感受到臉上冰冷的空氣時，炕床提供了舒適的溫暖。他隨即感到睪丸刺痛，心想王申是誰的老師。潘先生的表情並沒有表現出不耐煩。如果敵人不畏懼任何事情，那你自己也不能，這是一條法則。他從父親那裡知道李鴻章是如何擊敗太平天國叛軍的：毫不手軟。

這不是夢，他想，並詢問他是否可以站起來一會兒。

「等會兒。」

如果自己的人都這樣對付他，他的兒子遭受了什麼樣的折磨？共匪對他做了什麼？有那麼一刻，他感覺自己和墨墨近在咫尺。彷彿父子兩在各自的位置上共同受苦。這確實是一種安慰。這會是困擾他一生的謎：疼痛可以緩解疼痛。

潘先生的目光停留在他身上，似乎在補充說：不會太久。

「還要喝茶嗎？」李先生疑惑地看著他，並指著茶壺。

不，謝謝，他心裡想，但是花了幾秒鐘才說出這句話。「我該走了。」他不知道他們沉默了多久。他手中的香菸已經燒到濾嘴了，房間裡的寂靜如此沉重，他感覺像在水底下聽到聲音。他為何來到這裡？他來這裡有何目的？當他站起來時，他發現自己的西裝貼在身上，就像裹著一條濕毛巾一樣。

「那就謝謝您的光臨。」當他們隔著桌子互相點頭時，李先生看他的眼神與以前不同了。在中國古代，罪犯會被紋身以永久標記；而今天這是烙印在無辜的人身上。他每天工作時都能感受到這一點。沒有人詢問他缺席的原因。同事們無聲地注意到了這個看不見的標誌，順從直覺，遇到他時就低下頭。

祕書帶他下樓，為他開門。第一次坐冰椅後，他就請求潘先生不要送他回家。一想到要面對妻子，他就感到難以忍受，有些日子他仍然有這種感覺。腹部有種麻木的感覺，彷彿他不知不覺間尿濕了。他在街上停了下來。燈火通明的店家前地面閃閃發亮，但雨已經停了。他幾次轉頭，想找一輛人力車。連續一星期每天都進行同樣的儀式，然後他可以離開了。暫時沒有更多問題了。當一名年輕女子走近他時，他注意到她驚訝的表情，趕緊低頭看著自己。幸好沒有潮濕的地方。

「陳先生？」她停在他面前。她的旗袍很精緻，凸顯了身材。他不喜歡這種時尚，因為這讓他想起了他在上海隨處可見的妓女。她想從他身上得到什麼？她黑色的長髮映著路燈的光芒，就像河水反射著夜晚的星星。「您好。」

「您好。」當他認出她時，他生硬地說。

「您去找我的父親？」就一個本地人而言，不尋常的是，她的中文沒有口音；她似乎習慣了偽裝。她以自信的直覺察覺了陳顥內心的弱點，這是太多母愛和美國電影的結果。在現實生活中成為英雄比這小伙子想像得困難。代價往往遠遠超過回報。

「是的。」一頓晚飯就足以了解他對她愛慕的程度。他只是想快點結束兵役，然後和她一起享受生活中甜蜜的一面。什麼是義務？不再是履行，而是趕快完成然後歸建，如果陳顯這一代人都這麼想的話，共和國就沒有未來了，因為敵人不同了。共匪既不浪漫也不軟弱，他們的女人穿的是卡其布而不是絲綢，對她們來說，義務不會比生命提早一秒結束。潘先生向他講述了長春之圍的情況：女兵們先給嬰兒餵奶，然後清理飢餓者的屍體，並射殺任何還有呼吸的人。這是真正的悲劇，他說，為了打敗這個敵人，我們必須更像他，甚至超出我們所希望的程度。陳先生，您明白吧？無論他是否理解這一點，都可以歸結為一個簡單的見解：要贏得戰爭，你不得不放棄原本為之而戰的價值觀。否則就只有投降一途。

「陳先生？」

他也會失去他的小兒子嗎？第一個在戰場上，第二個被紅軍搶走，第三個在她身上？她對陳顯的吸引力太明顯了，但他不相信她。有一天，她會哺育陳家的骨肉。當他年老體衰、搖搖晃晃的時候，她會餵他，然後幫他擦嘴，暗中盼望他早死。他差點在街上打她一巴掌。自從和潘先生交談後，他對很多事有了更深的理解。一星期來，潘先生每天晚上都會到他的牢房探望他，像一位知己一樣與他交談。這與個人有罪或無罪無關，陳先生，與你、我或你失蹤的兒子無關。這場戰鬥事關重大。

敵人很清楚我們的弱點，他想，同時向她邁近了一步，看到恐懼在她眼中突然閃現。然後他一言不發地回家。

17

六月十九日，星期日，是他母親的生日。當哈利睜開眼睛時，白光從百葉窗的縫隙中射進來。一個不連貫的殘餘夢境消失了，然後他醒了，摸索床頭櫃上的眼鏡和手機。八點半，表示他已經睡了八個多小時了。海倫向他道早安，並請他向母親表示祝賀，並要他去找一臺彩色印表機，將露特意畫的掃描圖印出來。許多問候和親吻。在另一張床上，保羅張著嘴睡覺，雙臂伸直，彷彿做投降的手勢。

他靜靜地起身，走進浴室。由於他的T恤已被汗水浸濕，他站在淋浴間，一邊起泡沫，一邊回想起上次來臺灣時他和海倫的激情性愛；當然不是在這裡，而是在飯店。他做夢了嗎？當他讚美她的運動身材時，她說，多虧網球。他手裡握著半勃起的陰莖一會兒，不確定自己是否能離開她一整年。他在上海的客座學期是至今為止最長的一次分離，從許多方面來說都是一場災難。

他也不知道最近的彩色印表機在哪裡。

由於週日沒有股市新聞，父親坐在沙發上看有關四川老建築的報導。他已經根據自己的重聽調整了聲音，當哈利走過螢幕時，他沒有任何反應。「樂山大佛已有一千二百多年的歷史，是世界上最大的石雕。」隨著鏡頭在雕像上移動時，旁白講述了近年來酸雨造成的損害。憂鬱的二胡聲音伴隨著特寫鏡頭，佛陀看起來好像患有色素失調症。祂的每個腳趾都大到可以容納一個人在上面。

「你吃過早餐了嗎？」哈利出聲，好讓他知道自己的存在。

「什麼？」

「我要去阜杭，需要帶什麼東西給你嗎？」

父親的目光遲疑地轉向他。眼鏡有點髒，他穿的衣服似乎和他們兩天前回來時一樣。「他在哪裡？」他問，意思是他的孫子。哈利一直沒能改掉他用代名詞取代名字的習慣。當時，海倫有時試圖讓電視休息一下，但也沒有成功。

「保羅還在睡覺。你想吃點什麼嗎？」

「我吃過早餐了。」他的聲音帶著一絲責備，彷彿在做一件重要的事情被打擾了。

「好。今天晚上你要穿的西裝選好了嗎？你昨天就想這麼做了。」

「什麼？」

「你知道晚上要穿什麼嗎？」

「我那套好的西裝，」他說，又重複了一次，好像他覺得這個回答特別有說服力。「我那套好的西裝。」

今天的慶生和五年前他們慶祝父親八十大壽是同一家餐廳。為了不讓人想起當時他那一場災難性的演講，哈利寧願換個地方，但至少從那時起他對一些事情看得更清楚了。例如，在父親冷漠的外表下，隱藏著一顆敏感、甚至浪漫的心。這對他的升遷可能造成更大的損害，更何況他與一個政治犯有姻親關係。儘管他出身於一個忠誠的官宦之家，但他後來卻淪落在政府部門工作，主要是維持國民黨繼續統治全中國的假象。甚至還有一個蒙藏事務委員會。每天早上父親準時出門，晚上很早就回家，待遇很好，但根據哈利記憶，他從不談工作。從來沒有抱怨的話，也不聊同事的閒言閒語。現在他全神貫注地看著螢幕，雙手平放在膝蓋上，彷彿在模仿佛像的姿勢。

哈利被一種他無法理解，和昨夜的夢境一樣難以捉摸的感覺所吸引。他在電視和餐桌之間一動不動地站了半分鐘。青梅竹馬出自李白著名的〈長干行〉，也是他當時生日致詞的焦點。青梅，竹馬。青梅在古代當尚未成熟而且堅硬的時候，被兒童拿來當作彈珠玩；至於竹製的玩具馬似乎早在八世紀之前就已存在。如今，這句話字面意思是一對像他父母一樣從小就認識，並一起度過一生的夫婦。母親的名字中也有「梅」這個字，這讓事情更加完美。這是一篇精心構思的講稿，他在威廉斯敦的家中仔細排練過，但是如果要說實話，他無法百分之百否認，他下意識更傾向於陰謀破壞而不是讚揚。華榮事前已經用懷疑的眼神看著他，彷彿在問：我們家族從什麼時候開始有演講了？

「你小時候住過四川，」哈利現在問，試圖擺脫那段記憶。「你爺爺就葬在那裡，具體葬在什麼地方？」

「在一個看不到戰爭的鄉下地方。」回答很快，但又含糊不清。「只有稻田。天氣好的時候，我可以看到遠處的山脈。」

「哪一座，喜馬拉雅山？」

「就像海市蜃樓，」父親說，「山峰上的積雪。」

「你當時幾歲？」

「七、八、九……」

到底幾歲，他差點脫口而出，但逃亡當然是持續了好幾年。「你的哥哥呢？我是說，他們也一起嗎？」

有一會兒，他的父親沒有看螢幕，也沒有看他。他瘦了，幾乎是虛弱。此外，陰謀破壞這詞聽起來有些誤導；其實是一個失敗的嘗試，想在不說出隱瞞事情的情況下打破沉默。像搖動一扇鎖著的門一樣。當報導因進廣告中斷時，父親仍然一動不動地坐著，哈利從口袋裡掏出手機。

「當然可以」是茱麗答覆他的請求。

在將露的照片轉發給她之前，他看了一眼，畫的是頂樓。一個較大的人物在澆花，一個較小的人物在跳繩，微笑的太陽旁邊用粗體字寫著「Happy Birthday」；還有同樣意思的四個潦草的漢字。「非常感謝，」他回簡訊，「稍後我會從筆電把母親寫給敬治舅舅的信傳給妳。」

「你有說什麼嗎？」他把手機放在餐桌上時，父親問。

「你哥哥當時是不是跟你在一起？」

「他們學校被疏散到其他地方了。」

「但你們一起逃到了臺灣。我是說，第一次，第一次的時候。」

「第一次，是的。」

最後，每次試圖與父親談話都會帶來同樣的矛盾情感。他想抓住他的衣領，用力搖晃他，同時又想安慰他——只是該怎麼做？——用問題轟炸他，然後不理會。哈利小時候就知道他的大哥，也就是他的大伯父英勇犧牲，但他直到高中才知道還有一個二伯甚至還活著。就在大陸旅行禁令解除前不久，他們在遠房親戚的幫助下找到了他。陳墨，小名墨墨。為了能夠探望他，父親因為公務員的特殊規定而不得不提前退休。四十年沒有聯繫，兩人在河北一個塵土飛揚的小鎮重逢，但這次的重逢卻並非一次愉快的久別重逢：父親一生所有的打擊中，也許是對他打擊最重的一次。因為他和家人住在臺灣，文革期間他的哥哥住在馬廄裡，和牲畜吃同一食槽裡的飼料。之後他就徹底崩潰了，再也無法正常生活了。如果不是華榮介入，父親想要幫助他，恐怕就是花光了所有的積蓄，卻徒勞無功。他一次又一次地口袋滿滿地飛到那裡，然後沉默而沮喪地回來。悲傷之中，他試圖為哥哥辦理臺灣居留證，但哥哥過世的消息來得更快。從那以後，每次哈利回到這裡，都會思考是否應該對一個有著他父親人生經歷的人懷有怨恨。

「如果佛陀直立，將和自由女神像一樣高，」旁白自豪地宣稱。一位名叫海通的僧侶設計了這座雕塑，當官員索賄時，他自挖眼睛，以表明他對這個計畫堅定不移的奉獻精神。中國人表現決心的方式有時很奇怪，也為文化史提供了豐富的素材。越王句踐睡在薪柴上，每天舔膽汁。「臥薪嘗膽」是強化品格最重要練習之一，哈利的祖父經常引用這句話。在爭取祖父的賞識中，他父親很早就敗給了一名烈士和失蹤者。他一生中是不是一直希望自己變得更堅強？敬治舅舅常說，總有一天你再也無法改變自己的本性。

「我最遲一小時後回來。」哈利說完，轉身走向門口。

「你要去阜杭嗎？」

「是的，我打算去。要我帶點東西給你嗎？」

「那裡有燒餅嗎？」像是在問，麥當勞最近是不是開始賣漢堡了。

「應該有。」

「幫我帶一份，我還沒吃早餐。」亨利的手已經放在把手上，但他停下來，對父親點了點頭。這是很長一段時間以來他們之間最深入的對話。明亮的光線從窗戶射進來，混合著陽光和水氣。今年雖然沒有雨季，但嚴酷的夏天仍然來臨，城市的上空刺眼的閃光，不遠也不近，刺痛著眼睛，讓所有的輪廓消失。

☆ ☆ ☆

當茱麗到達餐廳時，人都到齊了。預訂了兩桌，可容納二十位客人。她爸爸的二弟華哲帶了妻子和三個女兒，其中最小的比保羅大一歲；兩人坐在後面的桌子，有說有笑。三位阿嬤以前的同事也出席了，早上她們一起做運動，茱麗只見過幾次，還有兩位顯然有重聽的丈夫：無論說什麼，他們都會微笑。像往常一樣，哈利坐在阿嬤旁邊，爸坐在爺爺旁邊。東道主的角色由長子擔任，他的任務僅限於點菜和事後買單。他喜歡說，如果想發表演說，我早就成為政治家了。茱麗的母親坐在他的左邊，臉上有紅斑，因為她已經太久沒能幫助任何人了。女服務生戴著耳機來回奔波。酒紅色的長椅套散發著莊重的氣氛，另一張桌子的客人平均年齡也相當高。

「哎呀，」當茱麗擁抱她跟她祝壽時阿嬤大喊。她穿著長袖連身裙，戴著一條翡翠玉珠項鍊。茱麗把露的圖畫捲起來，繫上紅色絲帶。因為當她向叔叔揮手時，他沒有反應，於是她自己就把畫遞了過去。「這是，露西畫給妳的。」

「誰？」

「妳在美國的孫女。華立的小女兒。」她必須幫助阿嬤把畫打開。除了以前在屋頂上她跳的不是繩子，而是橡皮筋之外，這張畫也可能出自她自己小時候的手。「妳喜歡嗎？」

「當然，」阿嬤回答，就好像有人問她是否還知道自己的名字一樣。可能是她平常沒有收到什麼禮物，也不明白為什麼她會從一個不在場的人那裡得到一份禮物。茱麗把紙捲起來，遞給哈利，然後坐在他旁邊。「小心不要弄髒。」

「謝謝妳把它打印出來，」他說。

「謝謝你的那些信。」

「妳已經看了嗎？」

「我一整天都在圖書館。」她聽到桌子對面的媽媽正在回答坐在她旁邊的人：「不，到現在還沒有，」她向他們點頭暗示：請繼續談論我。同時，爸先點了菜，包括蠔油砂鍋魚頭、東坡肉、紅燒鰻魚、蟹黃豆腐、紹興酒雞——熱量越高越好。在點威士忌之前，他快速地瞥了一眼，確定他的妻子為了分配剛剛端出來的開胃菜分散了注意力。像慈濟這樣的佛教俗家組織在像媽這樣的人的幫助下蓬勃發展，雖然茱麗喜歡家庭聚會，但她暫時渴望自己安靜的公寓。昨天，當戴夫再次試圖說服她到倫敦時，他稱父母已去世為「賣點」。這意味沒有家庭義務，雖然不是完全認真的說法，但她仍然覺得有些悲傷。

「中島教授說他傳了一張金瓜石的照片給妳？」哈利為她倒茶，同時盡量讓語氣顯得隨意。

「當年的照片？」

「顯然是他母親留下的唯一一張。全校合影，認不出來任何人。」

「妳給我媽看了嗎？」

「她只確認那是她的小學，就這樣而已。如果你想看的話，」她補充說，「得老實告訴我，你打算做什麼。信件、照片、實地考察——別再保守祕密了！」昨天在大稻埕他只告訴她關於與教授的談話，他只說他覺得他很可親，但有點古怪。顯然，中島又拿出有關平將門的那一套。

「我還能打算做什麼？」

「不要逃避我的問題！為什麼突然要在離家這麼近的地方進行研究？」

「好吧，」他嘆了口氣，但避免看著她。「這個計畫還半生不熟，不學術，很可能會早夭。我想寫關於我們家族的故事。但是不知道該如何或是該寫什麼。我甚至不太確定為什麼。總之我內心覺得有必要這樣做。」

「非常好。聽起來比我以前從你那裡聽到的任何事情都更令人興奮。」

「謝謝。我主要是期待得到妳教授的肯定。」

「我想，你已經得到了。」

「顯然他不介意偏離傳統學術路線。」

「沒錯。」第一道菜和威士忌一起上，爸立刻倒了一杯。「已經有寫下的東西了嗎？」她問，然後自己回答，「當然有，否則你一個字也不會提。寫多少了？」

「有幾章，感覺像小說。最終的走向，還有待觀察，可能無疾而終。文學研究者不應該寫小說，對吧？」

「除非他們有什麼有趣的話要說。這種情況偶爾會發生。需要一個試讀的人嗎？」

「噢，還沒到那一步。」

「理解。所以你迫切需要一個。」她的目光停留在他身上的時間比平常長了一點。自從遇見海倫後，他不再像以前那樣穿著保守，現在看起來比實際還要年輕。不久之後，他們的談話被打斷，因為滿滿的桌面開始旋轉。兩個重聽的丈夫之一與茱麗談論美國的各州。他聽說她曾住國外，似乎是那些一聽到國外就自動想到美國的同胞之一。「德州的牛排？」他搖搖頭，雙手比劃出一隻貓的大小。當每個人都看著自己的盤子時，她從哈利的杯子裡抿了一口威士忌，反正他不喝。而她想要有一點醉意。儘管空調開得很足，她感覺房間裡的空氣渾濁、悶熱。

他們在同一家餐廳慶祝過祖父的八十歲生日。如果茱麗沒記錯的話，有五桌。她在那之前幾天剛從英國回來，由於時差的影響，她感覺自己彷彿進行一趟時光之旅，回到了年輕的時候。在她周圍，退休公務員說著她聽不懂的口音。當時，馬英九還是總統，當然他在這個圈子裡仍是廣為傳頌的英雄。他的前任，那個阿嬤遮陽帽上的那個人，因貪汙案而入獄，祝壽團最想看到他在監獄腐爛。茱麗記得那時她把露抱在腿上，露的眼睛已經閉上了，她觀察她的祖母，她的笑容並沒有洩露她內心的想法。也許沒什麼特別的，因為她終究在這種環境下生活了五十多年了。

然後哈利敲了敲杯子，站了起來。

爸事後說，他的弟弟先問過他，身為長子是否想說幾句話。他當然不想。但是哈利認為，慶祝八十大壽需要儀式感，爸只解釋說，這位教授可能在海外生活太久了。

她已經忘記了演講的大部分內容。他用出自唐詩現在很常見的成語做為引子；青梅竹馬指的是一場持續一生的愛情。雖然叔叔其實口才不錯，但茱麗覺得他的演說卻顯得有些生硬。他顯然在家裡已經做好了充分的準備，估計也很緊張。海倫雖然一個字也聽不懂，但她仍然像音樂老師在學生首次表演時那樣的聚精會神傾聽。其他客人也全神貫注地聽著哈利談論星期日下午他和父母去中山堂吃冰的故事。母親總是點芋頭味的，而父親講述從前他們兩來吃冰的往事。他不經意地暗示，以當時的標準來看，那是不尋常的關係，但他表現得卻彷彿這更證明了彼此間愛的力量。阿嬤臉上的笑容始終如一，彷彿凍結成了一座雕像。最後讓兒子感到不安的不是她，而是爺爺的表情。茱麗記得很清楚，因為她和哈利同時注意到了。

事後，她默默地思考，也許哈利本應該早就看到這場災難會發生。另一方面，她不是一直認為阿嬤就是一輩子都在偽裝的人嗎？自己家裡的陌生人。三個兒子的母親，兒子名字中都有代表中國的「華」字，在他們校服上徽章上面寫著「我是中國人，不應該說臺語」。那個用自己的積蓄購買衛星天線來收看NHK新聞，而不看客廳裡播放的本地宣傳的人……她一定感到陌生，但那天晚上，當茱麗看著祖父因痛苦而扭曲的表情時，她最初擔心是心臟病發作。她叔叔忘了詞，想喝水，結果灑了一半。海倫嚇了一跳，遞給他一張餐巾紙，然後他就滔滔不絕地講起楊德昌的那部著名電影《青梅竹馬》，他看起來就像一個在將墜落前一剎那走鋼索的人。再也沒有人能跟隨他的思緒了。當結束時，客人們開始竊竊私語並同情地鼓掌。茱麗很高興能夠假裝照顧腿上的孩子，而其他人則衝向廁所或讚不絕口地說菜餚很棒。房間裡只有一個人繼續不在意地微笑著，就像什麼事都沒發生過一樣。彷彿她正在偷偷地享受這一切。對茱麗來說，就好像她在幾秒鐘內看到了真相的雙重面貌，這是她有生以來第一次覺得阿嬤很可怕。直到今天，她仍然不敢跟她提及這件事。

幸好這次沒有人發表演說。在吃飯期間她爸出去抽菸，過了一會兒茱麗也加入他的行列。一整天悶熱難受，但到了晚上就變得涼爽多了。

「吃飽了？」爸抽每一根菸，都像是抽最後一根。在裡面媽會幫他把襯衫上的菸灰擦掉。

「休息一下，」她說，感覺洋裝背後黏在身上。「順便提醒你，少喝威士忌，你臉紅得像龍蝦一樣。」

「嗯。」

「而且少抽菸。減肥。你上次去理髮店是什麼時候？」對面的修車店裡飄出濃重的輪胎味和機油味。就像壓抑想打噴嚏的衝動，茱麗最後壓抑了取笑父親的衝動。「我整個晚上都在想爺爺八十歲生日的時候，」她說。「哈利失敗的演講。」

爸點點頭，但看了看手機，沒有接。

「爺爺的哥哥又是哪一年過世的？中間那個。」

「民國七十八年，幹嘛？」

「因為天安門？」

「胡說，三月的時候就已經走了。」他熄滅了香菸，很想馬上再抽一根，但在她面前，他似乎為自己的貪欲感到羞愧。

「你見過他嗎？」

「我和爺爺去過那裡幾次探望他。為什麼問？」

「然後？」

「然後？聽過『黑五類』嗎？」

「爸，我是讀歷史的。」

「沒有人能活過那樣的折磨。已經無可挽回了。」

「你們不是連公寓都買給他嗎？這在國外怎麼辦到的？」

他忍耐了十秒鐘，然後點燃了下一根菸。「就像全世界任何地方一樣，靠關係和金錢。公寓、兩臺電視、新家具……如果我沒有插手，哈利就不用讀書了。」

「也許為他找一家精神病院會更好。」

「在那裡？」他拉長了臉問。

還沒等她回答，餐廳的門就打開了。保羅和他最小的堂妹拿著手機笑著走出來。

「Where to?（去哪裡？）」茱麗大喊，同時食指像手槍一樣指向他們。

「Chasing Pokémons.（去抓寶可夢。）」

「Have you finished your meal, young man?（年輕人，你吃完飯了嗎？）」

保羅模仿豬叫聲，一邊拍著自己的肚子。當然，當有女伴陪伴時，他就得扮演小丑的角色。儘管寶可夢剛在臺灣上市，但新聞中已經報導玩遊戲的人盯著螢幕，不看路而導致的事故。

「Have fun, be careful.（玩得開心，小心點。）」茱麗在他們身後喊道，並對自己媽媽般的語氣感到驚訝。昨天在大稻埕，他們給露買了一件印有臺灣黑熊的T恤，當她說這是臺灣朝對岸該死的熊貓的回應時，保羅大笑起來。他的笑聲和以前一模一樣，孩子氣、快樂的笑聲。

「跟他說中文，」當他們再次獨處時，爸說，「否則他永遠也學不會。」

「你跟他說中文。我更喜歡他聽得懂我的話。」

「他像所有孩子一樣害怕我。以前如果我們好久沒見，就連妳也會躲起來。」

「因為那時你聞起來很奇怪，」她半開玩笑地回答。每次他從上海回來的都帶著強烈的大蒜味、煤火味和廉價菸草味。媽媽恨不得把他晾在陽臺上一個星期。他曾經把小指指甲留長，這樣他就可以用它來做牙籤。還是掏耳朵？

「十天後我必須再去，」他搔著頭說。

「去中國？你不是剛去過。」

「你不能讓他們離開你的視線一分鐘。一轉身，他們就會掏空你的口袋。」

「解釋一下：如果你鄙視所有中國人，為什麼你還要堅持做中國人？」她差點就問他是否像那裡的大多數臺灣老闆一樣有情婦。看在他的財富分上，「小三」肯定會忽視他的平頭和黃牙。

「胡說八道，」他說。「大學裡沒有教妳有用的東西嗎？」

她曾經以為自己是獨生女，是因為媽想懲罰他的不忠。她仍然不能排除這種可能性，她可能永遠不會知道真相，除此之外有時人就是會很想知道一些絕對不想知道的事情。她選擇沉默，不作回應。

抽了兩支菸後，他們又回到了其他人那裡。

主菜之後是湯，最後是水果。哈利和他二哥坐在一起，二哥是一位成功的ＩＴ工程師，但沉默寡言，近乎自閉症。他名字的意思是「中國的哲人」，他太太叫他老子，她是一名教師，在家裡她的幽默感也很能發揮作用。剩餘沒吃完的菜，媽都會讓人打包分發給客人。

八點過後不久，慶祝活動就結束了。

剛剛向茱麗解釋了美國的那個老先生在離開時祝她順利。阿嬤的朋友們更喜歡說的是祝她好運，意思是她終究會找到一個男人，但聽起來並不是特別有信心。對於一個擁有博士學位的女人來說，選擇越來越少。距離公寓只有幾百公尺，茱麗並沒有抗議爸還是想開車。他載她的祖父母，其他老年人上了等候的計程車。然後除了哈利和她之外所有人都走了，他問他們是否應該到其他地方繼續談話。

「我很想走一段，」她說。有那麼一刻，她確信自己不久的將來會搬到倫敦。

「我們走吧，」他回答。以防萬一，他給了保羅鑰匙，並告訴他十點之前到達公寓，以便稍後有人為他開門。到了下一個路口，他們左轉，沒有商量好目的地，沿著金山南路散步，一起回顧今天晚上。在一家火鍋店霧濛濛的窗戶後面，客人們坐在明亮的霓虹燈下；東門市場附近有一股腐爛的蔬菜和魚腥味。如果他是一個人，他會進金石堂看看，但現在他們沿著信義路反方向走到中正紀念堂。他依稀記得那塊建有軍營，塵土飛揚的地方，如今樹木高大，只看得到紀念堂的弧形藍色屋頂像一座山峰一樣高聳入夜空。兩天後他和保羅必須再次飛回去……伴隨這念頭的是一種他在威廉斯敦家裡從未有過的感覺，一種對未知不確定事物的強烈渴望，真正地去生活的渴望，無論這意味著什麼，只要不重蹈父親的覆轍。隨著交通噪音在高高的外牆後面消退，茱麗想知道是否有一個特定的觸發因素觸發了他的計畫。他們在狹窄的小路上走得很近，以至於偶爾飄來一絲她身上的香水氣味，非常淡，也有可能來自公園裡許多茉莉花。

「這是一個過程，」他說。「剛開始在柏克萊時，我只是想把一切都拋在腦後，這符合我對美國的想法：一個自己可以選擇的家鄉。回想起來，我甚至不會說我自己欺騙自己。畢竟誰會想到一位棒球選手出現，而我媽突然開始在通電話的時候，唸所有關於他的報紙文章給我聽。」

「要歸功王建民，」她插話，「但你不認為你內心裡欺騙了自己嗎？」

「妳對她的印象和我不一樣。對妳來說，她永遠是那個貼心、溫柔、關心、寵愛妳的阿嬤。那時，當我們去敬治舅舅家時，她有好幾個小時都沒有對我說一句話。我們在火車上面對面坐著，她的心思卻在別處。對於我的問題她要不是根本不回答，就是冷淡回應。」一邊走，他看到路邊的長凳上坐著老人，還有人在樹下打太極拳。「小時候，我總覺得自己是父母的累贅。就好像他們看到我，心裡就會想：又是他。對我媽來說，去臺東有多困難，我當時當然不會知道。但是無論如何，我感覺到了。」

「你認為他們在一起幸福過嗎？也許是一開始的時候？」

「不認為。」如此尖銳地說出這句話，有種奇妙的感覺。「他們結婚的時候，敬治舅舅已經在監獄裡了，他們沒有機會了。對我爸來說，他只是個瘋子。」

「剛剛在餐廳裡，我想起了阿嬤曾經說過的一件事：有一天晚上，她從浴室裡出來，聽到客廳裡有大聲的抽泣聲。當她去查看時，電視上正在重播《齊瓦哥醫生》。爺爺坐在沙發上，淚流滿面，完全崩潰了。而她對我說：感動他的不是愛情故事，小孩子……」

「我知道。有時光是『雪』這個字就足以讓他熱淚盈眶。」

「但她說話的樣子：好像這與她無關。我猜她什麼也沒說就回自己的房間了。」

他只是點頭做了回應。這時他們經過了紀念堂，正穿越巨大的自由廣場。另一端的牌樓大門下聚集了一群人，他們的大笑聲傳來。「每次我們從敬治舅舅家回來，我媽都會再提醒一次，不要說我打棒球——沒有必要，反正他不會問任何問題。從來沒問過。」

「為什麼這些探訪對她來說這麼困難，是因為爺爺不同意？」

「那個時候她早就不在乎他怎麼想了。不，她不懂為什麼她的哥哥會那樣生活。他出獄後，她想繼續照顧他，但是他做了什麼？躲到山裡。每次我說他住的是簡陋破爛的屋子，她會立刻給我一巴掌——就好像她無法忍受聽到自己的想法從我嘴裡說出來一樣。委婉地說，十歲的我感到相當困惑。」當他們走近時，他注意到保羅和他最小的堂妹也在牌樓下的人群中。和其他人一樣，他們拿著手機，興奮地來回奔跑。「這是 Pokémon GO？」他問，覺得此時稍微分散一下注意力也好。

茱麗嘆了口氣。「我感覺自己老了十歲。」

牌樓旁的牆上有飲料機，他買了兩瓶水，給了她一瓶。威士忌帶來的太陽穴緊繃漸漸消退。這是個溫和的夜晚，在這市中心區幾乎和白天一樣明亮。「妳覺得怎麼樣，」他問，「保羅會同意和我一起來這裡待六個月嗎？甚至是一年？」

「昨天我的印象是，這想法吸引他，但又讓他害怕。他也想知道他媽媽的想法。」

「她會告訴他的。你們昨天的大稻埕遊覽他很喜歡，之後他想了解有關臺灣歷史的一切。我們在家裡從來沒有這樣的談話，因為缺乏機會。但是在這裡，自然而然就會有。」

「他問我，有沒有把我的男朋友介紹給阿嬤了。」

「我猜妳沒有。有的話，她會告訴我。」

「重點是，通常大家會問：妳把他介紹給妳的爸媽了嗎？」她朝保羅的方向讚賞地點點頭。「聰明的孩子。我建議我們現在不要打擾他們。他們用手機狩獵小動物，這一定很酷。」

「他最近說，他認為我是內心深處情感豐富的人。」

「以他的年紀來說不錯。不過，我聽你講得越久，就越相信你的書應該會成為私人印刷品。還是你打算將這一切公開？」

「再看看。這是我第一次開始一個我不知道結果會是什麼的計畫。怎麼，妳害怕結果嗎？」

她注視他的眼神讓他想起海倫幾年前說的：She has this thing.（她有一種特殊的魅力。）說的沒錯。「阿嬤是會毆打人的媽媽？」她問。「我真的很想拜讀。」

「說毆打就太過分了，她難以捉摸。我想知道她心裡在想什麼，如果我靠得太近……咔嚓。以一種反常的方式，幾乎是一種確認，這就是為什麼我從未放棄的原因。就好像她在向我保證我走的方向是對的。只是這條路很痛苦。」

「你自己決定想和誰分享，」茱麗在他們繼續前進之前說。

霓虹燈照亮的古老東門守在原處。穿過這裡交匯的寬闊道路需要一段時間。另一頭，二二八公園迎接他們，哈利年輕的時候，這裡就像殖民時期一樣仍然叫做新公園。棕櫚樹下的夜晚空氣格外柔和，成群的蚊子在燈籠的黃色光芒中飛舞。「順便提一下，明天應該會很熱，」茱麗說。「我們必須小心，不要讓她太累。這次出遊是你調查工作的一部分？」

「也算是吧。好久沒去金瓜石了。聽說黃金博物館不斷擴展。」

「原來戰俘營的地方現在變成了紀念公園。」

「她有談過這件事嗎？關於戰俘營的。」

「滔滔不絕。最後我不得不讓她閉嘴。」

「說真的，」他說，「我很想知道那裡的人知道多少。」

「我也是。」她回答，然後走向一張空長椅。情侶悠閒地走過，帶著孩子的家庭和單獨散步的也不少。周圍地區曾被稱為「臺北銀座」。現在那裡有一座仿清朝裝飾華麗的塔樓，那裡也曾經是一個棒球場，敬治舅舅還在那裡打過球。一塊耕地，他說，雖然比後來他的球隊在紅葉訓練的場地少了很多石頭；但在紅葉的場地，球員們透過擊打釘在樹上的汽車輪胎來練習正確的揮棒動作。修長的檳榔樹環繞著那片區域，雲彩像煙霧一樣聚集在山上——突然之間，一切清晰浮現在哈利眼前，彷彿他上次去是兩天前的事。那個小教堂是否還在？他舅舅星期日在那裡傳道，而他母親從來不想進去。自從他去世後，她就很少再提起他了，其實那時在火車上她也只有在被問到時才會提到。每次她都是用那種既是譴責又是感激的語氣回答，就好像哈利為了她打破了規則。是他的記憶在玩弄他，或者儘管如此和母親單獨旅行是美好的經歷？無論如何，在家裡沉默的氣氛更加凝重了。

「換個話題。」茱麗宣布說，她把手掌夾在大腿下面，扭動著腳趾。「戴夫在倫敦有新的工作，希望我能和他一起去。」

「妳男友？」

「不，哈利，是我的狗。他是一位成功的商業律師，而且——」

「對不起。因為我從來沒見過他，所以不太熟悉他的名字。」

「沒關係，戴夫。正式名字大衛．哈蒙德。他可能會在年底離開，自從他問我之後，我就像癱瘓了一樣。我在腦子裡列出了贊成和反對的清單，但結果總是勢均力敵。」他注意到她的腳趾甲是新塗的，儘管她幾乎不化妝。「你後悔過嗎？你知道我的意思。」

「沒有，我沒有。從來沒有。」

「同樣的話講三次就太多了，對吧？」

「好吧，服完兵役之後，我願意去任何地方。但是我承認，如果今天要我做這個決定，會更加困難。」

「你看，我今天必須做出決定。國民黨到現在仍然是一場噩夢，但這個國家已經改變了。你可以在這裡生活得很好。」

「更自由了，包括離開的自由。妳覺得自己面臨的是個人或政治決定？」

「兩個都有。」

「真的？」

「是的，」她的回答幾乎帶著責備的口氣。「當然我得考慮他是不是合適的人選，以及我想在倫敦做什麼，但是……感覺就像是逃兵。我說了。兩年前我們為何走上街頭？然後就像任務完成一樣溜之大吉？不應該這樣對待這個國家。」

「如果妳真的這麼想的話，妳可能就得留在這裡了。」

「我該怎麼告訴他？我太愛國了，不適合在國外生活嗎？再說，下一次選舉可能會再次輸，然後我會跟隨我遇到的第一個混蛋到委內瑞拉。」她自己也笑了，但除此之外她看起來很嚴肅，他猶豫著應該覺得這是有吸引力或自命不凡。她是在戒嚴解除幾個月後出生的，而且她根本不認識那個必須離開的國家。他雖然也只是短暫，但夠長了。當兵的時候，在營地跑步咬住的肥皂如果在終點處出現咬痕，就會被罰再跑一圈。你們這些假娘們，用嘴唇叼住它，就像雞雞一樣，教官總是在他們身後喊叫。

「選舉失敗，」他說，「是妳想像得到最糟糕的事情嗎？」

「我並不天真，陳教授，」她回答。「但是一直想這個是沒有用的。如果我晚上想到這個，會幾個小時無法入睡，因為我很生氣。我看到那些人在香港所做的事情。那些罪犯。」

「這又是對選擇倫敦有利的情況。」

「但我想要的是一個丈夫，而不是一個救生圈；有一天甚至想要孩子。正如我說過的，基本上我很不喜歡看到大家繼續夢想要出國，像從前一樣。那我們就可以直接把臺灣交給中國人了。他們知道毀掉臺灣的最快方法。他們有計畫。」她嘴唇發出「啵」的一聲，目光在他身上停留了一會兒。質疑多於指責。當年他帶她去書店的時候，她一路上都想牽著他的手。「還有，阿嬤說她不知道你的政治立場。」

「她真的這麼認為，是嗎？」

「她認為她和我是家裡唯一支持綠營的人。」

哈利把回答留在心裡：他媽媽也許是這麼說，但一定不相信。即使是對她最喜歡的孫女，她也永遠不會承認他是那個出於無法理解的原因最像她的兒子。他不知道他的母親當時是否把他視為己有，也不知道他的父親是否已經與母親日漸疏離而疲憊不堪，無法再關心他。然而考慮到他和哥哥之間的年齡差異，很明顯他不可能是一個計畫中的孩子。「很奇怪，」他說，「我們如何一直不斷在說同一個故事的不同版本。昨天保羅問我，為什麼從來沒說過想跟露一起來臺灣住一段時間。他問，為什麼偏偏是他。我編了一個理由，說他現在的年紀適合。事實上，我無法忍受有一天他會像我看我爸爸一樣看我。我對露沒有那種恐懼，我不知道為什麼。」

「你老實說：當時是故意的嗎？他八十歲生日時的演講。」

這個問題並沒有他最初想像的那麼讓他措手不及。顯然餐廳裡他一定不是唯一這麼想的人。

「我是多麼殘忍，」他迴避地說，「我是在看到他的臉色變了才察覺到的。也許我能預見到，但我突然第一次意識到，儘管他們在同一個婚姻裡，但他跌落的高度一定更大。慘多了！我沒想到會這樣。」當他看著茱麗時，她轉過身去掩飾淚水。在他們身後，街道的另一邊，是他母親結婚前工作的醫院大樓。「好吧，在他生日那天，我假裝他們仍然陶醉在玫瑰叢中。大家的確可以認為這是一種故意的嘲諷。妳需要面紙嗎？」

「沒事。據她說我遺傳了她愛哭的個性。她還說，長大就好了。」

「以她來說，的確如此。我不記得我看過她哭。有時我想她並不知道自己擁有什麼內在的力量。她是一頭母獅。總之，我爸低估她了。」

「你對那次演講感到內疚嗎？」

「可以說我既不自豪也不後悔。但是想到這件事，感覺就像是一坨屎。」

她笑了一聲，用雙手擦擦眼睛，吸了一下鼻子。「我現在想抱抱你，哈利叔叔。然後我得走了。」

「好的。」

坐著的時候這不會是一種親密的接觸，但會比平常多持續幾秒鐘。他們藉著討論從公園回家最快的路巧妙地擺脫了隨後的尷尬。有一個出口直通臺大醫院地鐵站，但茱麗想搭公車。

「我想走路，」他說。「如果保羅還在我們看到他的地方，他可以給我鑰匙。或者我給他發簡訊，我爸媽可能已經睡了。」

「拿我的吧，」她回答，然後把鑰匙從鑰匙鏈上取下來。「我明天早上去取車，然後晚點去接你們。」

巴士站很近。從那裡看到的兩層樓建築就像東京中央車站的縮影。現在這裡只剩下門診部；住院病人躺在中山路巨大的病床城堡裡。「她在那裡工作過？」茱麗問。

「時間很短，」他說，「後來是臨時性的。他的自尊心不允許女人出去賺錢。」

「你有時也會覺得我們很幸運嗎？我是說，這麼晚才出生。」

「我們前世一定是聖人。」這讓她又笑了，但公車到達時，他們沒有再次擁抱。

茱麗上車，在座位上向他揮手，他獨自留在路邊。盛暑來臨之前，是他的故鄉最美的時節。從早上開始籠罩在臺北上空的霧氣，到了晚上像一片磷光雲，整個城市彷彿獲得了光環。有位詩人寫道：The ways we miss our lives are life.（我們懷念生活的方式就是生活。）但他現在想不起詩人的名字。公園裡有人正在演奏古典弦樂器，樂聲懸在空中，彷彿一隻遲緩而沉重的鳥兒。他回臺的事由已經結束了，明天母親不會再提起她的生日，而是一如往常，彷彿沒有發生過什麼值得說的事情。哈利把空水瓶丟進最近的垃圾桶，然後從口袋裡掏出手機傳簡訊給兒子。

18

帶鹹味的空氣從敞開的車窗吹進來，讓她想起了往昔。把頭靠在車窗上，聽著車輪的嘎嘎聲，這種感覺很舒服，即使她早已經戒掉沉溺於白日夢的習慣。二十分鐘前車在花蓮停靠，從那時起，她就盯著稻田和檳榔樹，每當鐵路線旁出現大海時，她都會感到心痛。船隻靜靜地停在地平線上，就像無盡的棋盤上被遺忘的棋子。她感到的是悲傷嗎？如果是的話，她同時也感到安慰，因為她的哥哥早已重獲自由？還是她暗自渴望回到那些日子？那時她至少知道自己正在承受什麼煎熬。像往常一樣，兩天的時間足以把一切都帶回來。但是她無法理清自己混亂的情緒。

在彎道她認出了海岸線的走向，鐵道就是沿著海岸走的。垂直的岩石和太平洋前面的狹長地帶。美哉福爾摩沙，美麗的寶島，亞洲的孤兒，除了自己國家沒人對這裡感興趣。除非我們把命運掌握在自己手中，否則……說到政治，敬治聽起來仍然很叛逆，但他所說的「我們」到底指的是誰卻不清楚。報紙每天都報導高雄的審判，甚至逐字引用審問內容，似乎是故意要展示這場已經安排好的牌局。這是權力的傲慢，還是當所有人都看到判決確定時，威懾力會更有效？嚴格來說，決定什麼才算證據的人，不必提供任何證據，即使如此，她的哥哥長遠來看仍然持樂觀態度。人民受夠了，而華盛頓斷絕外交關係讓政權的威望掃地，正因為政府的反應顯得恐慌和殘酷——在他們眼裡，這是一個有點過於複雜讓人難信服的理由。冬天其中一名被告的一半家人被殺了。七歲雙胞胎和她們的祖母，光天化日之下在警察監視下的房子裡被刺死！和三十年前的罪犯是同一批的，她回答，他們隨心所欲地說謊、殺人。總司令安然去世後，現在他的兒子決定誰可以呼吸，誰會被扼死。眾所周知，他不乏經驗。

儘管如此，他們如此坦誠地交談是否表明他們的親近？他們大部分說日語，好讓小孩聽不懂。偶爾會看到浪峰、白色浪花的線條，遠處還有一艘漁船。她閉上眼睛，想著多年來她所有的力量都來自於知道敬治需要她。她生了三個孩子，忍受了她的公公，照顧著家庭，把他要求的一切或她認為他缺少的東西寄給他。藥品、衣服、書籍。在物質上，他們一年比一年好，整個國家也一樣，但當他們現在見面時，似乎他已經自由了，而她沒有——這也是她自己都覺得傲慢的想法。她怎麼會知道他經歷了什麼？當他談到自己的監禁時，總帶著咬牙切齒的敬意，但是不清楚是對誰或什麼的敬意。他說他學到了很多東西，儘管艱難（她的丈夫對他在金門服兵役也說了同樣的話）。然而，她始終背負著一種難以名狀的感覺，她稱之為悲傷，因為找不到更好的詞來形容。像一個難堪的習慣，十七年，不，十八年來她都無法改掉。充其量，她已經學會不流露出來。

當她再次睜開眼睛時，她最小的兒子正看著她。沉默的審視。「你的作業寫完了嗎？」她問。

華立點頭。

「你肚子餓了嗎？」

搖搖頭，表情幾乎是頑固的。一個奇怪的男孩。他總是盯著她，彷彿在乞求某種九歲的他無法用言語表達的東西。他繼承了妳的固執，她的丈夫聲稱，但是他又懂什麼？有時她不得不用力擺脫他，因為他老是纏著她。「讀你的書，」她說，語氣比她預想得更加嚴厲。她看到他沒有反應，從窗邊架上拿起書，放在他的腿上。窗外房屋匆匆而過，四處結著青果的芒果樹。當他們通過隧道時，整個車廂映在車窗上，就像一列幽靈列車在他們旁邊疾馳，然後在日光下瞬間消失。就是這樣，她想：一個是她平常過的生活，和另一個在她思維幽暗處的生活。如同第二個她幾乎不認識的自己。另一方面，她的哥哥內心已經得到平靜，找到信仰的支持，或者無論怎麼稱呼——偏偏是那個罪犯的宗教信仰，現在臺北市中心正在為他建造一座巨大的紀念堂。當她表示不解時，他指出了衛理公會和長老會之間的區別，但對她來說，都是一樣的。難道他不能像她已故的母親一樣成為佛教徒嗎？

「讀你的書！」她生氣地再說了一遍。

在敬治的屋子到處擺著《聖經》，他和妻子每頓飯前都會祈禱。那是一個典型的山胞部落，除了他之外沒有人上過中學。聖經課結束後，他帶孩子們到一塊休耕地，當作棒球訓練場。裝備僅限於兩支自製的球棒和一些皮革鬆脫的球。昨天她和小傢伙陪他，因為華立喜歡棒球，儘管他太瘦弱了。為了不成為唯一一個穿鞋的人，他脫掉鞋子，痛苦地扭曲著臉，大步穿過石地。其他人則像兔子一樣飛快奔跑，有的看起來年紀可能已經上中學了。在這時候，她為他感到難過，但當他焦急地回顧看她時，她會示意他不要那樣做。像個被寵壞的外省小孩。希望他不要被球擊中眼睛。

白色的雲層籠罩著附近的山峰，彷彿隨時會下雨。她在一旁觀看練習，過了一會兒，敬治站到她身旁。他飽經風霜的皮膚讓她想起從前，他在經歷了一個漫長賽季的戶外比賽後，夏末時的樣子。現在他一臉玩味地看著她，彷彿猜到了她的想法。「從首都來的人，看這裡是不是覺得很窮？從前赤腳打球很平常。」他眼睛周圍已經出現第一道皺紋。他說起臺北就好像他一生中從未去過那裡一樣。

「你不是，」她說。

「起初是的。當然不是後來在商業學校。」

「你難道忘記了嗎，爸爸送給你皮革捕手手套，你有多麼自豪？」他們像以前一樣說話，一半臺語，一半日語，根據話題的不同，語氣也有所不同。靜梅不知道他妻子是否聽得懂他們的談話；客人來的時候，她表現得像一個害羞的女僕。

「我有手套？」他問，好像他不記得了。

「美津濃的，你每次訓練完，都會擦得很乾淨。」

「哦，是嗎？」

她從一旁用責備的眼神看了他一眼。

他以前的傲慢態度已經被滿足的微笑所取代，她原本以為是偽裝的，但看起來很真誠。他認為山胞是唯一真正的臺灣人；所有其他人只是來島上的時間早一點或晚一點。首先是中國人，然後是日本人，然後又是中國人，甚至更早的是荷蘭人和西班牙人：都是客人卻表現得像主人。這並沒有改變他對政權的敵意，但他認為，說殖民時代的情況比較好是無稽之談。只是不同類型的洗腦，僅此而已。現在他感覺到了她無聲的責備，搖了搖頭。「真的，我不記得有這樣的事情了。」

「那手套是你的驕傲和喜悅，」她說。「沒有其他人有那樣的手套。接下來你要說你的床邊沒有一張甲子園球場的照片嗎？」

「有。在我的寶箱裡。」

「看吧。手套必須放在外面和鞋子一起，這是規定。有時你偷偷地把它拿到床上。有一次，真的只有一次，你讓我把它藏在被子底下。我興奮得幾乎睡不著。」

「哦，是嗎，」他淡漠地重複了一遍，她不再提舊事，回頭望向田野。「你的學生中有沒有還沒被發現的天才？」她問。「那個投手讓我想起了你。同樣的投球姿勢。」

「好眼力。阿元的手臂很強壯，但其他人也一樣：只要他最後沒有變成酒鬼，我就達到我的目標了。」

「你有沒有覺得，其中有一個特別突出？」

他輕輕哼了一聲，沒真正笑出聲來。「他的話，如果他明天能沒有受傷回家，我就很高興了。」然後他走去給球員們下達指示，讓她獨自擔憂。她從來沒有見過比這裡更貧瘠的地方。田野旁邊，檳榔樹隨風飄揚，散發出辛辣的香氣。敬治的小屋最好的部分是自製的檜木家具，空蕩蕩的房間裡充滿了檜木香，但是他如何忍受在晴朗的日子裡清晰可見的綠島？那時她每年都會去那裡拜訪他一次，但每次在渡海時候她都會暈船。想到他有一天會被埋葬在教堂後面的小墓地，這讓她起雞皮疙瘩。墳墓離房子太近了。

在場地上，男孩們互相傳球，傳的距離和壘包之間的距離相同。華立只能靠投高球辦到，球回來的時候像被繩子拉回來一樣，距離地面大約一公尺高。小豆子，他的兄弟這麼叫他。有時她突然想要緊緊地抱住他，祈求他原諒一切——大多數時候是當他不在身邊的時候。

「你有興趣和我一起去日本嗎？」幾分鐘後，當他再次站在她身邊時，他的妹妹問。「譬如秋天的時候？」

敬治沒有回應她的眼神，而是面無表情地看著孩子們徒手接球。到了快傍晚的時候，山脈上的光線變成了淡藍色，他發現自己仍然對這項運動簡單之美著迷。即使在這樣的田野上，投球的完美線條仍然帶來一種奇妙的滿足感。他告訴他的學生，力量和精確度並不是來自於手臂而是來自對自己的掌控。基本上，這是一種意志力的展現，如果他看得夠久，他就會再次感受那種感覺：把自己的身體當作一精密校準的儀器。「去日本？」他最後用已經包含了答案的語氣問。

「這什麼主意啊？」

「我偶爾去醫院幫忙，自己賺錢。現在的人旅行沒有特定目的，叫做觀光。」

「你是說臺北人吧。」

「我們從來沒有去過那裡，你不覺得奇怪嗎？」如果像他的外甥一樣扔球，那麼棒球的魅力就消失殆盡了。華立，很中國的名字，當然是他父親取的，符合家族傳統。這個國家需要有其他更多的強力支持。每隔十秒鐘，小傢伙就會向他媽媽投來膽怯的眼光。這個小傢伙，么兒，出生在他們一定以為這階段已經結束的時候，但這不關他這個做哥哥的事。他用兩根手指吹口哨。一半的男孩排隊練習開球，另一半分散在球場上。阿元投球。

「沒有頭盔嗎？」他的妹妹問。

「有一頂舊摩托車安全帽。妳是想讓他丟臉，還是願意冒點險？」

「恐怕不管怎麼樣，他都會讓自己丟臉。」

他又吹了一聲口哨，所有人的目光都轉向了他。「輪到那小子的時候，輕一點，好嗎？」他用布農語喊，這樣靜梅和他的外甥都聽不懂。阿元輕蔑地點了點頭，其他男孩則滿懷期待地笑著。一個來自臺北的弱者，找到目標了。

「說真的，」她說，「就一個星期，當樹葉變紅的時候。京都、神戶、大阪。你難道不覺得有必要偶爾離開這裡。」

「沒有必要，不必。」

「……好吧。我會寫一張卡片給你。」她的語氣透露出她被粗魯的拒絕所受的傷害。他希望她能讓他安靜地帶隊訓練。不然孩子就只會惹麻煩。「不要打架，否則等著瞧。」他大喊，因為有兩個人正在爭論輪到誰。他們在家中受到的毆打並沒有讓他們變得更加順從，正好相反。他們耐心靜靜地聽完聖經課，為的是課後可以打棒球。另外，秋天臺東的樹葉也會變紅，春天的梧桐樹甚至看起來像著火了一樣，只是沒有吸引任何觀光客。難道她沒看出這裡需要他嗎？最近他得知，國安很想把林義雄雙胞胎被殺的罪責推到於長老會頭上：他們的手下帶著幾瓶酒，走遍了一個又一個村莊，尋找願意舉報的人。每次一想到他們也許不小心來敲他的門，他就不得不閉上眼睛來平復自己的心跳。有時憤怒的感覺幾乎讓他窒息。

輪到華立的時候，阿元輕蔑地把球投給他。小傢伙揮棒，還差點就跌倒了。一陣爆笑聲。敬治一言不發地衝向排隊的隊員，抓住第一個就賞了一巴掌。然後再一巴掌，之後大家安靜下來。他知道「另一邊臉」的教訓，但只有嚴厲的手段才能阻止他們的幸災樂禍。「你們為自己感到驕傲嗎？」他看著大家的臉問。他從營地裡知道，剃光頭是預防蝨子的方法。「你們覺得十個人一起嘲笑一個人很勇敢？三十個伏地挺身，三十個仰臥起坐。」他用手指著他的外甥說：「你跟我來。」他們一起遠離其他人幾步。

在場邊他妹妹雙手抱在胸前，彷彿覺得冷。

「你站的姿勢錯了，」他說，抓住小男孩的肩膀。他從他的面容中認出了他父親，儘管他只見過他一次。「你看起來像想躲開，而不是要打擊。但你是進攻者，你懂嗎？球棒不是盾牌，而是劍。」他感覺到男孩很怕看他的眼睛，於是努力讓自己的語氣聽起來不那麼嚇人。「我的意思是：不要表現出你的害怕。如果你的對手注意到了，你就輸了。能不能擊中球就在這裡決定了。」他沒有像對其他人那樣用指關節，而是用指尖敲擊他的額頭。每次靜梅來看他，他都會察覺自己變得和這裡的人有多相似。飽經風霜的皮膚和簡短的句子，只是他遠離了酒精。突然，美津濃手套出現在他的眼前：黑色、略帶裂痕的皮革、帶子和幾乎難以辨認的字。小時候的他也有像他外甥一樣瘦弱的肩膀，也像現在強忍著淚水？他妹妹在北部如何處在穿著白襯衫的國民黨官員之間和忍受自以為是的言詞的折磨，對他來說是一個謎。人必須做自己的選擇，就是這樣。他已經做出自己的選擇。就是這樣。

「再三十個，」他大喊，每個人都仰面躺著，不停喘氣。他耐心地向華立解釋，他揮棒的動作就像是把球棒抗到肩上一樣。「這就是你總是慢半拍的原因。垂直握住它，你會感覺到重量減輕了。反正你手臂太瘦，是打不出全壘打的，懂嗎？重要的是要打中球。慢慢地填滿壘，一次一個。」

「你為什麼坐過牢？」男孩問。

「什麼？」

「我爸爸說，只有壞人才會坐牢。」

有那麼一瞬間，他害怕自己的反應。去跟你老爸說叫他把懶趴割下來當早飯吃，這句話他差點脫口而出。那是他對最美好歲月的模糊記憶。露雅和她的脾氣。一開始他還問自己究竟要道歉什麼，但現在他不再想了，做好自己的事就是了。向小傢伙解釋監獄和再教育營的差異並不是他的任務。「你什麼都不知道，」他說。「再說，這是訓練，不是問問題時間。」

「可是你做了什麼？」

他像母親一樣固執。她想和他一起飛去日本，因為她相信有可能彌補她所遭受的損失，找回失去的東西，忘記痛苦。療癒是可能的——這聽起來很像他星期日傳教的內容。「我讀了不該讀的書。現在回去其他人那裡，這裡對公務員子弟沒有什麼特殊待遇。」他頭一搖，示意他回去，然後大聲吆喝：「再三十個！快點，天快黑了。」

再一次。然後再一次。再從頭開始。新生之家的大門。早上敲石頭，下午講共產主義罪惡，每天都是同樣的事情，但在綠島的十年，還是比在臺北監獄的頭幾個月好受一些。新鮮的海洋空氣取代了禁閉和臭味。遵守規則的人就不必去關碉堡，但人的內心也需要一些東西來堅持。後來在討論會上，他們討論的最有爭議的話題就是關於愛敵人的問題。如果這確實需要信徒的徹底轉變，那麼這與在營區中他們試圖灌輸的有何不同？換句話說：自我征服是屈從的反面，或是是一種強化的、更富自欺欺人形式的屈從形式？只要他還不知道，他寧願忍受自己的憤怒，儘管味道很苦。

當男孩們繼續練習時，他回到了妹妹身邊。

「你能幫他嗎？」她問。

「球棒對他來說太重了，但我們沒有更輕的球棒。」

「要我下次帶一根來嗎？也許可以寄過來。」

「好讓他們互相打破頭，爭誰可以用？」他的意思並不像聽起來那麼冷漠。他無法向她解釋她真正想知道的。總而言之，那段記憶並沒有想像的那麼痛苦。沒有什麼是他迴避的，但也沒有什麼是他想談的。那些在某個時刻內心崩潰的瘋狂嚎哭——都留在腦海裡。如果凌晨四點監獄辦公室的燈亮了，大家就知道天一亮就會有人被帶走。如果是同一牢房的夥伴，他會依序與每個人握手告別，除非他的指甲在審訊過程中已經被扯掉，如果是這樣就鞠躬。「我賜給你們一條新命令，你們要彼此相愛，就像我愛你們一樣。」有一天，一本破舊的小書落入他的手中。當他第一次讀這本書時，他認為耶穌是個十足的傻瓜，但在需要的時候，人會閱讀任何東西。愛是一把雙面刃。有一次，靜梅因颱風無法渡海，只能無功而返。期待一年之後再次見面是有風險的。為了在高牆後生存下來，需要一個保護的盔甲，好在被釋放後取代高牆。在這個部落，他娶了一個女人，她很少問問題，而且完全相信他的答案。也許這不等於愛情，但對他來說已經足夠了。

「為什麼不帶爸一起去日本呢？」他問。

「也許我會。」

「他退休後還飛去那裡嗎？」

她沒有回答，只是擺了擺手。他心裡感到抱歉，但是他無法說出口。「妳兒子剛剛問我為什麼坐過牢。」她眼中的驚訝不是華立的問題，而是他竟然主動提出了這個話題。「他對我一無所知。」

「一定是他爸爸告訴他的。」

「你怎麼回答的？」

說話的時候，他更喜歡看著場地。

一次又一次的揮棒落空，和往常一樣，只要是阿元投球就是這樣。球隊中唯一一個有朝一日能夠將自己的才華轉化為金錢的人。「爸爸還好嗎？」他問。

「他年紀大了，但是還是站得挺直。他不再提到日本退休的事情了。」

「如果當初他偶爾給我幾個耳光，也許我現在就不會是這個樣子了。妳認為呢？」

「你當初也可以用耳朵聽他的話的。」

「看來我不想這樣。」他聳了聳肩，一臉無奈。「我告訴小傢伙我讀了錯誤的書，還有他什麼都不知道，而且現在不是提問時間。妳會怎麼回答？」

「跟你一樣，但是不會提到書。」

沒多久，輪到華立。他不安地揮動著沉重的球棒，笨拙的揮棒，阿元投球給他的動作就像餵鴨子一樣。「不要鬧了！」敬治怒喝。「好好投球，不然就回家。」

「他幾歲了？」靜梅問。「小孩子不會這一招。」

「快十五歲了，還在讀小學。」

他的外甥甚至沒有看到下一個球過來，當他聽到球落在捕手手套裡時，他嚇了一跳。作為教練，敬治當然知道阿元正在和誰競爭。「最後警告！」他大喊。

「純熟的快速球，」他的妹妹說。「如閃電一樣快，然後……」

下一刻，華立就像一棵樹苗一樣倒下了。球直接擊中肩膀下方。敬治感到心中升起一股憤怒，他跑向躺在地上呻吟的外甥。「不要動，」他跪在他身邊說。「我必須摸一摸，看看有沒有骨折。」他的手沿著鎖骨滑過，然後越過肩膀繞回來。小傢伙的臉上沾滿了鼻涕和淚水，但骨頭似乎完好無損。「還好。只會有一點瘀青，沒事。」然後他站起來，向妹妹點點頭，看向投手位置。

阿元雙手扠腰，等待暫停的結束。那個姿勢是他用來向對手實力不怎麼樣的打擊者表示他感到無聊的姿勢。他下巴指向靜梅正在扶兒子站起來的地方。「他站得不對……」話還沒說完，敬治已經走到他跟前，敲了他的腦袋瓜。

「怎麼錯了？」

「這樣。」阿元兩腳平踏站在他面前，阿元又挨了一記，他沒有閃躲。

「就好像他不是躲而是想攻擊，對吧？」

「差不多。」

「小心，我把你栽到地上。」他抓住男孩的耳朵，把他拖了幾公尺。「你認為蔑視你的對手會讓你成為一名好球員嗎？」

「那小子不是對手。」

敬治用左臂鎖住他的頭，並且用力把指關節按在他的太陽穴上。「你以為我這輩子就沒有比跟你這樣的混蛋混在一起更好的事情了嗎？」

「不知道。」阿元如實回答。至少他喘了一口氣。

「你幾乎不會讀不會寫，卻認為自己是最偉大的，對吧？」

「哎喲！」

「我來告訴你，你是什麼：一個自大狂妄一無是處的人。」當他放開手時，他感覺自己彷彿正在看著自己的臉。阿元的下巴來回動了幾下。「愛你的敵人，善待那些恨你的人。」他差點又對男孩動手。也許靜梅的丈夫是對的，他只是個壞人。有人靠近他得到好處的嗎？母親憂傷而死，他不知道露雅的下落，妹妹的眼裡有未說出口的疑問，他為什麼要這樣對她……他雙手抓住阿元的頭，緊緊地抓住。「不要放棄自己的生命，知道嗎？」

「是的，老闆。」

「你什麼都不懂，笨蛋。你什麼都不知道。」再靠近他們的鼻子就會碰在一起了。他知道靜梅正在安慰兒子同時看著他。明天他會開車送他們兩個去火車站，希望自己至少能說聲謝謝。至少是這樣！

他用盡全力推開阿元，阿元卻毫不費力地保持著平衡。

「走！回家去！」他已經五十歲了，依然保持著少年時的傲氣，相信自己可以包辦全世界。門邊放著一根棒球棒，以防有一天國安真的來敲他的門。「今天夠了，」他大喊。「訓練結束了，走吧！」山上烏雲密布，另一邊的大海只是地平線上一道淡藍色的條紋。他偶爾騎著摩托車到海邊，凝視著遠處蒼白的景色，找不到比鄉愁更好的詞來形容他的感覺。難道他們最後在他不知情的情況下擊垮他了嗎？也許當有人來敲門時，他會摟住門口的劊子手，而不是毆打他們。愛他們像愛自己一樣。看看他們是怎麼應對。

☆ ☆ ☆

等火車再次停下來的時候，他們已經到了宜蘭。龜裂的瀝青月臺上閃爍著熱氣，風一停，車廂裡變得悶熱起來。她一眼就看出兒子只是假裝全神貫注地看書，她想知道孩子腦子裡在想什麼。他了解了多少不該了解的事情，為什麼她從來沒在他兩個哥哥身上想過這個問題？身為三個孩子的母親，她對孩子所知甚少，但是她認識的人也都一樣。只要確保他們不要做什麼蠢事，按時完成作業，因為他們反正大部分時間都在學校度過。華立的成績很好，老師們都稱讚他，但她從自己的經驗中知道，有些事情是多麼深刻地烙在孩子的記憶裡。基隆的記憶仍然時不時浮現在她的腦海裡。以前這種情況下她會淚流滿面，現在她幾乎想不起上一次是什麼時候了。這是一個好兆頭，還是預示著她內心已經無力？

「如果你不想看書，可以把書放下。」她不耐煩地說。

他頭也不抬地回答：「妳在自言自語。」

「我在和你說話呢。」

「就在剛才，」他固執地說。

被自己的兒子偷聽，竟然有這種事。

「我說什麼了？」她問。

他無聲地抿緊雙唇，她克制住自己不要去抓住他的下巴。周圍的乘客們有的在低聲交談，有的在打瞌睡。要控制她的第二個我並不是一件容易的事。在家裡，她很少說話，都讓別人發言。就算他們察覺到，兩個大一點的孩子倒是沒有什麼問題，陳顥反正也不在意，只有這個固執的孩子總想要得到安慰、安撫和鼓勵。這讓她感到疲憊，她的頭髮變白，有時候她真想當著他的面說：如果是照我的想法……第二個孩子出生後，她向丈夫明確表示這事徹底結束了。是的，就是這事！無論如何，這從來沒有給她帶來任何快樂。後來她意識到，拒絕比偶爾任其擺布更需要力氣，而且她必須小心地運用自己的力氣。現在她在座位上向前傾。「陳華立，我說了什麼？」

「……我聽不懂。」

「啊哈。也許你只是想像而已。你說呢，可能是這樣嗎？看著我！」她一直等到他看著她。

「有可能，是嗎？」

「也許吧，」他不情願地低聲說。

她嘆了口氣，把手伸進裝食物的袋子，拿出一個用香蕉葉包裹的飯糰。他們現在已經坐了六個小時的車。鐵路蜿蜒穿過蔥蔥鬱鬱的田野，遠處只能隱約看到大海，山上雲層越來越濃。陳顥曾說她瘋了，但她敢發誓，臺北比以前更常下雨。她是不是也想把這個歸咎給政府？儘管在她第三次懷孕時他終於停止在夜晚糾纏她，但每次她回家時，這些記憶都會浮現在她的腦海裡。「給你，」她一邊說，一邊把飯糰遞給他，「但是要小心黏糊糊的葉子。」

田野間有一些簡單的平房。一段時間以來，她在屋頂上看到越來越多的衛星天線，據說可以接收日本頻道。也許她應該為這個存錢，而不是獨自去旅行。華立吃完後，她擦了擦他的嘴，突然一股衝動，她把他抱到自己的腿上。他的衣服瀰漫著檜木的香味。愛情中途失去了動力，這怎麼能怪他呢？過了一會兒，她最後一次看到大海，然後路線拐了一個彎，蜿蜒穿過北部的山脈。她用指尖伸進他的襯衫下面，觸摸他被棒球擊中的地方。「還痛嗎？」

「還好。」

「你打得很好，知道嗎？其他孩子都比你大。」

「投手是故意的，」他說。

「也許。你舅舅已經給他教訓了。明天還有作業要做嗎？」

「妳問過了。」

「那你回答了什麼？」

「沒有，我不用。」

她把臉埋進他的頭髮裡，深深吸了一口氣。孩子能為什麼負責？當她還是個小女孩的時候，她曾經告發過一個男人，因此得到了一雙羊毛襪作為獎勵。「我們一會兒就到瑞芳了，」她說。「我的一個伯父曾經在那裡有一個煤礦。我在你這個年紀的時候就住在附近。」

「我知道。爺爺曾經在金瓜石金礦工作。」

「其實並不是在礦坑裡。是在管理部門。」

「妳去過那裡嗎？」

「只去過爸爸的辦公室。其實小孩子不准進去那裡，看守得很嚴。黃金很貴重。」

「黃金是日本人的嗎？」

「那時候，一切都是他們的。」為了阻止他再說日本鬼子這樣的話，她吻了他的臉頰。外面天開始黑了。她希望他以後不會怪她，而是會理解她的困境。如果有一天政權垮臺，很多她今天不敢想的事情都有可能發生。敬治相信，到了某種程度，恐嚇就不再起作用，因為它顯示了當權者的恐懼，而不是讓被統治者感到恐懼。她不知道他是否在監獄中獲得了更大的洞察力，或者他的信念僅僅源於他所謂的對上帝的信任。每次她去探望敬治回來後，都感到失望。有些事情是無法改變的，必須接受。

「真的只有壞人才會進監獄嗎？」她的兒子問。

「不，」她不假思索地回答，「這不是真的。例如，你舅舅就不是。」

「他看了什麼書？」

「我不太清楚。有一天，等你長大就會理解一切。也許會比我更了解。我只知道小時候我為他感到多麼驕傲，現在還是。」

「因為他是個厲害的投手？」

「也是。他真的很厲害。他所有的隊友都相信有一天他會去日本成為一名職業球員。」

「為什麼不去美國？」

「太遠了，」她說，然後火車駛入瑞芳站並搖搖晃晃地停下來。她只看到一個她不認識的學校。左邊的斜坡上有墳墓。還是個小女孩的時候她曾經站在這裡，那是在敬治離家的那天，他們要去臺北。現在她如果搭乘計程車十分鐘就可以到達金瓜石——這個想法最令她困惑的是，她很矛盾不知道自己是不是真的想去。那裡日本人的房子是不是已經拆了，像臺北一樣，被醜陋的公寓大樓取代？還有記得他們家的居民嗎？不太可能了。

「如果妳一直這樣壓，會很痛。」華立說。

「對不起，」她低聲說，用雙臂摟住他，當火車再次開動時，她鬆了口氣。在她的太陽穴後方平常的頭痛又發作了，提醒她不再是個年輕的女人了。去年秋天，她的公公因心臟病去世了，這時她允許自己在心裡說：終於。她和婆婆從來沒有什麼矛盾，她和她三伯母太像了。然而公公卻死死地守著怨恨，彷彿要親自反駁「時間會治癒一切傷口」這句話。對岸是共匪，而這裡他被迫生活在忘恩負義的一群人中間。晚上他睡在樓上的公寓，但白天他想什麼時候下來，就下來。當她決定不再和他同房的同時，陳顥不再試著保護她免受父親激烈的長篇指責，——從那時起，房子就太小，無法容納兩個男人累積的挫敗感。幸運的是，家裡沒有人需要屋頂，所以每當她有空閒的時候，她就會逃到樓上，培養她種植植物的才能。盆景在她的手下甚至茁壯成長，這在店裡要價不菲。有一段時間，她想過開一家花店，而不是去醫院幫忙，但是這事他是不會答應的。或者只在一個條件下。多年來一而再地屈服是一個錯誤。當她最終堅持拒絕的時候，他先是不願意相信，然後不願意接受，然後……「你太重了。」她說著，把兒子推到他的座位上。在下一個隧道裡，她閉上眼睛，以免被幽靈列車裡的自己盯著看。她寧願沉浸在火車的隆隆振動聲中，就像那天早上敬治載他們去車站的摩托車的振動。華立坐在他的膝蓋之間，她坐在後座。為了擋風，她把頭靠在他的背上，希望路程持續超過四十五分鐘。告別時一如往常的尷尬。他現在想起來那隻棒球手套，敬治說，黑色的，上面有很多綁帶，對吧？沒錯，她回答，儘管那不是事實。手套是棕色的，就像天然皮革的顏色一樣。

最後的點頭。再見。

七點多鐘，他們就到達了臺北火車站。靜梅牽著兒子離開大廳，因為下雨，她決定搭計程車。十分鐘後，他們停在了人高的圍牆前，這堵牆讓他們的前院看起來就像一座監獄的院子。兩側排列著統一的外牆，只有街區中幾座老木屋打斷了連續。以前這時候，她先生的身影會出現在窗後。他會先揮手歡迎，然後下樓來幫忙提行李。如今，她只帶上最基本的必需品。

也許最終一切都是出於愛。第三個孩子，經濟上沒問題，兩個大一點孩子得睡同一個房間──他一次又一次地跪在她面前，直到最後她只能無奈地翻了白眼。她該說什麼？如果這能讓她將來擺脫婚姻義務，那就值得了。現在兩人站在屋簷下，她尋找著鑰匙，看著兒子的眼睛說：「山上的意外不要說，知道嗎？」

「我當然不會說。」

「或者根本就不要提棒球。你爸爸對棒球有他自己的看法。」

「我知道，」他點點頭，年紀看起來比九歲要成熟。從外表來看，他是三個兒子中最像她的，陳顥反正也不會問任何問題。

他本能地遠離了他……的結果，無論他在心裡如何稱呼。「那麼關於敬治舅舅呢？」

一時間她不知如何回答。頭痛更厲害了，太陽穴一陣陣抽痛，但她卻沒有表現出來。她微笑著撫摸他的臉頰。「你相信他是個好人嗎？」她問。

「是的，」他說。「他不是故意的。」

「沒錯。有時事情發生了，然後人就不再是他想成為的樣子。或者說不再是以前的樣子。」

「他以前叫過你小豆子嗎？」

「沒有……只是有時叫我小梅子。」當她感覺自己的淚水突然湧上時，急忙把鑰匙插入鎖孔，幫他把門打開。「現在上樓吧。」

貓咪正在前院的石板上打瞌睡。不管如何，總會有辦法讓過去的事情成為過去，不要一直讓同樣的想法折磨自己。她的大兒子已經上大學了，有時她會想像自己牽著孫女的手去公園（每次都是孫女）。現在她走上樓梯，聽到門後有低沉的聲音，但當她走到家門口時，一切都安靜下來。早上丈夫帶去辦公室的雨傘掛在牆上。不管如何，她想，也許必須自然而然發生。下一刻，他的腳步聲越來越近，因為他想看看她為什麼還沒上來。原諒我，他一次又一次的請求，原諒我，直到她根本不想再聽。

也許有一天。不然他們就只能繼續像這樣生活。她輕輕地放下行李箱，用手擦了擦眼睛，然後上頂樓去看看她的花。

19

當她醒來時，有幾秒鐘她以為戴夫就躺在身邊。可能是因為空調的原因，她只有當他在的夜裡或沒有其他選擇時才會打開空調。今天早上七點半，外面的氣溫已經快三十度了。她的計畫是先準備中央研究院的報告，然後在十點左右坐車到爸的辦公室去取他的車。她首先需要一杯咖啡。因為天氣太熱，她不想步行到最近的 7-11，所以使用了戴夫買的咖啡機。她的男友討厭東亞的夏天；他覺得六月到九月在香港難以忍受；相反的她害怕歐洲黑暗的冬天，但她昨晚在公園裡說到像逃兵，她自己也覺得似乎有些誇張。她真的那麼愛國嗎？等咖啡的時候，她把筆電帶進廚房，瀏覽頭條新聞。國民黨對尚未決定的軍公教年金削減政策抱持強烈的憤怒，而茱麗必須讓自己冷靜下來：國民黨在歷史上首次既沒有了總統的大位，也沒有立法院的多數，因此只能憤怒。他們之間的另一個不同之處是：對戴夫來說，所有政客都同樣腐敗，不值得支持，應該蔑視。他暗自嘲笑她，把兩年前學生抗議這樣的事件視為她人生的轉折點。他們很少見面，寧願享受在一起的時光，也不願因為爭吵而毀了一切——如果他們住在一起，情況可能就會不同。她喜歡他的幽默，但無法忍受他的勢利。如果有什麼是值得蔑視的，那就是自認高人一等的冷漠。

幾分鐘後，她從新聞轉移，點看天氣預報。預計氣溫三十五度，但運氣好的話，金瓜石會有涼爽的海風。她的思緒再次回到昨天公園裡的對話。哈利說他的母親是母獅，這讓她想起她也有同樣的想法。那是兩年前，就在阿嬤八十歲生日前幾個星期，她在茱麗面前走上講臺，向完全陌生的人講述了她的故事。遺憾的是，這段影片沒有錄下整個演講（因為她反應太慢），但這段影片已經在網路上被觀看了數千次。哈利事後表示，這很典型，她寧願向一群陌生人吐露心聲，但即使茱麗看了幾十遍這段影片，她依然驚訝不已。當她加入抗議活動時——更多的是出於好奇，而不是真的關心事情本身——她從來沒有夢想過會發生這樣的事情。她對與中國的貿易協定幾乎一無所知，那一年春天，這項協定引發了激烈的爭論，她只知道這是針對她一直無法忍受的總統。看看會發生什麼事，她想。幾個小時後，她渾身濕透地坐在臺北藝術村一間擁擠的房間裡，因為外面的警察使用高壓水槍和警棍，她和其他人一起逃到那裡。

這個房間似乎是一個工作室。當他們十、十二個人衝入時，空氣中瀰漫著淡淡的油漆和膠水的味道，但很快，刺鼻的恐懼、汗臭味混雜其中。有人在浴室嘔吐。有幾個人有了傷口，一名年輕女子不斷咬自己的手。茱麗依稀記得天花板上吊著一個裝置藝術品，用紙和鐵絲製成的彩色小鳥。外面傳來刺耳的警笛聲。尖叫聲，擴音器，玻璃破碎的聲音。一位剛住進工作室幾天的加拿大紅髮女子坐在床上搖著頭。「They told me it was a democracy.（他們告訴我，這是個民主國家。）」

整個夜裡，這建築物多次遭到攻擊。他們一起把一張沉重的工作臺推到了房門前，工作臺一打開一條縫，大家就齊心協力推了上去。那名加拿大女子大聲、富有創意地罵警察，茱麗爆出歇斯底里的大笑。然後又是一陣緊張的沉默，所有人都盯著手機。有一次歡呼聲響起，因為一些示威者闖入立法院大樓並在那裡設置路障。她試著給戴夫寫簡訊，但是因為手指顫抖沒寫成。

凌晨五點左右，他們設法從後門逃走。藝術村旁邊的綠地上，警察的人手已經不足了，而且因為全副武裝動作太慢，無法阻止他們。茱麗有生以來第一次逃離拿著棍子的男人。在華山門口，她叫到了一輛計程車，司機長得像她的祖父，正在聽臺灣老歌。她一坐進後座，就忍不住抽泣起來。車子穿過這座正在甦醒的城市，人們湧向公園鍛鍊身體，感覺很不真實。她的衣服還濕漉漉的，緊緊地貼在身上；她既欣喜又害怕，同時也又興奮又疲憊。當她在師大路下車時，司機不收她的錢。「小姐，妳臉上有血。」他說。

之後，她連續三天沒有離開過自己的公寓。只吃泡麵和烤麵包，幾乎沒睡覺，做了惡夢，而且閱讀了網路上她能找到的所有有關抗議服貿的內容。那天晚上警察的暴行引起了強烈抗議，但當爸打電話給她時，她否認自己在現場。「如果妳去了，也會令我失望，」他說。多年來，她只是對政治偶爾感興趣，對於有關她未來計畫的問題，她的回答：盡快獲得博士學位，然後回英國。現在她了解臺灣將面臨的危險，如果允許中國企業投資本地媒體公司，以及政府為了阻止有關協議舉行公開聽證會的策略。當她與戴夫通話時，他說：「It's not worth a scratch on your face.（不值得臉上刮傷。）」在收拾好睡袋和更換的衣服之前，她給他發了一張瘀傷的照片。然後她前往被占領的立法院。

整個地區被封鎖。警察在路口設置了反坦克屏障，彷彿是為了抵禦軍事入侵，但是路障後面卻一片歡樂和熱鬧。數百個帳篷排成一排又一排。當她在下一個電話中不再隱瞞自己所在的位置時，爸說：「我以為妳會更理智的。」在親藍的電視臺上，媽媽們哭紅了眼睛，懇求孩子們回家。茱麗頭幾個晚上睡的帳篷前面，有一個牌子寫著「我們會長大，你們會變老」；事實上，她已經是營地裡年紀較大的人。全國各地的大學生紛紛湧向臺北。他們以太陽花為標誌，經營自媒體，而且必須在大量捐贈的食物變質之前緊急分發出去。「究竟是誰的未來？不是他媽的馬英九的。」一位來自高雄的女同學說，茱麗和她一起花了一個小時標記垃圾袋。那個帶著傲慢笑容的總統是他們的頭號仇敵。

阿嬤在電話裡興奮地解釋說，她一整天都坐在電視機前看新聞。茱麗本想帶她去參加三月三十日的大型集會，但她被指派為維持秩序的人員。近百萬人擠滿了市中心，全國各電視臺都進行了現場直播。兩天後，她去阿嬤家裡接她，帶她參觀帳篷營地。她們在青島路下了計程車時，雖然平日比較安靜，但這裡卻充滿了節慶和圍攻的氣氛。阿嬤心情很好，挽著她的胳膊，一起走在街上，就像郊遊一樣。她們偶爾停下來研究圖表和海報。阿嬤特別喜歡「今天不站出來，明天站不出來！」這句話。一個小時後，她們坐在舞臺前膝蓋高的塑膠凳子上，那裡預定將舉辦一個討論會，但一定只有少數人感興趣。茱麗選擇這裡讓她的祖母休息一下，並寫了幾條簡訊。主持討論會那個肌肉發達的同學開場歡迎大家並且表示，這是一個開放的論壇，每個人都可以發表意見。她瀏覽了螢幕上的數百個連結、請願書和號召。內容不再只是關於協議，而是關乎臺灣的未來。當她想給阿嬤看一張有趣的照片時，她突然不見了。茱麗驚訝地抬起頭；大約十五個人坐在她周圍，大部分都忙著玩手機。但不見阿嬤的蹤影。

下一刻，她發現了她就站在舞臺邊緣。她原以為阿嬤走錯了地方，她舉手揮手，阿嬤卻沒注意到她。就像在家裡屋頂上一樣，她戴著印有前總統褪色肖像的遮陽帽。看起來她正在等待。

那同學簡短地鞠了一躬，把麥克風遞給了她。

她從來沒有聽過阿嬤跟一群陌生人說話，甚至連想都沒有想過這樣的情況。對她來說，「害怕」這個詞可能不太恰當，但即使面對孫女，她也顯得矜持、封閉。現在她雙手拿著麥克風，羞澀地笑了。茱麗不知道她會說什麼。她自己的心臟劇烈地跳動著。阿嬤首先說出了她的全名，然後她用兩個簡單的句子吸引了觀眾的注意力，茱麗一時驚呆了，來不及拍攝這一切。「如果我哥哥沒有被逮捕，也許我也會上大學，」她用下巴示意街道說。「一開始他被關在離這裡很近的牢房裡：青島東路三號。」

☆　☆　☆

「我們恐怕還沒準備好，」當茱麗十點半出現在門口時他說。她帶來的是一股樓梯間的熱氣。從她的表情看不出來，她是不是讀了他昨晚的電子郵件，也許已經瀏覽了附件中的文字。從公園回來後，哈利立即把整個稿子傳給她，因為他意識到他需要一個試讀的人。「不急，」她回答，然後倒在保羅旁邊的沙發上。他的兒子已經觀看了勇士隊對陣克利夫蘭隊決定性的第七場決賽兩個小時，他瘋狂地為他們加油，因此讓哈利在公寓的任何地方隨時了解最新戰況。他大部分時間都在後面的房間裡整理書籍和其他文件，他在考慮是要丟掉還是稍後帶到郵局去寄。然而，當他準備做決定時，他並沒有意識到抽屜裡有多少泛黃的紙張，也沒有意識到自己有多容易迷失在舊文件中。與其執行這決定，他寧願待在客廳和保羅、茱麗一起看電視。

「另外兩個人呢？」他的姪女拿出一把扇子，正在對著自己搧風。為了遮擋陽光，所有的窗簾都拉上了——今天正好是今年至今最熱的一天。

「爺爺覺得太吵，他去鄰居家了。阿嬤坐在後面看昨晚皇家隊的比賽。」第四場對底特律的比賽錄影。他已經知道結果了，是在第十三局比分二比一得勝。在下一個廣告插播中，茱麗起身去和阿嬤打招呼，而他又回到混亂的房間。在他看來，這裡反映了一種內心的不安，這種不安常常在出發前不久襲來：擔心沒有充分利用他停留的時間，希望在最後一刻改變這狀況。當茱麗稍後進去看時，他楞著站在成堆的書、盒子和落滿灰塵的文件夾之間。

「我們的郊遊計畫不變嗎？」她問。「看來你暫時還有事要做。」

「兩場比賽一結束，我們就出發。」

「請問，你打算做什麼？」

「我其實想收拾行李，但現在看來會變成一種盤點。」

「當然。」她靠在門框上，她將雙臂交叉抱在胸前，身上散發出防晒乳或護膚霜的甜美香氣。

「你處於一個棘手的年紀。」

「很好笑。隔壁怎麼樣？阿嬤好安靜。」

「也有沉默的球迷。我比較擔心保羅。」

「沒有妳感興趣的運動嗎？」

「沒有，」她歪著頭看著書脊的標題。這時哈利意識到他必須把大部分東西放回抽屜裡，只能把行李箱裡裝得下的東西帶回家。《射雕英雄傳》很快就要出英文版了——六十年後，總算——並且可能適合作為研討會的讀物。「你的文學初戀，」茱麗拿起第一卷說。「有一段時間我嘗試要看，但是對這故事不太感興趣。不是我的類型。」

「這些書在中國和臺灣被禁了一段時間，——太過時，太多叛徒。也許妳應該給它們第二次機會。」

「如果有一天我失業了再說。小時候，每次可以陪你去書店，我都感到非常驕傲。大多數時候你不願意。為什麼？你不好意思牽我的手？」

「我有種感覺，妳現在覺得很無聊。」

「男人，」她低聲說，把書放回書架上。「順便說一句，我想到了昨天我們談話，我想到該補充一下。還是你寧願獨自面對中年危機？」

「問題不在這裡，我只是低估了數量。現在感覺就像我正在審判我的過去。」

「這就是中年危機的定義。」

「好吧，」他無奈地說。「什麼補充？」

「去年秋天爺爺連續幾個晚上做了同樣的夢。他的大哥對他大喊：我沒辦法呼吸，快帶我離開這裡！我很少見他這麼激動。不久之後，爸在網路上看到山東新建了一個水庫。大概就在他哥哥陣亡的地方。」

「希望他沒說這件事。」

「你知道他。我還問他，他怎麼會怎麼做，但顯然他認為這是他的職責。之後他必須非常努力地說服爺爺，不可能找到然後遷移墳墓。」

「這是阿嬤告訴妳的嗎？」

「我認為她不知道這件事。」她把太陽眼鏡戴在頭上，身上穿著一條彩色格紋裙子，裙長剛好到膝蓋上方。他無意中注意到她修長的小腿。「爸打了幾通電話都沒有結果。他說，你可能只是遇到一個騙子，他聲稱知道墳墓在哪裡。」

「沒有人知道，」哈利說。「太平洋戰爭期間，日本人盡一切努力通知所有親屬。如果可能的話，還寄一個裝有骨灰的甕給他們。後來屍體太多了，只砍下一隻手臂火化。最後只有一根手指。在內戰中，人們倒在哪裡就在哪裡腐爛了。可能根本沒有墳墓。」

茱麗只是點點頭，好像這一切對她來說都不是什麼新鮮事。「關於要補充的，我的意思是：他告訴我爸這些事情，而不是告訴阿嬤。」

「可以理解。反正她也不會感興趣。」

「那你呢，你去過對岸嗎？」

「六、七年前，在復旦大學客座一學期。如果我沒記錯的話，妳那時剛好在愛丁堡。」

「你喜歡嗎？」

「我不能確定，不，」他說。「保羅剛開始上學，露才兩歲——邀請來得不是時候。」他試圖伸手去拿最近的一疊文件，試圖擺脫這段不愉快的記憶。在上海的第一次演講中，他講述了作為一名小學生，他如何看到一張中國風景照片，並立即得出結論，照片一定是來自另一個國家，而不是中國。為什麼？因為照片裡陽光明媚。他從小就聽說共產主義有多黑暗，已經固化為信念：共產主義國家沒有光明。他的聽眾當然覺得這很有趣。他講這件事也是為了讓氣氛愉快，但一旦人們笑了，他就變得嚴肅起來，幾乎是惱怒，那只是開始。雖然大學裡的每個人都對他很好，但他充滿了連他自己都無法理解的敵意。每次見面，他都確保保持距離。他忽略了任何關於共同點的暗示，無論看起來多麼無害。他的同事一定認為他認為自己很優秀，因為他在一所美國大學任教。研究所辦公室裡，祕書們一看到他就緊張起來，因為他不斷地提出新的抱怨。當然當他嘗試看英文網站時，網頁無法正常工作。如果在與海倫進行 Skype 通話時連線中斷，他就會發脾氣，而且可以說他一直在生氣。對所有事情。當宿舍停電一個小時，他對著前臺女士大吼大叫，直到她哭了。在餐廳裡，他吃了一半把盤子退回去；在電影院——在他父親喜愛的裝飾藝術風格的大廳裡——他與坐在他旁邊使用手機的人發生爭執。他發現學生們充滿偏見，浦東閃閃發光的天際線令人厭惡，他甚至對那些骯髒可憐地坐在百貨公司前的乞丐沒有任何憐憫之心。當他四個月之後後終於再次坐上飛機時，因為不斷的憤怒已經使他精疲力盡，以至於他抵達後在床上躺了好幾天。現在他抬起頭來，因為茱麗輕輕地碰了碰他的肩膀。「你還好嗎？這就是你所謂的思考休息，還是暫時分神了？」

「對不起。妳問了什麼嗎？」

「當時你是不是和我爸同時在上海，」她搖著頭再次問。

「我記得，應該有兩星期重疊。怎麼樣？」

「只是問問。我以為他可能讓你住他的公寓。」她揉著雙臂，彷彿覺得涼。有一會兒他們站得太近了，然後保羅突然在客廳大聲咒罵。「我們應該去支援你兒子。免得他心臟病發作。」

「我在校園裡有宿舍。妳從來沒有去過那裡嗎？」

「只要他們不接受我們的護照……爸說，如果我沒有自己親身體驗，我就不能做任何評判。他認為我們的報導太負面了，但他說的情況，聽起來更糟。我還是想知道他在那裡怎麼樣生活。」她看著他，好像他應該知道一樣，但當時他只在吃飯時見過他哥哥一兩次。當他意識到自己的行為在中國處處惹人厭，他決定以後避開這個國家。到目前為止，他沒再去過。

母親關掉了隔壁的電視。當他和茱麗走進客廳時，比賽即將結束，比數是八十九比八十九。鏡頭掃過觀眾，他們看起來像是在默默祈禱，但沒有用——結果，勇士隊投籃沒再進過一球。每當他的英雄投籃未中時，保羅就會齜牙咧嘴，猛撞沙發靠背，在最後幾秒鐘他陷入無法置信的呆滯狀態。當獲勝的隊伍最終跳躍、歡呼時，茱麗給了他一個安慰的擁抱，哈利懷疑他的兒子把頭靠在她的胸前並不是純粹由於沮喪。

「那我們就可以走了，」他說。「我們等得越久，天氣就會越熱。」距離市區高速公路只有幾分鐘的路程。離開公寓時，茱麗把車鑰匙丟給他，要他開車，她要照顧後座的戰敗勇士。除了地平線上的白雲之外，天空像深藍的圓頂覆蓋在大地之上。當他們通過了連往內湖的橋，小村莊和工廠從旁邊掠過，基隆河偶爾出現在旁邊。他們以前坐車穿過這個山谷去探望敬治舅舅，就像那時一樣，從母親的表情看不出她在想什麼。哈利暗地裡做好了心理準備，她在最後一刻可能打退堂鼓，但當他問她會不會太熱時，她只是搖了搖頭。關於王建民最近的表現——他在倒數第二局替補出場，並在最後贏得了本賽季的第四場勝利——她指出，他應該在受傷後去日本試試，而不是在美國的低級別聯賽中遊蕩。哈利反駁說，他想向美國的懷疑者證明自己，尤其是洋基隊。

「轉到日本就等於承認自己已經沒法打美國職棒大聯盟了。」

「他在這裡的球迷一定會喜歡看到。所有比賽都將進行現場直播。」

「信不信由妳，他對日本聯賽從來不感興趣。」

「你看看陽岱剛在北海道有多成功。你每天都在電視上看得到他，他甚至還給床墊做廣告。」說到棒球，他的母親仍然話很多，但你沒有辦法說服她。她一生中曾去過日本三次；第四次因福島核反應爐災難而無法成行。她沒有按計畫飛往京都，而是捐出了全部旅行預算，並在電話中不無自豪地表示，父親認為她瘋了。每次旅行前，她都會詢問她的哥哥要不要和她一起去，但是當時他已經在醫院裡了，他再也沒有出院。胰腺癌……哈利突然想起來，他不知道敬治的妻子是不是還活著。當他在臺南讀書去看他時，在他看來，兩人是為為了某種目的結婚的。她負責家務，他照顧教會的信徒，而棒球隊當時已經由其他人擔任教練了。他舅舅偶爾會提到他想出版一本書，一本關於殖民時代山胞受壓迫的口述歷史。他騎著摩托車到各個村莊裡，與老人交談，甚至買了一臺電腦來輸入他的紀錄，但僅此而已。哈利無法說服他寫回憶錄，儘管在九〇年代末會有讀者。退休後，敬治有時似乎後悔隱居山裡。他依然有力的手臂上布滿了蚊蟲叮咬的紅腫，說話時不時停頓，彷彿不知道自己的努力是不是值得。有一次，他們一起坐在一間便宜的麵店裡，舅舅指著一個坐在角落，手裡拿著一瓶酒、嘴裡叼著香菸的年輕人。「當你小的時候，他有一次用球把你砸瘀傷。」他無奈地說。哈利至今仍然記得那些年，他害怕那些年長、強壯的男孩們看著他，就像他穿著一件花裙子似的。然而，當時他更害怕他的舅舅。每當舅舅和他說話時，舅舅似乎都得努力克制自己，不要像對待他的學生那樣嚴厲地對待他，也許這就是為什麼，哈利大學時會去找他，想用其他記憶取代他早期的記憶。毫無疑問，他從舅舅那裡學到了很多東西，但是敬治不用電子郵件，因此無法從伯克萊保持聯繫。最後只有他的妻子陪在他身邊。半小時後他們離開高速公路時，他想也許稍後有機會問問媽媽她的狀況。從現在開始，道路穿過沒有特色的小城鎮。到處都是同樣的灰色外牆，由於潮濕的氣候，看起來髒兮兮，覆蓋著一層綠色的銅綠。離開瑞芳後，路線開始急轉彎，直到突然看到大海，在陽光下平坦地像一面鏡子。當哈利問她要不要在九份停留一下時，母親的聲音裡透著一絲不耐煩：「回來的路上再說，現在不要。」

「好吧。」他回答。很多年前，他和海倫一起來過這裡，為了讓她看看《悲情城市》的拍攝地點。九份的地勢十分陡峭，所以從下面看上去，就像是一棟一棟房屋疊在一起。在山頂可以俯瞰海灣，這一景觀因電影而聞名，從而使整個地區成為旅遊景點。幾個健行團正在攀登雞籠山，雞籠山將九份和金瓜石這對異卵雙胞胎分開。在哈利記憶中，這裡的風景崎嶇而荒涼，但也許只有在銀幕上看起來這樣。天氣好的時候可以感受一下這裡獨特的風水；想要在這裡買墓地的人口袋要很深。墓地就像一座微型城市，橫跨兩地之間的山丘，一經過這個地方，另一邊的太平洋就展現在眼前。景色沿著岩石海岸延伸得很遠，直到一切都消失在乳白色的薄霧中。

「以前，路上只有幾間小屋，」母親說，此時道路繼續急彎下坡。「當然沒有人願意住得離墳墓這麼近。」

「誰住小屋裡，是窮人嗎？」

「或者是不怕鬼的人。」

從道路兩旁的院子裡，樟樹和紅夾竹桃探出牆外。他們很快就把一座寺廟色彩繽紛的大門拋在身後，超越幾個行人，然後開進了一個星期一似乎沒什麼人的小地方。黃金博物館的停車場只停了兩輛旅遊巴士和一輛計程車。當他停車時，媽媽驚訝地轉頭。「你為什麼停在這裡？」

「我們到了。」他用手指向入口處的一塊牌子。「妳不能期望它看起來像妳記憶中的樣子。七十年來就算小城鎮也會發生變化。」為了讓她有時間適應，他給了保羅買票的錢，而且為在有空調的車裡度過的每一秒感到高興。透過窗戶，蟬的鳴聲聽起來就像灼熱空氣中發出的劈啪聲。

「妳為什麼這麼多年沒有來這裡？」他問。「每小時有三班公車。」

「那海在哪裡？」她低聲說，心不在焉，無法回答他。

「我們再走一會兒，就會看到。記得戴上妳的遮陽帽。」

下車時，她不滿地看著一棟擋住了山谷景色的醜陋建築。顯然在她小時候時雨中學並不存在。「妳準備好了嗎？」哈利回頭問，因為茱麗沒有動。

「我馬上下車。」

「這麼多房子，」他自己下車之前聽到母親驚嘆不已。在熱浪和強烈陽光的衝擊下他一時感到頭暈目眩。也許他們選錯了日子來郊遊。

保羅拿著門票和地圖回來。在下一個轉彎處，他們看到博物館的第一個景點，一座有四個入口的日式宿舍，根據說明是按照原來的樣式忠實重建的。由於哈利幾乎找不到這個地方的任何舊照片，他很難想像這些變化讓他的母親如此困惑。在他們旁邊，斜坡下降；在陰涼的低地上，可以看到另一座覆蓋著藍色防水布的建築物廢墟。他在展示板上讀到：礦山事務所所長宿舍。去年夏天被颱風摧毀。

他母親突然停了下來。「這裡應該是山下所長的家吧？」

「這裡寫的是另一個名字。妳必須想像旁邊的學校不存在，這棟房子的原來土地可能更大，而且看起來沒有那麼擁擠。」

「從院子裡可以看到美麗的景色。還有池塘。」她來回轉了幾次頭。然後，彷彿這幅畫被一塊一塊拼湊起來，她指著廢墟旁邊的石階。「那裡下去是電影院，」她說。「這上面都是鋪好的路，我們的房子在上面更高的地方。」她環顧四周，發現了下一個階梯。「那裡。」

樹下的階梯又濕又滑。腐爛的樹根氣味讓悶熱的空氣變得更加沉重；隨處半倒塌的磚門，提醒著人們早已消失的生活。大約走了兩百公尺之後，他母親停了下來，指著地上的鐵軌，軌道寬度不到兩英尺。「給運送材料的列車和德國柴油車走的，」她解釋。「我們走太遠了。」她立刻轉過身，點著頭，彷彿邊走邊數著自己的步數。目前為止她似乎還不太在乎天氣的炎熱。在磚砌入口的遺跡旁她停下來，帶著一絲勝利宣布：「我說嘛：我們的房子就在這裡。」

「妳確定嗎？」

「我們住在中間，夾在齋藤家和田中家之間。我當然確定。」

那片雜草叢生的平地只能大致看出建築物的平面圖。一定比下面路旁的宿舍小一點，但除此之外看起來很相似：一層樓，由深色木頭建成。「當時沒有階梯，是一條布滿坑坑洞洞的小路。我跑的時候，他們就會喊：小心點，梅子醬，妳會跌倒的！但我就是想跑。小時候我總是急急忙忙。」

「她以前就是住這裡？」保羅輕聲問。

「我很驚訝，」他說，「但她似乎記得很清楚。據我所知，大多數本地人都住在下面村子裡。」

「為什麼不住在這裡？」

「當時的日本人寧願跟自己的人在一起。問問你的阿嬤吧，她更清楚。」

他擺了擺手，然後開始用手機拍照。哈利認為他從某個地方聽到了另一群遊客的聲音，但在複雜的地形中很難確定聲音的方向。他很想記下他母親所說的每一句話；他已經很多年沒有見過她這麼健談了。「當我們搬離這裡的時候，一開始我很高興。我想如果我們留下來，田中先生的鬼魂就會纏著我們。戰後，他和妻子因為戰敗絕望自殺了。」

「理解。妳就那麼怕鬼嗎？」

她責備地看著他。「村子裡的人以採礦為生，鬼特別多。大家都怕鬼，即使是外國人在進入礦坑之前也必須祈禱。」

「英國戰俘。妳是說在銅礦裡？」

「夜裡常傳來因為意外死亡的工人的尖叫聲。可是後來到了基隆，我每天都想家。那裡總是下雨，不停地下。」

「你們沒聽說過，營地裡發生過的事嗎？」

「大人要我們離那裡遠一點。我們就照做了。」

「妳不覺得夜間的尖叫聲是從那裡傳來的嗎？」

「啊什麼，」她生氣地說，然後轉身離開。「那個營地太遠了。」當她離開樹蔭時，彷彿在熾熱耀眼的陽光下消失了幾秒鐘。茱麗一直沒有說話，站在他旁邊，看著她離開。就連在車上，他姪女也一直默默地玩著手機。「我把她逼走了嗎？」他問。

「她想沉浸在自己的回憶中，而不是被你拷問。」

「我試著去了解那時候的情況。她已經談過田中一家了。那個人一定是類似社區管理員之類的。」

「就讓她自己去逛逛、回憶過去吧。」她的語氣聽起來像是斥責，但他並沒有為自己辯護，而是在飛舞的蚊子中一動不動地站了片刻。一些皮膚呈現藍色光澤的蜥蜴在地面上奔跑。在他下車後感到的頭暈感依然沒有減輕。「你來過這裡嗎？」茱麗問。「我是說，就在這裡，房子原來的地方？」

「沒有她的話，我怎麼可能來？」

「所以是你編出來的，」她指著他們面前的一段階梯說。「你腦海中並沒有確切的場景。只有小梅子，辮子飛揚地跑到學校去。」

「妳已經讀過了？」他立刻感到自己的驚訝變成了對評論的焦急期待。

「今天早上，我沒有準備我的報告。你讓每個人都參與你的計畫，典型的教授。」

「告訴我，妳的心得。」

「比預期的要好，」她笑著說，但立刻又變得嚴肅起來。「她很可能就是這樣的人。她說自己是個野孩子，而且話很多。可是小學的時候，她留短髮，沒有綁辮子，」她透過墨鏡的邊緣看了他一眼。

「你想的是露。」

「我喜歡那樣的場景，」他平淡地回答。

「除此之外她可能下課後也必須穿校服。在一些學校這是一項要求。我不知道這裡是怎麼處理的。」

「對妳來說，太多棒球了？」

「對我來說是的，但是我想她會喜歡的。」她忽略了手機的通知音，或至少試著忽略。「你不是為她寫的，對嗎？知道她有一天可能會讀這本書，會妨礙你寫。這就是為什麼你寧願直接用英語來寫。」

在茂密的樹蔭下空氣沉重，站著都會流汗。「妳認為她直到今天還沒意識到尖叫聲是從哪裡來的嗎？」

「我不必相信或懷疑這一點，」她說，看著她手機螢幕，忍不住嘆了口氣。「你是那個想把一切都攤在陽光下的人。為了什麼？請不要說是因為她！」

他反問：「戴夫傳來壞消息，或是為什麼妳突然變得這麼有攻擊性？我有什麼可以攤在陽光下的？我自己還在黑暗中摸索。」

她沒有回答，而是向保羅和阿嬤揮手，他們已經到達階梯底部，轉身四處張望。「說實話，你在她背後做這件事會讓你感到不安。我只是你良心的聲音，不管怎麼說我樂意擔當這個角色。」

「說真的，你們還好吧？」

「一切都很好。如果你需要意見，可以傳多一點寫好的給我。」

「或者需要鞭策。」

「隨時為您服務。」她像好朋友一樣輕輕推了推他，然後走開。在他的左右兩側，樹根從地面伸出，像藤蔓一樣纏繞在風化牆壁的殘骸上。哈利閉上眼睛片刻，想像山坡上遍布著簡樸、漂亮的木屋時的樣子。周圍的山丘上，銀色的芒草搖曳。在營地圍牆後，外國人在挨餓，許多人死於非命。儘管如此，他的母親是否有一個幸福的童年？那個小女孩，總是很有禮貌地打招呼，說著流利沒有口音的日語。總是匆匆忙忙，受到大家的喜歡。他無法消除她在戰爭期間遭受的恐懼和噩夢，但他很快就決定，他要保留她飄揚的辮子，不管茱麗怎麼說。

小梅子一定會喜歡的。

20

「他為什麼現在站在上面像生了根一樣？」當她到達階梯的最後一段時，保羅對她喊。她右邊是博物館的行政大樓，另一邊是員工使用的小停車場。

「不知道，」茱麗回答。「有時男人必須傾聽自己內心深處的聲音。」

「他不能邊走邊聽嗎？」

在他面前幾公尺處，她轉過身來，但沒有去找叔叔，而是快速地看了一眼手機。戴夫早些時候說，一點鐘左右，他有幾分鐘的空檔。「你問錯人了，」她心不在焉低聲說。

「他知道我們在等他，不是嗎？」

「我已經說了。」哈利站在曾經是阿嬤家的地方，從下面看去，他彷彿閉著眼睛在做夢。

「我建議我們先去宿舍那裡，」她說，一邊輸入「Text you later（稍後發簡訊給你）」然後把手機放回口袋。她的祖母即使睜著眼睛看起來還是精神恍惚；雖然一方面她比之前很長一段時間更靈活，但她似乎內心又沉浸在童年的金瓜石：小梅子，茱麗整個早上都在想她。讀哈利的故事讓她陷入一種奇怪的心情，她迫切地想對未來做出決定，即使是錯誤的決定在所不惜。她的喉嚨縮緊，感覺下一刻淚水快湧出來了。她的眼睛有些模糊，還是只是因為悶熱？「妳為什麼突然這麼急著想毀掉一切？」戴夫問得很對。

連棟的房舍有四間其中三間可以參觀。後面的窗子位於樹蔭下，光線宜人、柔和。一段延時影片展示了這座在礦坑關閉後年久失修的房屋是如何使用原始材料重建的。阿嬤走過各個房間，就好像這些房間是她家一樣。「幸好，我們沒有這樣的東西，」她指著地面上的一個通口說，那個通口是通往連接所有四間房舍的地窖。「不然田中先生就會在下面聽偷聽我們說什麼了。」

當哈利加入他們時，他們已經在最後一間房舍了。阿嬤皺起眉頭，看著西式的座位和高腿床，這些傢俱讓小房間顯得更加局促。這裡是戰後臺灣礦業公司中國董事居住的地方。「就是把所有東西都塞滿了才會這樣，」茱麗聽到她的低語，抿緊嘴唇，不得不移開視線。為什麼，為什麼？不知為什麼今天對她來說，事情太多了。

他們從有冷氣的房子回到耀眼的陽光下。遠處大海在陡峭的山坡之間閃閃發亮，他們面前是一個排列著餐廳的廣場，哈利建議他們先吃點東西，然後再繼續逛逛。因為阿嬤想坐在覆蓋這區域的老榕樹下，女服務生為他們拿了一臺電風扇到外面。保羅還在苦思他的英雄為何吃了敗仗，哈利正在研究地圖並詢問戰俘紀念碑在哪裡。「在廟下面，」茱麗指著一座金色神像說，那座雕像在正午的炎熱中在深谷的另一邊閃閃發光，「從這裡看不到。」她上一次來帶著戴夫參觀，穿過這個小地方，但是他除了紀念碑，對其他東西不感興趣。他們現在坐的地方曾經是礦區的大門；太子賓館就在山坡上稍遠的地方，他因為擔心瘧疾而從未來到這裡。

「可以參觀囚犯做工的銅礦嗎？」

「不行，」她說，「那裡已經被封鎖了。而且入口在海邊。」

餐點必須自己進去取。保羅和哈利離開，她留在阿嬤身邊，阿嬤不斷地觀察周圍的環境，似乎在尋找一些熟悉的東西。早上在爸的辦公室裡，爸說這麼熱的天氣帶她出遊非常不負責任。他的公司位於忠孝東路一棟不起眼的高樓的七樓。裡面沒有植物，牆上沒有畫，只有日光燈、地磚和齊肩高的塑膠牆，將每個房間分成八到十個區塊。大多數員工年紀和茱麗差不多，而老闆是唯一一個有自己房間的人，房間和他的車一樣寒冷、煙霧繚繞。「開車小心點，」他說，一邊把鑰匙遞給她。他自己從來沒有去過金瓜石。

「你不想一起去嗎？」她問。「就一次吧，畢竟是她的家鄉。」

「她家族來自基隆。」

「是她的家族，不是她。」

在爸的眼中，這是一個毫無意義的區別，對這句話他沒有做出評論。他的 Polo 衫領子一側翻起，另一側則沒有；有時訪客第一眼看到他時，會誤以為他是管理員。讀了兩個小時哈利的稿子後，茱麗發現父親的淡定不為所動不恰當，簡直就是錯誤的。對於他不想處理的事，他都會像彈掉衣服上的菸灰一樣……要是他注意到了。

「你從來不想要一個兒子嗎？」她聽見自己問。雙層玻璃窗後，下面街道上的車流只是遠處的噪音。

「我？」他不解地搖搖頭。「妳怎麼會想到這個？」

「哪個中國父親不想要一個？」她發現辦公室門開著時，已經太遲。一位身穿白襯衫的祕書在走廊上正把杯子放到飲水機下。突然間，茱麗覺得她理解了男友對她幾天前沒有立即答應的驚訝。自從他們認識以來，戴夫就認為他的責任就是幫她擺脫出身給她帶來的束縛——他和其他人一樣認為，亞洲人思維傾向傳統，並且最終可能倒退或守舊。更準確地說，她突然明白了，是什麼讓她對這個假設感到憤怒：即使這是真的，它仍然只是一種偏見。他對她的理解，與她根本無關。

爸看著她，像在看一幅抽象畫。茱麗擺了擺手，本想問什麼時候還車，卻改口說：「我在想，我也許可以去上海看你。」

「我以為妳對中國不感興趣。」

「你認為他們會逮捕我嗎？」

「胡說，他們為什麼要這麼做？」

「因為我討厭習近平，希望臺灣獨立？」

「只要妳不公開說出來。」兩年前的學生抗議活動之後，她不再隱瞞自己的信念；遺憾的是，和爸有親屬關係要和他爭論幾乎不可能，更不要說是政治問題。從他的行為中看不出他是暗地裡認為女人不懂政治，或者他接受了她的觀點而心照不宣。「你覺得可以嗎？」她問，「我是說，就一次。幾天而已。」

「當然可以。」

「好的。那就看看什麼時候。我什麼時候需要還車？」

「隨時都可以。告訴哈利，司機明天早上五點鐘會在門口等。妳要一起去機場嗎？」

「明天不行。」

「知道了。」他的手指不斷地玩弄著桌上的香菸盒。「忙妳的博士論文，是嗎？怎麼樣，有進展嗎？」

她知道他是好意，在門口向他點了點頭。當她試圖想像他的中國情婦時，她看到的是一個花枝招展的年輕女人，戴著大耳環，有脾氣沒有意見，但為什麼呢？說不定其實她已經四十歲了，還和他生了兩個孩子。每個人都用自己的方式去愛，不是嗎？把兩個人綁在一起的鎖鏈之所以成為枷鎖，並不是因為它們的重量。丟掉它們也沒有用。她經常告訴戴夫，我們真正需要擺脫的只是逃避的想法，這話更多的是說她自己而不是他。

用完餐之後，哈利和保羅想去神社。這條路對阿嬤來說太陡了，她對太子賓館更感興趣，茱麗決定陪她一起去。走了幾步後，她們來到圍繞這棟一層建築的院子中。「賓館」這個詞會讓人有錯誤的印象；它其實是一座簡單的日式木屋，像一些禪宗寺廟一樣，建築在矮柱上。當初裕仁皇太子本應透過大玻璃窗觀看精心維護的礫石小徑、池塘和觀賞植物，但由於今天的遊客不允許進入內部，因此觀看方向也相反了。裡面看不到任何家具，住所給人荒涼被遺棄的感覺。除了他們之外，這裡幾乎沒有什麼人，過了一會兒茱麗走向一張長凳，讓阿嬤獨自探索院子。

「Now I have a minute.（現在我有一點時間。）」她傳了簡訊。舊城隱匿在峽谷中，在峽谷的另一側茶壺山以其特殊的岩石山峰聳立在那裡。

「Any new thoughts or is it still a No?（有什麼新想法還是仍然拒絕？）」午餐時間，她的男朋友只在內部休息室吃了小吃。在香港她可以從公寓裡，看到他的辦公室高樓大廈，他從那裡寫簡訊給她，說他期待夜晚到來。「It did come as a surprise,（這確實令人驚訝，）」他補充，「felt like one of your rather impulsive decisions.（感覺像是妳又一次相當衝動的決定。）」

「That word again. Code for crazy, I guess.（又是那個詞。瘋狂的代號，我猜。）」

「Impulsive? It's what you are. Just another word for wonderful.（衝動？這就是妳。很棒的另一種說法。）」他如何自信而優雅地接受結局，儘管他聲稱自己抗拒。這讓她既欽佩又可恨。英國人也許是更厲害的中國人。

「也許英國脫歐後你會重新考慮，」她同樣不誠實地寫道。

「Is that what my profession calls a caveat?（這就是我的職業所說的警告嗎？）」她不知道caveat 這個詞，也不想查。他思維敏捷，擅長修辭，而她讓事情太容易了。阿嬤沿著碎石路慢慢地走著，細心地看著每一株植物。「Truth is,（事實是，）」他補充，因為她沒有回答，「I'm not made for life in Asia.（我不適合在亞洲生活。）」

「Truth is, I am.（事實是，我適合。）」

「Let's have that conversation next time you're here.（下次妳來的時候我們再談吧。）」她很

想回答說不會有下次了。整個感情的事突然對她來說變得荒謬可笑；兩個人假裝好像他們在數十億人群中找到了彼此。當時，爸問一位大學朋友，有沒有認識一個在尋找潛在伴侶而且不太注重對方外表的女性。他的同學把他介紹給了他的表妹，三年後茱麗出生了。現在她把手機放進口袋，沿著環形步道來到阿嬤正彎腰看一叢盛開山茶花叢的地方。「幫我拍一張照片吧。」當她注意到她的孫女時，她說。「我的手會抖，照片會變得模糊看不清楚。」

「我們是不是要坐在陰涼處等他們？旁邊有一家茶館。」

阿嬤沒有回答，而是給她精確指示，她應該拍哪些花。「這裡是不是很漂亮？」

「妳知道嗎，我們可以經常來這裡的。但是妳從來沒有提過。」

「孩子啊，孩子，妳為什麼看起來這麼悲傷？」她像以前一樣把一隻手放在她臉頰上，茱麗很快瞧了一口氣才繼續說：「我給妳和花拍一張吧。」

「妳知道嗎，這些是山茶花。」

「站近一點。賓館當背景。」

「哎呀，」她嘆了口氣，「拍我這個老人做什麼？」然後她小心地調整了下帽子，站著不動，她是唯一知道這一刻對她意味著什麼的人。茱麗還沒來得及讓她看手機上的照片，她已經繼續往前走，茱麗擦掉了突然從眼中像水管破裂般湧出的淚水。就像那次演講結束後，阿嬤下臺的時候，她當著大家的面擁抱了她，因為沒有其他可能。

當茱麗再次看手機時，戴夫對長時間的沉默感到驚訝。「Caveat means, basically, to guard

against a certain outcome. In case you were searching.（Caveat 基本上是指防範某種結果。如果妳正在查什麼意思。）」

「Just talking to my grandma.（只是在跟我奶奶說話。）」

「Okey. So we discuss this again face to face? I feel like I haven't present my case the way I should have.（好。那我們當面再討論這個問題好嗎？我覺得我沒有以應有的方式陳述我的情況。）」

「You did okay.（你做得不錯。）」

「Ouch!（好痛！）」

因為她了解自己，她壓抑住立刻關上每一扇門的衝動。他們會在香港見面，一起睡兩、三次；她會在告別時哭泣，他會做出適當的表情，然後每個人都必須自己決定這是否值得。畢竟，也沒有什麼好後悔的。

她沒有注意到，烏雲已經聚集。雲從基隆方向越過山脈飄來。她當然也沒有以最好的方式陳述自己的情況。當她最近試圖向他解釋她不能離開阿嬤時，他說他尊重這一點，甚至感到欽佩，但有一天她將不得不承擔一個決定的後果，而到那時作決定的原因已不復存在。他就是個律師，他的表現傑出。下一刻，她環顧四周尋找阿嬤，卻看不到她的蹤影。在半山腰就能看到以前神社的鳥居。她曾經說過，那是她最喜歡的地方，那麼高的地方，站在那裡有點像飛翔。現在雲層越來越暗，風從某個地方吹來，一瞬間茱麗完全知道那會是什麼感覺。

☆　☆　☆

在他們上去神社之前，他給保羅和他自己買了兩瓶水。五號礦坑幾乎就在半路上，所以他們首先到那裡參觀。鐵軌一直延伸到入口，玻璃櫃裡陳列著母親提到的德國柴油機。引擎蓋上有：「由克魯柏－多伯格（Krupp-Dolberg）出售」的德文字樣，這讓保羅想起了在威廉斯敦的鄰居霍頓先生可移動式的割草機。他們戴上博物館工作人員發給他們的防護頭盔，沿著豎礦坑的路線前進，礦坑中真人大小的玩人偶展示了過去黃金是如何開採的。哈利向兒子解釋說，阿嬤的父親不曾在地下工作，而是在辦公室裡，否則他們一家人不可能享有特權才有的住宅位置。「在我小時候，他在大稻埕過退隱的生活，茶行已經賣掉了。」在岩坑的深處，有圖解說明木支撐梁的構造，然後小路成直角轉彎，經過一些廢棄的貨車，不久之後他們又到了外面。

「你認為她會喜歡這次郊遊嗎？」保羅在明亮的燈光下瞇著眼睛問。他仍然不叫她阿嬤，但至少他努力嘗試說中文。

「說實話，我已經很久沒有見過她這麼有活力了。你呢？」

「我也是。」

「我是說，你喜歡這次郊遊嗎？」

「很好。只是這裡實在是太熱了。」

「先喝點水，我們再繼續走，」哈利說，並給他水。

陡峭的階梯再次等著他們。黑色的大蝴蝶翩翩起舞，炎熱的空氣在峽谷上空靜止不動，岩石山峰一直延伸到大海邊。在較高的地方，由於芒草茂密，很難辨認出它的走向。據說芒草的長葉子非常鋒利，可以割破皮膚。「我告訴過你的那個營地應該就在下面，」哈利指著山谷裡的金色神像說。「主要是日本人在新加坡和香港俘虜的英國戰俘。當時美國人進行空襲時，對營地一無所知；他們關心的是另一邊的銅礦。你在學校已經學過太平洋戰爭了嗎？我的意思是，你知道這個嗎？」

「我們贏了，」他的兒子說。「We bombed the shit out of them and they surrendered. Their emperor did.（我們把他們炸得屁滾尿流，他們就投降了。他們的天皇宣布的。）在廣播裡，對吧？」

「沒錯。然而在家人們常常忘記，一九四一年十二月日本不僅襲擊了珍珠港，還襲擊了半個東南亞。臺灣是他們攻擊菲律賓的重要基地。許多年輕人被徵召入伍，尤其是山胞。很難說我們是贏了還是輸了這場戰爭——臺灣人必須兩邊作戰。像你曾祖父這樣在這裡金礦工作的人，肯定陷入過內心矛盾之中。」

「你跟他很親嗎？」

「他過世的時候，我十一歲。我覺得他說的中文很奇怪；他是在戰後才學會的。他老的時候總是說，我當時應該留在日本的。相反的，我在基隆的曾祖父在書院被禁止之前是教古文的老師。他的妻子像清朝時代一樣還裹著小腳，他們兩個完全不像日本人。」他一說完話，除了蟬鳴之外，再無其他聲音。聽起來像耳鳴，來自四面八方。「你可能會認為這是一個奇怪的家庭，但這對臺灣來說並不少見。」

「茱麗不想成為中國人，儘管她承認她的臺語不好。我覺得這很奇怪。」

「你不會想去認同一個不斷用戰爭來威脅你的國家。」白雲在他們頭頂飄過，雲的影子順著斜坡滑落到山谷中。如果他的兒子同意在這裡住一段時間，他就能更清楚地向他解釋一切。「你知道為什麼你的堂姊從我們來到這裡之後就一直這麼安靜嗎？」

「她傷了某人的心，」他解釋，顯然在車裡他偷瞄到了她的手機。「一個叫戴夫的。別擔心，她會沒事的。不是她一生的最愛。」

「既然你這麼說的話。」

他們暫且不再談這個話題，又爬了最後幾公尺到達神社。那是一座廢墟，由幾根混凝土柱組成勾勒出平面輪廓，這些柱子曾經是由扁柏或樟木製成。水井所在的地方，地上散落一些硬幣，在那後面的岩石垂直落下，他們就像站在廊臺的邊緣，眺望著大海。「這曾經是她最喜歡的地方，」哈利說。令人驚訝的是，幾乎看不見村子本身，崎嶇的地形將它隱藏在岩石和茂密的植被後面。

「她顯然沒有懼高症。」保羅熱切地拍了幾張照片。對面是雞籠山，也有人稱為「大肚美人山」。哈利在地圖上找到了母親曾經就讀的小學，但沒有望遠鏡，他找不到。「我們要不要來一張合照？」他問，「以大海為背景嗎？」平臺邊緣有一面齊膝高的牆。在他們坐下之前，保羅看了一眼天上的雲，看起來比之前暗了一些。「天氣就要……中文怎麼說？改變。」

「變天，」哈利說。「有可能，在山上很容易變天。還有，你有沒有發現，短短四天之後，你的中文進步了？想像一下，如果是六個月會怎麼樣。」

「I hear you, Dad.（我知道你的意思，爸。）」

「我只是說。決定權在你。」保羅拿著手機的手臂已經伸長，現在他又把手臂放下。「我不會住她們的公寓。No way。」

「當然不是。你知道，對我來說，甚至不一定要在臺北。我們可以到南部，例如去臺南，我上大學的地方。雨比北部少，還有棒球隊。王建民就是那裡人。」

「也許你需要先看看哪所大學想要你。」

「我只是在等待你的同意。我會耐心等，不會給你壓力。」

「現在不要動，」保羅一邊說，一邊調整鏡頭。

「真的，一點壓力都沒有。聽到了嗎？」他一向不太擅長逗兒子笑，但現在他們在手機螢幕上開心地笑，看起來非常像。拍完第一張照片後，保羅又拍了第二張照片，剛好捕捉到父親親吻他被太陽晒熱的頭髮的那一刻。他翻了個白眼，給爸爸看結果。「I'm going to delete this.（我要刪除這張。）」

「傳給媽媽，她會喜歡的。」當雲朵遮住太陽時，空氣中瞬間多了一絲涼爽。在哈利確定兒子剛剛是答應還是不答應之前，手機鈴響了，螢幕上顯示了茱麗的名字。「我們正在路上，」他說。「差不多了，給我們五分鐘。」

「阿嬤失蹤了。」她的聲音聽起來更像的是灰心沮喪而不是擔憂。

「什麼意思，失蹤了？」

「我們在太子賓館的院子裡。她看著那些植物，突然間她就不見了。」

「妳打了她的手機了嗎？」

「語音信箱。她可能把手機放在手提包裡了。」然後她告訴哈利，她要沿路走回到停車場。

「我感覺，她想回到從前房子所在的地方。」

「有可能，」他說。「我們到下面的村子去找她。」

「奶奶？」保羅問，這是他第一次不是稱呼她為「你媽媽」。

「她不可能走太遠。也許她只是想去上個廁所。走吧！」

五分鐘後，他們到達了太子賓館旁的茶館，女服務生不記得有一位戴著遮陽帽的老太太，只記得一位剛才詢問過她的年輕女士。他們一起繼續前往之前吃午餐的地方，並按照指示牌前往老城區中心。斜巷的一側是散發著霉味的園圃，另一側是紅磚砌成的圍牆。他們面前的下一個平地空無一人，只有一些生鏽的金屬雕塑。按照哈利手上的地圖，這裡曾經是金瓜石醫院所在地。因為他們可以透過手機互相定位，他讓保羅沿著一條通往小學的寬闊彎道走。「也許她會想去那裡。我要下階梯到溪邊，我們會在那裡的某個地方碰頭。」他用手指出方向。

「你覺得她迷路了嗎？」

「無論如何，她已經不像以前那樣熟悉這個地方了。」當他抬頭時，神像又出現在他對面山谷的另一邊，大海只是兩個山坡之間一個藍色的小三角形。他現在才想起來小學附近有一座寺廟，媽媽可能會想去看看，於是他給保羅發了一條簡訊。海倫的手機似乎就在床邊，至少她已經對剛才的自拍照做出了反應：「I love you, guys! Can't wait to have you home.（我愛你們！等不及你們回家了。）」

他沒有繼續前進，而是停下來喘口氣。距離起飛出發還有十五個小時左右，他突然想起了兩年前自己坐在威廉斯敦家中的電腦前，追蹤來自家鄉的新聞。那應該是四月初的一個晚上。為了阻止與中華人民共和國達成貿易協定，學生占領立法院，引發席捲全國的雪崩式抗議活動。因為哈利無法親身參與，他每天閱讀無數的報紙文章、部落格和宣言。國內媒體分裂成平常的陣營。在最後一次電話中，他的母親驕傲地告訴他，茱麗也在被占領的立法院前露營。整個事件被稱為「太陽花運動」因為年輕一代比老一代更明白，合適的符號象徵有助於爭取輿論。

那天晚上已經接近午夜了。當海倫把頭探進門時，她已經穿上了大學時期的T恤，一旦夜晚變暖，她就會穿著它睡覺。花園裡的栗樹已經開始長出第一批芽。

「馬上來，」他說。「再看一個影片，然後就過來。」

那是一段被廣泛分享的影片，時長不到六分鐘。齊膝高的舞臺上站著一位戴著遮陽帽的老太太，看起來就像他的母親。根本看不出她面前坐了多少人，音質也差強人意。顯然在錄影開始之前她已經說了一會兒了。哈利聽懂的第一句話是：「身為一個年輕女孩，為了成為日本人，我必須在學校用功讀書。」第二個帶有英文字幕和熱情評論的版本已經在網路上流傳。老太太首先談到了她的哥哥，她每年都會去綠島探望他一次。從頭到尾她沒有語塞，也沒有被情緒淹沒，而是昂首挺胸地站在臺上，雙手握住麥克風。她也提到，在她看來，她的遮陽帽上的男人不應該入獄。那是一個簡單清晰令人感動的演說，哈利驚訝地聽著。最後她向聽眾道謝鞠躬。站在她旁邊穿著黑色T恤肌肉發達的學生伸手去拿麥克風。哈利從來沒有聽過他的母親一口氣講這麼久的話。

有人穿過畫面。鏡頭晃了一下，然後重新聚焦到舞臺上。「還有一件事我應該告訴大家，」他的母親說。他發現片長時間才過四分之三。「在我長大的村子，有一個外國戰俘營。主要是英國人。」一時之間，觀眾的注意力似乎減弱了。主持人做了一個動作，彷彿想要插話，他的母親也第一次顯得有些不確定。當她提到一位她喜歡甚至敬佩的女老師時，幾乎聽不見她的聲音。「在課堂上，她要我們要保持警戒，因為到處都有間諜和叛徒，小時候我們相信老師說的每一句話——直到戰後新老師來了，他們的說法與以前的老師相反。」背景中有人發出噓聲要求保持安靜。「事實上，根本沒有什麼我們可以監視或洩露的東西，他們只是要我們感到害怕。尤其是對彼此。」她堅定地搖了搖頭。「所有的壓迫都始於新的謊言，只有當我們有勇氣說出那是謊言時，才會結束。所以不要只聽老師的話，要自己去發現真相！希望你們能比我更快發掘真相。」她的最後一句話幾乎被觀眾的熱烈鼓掌聲淹沒。

突然聽起來像是一大群人在鼓掌。鏡頭再次震動，有人道歉，母親的聲音說：「好，孩子，給我一瓶水就好。」

然後畫面凍結了。

「妳必須看看這個，」海倫下次進來時他說。他們一起觀看了有字幕的版本。一方面，他為母親感到驕傲，但另一方面，他想知道她什麼時候意識到這些的，以及為什麼她從未告訴他那些事情。他幾乎感覺就像從前在火車上他坐在她對面，等待她的澄清解釋。事實上，當她向一群陌生人吐露心聲時，他早就對她打破沉默不再抱持任何希望。

☆　☆　☆

到學校大門時，她已經完全快喘不過氣來了。就是這個樣子，她想，她又走太快了。夏天已經開始了，梅子一停下來，就感覺到蟋蟀在她耳邊唧唧叫。街道的另一邊，在陽光下操場空蕩蕩的。她遲到了嗎？她在校園也沒有看到任何人，甚至連校工也沒看到，她因為太興奮而記不起他的名字。她想對近藤校長說的話，她又仔細想了一遍，但還是怕自己會說錯話。要不是有那麼多不能讓他知道的事情的話，一切會變得容易多了。

首先她必須喘口氣，讓自己冷靜下來。天空萬里無雲，非常適合空襲，但一路上她並沒有遇到任何驚恐抬頭看天空的人。在這樣的大熱天，大多數人都喜歡待在室內，只有她在外面走動。她臨時改變主意，回頭先過馬路，然後穿過操場，跑到後面能看到大海的角落。遠遠的就能聞到金福宮裡燒香的香味。當時在那裡的市場上，她決定幫助她的朋友，現在她到達了柵欄，在前面的空地也看不到一個人影。難道就沒有什麼可買的了嗎？她的呼吸慢慢平靜下來，但她的心臟還是像先前那樣狂跳。自從那名軍官來訪之後，近藤校長的表情就變得如此嚴肅，甚至和同事們說話時都用簡短嚴厲的句子，就像他們是他的下屬一樣。她是不是應該先去找本田老師試試呢？她可以假裝自己好像發現了什麼重要的事情，很想知道如果發生這種情況該怎麼辦。無論如何，玲子已經夠辛苦了，要照顧她生病的媽媽還有那麼多的弟妹，現在又加上了肚子痛……身為最好的朋友，她有責任幫忙。她只是不能洩露她晚上無意中聽到了爸媽的談話。

當梅子短暫閉上眼睛時，她覺得自己能聽到當年操場上響起的歡呼聲。她知道敬治會建議她去九份附近的山上親自看看，但那是不可能的；因為士兵和鬼魂，這比翻越太子賓館的籬笆更被大人禁止。陽光如此強烈，照得她瞳孔前五顏六色的光點在舞動。另一個問題是，玲子是不是想繼續上學。她總是表現得一副不在乎的樣子，但如果妳把她的話當真而不管她，她又會生氣。梅子眨了幾下眼睛，強忍著回家的衝動。每個人的說法都不一樣。一來，媽媽說那疼痛沒那麼嚴重，其次，她現在不用擔心這個。爸爸說那個瘋子是個可憐蟲，話太多，只是這樣而已。老實說，她已經好幾個星期沒有在任何地方看到他了。但就這麼回頭也太懦弱了吧？

她很想繞著操場走一圈，想像觀眾們在為她加油。但是她還是跑回校門口。自從戰俘來了之後，她的一言一行都必須小心謹慎。士兵們越來越常經過村子，催促外國人推車快一點。快，快！如果她不及時逃跑躲起來，她就會看到一隻手或一隻腳從布下探出。她一按把手，大門沒鎖，可是她剛克服內心的掙扎，就聽到街上有腳步聲——轉頭一看，看到誰從村子上慢悠悠地走下來？她的哥哥！

「嘿，看看！」她驚訝地喊。「我沒想到你現在會在這裡。」

穿著運動服的他看起來就像剛訓練完一樣。「妳在這裡，」他舉起手來打招呼。「我們很擔心。」

「擔心我？」她笑著說。想知道是不是爸爸派他出去找她。「有空襲警報嗎？」

「大家都在找妳。」

「你知道，有時候我也是有事情要做的。」

接著他用探究的眼神看了她一眼，雖然她很高興看到他，但她卻有一種被逮著的感覺。「妳怎麼老問我老蔡的事，」爸爸昨天因為想安靜看報紙罵了她。就算她沒有打擾他，那些新聞已經夠糟糕的了。「什麼樣的事情？」敬治想知道。

「你最好還是告訴我，你在這裡做什麼，」她回答。「你怎麼不在臺北？」

「我們來郊遊。」

「那麼剛好到這裡，真好啊！」她用肩膀推開大門，走進了校園。他猶豫了片刻，還是跟上她。

「如果你一定要知道的話，我去了太子賓館，」她說，她有心理準備，他可能不相信她的話。突然間她感到了與早上在自己的床上醒來，發現擺脫了噩夢一樣的輕鬆感。就好像她壓根就沒打算去見近藤校長一樣。為什麼要去見他？「爸爸有說什麼嗎？」她問。

「沒有，為什麼？」

「他有可能會說什麼啊。」也許這從一開始就是一個糟糕的計畫。隨著戰爭的爆發，校長的權威終於結束了，嚴格來說，這不再是日本學校了，她穿過校園時，感受到空氣中的熱氣如阻力般，她的雙腿變得沉重。她轉身想要告訴敬治，太子賓館比她想像得要小的時候，她看到，他看著手裡的黑色東西，就像在家裡一樣。瓜山小學這校名就在入口上方。她很想要他再陪她玩一會兒，但已經太遲了。

「爸爸也在找妳。」他說。「在上面村子裡。」

「好像我需要一個看護一樣。」大樓旁邊長著一些她不記得的果樹，她看到地上到處都是畫著笑臉的動物。這是一所給快樂孩子的學校，他們從未經歷過戰爭，從未見過戰俘，當然也不知道一切都會像天氣一樣瞬息萬變。

「妳知道我們怎麼樣最快回去嗎？」他用蹩腳的中文問。

「我知道。」她微笑著朝他走了幾步。他俊俏臉上的尷尬是她熟悉的；他和以前的華立一樣是個溫柔的男孩。她該告訴他這只是個玩笑嗎？否則最後他會把她當作一個瘋狂的老太婆。「沿著溪有一條捷徑。」

雖然他點頭，但是她知道他沒有聽懂她的意思。他在美國不學中文，華立一家人幾乎不來臺灣。她小心翼翼地用手撫摸他的頭髮。她最小的兒子在火車上也用相似的眼神看著她：彷彿他在想她到底在想什麼了，就像當年一樣，她想向他解釋，但從哪裡開始呢？所有的想法和情感都是其他的想法和情感引起的，那些想法和情感又源自於其他的想法和情感，如此類推。這就像試圖在一條沒有河岸的河裡倒退跳石頭一樣。

「那是妳以前的學校？」保羅問。

「是的。和以前看起來不一樣，就像這整個地方一樣。小時候，我認為世界上沒有比這裡更美麗的地方了。以前的房子真的好看多了。人只有一個家，如果失去了……」那又怎樣？天空中的雲層正在聚集，帶來了些許的涼意，但她還是越來越感覺到漫長散步的勞累。最終也只是眾多失去中的一個。「我們走吧，」她說，「你爸爸正在等我們。」

在大門口她最後一次停下來。在光線漸漸轉暗下，操場看起來就像是敬治當年的大日子一樣。一個失誤的變化球，他沒有完全打中，球一次彈跳，越過投手伸出的手飛進內野，大家立刻大聲喊叫，要阿豪繼續跑。她剛才真的以為自己看到哥哥了嗎？有時候，就像是一種她無法抗拒的吸引力，但事實上，這並沒有把他拉回這裡。就像他不想和她一起飛往日本一樣。當時她以為他已經找到內心的寧靜，但現在她相信他和她一樣一直在尋找，但徒勞無功。內心的憤怒就像潰瘍一樣吞噬他，最終導致他的死亡。他的妻子沒有打電話，而是寫了一封信，當信到達臺北時，敬治已經躺在小墓地裡，至今想起這件事她仍感到一陣寒意。基督徒不會花太長時間告別。她從未去過他的墳墓，也不記得他對她說的最後一句話。再見，那是每次在臺東火車站的告別，她一手拎著包包，一手拎著兒子，然後他們相視一笑，好像一切都已經說完了。

他們每個人都已經吸取了自己的教訓。

因為她不捨離開，男孩也停下來轉向她：「妳來嗎？」為了華立，她應該更加努力，但她的力量已經耗盡。我唯一的兒子，她有時還是會想，因為他是三個人中最像她的。幾道陽光穿透雲層，產生銳利模糊交錯的光線，就像從前雨季結束時一樣。有那麼一刻，她彷彿看到梅子和她的哥哥一起走向礦坑。小女孩不停地跟他說話，他偶爾搖頭笑，然後他們消失在下一個轉彎處。斜坡圍繞著這個地方，就像操場的看臺一樣。神社的鳥居矗立在半山腰上。

「再見。」她輕聲說，關上門，跟著孫子來到溪邊。

☆　☆　☆

金瓜石舊街由幾棟房屋組成。峽谷底部沒有街道，而是蜿蜒的步道和階梯，大部分都在樹蔭下。從一個敞開的窗戶飄出點香的氣味，輕柔的鋼琴曲在別處響起。哈利經過一家裡面沒人坐的咖啡館，然後他聽到溪水聲，不久之後他的手機通知信號響了。「I found her at the school.（我在學校找到她了。）」保羅傳的簡訊，並補充說他覺得阿嬤似乎神智不太清楚。「She's talking to me like I am somebody else.（她跟我說話，好像我是別人一樣。）」當哈利打電話給他時，他發現他們兩個正在溪邊的一條小路上行走，希望這條小路帶他們回到小鎮。「我馬上去找你們，」他說。

「這裡有很多灌木叢，」他的兒子回答。「我們走得很慢。」

「如果她太累的話，你就等著，我去找你們。」根據手機的追蹤功能，他和保羅距離不到三百公尺了。那是一條在狹窄的房屋之間蜿蜒的小山溪。在小路的下一個轉彎處，一座看起來搖搖欲墜的水泥橋通往對岸，那裡地勢陡峭，但由於學校在溪的這一側，哈利沿著曲折的荒蕪小巷前進，在一些地方，地方巷子太窄了，他可以同時碰觸左右兩側的牆壁。金瓜石是一個奇怪的地方，既田園詩般又讓人看不清全貌，充滿了隱藏的地方和死角。突然他又聽到了下方十到十五公尺處的溪流聲，並看到了一個長滿灌木叢的階梯，直通岸邊。他一停下來，皮膚上的汗水就引來了成群的昆蟲。根據螢幕顯示，現在距離大約一百五十公尺，下一瞬間他就聽到保羅的聲音說：「我不確定，我們是不是還能繼續走。」接著發現他們兩人正走在一條狹窄的小路上，有時消失在蘆葦和草叢之間。

「這裡上面！」他大喊。溪對岸的岩石像一堵垂直的牆一樣升起，讓他的聲音迴響。保羅如釋重負地揮手。當他們半路相遇時，母親臉上寫滿了疲憊，儘管她極力不表現出來。「學校裡沒有人，」她隨意聳聳肩說。「也許這樣更好。」

保羅看了他一眼。「All of a sudden I wasn’t sure about her state of mind.（我突然間不確定她的心理狀態。）」他低聲說。

哈利後來才想起要通知他的姪女，她可以停止找人了。他們旁邊的溪水比鎮上的溪水更寬、流得更緩慢，他很想坐下來，把腳放在冰冷的溪水中。蜻蜓在水面上追逐。在學生抗議兩個月之後，他因為母親的八十歲生日回臺灣，他讓茱麗告訴他那次演講是怎麼發生的。他母親對她以前的老師的厭惡，一定與日本人在戰爭末期的偏執有關，他們認為敵方間諜無處不在。每個人都擔心美國入侵，現在的文件證明，在這種情況下，所有外國戰俘都會被處決。日本人在金瓜石建造了一條隧道，原本打算作為他們的墳墓，而且是從戰俘營通到複雜的礦坑通道系統。

短暫休息後，他們再次出發了。每走一步，母親的呼吸聲都變得更大，當他們到達最先看到的幾家房子時，哈利讓兒子先過小橋，看看能否在橋的另一邊找個地方坐下。「如果沒有，我們就去敲門。在我們回車上之前，她需要休息一會兒。」他把水瓶裡的最後一點水遞給了她。

「媽，喝一點水。妳原本想到學校做什麼？」

起初她一言不發地看著他。鼻子上冒出細小的汗珠，額頭上的帽子被汗水浸濕顏色變深。帽子上的前總統展露大家熟悉的笑容，看起來拘謹多於開心。他現在保外就醫，但條件很嚴格。

「你不必知道一切，」她最後回答。

「對，但我們在整個鎮上找妳。茱麗說妳沒有告訴她，就從太子賓館失蹤了。」

「我們以前以為那是一座宮殿，」她低聲說。「實際上，山下所長的房子要大得多了。」

他們一起走的時候，她勾住他的手臂，這是她很少做的事。不久之後，他們回到了橋邊，保羅報告說橋的另一邊有一個「像公園一樣的地方」。果然是一個有高大樹木和幾座雕塑的區域，當他們停在前面時，哈利立刻就覺得很熟悉。他已經在網上的照片中看到過。路邊的一塊石碑是唯一的結構遺跡，是以前入口大門的柱子。「就在這裡，」他說，「這裡就是戰俘營的入口。」

母親驚訝地看著他然後搖搖頭。「那是在另一邊。就連敬治也不敢去那裡。」

「我們在另一邊。」他想給她看地圖上的位置，但她突然驚恐的目光掃視著周圍。供奉著黃金神像的寺廟和礦坑都已經看不見了。對於戰俘來說，即使是峽谷另一邊的房屋也可能遮擋在高牆後面。他的母親猶豫地跟著他穿過這片地方。他們剛才從橋上來只有幾步之遙，現在他們從公園邊緣往下看，哈利認出了之前小學的屋頂。「我們坐一下吧。」他輕輕地領著她來到兩棵楓樹蔭下的一堵矮牆前。不遠的地方，他兒子正在查看刻有所有囚犯名字的紀念牌。今天早上，哈利在翻閱舊文件時，發現了一張身分證，上面沒有寫他的出生地，而是像以前一樣寫著他父親的出生地。因此上面是北平；一個他從未去過的城市，他的父親一定也早已不認得，這座城市的名字只存在於歷史書中。他不知道為什麼現在突然這個念頭會湧上心頭。總之，出生地和家鄉之間的連結似乎比許多人想像得要鬆散。海倫聲稱這就像某些物質的半衰期：緩慢不可阻擋的衰變。

「戰俘的墓地在哪裡？」過了一會兒他問。「在戰俘營裡面？」

「據我所知，屍體被運到那裡。」她的手指顫抖著指向九份前方的山丘。「快，快，守衛們會喊著，要他們動作快一點。當我聽到他們的聲音時，我就會跑開。除了一個瘋瘋癲癲的老人之外，每個人都是這樣。」

「他做了什麼？」

「在他們的墳墓上放十字架。自己用腐爛的樹枝做的。」

「明白了。直到他被抓住為止，我想。」

她不自覺地搖搖頭。「他只是一個可憐的人，沒有人認真對待他。」因為她的聲音聽起來越來越疲憊，他給茱麗傳了簡訊，讓她再買一瓶水。四點十五分，他的手錶顯示，他們隨後不會在九份停留，而是開車直接回臺北。「明天你必須一大早就出發？」母親問，彷彿猜到了他的想法。

「五點左右，華榮已經給我們安排了司機，」他說，注意到自己喉嚨裡哽住了。一旦他們從這堵牆上站起來，他的回程也就開始了。他會很快清理掉舊房間裡的亂七八糟的東西，然後收拾行李，在太平洋上空某個地方，開始期待回到家。「妳喜歡這次的郊遊嗎？」

她短暫地看了他一眼，點點頭。

當他用雙手將她拉向自己時，她任由他擁抱。身為一個成年男人，他第一次擁抱母親那纖細、看似脆弱的身體。她的肩膀像孩子的，但那是一種錯覺。當她哥哥去世時，她甚至沒有哭。他看到茱麗在溪對岸走下樓梯，他想讓時間停止，哪怕只有幾秒鐘。

「我也是，」他說。天空烏雲密布，風吹過樹林，突然間，樹葉沙沙作響，彷彿梅雨輕輕飄落。

小說精選

梅雨

2025年5月初版　　定價：新臺幣530元

著者	Stephan Thome
譯者	林敏雅
企劃主編	黃榮慶
校對	吳美滿
內文排版	張靜怡
封面設計	傅文豪

出版者	聯經出版事業股份有限公司
地址	新北市汐止區大同路一段369號1樓
叢書編輯電話	(02)86925588轉5307
台北聯經書房	台北市新生南路三段94號
電話	(02)23620308
郵政劃撥	帳戶第0100559-3號
郵撥電話	(02)23620308
印刷者	世和印製企業有限公司
總經銷	聯合發行股份有限公司
發行所	新北市新店區寶橋路235巷6弄6號2樓
電話	(02)29178022

編務總監	陳逸華
副總經理	王聰威
總經理	陳芝宇
社長	羅國俊
發行人	林載爵

行政院新聞局出版事業登記證局版臺業字第0130號

本書如有缺頁，破損，倒裝請寄回台北聯經書房更換。　ISBN 978-957-08-7658-1 (平裝)
電子信箱：linking@udngroup.com

GOETHE INSTITUT

本書榮獲德國歌德學院 Goethe-Institut「翻譯贊助計畫」支持出版

國家圖書館出版品預行編目資料

梅雨/ Stephan Thome著．林敏雅譯．初版．新北市．聯經．
2025年5月．464面．14.8×21公分（小說精選）
譯自：Pflaumenregen
ISBN 978-957-08-7658-1（平裝）

875.57　　114004180